U0528335

说岳全传

书名题字／周兴禄

插图本

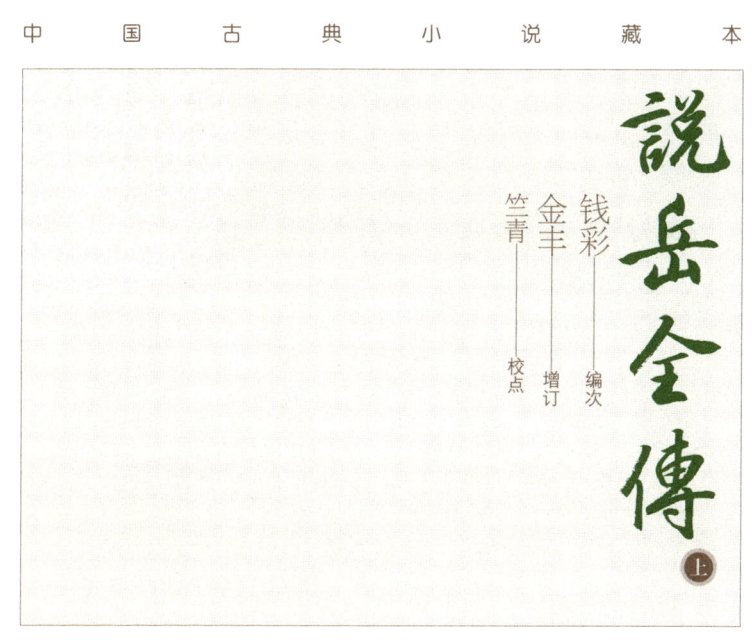

中国古典小说藏本

說岳全傳 上

钱彩 编次
金丰 增订
竺青 校点

人民文学出版社

图书在版编目(CIP)数据

说岳全传:全2册/(清)钱彩编次;(清)金丰增订;竺青校点.—北京:人民文学出版社,2020(2023.2重印)
(中国古典小说藏本:插图本)
ISBN 978-7-02-013865-4

Ⅰ.①说… Ⅱ.①钱… ②金… ③竺… Ⅲ.①章回小说—中国—清代 Ⅳ.①I242.4

中国版本图书馆 CIP 数据核字(2018)第 037701 号

责任编辑 高宏洲 胡文骏
装帧设计 刘 静
责任印制 任 祎

出版发行 人民文学出版社
社 址 北京市朝内大街 166 号
邮政编码 100705

印 刷 北京新华印刷有限公司
经 销 全国新华书店等

字 数 508 千字
开 本 787 毫米×1092 毫米 1/32
印 张 23.375 插页 12
印 数 11001—14000
版 次 2007 年 3 月北京第 1 版
印 次 2023 年 2 月第 3 次印刷

书 号 978-7-02-013865-4
定 价 63.00 元(全两册)

如有印装质量问题,请与本社图书销售中心调换。电话:010-65233595

第一回 天遣赤须龙下界 佛谪金翅鸟降凡

天遣赤须龙下界

佛谪金翅鸟下凡

第二回・泛洪濤虬王報怨　撫孤寡員外施恩

第十二回・夺状元枪挑小梁王
第十三回・牟驼岗宗泽踹营

第十六回・破潞安陸節度尽忠
第二十回・夾江泥馬渡康王

第二十二回・刺精忠岳母训子

第二十三回・岳飞设计败金兵

第三十回・袭洞庭杨虎归降

第四十一回·巩家庄岳云聘妇 牛头山张宪救主
第四十二回·打碎免战牌岳公子犯令 挑死大王子韩彦直冲营

第四十三回・送客将军双结义　赠囊和尚泄天机
第四十四回・梁夫人击鼓战金山　金兀术败走黄天荡

出版说明

中国古典小说源远流长、佳作如林,是蕴含与传承中华优秀传统文化的重要文学体裁,在中国文学史乃至世界文学史上占有重要地位。人民文学出版社在成立之初即致力于中国古典小说的整理与出版,半个多世纪以来陆续出版了几乎所有重要的中国古典小说作品。这些作品的整理者,均为古典文学研究名家,如聂绀弩、张友鸾、张友鹤、张慧剑、黄肃秋、顾学颉、陈迩冬、戴鸿森、启功、冯其庸、袁世硕、朱其铠、李伯齐等,他们精心的校勘、标点、注释使这些读本成为影响几代读者的经典。

此次我们推出"中国古典小说藏本(插图本)"丛书,将这些优秀的经典之作集结在一起,再次进行全面细致的修订和编校,以期更加完善;所选插图为名家绘图或精美绣像,如孙温绘《红楼梦》、孙继芳绘《镜花缘》、金协中绘《三国演义》、程十髪绘《儒林外史》等,以丰富读者的阅读体验。

人民文学出版社编辑部
2020 年 1 月

目　录

前言＿＿竺青 001

序＿＿001

第 一 回　天遣赤须龙下界　佛谪金翅鸟降凡＿＿001
第 二 回　泛洪涛虬王报怨　抚孤寡员外施恩＿＿009
第 三 回　岳院君闭门课子　周先生设帐授徒＿＿016
第 四 回　麒麟村小英雄结义　沥泉洞老蛇怪献枪＿＿024
第 五 回　岳飞巧试九枝箭　李春慨缔百年姻＿＿032
第 六 回　沥泉山岳飞庐墓　乱草岗牛皋剪径＿＿040
第 七 回　梦飞虎徐仁荐贤　索贿赂洪先革职＿＿048
第 八 回　岳飞完姻归故土　洪先纠盗劫行装＿＿055
第 九 回　元帅府岳鹏举谈兵　招商店宗留守赐宴＿＿065
第 十 回　大相国寺闲听评话　小教场中私抢状元＿＿075
第十一回　周三畏遵训赠宝剑　宗留守立誓取真才＿＿085
第十二回　夺状元枪挑小梁王　反武场放走岳鹏举＿＿095
第十三回　昭丰镇王贵染病　牟驼岗宗泽踹营＿＿103
第十四回　岳飞破贼酬知己　施全剪径遇良朋＿＿112

第 十 五 回	金兀术兴兵入寇	陆子敬设计御敌___121
第 十 六 回	下假书哈迷蚩割鼻	破潞安陆节度尽忠___130
第 十 七 回	梁夫人炮炸失两狼	张叔夜假降保河间___140
第 十 八 回	金兀术冰冻渡黄河	张邦昌奸谋倾社稷___147
第 十 九 回	李侍郎拼命骂番王	崔总兵进衣传血诏___156
第 二 十 回	金营神鸟引真主	夹江泥马渡康王___163
第二十一回	宋高宗金陵即帝位	岳鹏举划地绝交情___169
第二十二回	结义盟王佐假名	刺精忠岳母训子___179
第二十三回	胡先奉令探功绩	岳飞设计败金兵___187
第二十四回	释番将刘豫降金	献玉玺邦昌拜相___194
第二十五回	王横断桥霸渡口	邦昌假诏害忠良___203
第二十六回	刘豫恃宠张珠盖	曹荣降贼献黄河___213
第二十七回	岳飞大战爱华山	阮良水底擒兀术___220
第二十八回	岳元帅调兵剿寇	牛统制巡湖被擒___228
第二十九回	岳元帅单身探贼	耿明达兄弟投诚___235
第 三 十 回	破兵船岳飞定计	袭洞庭杨虎归降___243
第三十一回	穿梭镖明收虎将	苦肉计暗取康郎___253
第三十二回	牛皋酒醉破番兵	金节梦虎谐婚匹___264
第三十三回	刘鲁王纵子行凶	孟邦杰逃灾遇友___273
第三十四回	掘陷坑吉青被获	认弟兄张用献关___284
第三十五回	九宫山解粮遇盗	樊家庄争鹿招亲___294
第三十六回	何元庆两番被获	金兀术五路进兵___306

第三十七回	五通神显灵航大海	宋康王被困牛头山	318
第三十八回	解军粮英雄归宋室	下战书福将进金营	330
第三十九回	祭帅旗奸臣代畜	挑华车勇士遭殃	338
第四十回	杀番兵岳云保家属	赠赤兔关铃结义兄	344
第四十一回	巩家庄岳云聘妇	牛头山张宪救主	354
第四十二回	打碎免战牌岳公子犯令	挑死大王子韩彦直冲营	361
第四十三回	送客将军双结义	赠囊和尚泄天机	369
第四十四回	梁夫人击鼓战金山	金兀术败走黄天荡	378
第四十五回	掘通老鹳河兀术逃生	迁都临安郡岳飞归里	385
第四十六回	兀术施恩养秦桧	苗傅衔怨杀王渊	391
第四十七回	擒叛臣虎将勤王	召良帅贤后赐旗	398
第四十八回	杨景梦授杀手锏	王佐计设金兰宴	408
第四十九回	杨钦暗献地理图	世忠计破藏金窟	417
第五十回	打酒坛福将遇神仙	探冒山元戎遭厄难	432
第五十一回	伍尚志计摆火牛阵	鲍方祖赠宝破妖人	437
第五十二回	严成方较锤结义	戚统制暗箭报仇	446
第五十三回	岳元帅大破五方阵	杨再兴误走小商河	455
第五十四回	贬九成秦桧弄权	送钦差汤怀自刎	463
第五十五回	陆殿下单身战五将	王统制断臂假降金	472
第五十六回	述往事王佐献图	明邪正曹宁弑父	479
第五十七回	演钩连大破连环马	射箭书潜避铁浮陀	487
第五十八回	再放报仇箭戚方丧命	大破金龙阵关铃逞能	496

第五十九回	召回兵矫诏发金牌	详恶梦禅师赠偈语	507
第六十回	勘冤狱周三畏挂冠	探囹圄张总兵死义	517
第六十一回	东窗下夫妻设计	风波亭父子归神	532
第六十二回	韩家庄岳雷逢义友	七宝镇牛通闹酒坊	543
第六十三回	兴风浪忠魂显圣	投古井烈女殉身	554
第六十四回	诸葛梦里授兵书	欧阳狱中施巧计	565
第六十五回	小弟兄偷祭岳王坟	吕巡检婪赃闹乌镇	574
第六十六回	牛公子直言触父	柴娘娘恩义待仇	583
第六十七回	赵王府莽汉闹新房	问月庵弟兄双配匹	594
第六十八回	绑牛通智取尽南关	劫岳霆途遇众好汉	606
第六十九回	打擂台二祭岳王坟	愤冤情哭诉潮神庙	615
第七十回	灵隐寺进香疯僧游戏	众安桥行刺义士捐躯	624
第七十一回	苗王洞岳霖入赘	东南山何立见佛	633
第七十二回	黑蛮龙三祭岳王坟	秦丞相嚼舌归阴府	642
第七十三回	胡梦蝶醉后吟诗游地狱	金兀术三曹对案再兴兵	648
第七十四回	赦罪封功御祭岳王坟	勘奸定罪正法栖霞岭	658
第七十五回	万人口张俊应誓	杀奸属王彪报仇	666
第七十六回	普风师宝珠打宋将	诸葛锦火箭破驼龙	679
第七十七回	山狮驼兵阻界山	杨继周力敌番将	689
第七十八回	黑风珠吉青丧命	白龙带伍连被擒	699
第七十九回	施岑收服乌灵母	牛皋气死金兀术	714
第八十回	表精忠墓顶加封	证因果大鹏归位	728

前　言

南宋名将岳飞事迹,《宋史》有传,赞其"文武全器,仁智并施"。岳飞背刺"尽忠报国"四字,平内乱御外敌,矢志直捣黄龙,收复失地;却与苟且偏安之高宗、主和厌战之秦桧相左。岳家军指日渡河之际,父老百姓挽车牵牛,载粮馈军,顶盆焚香迎候者,充满道路;然昏君佞臣终以"莫须有"之罪,冤杀岳氏父子,自毁长城。岳飞尽忠报国、骁勇善战却以三十九岁英年冤屈而死,使民间同情有加、愤恨难平。孝宗即位后昭雪岳飞冤案,岳飞故事便以各种通俗文艺形式广为流传。吴自牧《梦粱录》、罗烨《醉翁谈录》均载有当时说话艺人演说岳飞故事的盛况,所谓一时间"听者纷纷"。元明两代戏剧中演叙岳飞故事的作品甚夥,如元代孔文卿有《地藏王证东窗事犯》杂剧、金仁杰有《秦太师东窗事犯》杂剧等;明代有阙名《宋大将岳飞精忠》杂剧、青霞仙客有《阴抉记》传奇、李梅实有《精忠旗》传奇、汤子垂有《续精忠记》传奇等。清代以降,京剧及多种地方戏中均有演叙岳飞故事的作品。明清小说中多有叙写岳飞故事者。明代章回小说有嘉靖间刊《大宋中兴通俗演义》,八卷八十四回,熊大木编写;另有《岳武穆精忠传》,六卷六十八回,乃署名邹元标者据熊大木小说删节归并而成;还有《岳武穆尽忠报国传》七卷二十八回,乃于华玉据正史对熊大木作品删改成书。清代话本小说则有古吴墨浪子搜辑的《西湖佳话》中的《岳坟忠迹》、陈树基搜辑的《西湖拾遗》中的《岳武穆千秋遗恨》等。但是,在民间流传最广、影响最大的通俗小说,则是清代章回小说《说岳全传》。

《说岳全传》,全称《增订精忠演义说岳全传》,二十卷八十回,题"仁和钱彩锦文氏编次"、"永福金丰大有氏增订"。卷首有金丰序,署"甲子孟春上浣永福金丰识于余庆堂"。钱彩、金丰二人生平不详。至于《说岳全传》何时成书,因清姚觐元编《外省移咨应毁各种书目》载乾隆五十三年(1788)禁毁书目中列有此书,学术界遂据此对其成书年代作出三种判断:一,金丰序所署"甲子"应指康熙二十三年(1684),书成此时;二,"甲子"应指乾隆九年(1744),书当成此时;三,"甲子"所指何年尚难定论,此书成于康乾之间。

《说岳全传》以正史所载岳飞生平事迹为故事框架,汲取民间传说、说唱伎艺、戏剧中演叙岳飞故事的内容为素材,虚构了大量情节及细节,使小说比其他同类题材作品更加生动多彩、引人入胜。小说作者将复杂纷纭的朝廷政事简化为忠奸斗争,又将忠奸斗争归结为宗教因果,从而将人间苦难虚化为神仙恩怨。略析作者寓意,首先,舒缓民间淳朴的怨愤之情,劝善惩恶,彰显正义。小说第八十回开场诗表露了作者的心迹:

世间缺陷甚纷纭,懊恨风波屈不伸。

牛神蛇鬼生花舌,幻将奇语慰忠魂。

显然,牛鬼蛇神的生花妙笔,也是作者的无奈之笔,作者并未自我陶醉于虚幻之笔中。然而,作者将史实传奇化,以善恶果报思想解释岳飞的悲剧命运,却在相当程度上满足了古代社会笃信因果报应的读者群的阅读期待,不仅与大众的主体价值观念相吻合,而且与大众的审美情趣相吻合,遂致小说不胫而走,广泛传播,深入人心。其次,规避康乾盛世的文字狱迫害。明清易鼎,康乾虽称盛世,但也盛行文字狱。清朝统治者与金人同族,向称"后金",使作者叙写宋金战争史实,不得不小心翼翼。书中对金人入侵中原未做过度指责,金兀术更是礼贤下士、慕忠恶奸的良将贤臣形象;且宋金大将同是上界神仙下界,宋金争鼎亦不过是神仙恩怨果报;并将笔锋直指宋朝奸佞,满腔愤懑,倾泻纸上,避祸之心显而易见。即使如此,清朝统治者仍惧怕深入人心的岳飞抗金故事,激起社会反清复明的民族意识,故于乾隆年间禁毁《说岳全传》,使作者的"懊恨"又添一重。

《说岳全传》的作者有意保存话本小说的文体特征,叙事语言口语化,生动传神;每回之间的转换,恰以关键情节为节点,凸显说话艺术的技法;不以人物形象刻画取胜,而以故事曲折生动传世。小说在整体构思和具体情节设计方面,深受《三国志演义》和《水浒传》的影响,如作者将岳飞的成长过程,按照以上两书的模式,改写成草泽英雄发迹史,岳飞动辄与江湖好汉结拜,使其成为岳家军将领,共同建功立业——仗义成为岳飞的重要行为准则。另如作者有意将岳飞故事写成《水浒》故事的延续,小说中出现了水泊梁山的英雄好汉及其后裔,前者如呼延灼、燕青,后者如阮小二之子阮良、关胜之子关铃、张青之子张国祥、董平之子董芳等,而岳飞的义父、恩师周侗,也是林冲的师父。其他如牛皋父子的形象,颇类张飞、李逵;第二十三回岳家军大胜金帅粘罕的场面描写,颇似《三国》中曹操夜走华容道的描写,等等。此乃作者有意迎合大众喜读《三国》《水浒》的阅读趣味,以其喜闻乐见的形式和内容,重新"包装"岳飞故事,果然收到良好的传播效果。

《说岳全传》刊刻传播后,版本众多,今存锦春堂藏版本、锦春堂刊本、以文居藏版本、嘉庆三年本衙藏版本、嘉庆六年福文堂藏版本、同治三年爱日堂刊本、同治九年刊本,等等。此次整理,以康乾间锦春堂藏版本为底本,以嘉庆三年(1798)本衙藏版本为主要校本,参校其他版本。凡底本文字讹夺衍倒,依校本改正;明清通俗小说中习惯用字、俗字、同音假借字、方言用字,凡不引起读者误会者均予保留,不改为标准简化字,亦不强为字形统一,以窥通俗小说之质朴风貌。如小说第十四回方言口语"海下无须"之"海"字,乃"颔"字音讹,"海"字保留,正字"颔"以"( )"标识。另有个别文字貌似不通,因无校本依据,暂且存疑,不便径改。此外,作品偶有行文粗疏之处,因不影响阅读,亦不作统一。如第五十九回"精忠报国"与前文"尽忠报国"文字有异;第六十一回道悦的偈语,岳飞转述时有文字差异,一仍其旧。依据整理体例,本书不出校记。校点或存不当之处,谨请方家斧正。

竺 青

2006年9月21日

序

从来创说者,不宜尽出于虚,而亦不必尽由于实。苟事事皆虚,则过于诞妄,而无以服考古之心;事事皆实,则失于平庸,而无以动一时之听。如宋徽宗朝有岳武穆之忠、秦桧之奸、兀术之横,其事固实而详焉;更有不闻于史册、不著于纪载者,则自上帝降灾而始,有赤须龙、虬龙变幻之说也,有女土蝠化身之说也,有大鹏鸟临凡之说也。其间,波澜不测,枝节纷繁,冤仇并结,忠佞俱亡,以及父丧子兴,英雄复起。此诚忠臣之后不失为忠,而大奸之报不恕其奸,良可慨矣!若夫兀术一战于朱仙而以武穆败之,再战于朱仙而以岳雷驱之,虽云奔北而竟以一人兼敌父子之勇,不亦难乎!至于假手仙魔之说,信其有也固可,信其无也亦可。总之,自始及终,皆归于天。故以言乎实,则有忠有奸有横之可考;以言乎虚,则有起有复有变之足观。实者虚之,虚者实之,娓娓乎有令人听之而忘倦矣。予亦乐是说之可以公诸同好,因序数语,以弁诸首,而付之梓。

甲子孟春上浣永福金丰识于余庆堂

第一回

天遣赤须龙下界　佛谪金翅鸟降凡

三百余年宋史,中间南北纵横。闲将二帝事评论,忠义堪悲堪敬。　忠义炎天霜露,奸邪秋月痴蝇。忽荣忽辱总虚名,怎奈黄粱不醒!

——右调《西江月》

诗曰:

五代干戈未肯休,黄袍加体始无忧。

那知南渡偏安主,不用忠良万姓愁。

自古天运循环,有兴有废。在下这一首诗,却引起一部南宋精忠武穆王尽忠报国的话头。

且说那残唐五代之时,朝梁暮晋,黎庶遭殃。其时西岳华山,有个处士陈抟,名唤希夷先生,是个道高德行仙人。一日,骑着驴儿在天汉桥经过,抬头看见五色祥云,忽然大笑一声,跌下驴来。众人忙问其故,先生道:"好了!好了!莫道世间无真主,一胎生下二龙来。"列位,你道他为何道此两句?只因有一官家,姓赵名弘殷,官拜司徒之职,夫人杜氏,在夹马营中生下一子,名叫匡胤,乃是上界霹雳大仙下降,故此红光异香,祥云拥护。那匡胤长大来英雄无比,一条杆棒,两个拳头,打成四百座军州,创立三百余年基业,国号大宋,建都汴梁。自从陈桥兵变，黄袍加体，即位以来，称为"见龙天子"；传位与弟匡义，所以说"一胎二龙"。自太祖开国至徽宗，共传八帝，那八帝？乃是：太祖，太宗，真宗，仁宗，英宗，神宗，哲宗，徽宗。这徽宗乃是上界长眉大仙降世，酷好神仙，自称为"道君皇帝"。其时天下太平已久，真个是，马放南山，刀枪入库，五谷丰登，万民乐业。有诗曰：

尧天舜日庆三多，鼓腹含哺遍地歌。

雨顺风调民乐业，牧牛放马弃干戈。

闲言不道。且说西方极乐世界大雷音寺我佛如来，一日端坐九品莲台，旁列着四大菩萨、八大金刚、五百罗汉、三千偈谛、比邱尼、比邱僧、优婆夷、优婆塞，共诸天护法圣众，齐听讲说妙法真经。正说得天花乱坠、宝雨缤纷之际，不期有一位星官，乃是女土蝠，偶在莲台之下听讲，一时忍不住，撒出一个臭屁来。我佛原是个大慈大悲之主，毫不在意。不道恼了佛顶上头一位护法神祇，名为大鹏金翅明王，眼射金光，背呈祥瑞，见那女土蝠污秽不洁，不觉大怒，展开双翅落下来，望着女土蝠头上这一嘴，就啄死了。那女土蝠一点灵光射出雷音寺，径往东土认母投胎，在下界王门为女，后来嫁与秦桧为妻，残害忠良，以报今日之仇。此是后话，按下不提。

且说佛爷将慧眼一观，口称："善哉，善哉！原来有此一段因果。"即唤大鹏鸟近前，喝道："你这孽畜！既归我教，怎不皈依五戒，辄敢如此行凶！我这里用你不着。今将你降落红尘，偿还冤债，直待功成行满，方许你归山，再成正果。"大鹏鸟遵了法旨，飞出雷音寺，径来东土投胎，不表。

且说那陈抟老祖，一生好睡。——他本是在睡中得道的神仙，世人不晓得，只说是"陈抟一瞌困千年"。那一日，老祖正睡在云床之上，有两个仙童，一个名唤清风，一个叫做明月。两个无事，清风便对明月道："贤弟，师父方才睡去，又不知几时方醒，我和你往前山去游玩片时如何？"明月道："使得。"他二人就手搀着手，出洞门来，闲步寻欢。但见松径清幽，竹阴逸趣。行到盘陀石边，猛见摆着一副残棋。清风道："贤弟，何人在此下棋，留到如今，你可记得吗？"明月道："小弟记得当年赵太祖去关西之时，在此地经过，被我师父将神风摄上山来下棋，赢了太祖二百两银子，逼他写卖华山文契，却是小青龙柴世宗、饿虎星郑子明做中保。后来太祖登了基，我师父带了文契下山，到京贺喜，求他免了钱粮。这盘棋就是他的残局。"清风道："贤弟好记性，果然不差。今日无事，我请教你对弈一盘何如？"明月道："师兄有兴，小弟即当奉陪。"

二人对面坐定，正待下手时，忽听得半空中一声响亮。二人急抬头看时，只见那西北上黑气漫天，将近东南，好生怕人。清风叫一声："师弟，不好了！想是天翻地覆了！"两个慌慌张张走到云床前跪下，大叫道："师父！不好了！快些醒来！要天翻地覆了！"老祖正在梦酣之际，被那二人叫醒了，只得起来，一齐走出洞府，抬头一看，老祖道："原来是这个畜生，如此凶恶，也难免这一劫。"清风、明月道："师父，这是什么因果？弟子们迷心不悟，望师父指点。"老祖道："你们两个根浅行薄，那里得知。也罢，说与你们听听罢。这段因果，只为当今徽宗皇帝元旦郊天，那表章上原写的是'玉皇大帝'，不道将'玉'字上一点，点在'大'字上去，却不是'王皇犬帝'了？玉帝看了大怒道：'王皇可恕，犬帝难饶！'遂命赤须龙下界，降生于北地女真国黄龙府内，使他后来侵犯中原，搅乱宋室江山，使万民受兵革之灾，岂不可惨！"二童道："师父，今日就是这赤须龙下界么？"老祖道："非也。此乃我佛如来恐赤须龙无人降伏，故遣大鹏鸟下界，保全宋室江山，以满一十八帝年数。你看这孽畜将近飞来，你两个看好洞门，待我去看他降生何处。"就把双足一登，驾起祥云，看那大鹏一翅飞到黄河边。

这黄河，有名的叫做"九曲黄河"，环绕九千里。当初东晋时，许真君老爷斩蛟，那蛟精变作秀才，改名慎郎，入赘在长沙贾刺史家，被真君擒住，锁在江西城南井中铁树上，饶了他妻贾氏，已后往乌龙山出家。所生三子，真君已斩了两个，其第三子逃入黄河岸边虎牙滩下，后来修行得道，名为"铁背虬王"。这一日，变做个白衣秀士，聚集了些虾兵蟹将，在那山崖前摆阵顽耍，恰遇着这大鹏飞到。那大鹏这双神眼认得是个妖精，一翅落将下来，望着老龙这一嘴，正啄着左眼，霎时眼睛突出，满面流血，叫一声"阿呀"，滚下黄河深底藏躲。那些水族连忙跳入水中去躲。却有一个不识时务的团鱼精，仗着有些力气，舞着双叉，大叫道："何方妖怪，擅敢行凶！"叫声未绝，早被大鹏一嘴，啄得四脚朝天，呜呼哀哉。一灵不灭，直飞至东土投胎，后来就是万俟卨，锻炼岳爷爷冤狱，屈死风波亭上，以报此仇。此也是后话。

当时老祖看得明白,点头叹息道:"这业畜落了劫,尚且行凶,这冤冤相报,何日得了!"一面嗟叹,一面驾着云头,跟着大鹏。那大鹏飞到河南相州一家屋脊上立定,再看时就不见了。当时老祖也就落下云头,摇身一变,变做一个年老道人,手持一根拐杖,前来访问。

却说那个人家,姓岳名和,安人姚氏,年已四十,才生下这一个儿子。丫环出来报喜。这员外年将半百,生了儿子,自然快活,忙忙的向家堂神庙点烛烧香,忙个不了。不道这陈抟老祖变了个道人,摇摇摆摆来到庄门首,向着那个老门公打个稽首,道:"贫道腹中饥饿,特来抄化一斋,望乞方便。"那个老门公把头摇一摇,说道:"师父,你来得不凑巧!我家员外极肯做好事,往常时不要说师父一个,就是十位二十位,俱肯斋的。只因年已半百,没有公子,去年在南海普陀去进香求嗣,果然菩萨灵验,安人回来就得了孕。今日生下了一位小官人,家里忙忙碌碌,况且厨下不洁净。不便不便,你再往别家去罢。"老祖道:"贫道远方到此,或者有缘,你只与我进去说一声。允与不允,就完了斋公的好意了。"门公道:"也罢。老师父且请坐一坐,待我进去与员外说一声看。"说罢,就走到里边,叫一声:"员外,外边有一个道人,要求员外一斋。"岳和道:"你是有年纪的人,怎不晓事?今日家中生了小官人,忙忙碌碌,况且是暗房。那道人是个修经念佛的人,我斋他不打紧,他回到那佛地上去,我与孩儿两个身上,岂不反招罪过么?"

门公回身出来,照依员外的话对老祖说了。老祖道:"今日有缘到此,相烦再进去禀复一声,说'有福是你享,有罪是贫道当'便了。"

门公只得又进来禀。员外道:"非是我不肯斋他,实是不便,却怎么处?"门公道:"员外,这也怪他不得,荒村野地又无饭店,叫他何处投奔?常言道:'出钱不坐罪。'员外斋他是好意,岂反有罪过之理?"岳和想了一想,点头道:"这也讲得有理。你去请他进来。"门公答应一声,走将出来,叫声:"师父,亏我说了多少帮衬的话,员外方肯请师父到里边去。"老祖道:"难得,难得!"一面说,一面走到中堂。

岳和抬头一看,见这道人鹤发童颜,骨格清奇,连忙下阶迎接。到厅上见了礼,分宾主坐下。岳和开言道:"师父,非是弟子推托,只因寒荆产了一子,恐不洁净,触污了师父。"老祖道:"积善虽无人见,存心自有天知。'请问员外贵姓大名?"岳和道:"弟子姓岳名和,祖居在此相州汤阴县该管地方。这里本是孝弟里永和乡,因弟子薄薄有些家私,耕种几亩田产,故此人都称我这里为岳家庄。不敢动问老师法号,在何处焚修?"老祖道:"贫道法号希夷,云游四海,到处为家。今日偶然来到贵庄,正值员外生了公子,岂不是有缘?但不知员外可肯把令郎抱出来,待贫道看看令郎可有什么关煞,待贫道与他禳解禳解。"员外道:"这个使不得!那污秽触了三光,不独老夫,就是师父也难免罪过。"老祖道:"不妨事。只要拿一把雨伞撑了出来,就不能污触天地,兼且神鬼皆惊。"

员外道:"既如此,老师父请坐,待老夫进去与老荆相商。"说罢,就转身到里边来,吩咐家人收拾洁净素斋,然后进卧房来,见了安人,问道:"身子安否?"安人道:"感谢天地神明、祖宗护佑,妾身甚是平安。员外,你看看小孩子生得好么?"岳和看了看,抱在怀中,十分欢喜,便对安人道:"外边有个道人进门化斋,他说修行了多年,会得禳解之法。要看看孩儿,若有关煞,好与他解除消灾。"院君道:"才生下的小厮,恐血光污触了神明,甚不稳便。"员外道:"我也如此说。那道人传与我一个法儿,叫将雨伞撑了,遮身出去,便不妨事,兼且诸邪远避。"院君道:"既如此,员外好生抱了出去,不要惊了他。"

员外应声"晓得",就双手捧定,叫小厮拿一把雨伞撑开,遮了头上,抱将出来,到了堂前立定。道人看了,赞不绝口道:"好个令郎!可曾取名字否?"员外道:"小儿今日初生,尚未取名。"老祖道:"贫道斗胆,替令郎取个名字如何?"员外道:"老师肯赐名,极妙的了!"老祖道:"我看令郎相貌魁梧,长大来必然前程万里,远举高飞,就取个'飞'字为名,表字'鹏举',何如?"员外听了,心中大喜,再三称谢。老祖道:"这里有风,抱了令郎进去罢。"员外应声道"是",便把儿子照旧抱进房来睡好,将道人取的名字,细细说与院君知道。那院君也是十分欢喜。

员外复到中堂,款待道人。那老祖道:"有一事告禀员外,贫道方才有一道友同来,却往前村化斋去;贫道却走这里来,约定若有施主,邀来同享。今蒙员外盛席,意欲去相邀这道友同来领情,不知尊意允否?"员外道:"这是极使得的。但不知这位师父却在何处?待弟子去请来便了。"老祖道:"出家人行踪无定,待贫道自去寻来。"遂移步出厅。只见那天井内有两件东西,老祖连声道好。

不因老祖见了这两件东西,有分教:相州城内,遭一番洪水波涛;

内黄县中,聚几个英雄好汉。正是:

　　万事皆由天数定,一生都是命安排。

毕竟后事如何,且听下回分解。

第二回

泛洪涛虮王报怨　抚孤寡员外施恩

诗曰：

　　波浪洪涛滚滚来，无辜百姓受飞灾。

　　冤冤相报何时了，从今结下祸殃胎。

常言道："冤家宜解不宜结。"那人来惹我，尚然要忍耐，让他几分，免了多少是非；何况那蛟精，在真君剑下逃出命来，躲在这黄河岸边，修行了八百几十年，才挣得个"铁背虮龙"的名号，满望有日功成行满，那里想到被这大鹏鸟蓦地一嘴，把这左眼啄瞎！这口气如何出得？所以后来弄出许多事来。此虽是天数，也是这大鹏结下的冤仇。

那陈抟老祖预知此事，又恐怕那大鹏脱了根基，故此与他取了名字，遗授玄机。当时同岳员外走出厅来，见天井内有两只大花缸摆列在阶下，原是员外新近买来要养金鱼的，尚未贮水。老祖假意道："好一对花缸！"将那拐杖在缸内画上灵符，口中默默念咒，演法端正，然后出门。岳和在后相送。到大门首，老祖道："我们出家人不打诳语的，倘若到前村有了施主，贫道就不来了。"岳和道："不要这等说。师父到前村寻见了令道友，就同到小庄，斋供几日，方称我意。"老祖道："多谢！但有一事，三日之内，若令郎平安，不消说得；但若有甚惊恐，可叫安人抱了令郎，坐在左首那只大花缸内，方保得性命。切记吾言，决不要忘了！"岳和连声道："领命领命。师父务必寻着道友同来，免得弟子悬候。"那老祖告别，员外送出庄门，飘然回山而去。

且说那岳和，欢欢喜喜，到了第三日，家内挂红结彩，亲眷朋友都来庆贺三朝。见过了礼，员外设席款待。众人齐道："老来得子，真是天来大的喜事！老哥可进去与老嫂说声，抱出来与我们看看也好。"岳和满口应承，走到房中与安人说了，仍旧叫小厮撑了一把伞，抱出厅上来，与众人看。众人见小官人生得顶高额阔，鼻直口方，个个称赞。不道有个后生冒冒失失走到面前，捏着小官人手，轻轻的抬了一抬，说道："果然好个小官人！"话声未绝，只见那小官人怪哭起来。那后生着了忙，便对岳和道："想是令郎要吃奶了，快些抱进去罢。"岳和慌慌张张抱了进去。这班亲友俱备埋怨这位后生道："员外年将半百方得此子，乃是掌上明珠。这粉嫩的手，怎的冒里冒失，捏他一把！如今哭将起来，使他一家不安，我等也觉没趣。"又向着一个老家人问道："小官人安稳了么？"那家人答道："小官人只是哭，连乳也不要吃。"众人齐声道："这便怎么处！"一面说，脸上好生没趣，淡淡的走开的走开，回去的回去，一霎时都散了。

那岳员外在房中见儿子啼哭不止，没法处治，安人埋怨不绝。岳员外忽然想起"前日那个道人曾说我儿三日内倘有不安，却叫安人抱出去坐在花缸内，方保无事"的话，对安人说了。安人正在没做理会处，便道："既如此，快抱出去便了。"说罢，把衣裳穿好，叫丫环拿条绒毡铺在花缸之内。姚氏安人抱了岳飞，方才坐定在缸内，只听得天崩的一声响亮,登时地裂,滔滔洪水漫将起来,把个岳家庄变成大海,一村人民俱随水飘流。

列位,你道这水因何而起?乃是黄河中的铁背虬龙要报前日一啄之仇,打听得大鹏投生在此,却率了一班水族兵将兴此波涛,枉害了一村人性命,却是犯了天条。玉帝命下,着屠龙力士在剐龙台上吃了一刀。这虬精一灵不忿,就在东土投胎,后来就是秦桧,连用十二道金牌将岳爷召回,在风波亭上谋害,以报此仇。后话不表。

且说这岳飞幸亏陈抟老祖预备花缸,不能伤命。这岳和扳着花缸,姚氏安人在缸内大哭道:"这事怎处!"岳和叫声:"安人!此乃天数难逃!我将此子托付于你,仗你保全岳氏一点血脉,我虽葬鱼腹,亦得瞑目!"说还未了,手略一松,"泳"的一声,随水飘流,不知去向了。那安人坐在缸中,随着水势,直淌到河北大名府内黄县方住。

那县离城三十里有一村,名唤麒麟村。村中有个富户,姓王名明,安人何氏,夫妇同庚五十岁。王明一日清早起来,坐在厅上,叫家人王安过来,道:"王安,你可进城去,请一个算命先生来。我在此等着。"王安道:"我请了一个有眼睛的来还好,倘若请了个没眼睛的先生,此去来往有六十里,员外那里等得?不知员外要请这算命的何用?"王明道:"我夜来得了一个梦,要请他来圆梦。"王安道:"若说算命,小的不会;若是圆梦,小人是极在行的。只是有'三不圆'。"王明道:"怎么有'三不圆'?"王安道:"初更二更的梦不圆,四更五更的梦不圆,记得梦头忘了梦尾不圆。要在三更做的梦,又要记得清楚,方圆得有准。"王明道:"我正是三更做的梦,梦见半空中火起,火光冲天,把我惊醒。不知主何吉凶?"王安道:"恭喜员外,火起必遇贵人。"王明大怒,骂道:"你这狗才!那里会圆什么梦!明明怕走路,却将这些胡言来哄我!"王安道:"小人怎敢。那日跟员外到县里去完钱粮,在书坊门首经过,买了一本《解梦全书》。员外若不信,待小人取来与员外看。"王明道:"拿来我看。"王安答应一声,进房去拿了一本梦书,寻出这一行,送与员外看。员外接来一看,果有此说,心中暗想:"此地村庄地面,有何贵人相遇?"正在半疑半信,忽听得门外震天价喧嚷。员外吃了一惊,便叫王安:"快到庄前去看来!"王安答应不及,飞一般赶将出来,看得明白,慌忙报与员外道:"不知那里水发,水口边淌着许多家伙什物,那些村里人都去抢夺,故此喧喧嚷嚷。"

员外听了这话,即同了王安走出庄来观看,一步步行到水口边,只见那些众邻舍乱抢物件。王明叹息不已。王安远远望见一件东西淌来,上面有许多鹰鸟搭着翎翅,好像凉棚一般的盖在半空。王安指道:"员外请看那边这些鹰鸟,好不奇怪么?"员外抬头观看,果然奇异。不一时,看看流到岸边来,却是一只花缸,花缸内一个妇人抱着一个小厮。那众人只顾抢那箱笼物件,那里还肯来救人。王安走上前赶散了鹰鸟,叫道:"员外,这不是贵人?"员外走近一看,便叫王安:"一个半老妇人,怎么说是贵人?"王安道:"他怀中抱着个孩子,飘流不死。古人云:'大难不死,必有厚禄。'况兼这些鹰鸟护佑着他,长大来必定做官。岂不是个贵人?"王明暗想:"不知何处飘流到此?"便向花缸内问道:"这位安人住居何处?姓甚名谁?"连问了几声,全不答应。员外道:"敢是耳聋的么?"却不知这安人生产才得三日,人是虚的;又遭此大难,在水面上团团转转,自然头晕眼昏,故此问而不答。那王安道:"待小人去问来。"即忙走到缸边喊道:"这位奶奶的耳朵可是聋的?我家员外在此问你,是何方人氏?怎么坐在缸内?"姚氏安人听得有人叫唤,方才抬起头来一看,眼泪汪汪,说道:"这里莫不是阴司地府么?"王安道:"这个奶奶好笑!好好的人,怎么说是阴司地府起来!"

王员外方晓得他是坐在缸内昏迷不醒,不是耳聋,忙叫王安向近村人家讨了一碗热汤,与他吃了,便道:"安人,我这里是河北大名府内黄县麒麟村。不知安人住居何处?"安人听了,不觉悲悲咽咽的道:"妾身乃相州汤阴县孝弟里永和乡岳家庄人氏,因遭洪水泛涨,妾夫被水漂流,不知死活,人口田产尽行漂没。妾身命不该绝,抱着小儿坐在缸内,淌到此地来。"说罢,就放声大哭。员外对王安道:"许远路途,一直淌到这里,好生怕人!"王安道:"员外做些好事,救他母子两个,留在家中,做些生活也是好的。"员外点头道:"说得有理。"便对安人道:"老汉姓王名明,舍下就在前面。安人若肯到舍下权且住下,待我着人前去探听得安人家下平定,再差人送安人回去,夫妻父子完聚。不知安人意下如何?"安人道:"多谢恩公!若肯收留我母子二人,真乃是重生父母。"员外道:"好说。"叫王安扶了安人出缸,对着那些乡里人说道:"这个你们不要抢了去。"众人多笑着员外是个呆子,东西不抢,反收留了两个吃饭的回去。

王安先去报知院君。这里姚氏安人慢慢的行到庄门前,王院君早已出庄迎接。安人进内见过了礼，诉说一番夫妇分离之苦。院君与丫环等听了亦觉伤心。当日院君吩咐妇女们打扫东首空房，安顿岳家安人住下。那安人做人一团和气，上下众人无不尊敬。王员外又差人往汤阴县探听，水势已平复，岳家人口并无下落。岳安人听了，放声大哭；王院君再三劝解，方才收泪。自此二人情同姊妹一般。一日闲话中间，说起员外无子，岳安人道："'不孝有三，无后为大。'这样大家财，被别人得了，岂不可惜？不如纳一偏房，倘或生下一男半女，也不绝了王门一脉。"那个王院君本来有些醋意，却被岳安人劝转，即着媒人讨了一妾与王员外。到了第二年，果然生下一子，取名王贵。王员外十分感激那岳安人。

不觉光阴易过，日月如梭。这岳飞看看长成七岁，王贵已是六岁了。王员外请个训蒙先生到家，教他两个读书识字。那村中有个汤员外、一个张员外，俱是王员外的好友，各将儿子汤怀、张显送来读书。那岳飞还肯用心，这三个小顽皮，非惟不肯读书，终日在学堂里舞棒并拳，先生略略的责罚几句，不独不服管，反把先生的胡子几乎挦得精光。那先生欲待认真，又俱是独养儿子，父母爱恤，奈何他不得，只得辞馆回去。一连几个俱是如此。王明也没奈何，对岳安人道："令郎年已长成，在此不便，门外有几间空房，动用家伙，俱有在内，不若安人往那边居住，日用薪水，我自差人送来。不知安人意下如何？"岳安人道："多蒙员外、院君救我母子，大恩难报。又蒙员外费心，我母子在外居住倒也相安。"王员外即去备办了许多柴米油盐、家伙动用之物。

岳安人即取通书，拣定了吉日，搬移出去另住，日逐与邻舍人家做些针指，趁几分银钱添补，倒也有些积趱。一日对岳飞道："你今年七岁，也不小了，天天顽耍也不是个了局。我已备下一个柴扒、一只筐篮在此，你明日去扒些柴回来也好。就是员外见了，也见得我娘儿两个做人勤谨。"岳飞道："谨依母命，明日孩儿就去打柴便了。"当夜无话。到了次日早起，岳安人收拾早饭，叫岳飞吃了。岳飞就拿了筐篮、柴扒出去，叫声："母亲，孩儿不在家中，可关上了门罢。"好一个贤惠安人，果然是"夫死从子"，答应一声，关门进去，嚎啕痛哭道："若是他父亲在日，这样小小年纪，自然请个先生教他读书，如今却教他去打柴！"正是：

千悲万苦心俱碎，肠断魂销胆亦飞。

毕竟岳飞入山打柴，又做出甚么事来，且听下回分解。

第三回

岳院君闭门课子　周先生设帐授徒

诗曰：

藁砧已丧年将老，堪嗟幼子困蓬蒿。

终宵纺绩供家食，勤将书史教儿曹。

且说这岳飞出了门，一时应承了母亲出来打柴，却未知往何处去方有柴。一面想，一头望着一座土山走来。立住脚，四面一望，并无一根柴草。一步步直走到山顶上，四下并无人迹；再爬至第二山后一望，只见七八个小厮，成团打块的在荒草地下顽耍。内中有两个，却是王员外左边邻舍的儿子，一个张小乙，一个李小二。认得是岳飞，叫一声："岳家兄弟！你来做甚事？"岳飞道："我奉母亲之命，来耙些柴草。"众小童齐声道："你来得好。且不要耙柴，同我们堆罗汉耍子。"岳飞道："我奉母命，叫我打柴，没有工夫同你们顽耍。"那些小厮道："动不动什么'母命'！你若不肯陪我们顽，就打你这狗头！"岳飞道："你们休要取笑，我岳飞也不是怕人的嘘！"张乙道："谁与你取笑！"李二接口道："你不怕人，难道我们倒怕了你不成？"王三道："不要与他讲！"就上前一拳。赵四就跟上来一脚。七八个小厮就一齐上前打攒盘，却被岳飞两手一拉，推倒了三四个，趁空脱身便走。众小厮道："你走！你走！"口里虽是这等说，却见岳飞厉害，不敢追来。

有几个反赶到岳家来,哭哭啼啼,告诉岳安人,说是岳飞打了他。岳安人把几句好话安顿了他回去。

那岳飞打脱了众小厮,却往山后折了些枯枝,装满一篮;天色已晚,提了那筐篮,慢慢的走回家来。走进门,放下柴篮,到里边去吃饭。岳安人看见篮内俱是枯枝,便对岳飞道:"我叫你去扒些乱草柴,反与小厮们厮打,惹得人上门上户;况且这枯枝乃是人家花利,倘被山主看见了,岂不被他们责打?况且爬上树去,倘然跌将下来,有些差迟,叫做娘的倚靠何人?"岳飞连忙跪下道:"母亲且免愁烦,孩儿明日不取枯枝便了。"岳安人道:"你且起来。如今不要你去扒柴了。我向来在员外里边取得这几部书留下,明日待我教你读书。"岳飞道:"谨依母命便了。"当夜无话。

到了明日,岳安人将书展开,教岳飞读。那经得岳飞资质聪明,一教便读,一读便熟。过了数日,岳安人叫声:"我儿,你做娘的积攒得几分生活银子,你可拿去买些纸笔来,学写书法,也是要紧的。"岳飞想了一想,便道:"母亲,不必去买,孩儿自有纸笔。"安人道:"在那里?"岳飞道:"待孩儿去取来。"即去取了一个畚箕,走出门来,竟到水口边满满的畚了一箕的河砂,又折了几根杨柳枝,做成笔的模样。走回家来,对安人道:"母亲,这个纸笔不消银钱去买,再也用不完的。"安人微微笑道:"这倒也好。"就将砂铺在桌上,安人将手把了柳枝,教他写字。把了一会,岳飞自己也就会写了。从此在家,朝夕读书写字不提。

且说王员外的儿子王贵,年纪虽只得六岁,却生得身强力大,气质粗卤。一日,同了家人王安到后花园中游玩,走进那百花亭上坐下,看见桌上摆着一副象棋。王贵问道:"这是什么东西? 怎么有这许多字在上面? 做甚么用的?"王安道:"这个叫做'象棋',是两人对下赌输赢的。"王贵道:"怎么便赢了?"王安道:"或是红的吃了黑的将军,黑的就输;黑的吃了红的将军,黑的算赢。"王贵道:"这个何难! 你摆好了,我和你下一盘。"王安就将棋子摆好,把红的送在王贵面前道:"小官人请先下。"王贵道:"我若先动手,你就输了。"王安道:"怎么我就输了?"王贵先将自己的将军吃了王安的将军,便道:"岂不是你输了?"王安笑道:"那里有这样的下法,将军都是走得出的? 还要我来教你。"王贵道:"放屁! 做了将军,由得我做主,怎么就不许走出? 你欺我不会下棋,反来骗我么?"拿起棋盘就望王安头上打将过来。这王安不曾提防,被王贵一棋盘,打得头上鲜血直流。王安叫声:"阿呀!"双手捧着头,掇转身就走。王贵随后赶来。

王安跑到后堂,员外看见王安满头鲜血,问其原故。王安将下棋的事,禀说一遍。正说未完,王贵恰恰赶来。员外大怒,骂道:"畜生! 你小小年纪,敢如此无礼!"遂将王贵头上一连几个栗爆。王贵见爹爹打骂,飞跑的赶进房中,到母亲面前哭道:"爹爹要打死孩儿!"院君忙叫丫环拿果子与他吃,说道:"不要哭,有我在此。"说还未了,只见员外怒冲冲的走来,院君就房门口拦住。员外道:"这小畜生在那里?"院君也不回言,就把员外脸狠狠的一掌,反大哭起来,骂道:"你这老杀才! 今日说无子,明日道少儿,亏得岳安人再三相劝讨妾,才生得这一个儿子。为着什么大事就要打死他? 这粉嫩的骨头如何经得起你打？罢！罢！我不如与你这老杀才拼了命罢！"就一头望员外撞来。幸亏得一众丫环使女，连忙上前，拖的拖，劝的劝，将院君扯进房去。

员外直气得开口不得，只挣得一句道："罢，罢，罢！你这般纵容他，只怕误了他的终身不小！"转身来到中堂，闷昏昏没个出气处。只见门公进来报说："张员外来了。"员外叫请进来。不一时，接进里边，行礼坐下。王明道："贤弟为何尊容有些怒气？"张员外道："大哥，不要说起！小弟因患了些疯气，步履艰难，为此买了一匹马，养在家中，代代脚力。谁想你这张显侄儿天天骑了出去，撞坏人家东西，小弟只得认赔，也非一次了。不道今日又出去，把人都踏伤，抬到门上来炒闹。小弟再三赔罪，与了他几两银子去服药调治，方才去了。这畜生如此胡为，自然责了他几下，却被你那不贤弟媳护短，反与我大闹一场，脸上都被他抓破。我气不过，特来告诉告诉大哥。"王明尚未开口，又见一个人气哄哄的叫将进来道："大哥！二哥！怎么处，怎么处！"二人抬头观看，却是王明、张达的好友汤文仲。二人连忙起身相迎，问道："老弟为着何事这般光景？"文仲坐定，气得出不得声，停了一会道："大哥！二哥！我告诉你，有个金老儿，夫妻两个，租着小弟门首一间空房，开个汤圆店。那知你这汤怀侄儿日日去吃汤圆，把他做的都吃了，只叫不够；次日多做了些，他又不去吃，做少了又去炒闹。那金老没奈何，来告诉小弟，小弟赔他些银子，把汤怀骂了几句。谁知这畜生，昨夜搬些石头堆在他门首，今早金老起来开门，那石头倒将进去，打伤了脚，幸喜不曾打死。他夫妻两个哭哭啼啼的来告诉我,我只得又送些银钱与他去将养。小弟自然把这畜生打了几下,你那不贤弟妇,反与我要死要活,打了我一面杖!这口气无处可出,特来告诉大哥!"王明道:"贤弟不必气恼,我两个也是同病。"就将王贵、张显之事,说了一遍。各各又气又恼又没法。

正在无可奈何,只见门公进来禀说:"陕西周侗老相公到此要见。"三个员外听了大喜,一齐出到门外来相接。迎到厅上来,见礼坐下。王明开言道:"大哥久不相会,一向闻说大哥在东京,今日甚风吹得到此?"周侗道:"只因老夫年迈,向来在府城内卢家的时节,曾挣得几亩田产在此地,特来算算帐,顺便望望贤弟们,就要返舍去的。"王明道:"难得老哥到此,自然盘桓几日,再无就去之理。"忙叫厨下备酒接风,一面叫王安打发庄丁去挑了行李来。

三个员外聚坐闲谈。王明又问:"大哥,别来二十余年,未知老嫂、令郎在于何处?"周侗道:"老妻去世已久。小儿跟了小徒卢俊义前去征辽,没于军中;就是小徒林冲、卢俊义两个,俱被奸臣所害。如今真个举目无亲了。不知贤弟们各有几位令郎么?"三个员外道:"不瞒兄长说,我们三个正为了这些业障,在此诉苦。"三个人各把三个儿子的事,告诉一番。周侗道:"既然如此年纪,为何不请个先生来教训他?"三个员外道:"也曾请过几位先生,俱被他们打去。这样顽劣,谁肯教他?"周侗微笑道:"这都是这几位先生不善教训,以致如此。不是老汉夸口,若是老夫在此教他,看他们可能打我么?"三个员外大喜道:"既然如此,不知大哥肯屈留在此么?"周侗道:"三位老弟面上,老汉就成就了侄儿们罢。"三个员外不胜之喜,各各致谢。

当日酒散，张、汤二人各自回去不提。

且说王贵正在外边顽耍，一个庄丁道："员外请了个狠先生来教学，看你们顽不成了！"王贵听了，急急的寻着张显、汤怀商议，准备铁尺短棍，好打先生个下马威。次日，众员外送儿子上学，都来拜见了先生，请周侗吃上学酒。周侗道："贤弟们且请回，此刻不是吃酒的时候。"就送了三个员外出了书房，转身进来，就叫王贵上书。王贵道："客还未上书，那有主人先上书之理？这样不通，还亏你出来做先生！"便伸手向袜筒内一摸，掣出一条铁尺，望着先生头上打来。周侗眼快手快，把头一侧，一手接住铁尺，一手将王贵夹背一拎，揿倒在凳上，取过戒方，将王贵重重的打了几下。你道富家子弟从未经着疼痛过的，这几下直打得王贵伏伏贴贴，只得依他教训。那张显、汤怀见了，暗暗的把短家伙撇掉，也不敢放肆了。自此以后，皆听从先生，用心攻读。

且说这岳飞在隔壁，每每将凳子垫了脚，爬在墙头上听那周侗讲书。忽一日，书童禀说："西乡有一个什么王老实，要见老相公。"周侗道："我正要见他，快请他进来。"书童应声"晓得"，出去不多时，引那王老实到书房内来，见了周侗便道："小人一向种的老相公的田地，老相公有十余年不曾到此，小人将历年租米卖出来的银子收在家里；今闻得老相公在此，特来看望，请老相公前去把账来算算。"周侗道："难得你老人家这等志诚。"便叫王贵："你进去对王安说：'先生有个佃户到此，可有便饭，拿一箸与他吃。'"王贵转身进去。周侗又问："目下田稻何如？"王老实道："小人田内，一年有两年的收成。今年禾生双穗,岂不是老相公的喜事?"周侗道:"禾生双穗,主出贵人的。这也大奇。明日同你去看。"正说间,书童来叫佃户外边吃饭去。当日就留王老实住下。次日,周侗对三个学生道:"我出三个题目在此,你们用心做成破题,待我回来批阅。"一面说,一面换了衣服,便同了王老实出门下乡去了。

且说岳飞看见周侗出门,心内想道:"先生既出去,我不免到他馆中去看看。"遂走将过来。王贵看见,就一把扯住,叫道:"汤哥哥,张兄弟,你两个人来看看,这个人就叫岳飞,我爹爹常说他聪明得极。今日先生出了题目,要我们做,我们那有这样心情,不如央他代做做,何如?"张、汤两个齐声道:"有理。我们正要回去望望母亲,岳哥替我们代做了罢。"岳飞道:"恐怕做来不好,不中先生之意。"三人道:"休要太谦,一定要拜烦的了。"王贵恐岳飞逃走了去,将那书房门反锁起来,对岳飞道:"你若肚中饥饿,抽屉内有点心,尽着你吃。"说罢,三个飞跑的顽耍去了。

岳飞将三人平昔所做的破题翻出看了,照依各人的口气,做了三个破题。走到先生位上坐下,将周侗的文章细细看了,不觉拍案道:"我岳飞若得此人训教,何虑日后不得成名!"立起身来,提着笔,蘸着墨,端过垫脚小凳,站在上边,在那粉壁上写了几句道:

投笔由来羡虎头,须教谈笑觅封侯。

胸中浩气凌霄汉,腰下青萍射斗牛。

英雄自合调羹鼎,云龙风虎自相投。

功名未遂男儿志,一任人时笑敝裘。

写完了,念了一遍,又在那八句后写着八个字道"七龄幼童岳飞偶题"。方才放下笔,忽听得书房门锁响,回身一看,只见王贵同着张显、汤怀推进门来,慌慌张张的说道:"不好了!快走!快走!"岳飞吃了一惊。

不知为着何事,且听下回分解。

第四回

麒麟村小英雄结义　　沥泉洞老蛇怪献枪

　　古人结交惟结心，此心堪比石与金。金石易消心不易，百年契合共于今。今人结交惟结口，往来欢娱等着酒。只因小事失相酬，从此生嗔便分手。嗟乎大丈夫，贪财忘义非吾徒。陈雷管鲍莫再得，结交轻薄不如无。水底鱼，天边雁，高可射兮低可钓。万丈深潭终有底，只有人心不可量。虎豹不堪骑，人心隔肚皮。休将心腹事，说与结交知。自后无情日，反成大是非！

此一篇古风，名为《结交行》，乃是嗟叹今世之人，当先如胶似漆，后来反面无情。那里学得古人如金似石，要像如陈雷管鲍生死不移的，千古无二。所以说"古人结交惟结心"，不比今人，惟结口头交也。闲话慢表。

且说那岳飞因慕周先生的才学，自愧家寒，不能从游，偶然触起自家的抱负，一时题了这首诗在壁上，刚刚写完，不道先生回来。王贵三人恐怕先生看见，破了他代做之弊，为此慌慌张张叫道："快些回去罢！先生回来了。快走快走！"岳飞只得走出书房，回家不表。

且说周侗回至馆中坐定，心中暗想："禾生双穗，甚是奇异。这小小村落，那里出什么贵人？"一面想，见那三张破题摆在面前，拿过来逐张看了，文理皆通，尽可成器；又将他三人往日做的一看，觉得甚是不通,心下自忖道:"今日这三个学生为何才学骤长?想是我的老运亨通,也不枉传授了三个门生。"再拿起来细看了一回,越觉得天然精密。又想道:"莫不是倩人代做的?亦未可定。"因问王贵道:"今日我下乡去后,有何人到我书房中来?"王贵回说没有人来。周侗正在疑惑,猛然抬起头来,见那壁上写着几行字;立起身上前一看,却是一首诗,虽不甚美,却句法可观,且抱负不小。再看到后头,写着岳飞名字,方知王员外所说,有个岳飞甚是聪明,话果非虚,便指着王贵道:"你这畜生!现有岳飞题诗在墙上,怎说没有人到书房中来?怪道你们三个破题做得比往日不同,原来是他替你们代做的。你快去与我请他过来见我。"

王贵不敢则声,一直走到岳家来,对岳飞道:"你在书房内墙上不知写了些什么东西,先生见了发怒,叫我来请你去,恐怕是要打哩!"岳安人听见,好生惊慌,后来听见一个"请"字,方才放心,便对岳飞道:"你前去须要小心,不可造次。"岳飞答应道:"母亲放心,孩儿知道。"遂别了安人,同着王贵到书房中来。见了周侗,深深的作了四个揖,站立一边,便道:"适蒙先生呼唤,不知有何使令?"周侗见岳飞果然相貌魁梧,虽是小小年纪,却举止端方,便命王贵取过一张椅子,请岳飞坐了,问道:"这壁上的佳句,可是尊作么?"岳飞红着脸道:"小子年幼无知,一时狂妄,望老先生恕罪!"周侗又问岳飞:"有表字么?"岳飞应道:"是先人命为'鹏举'二字。"周侗道:"正好顾名思义。你的文字却是何师传授?"岳飞道:"只因家道贫寒,无师传授,是家母教读的几句书,沙上学写的几个字。"周侗沉吟了一会,便道："你可去请令堂到此，有话相商。"岳飞道："家母是孀居，不便到馆来。"周侗道："是我失言了。"就向王贵道："你去对母亲说，说先生要请岳安人商议一事，拜烦令堂相陪。"王贵应声"晓得"，到里边去了。周侗方对岳飞道："已请王院君相陪，如今你可去请令堂了。"

岳飞应允，回家与母亲说知："先生要请母亲讲话，特请王院君相陪，不知母亲去与不去？"岳安人道："既有王院君相陪，待我走遭，看是有何话说。"随即换了几件干净衣服，出了大门，把锁来锁了门，同岳飞走到庄门首。早有王院君带了丫环，出来迎接进内，施礼坐定。王员外也来见过了礼，说道："周先生有甚话说来，请安人到舍，未知可容一见？"安人道："既如此，请来相见便了。"王员外即着王贵到书房中去，与先生说知。

不多时，王贵、岳飞随着周先生来至中堂，请岳安人见了礼。东边王院君陪着岳安人，西首王员外同周先生，各各坐定。王贵同岳飞两个站在下首。周侗开言道："请安人到此，别无话说。只因见令郎十分聪俊，老汉意欲螟蛉为子，特请安人到此相商。"岳安人听了，不觉两泪交流，说道："此子产下三日，就遭洪水之变。妾受先夫临危重托，幸蒙恩公王员外夫妇收留，尚未报答。我并无三男两女，只有这一点骨血，只望接续岳氏一脉。此事实难从命，休得见罪。"周侗道："安人在上，老夫不是擅敢唐突。因见令郎题诗抱负，后来必成大器，但无一个名师点拨，这叫做'玉不琢不成器'，岂不可惜！老夫不是夸口，空有一身本事，传了两个徒弟，俱被奸臣害死。目下虽然教训着这三个小学生，不该在王员外、安人面前说，那里及得令郎这般英杰？那螟蛉之说，非比过继，既不更名，又不改姓，只要权时认作父子称呼，以便老汉将平生本事，尽心传得一人。后来老汉百年之后，只要令郎将我这几根老骨头掩埋在土，不致暴露，就是完局了。望安人慨允！"

岳安人听了，尚未开言，岳飞道："既不更名改姓，请爹爹上坐，待孩儿拜见。"就走上前，朝着周侗跪下，深深的就是八拜。列位看官，这不是岳飞不遵母命，就肯草草的拜认别人为父。只因久慕周先生的才学，要他教训诗书、传授武艺，故此拜他。谁知这八拜，竟拜出一个武昌开国公太子少保总督兵粮统属文武都督大元帅来！当时拜罢，又向着王员外、王院君行了礼，然后又向岳安人面前拜了几拜。岳安人半悲半喜，无可奈何。王员外吩咐安排筵席，差人请了张达、汤文仲，来与周侗贺喜。王院君陪岳安人自在后厅相叙。当晚酒散，各自回去不提。

次日，岳飞进馆攻书。周侗见岳飞家道贫寒，就叫他四人结为弟兄。各人回去与父亲说知，尽皆欢喜。从此以后，周侗将十八般武艺，尽传授与岳飞。

不觉光阴如箭，夏去秋来，看看岳飞已长成一十三岁。众兄弟们一同在书房中朝夕攻书，虽是周侗教法精妙，他们四个却是再来人，所以不上几年，各人俱是能文善武。一日，正值三月天气，春暖花香，周侗对岳飞道："你在馆中与众弟兄用心作文。我有个老友志明长老，是个有德行的高僧，他在沥泉山，一向不曾去看得他，今日无事，我去望望他就来。"岳飞道："告禀爹爹，难得这样天光，爹爹路上独自一个又寂寞，不如带我弟兄们一同去走走，又好与爹爹作伴，又好让我们去认认那个高僧，何如？"周侗想了想道："也罢。"遂同了四个学生，出了书房门，叫书童锁好了门。

五个人一同往沥泉山来。一路上春光明媚，桃李争妍，不觉欣欣喜喜。将到山前，周侗立定脚，见那东南角上有一小山，心中暗想："好块风水地！"岳飞问道："爹爹看什么？"周侗道："我看这小山，山向甚好，土色又佳，来龙得势，藏风聚气，好个风水！不知是那家的产业？"王贵道："此山前后团团一带，都是我家的。先生若死了，就葬在此不妨。"岳飞喝道："休得乱道！"周侗道："这也不妨。人孰无死？只要学生不要忘了就是。"就对岳飞道："此话我儿记着，不要忘了！"岳飞应声"晓得"。

一路闲说，早到山前。上山来不半里路，一带茂林里现出两扇柴扉。周侗就命岳飞叩门。只见一个小沙弥开出门来，问声："那个？"周侗道："烦你通报师父一声，说陕西周侗，特来探望。"小沙弥答应进去。不多时，只见志明长老手持拐杖走将出来，笑脸相迎。二人到客堂内，见礼坐下。四个少年，侍立两旁。长老叙了些寒温，谈了半日旧话，又问起周侗近日的起居。周侗道："小弟只靠这几个小徒。这个岳飞，乃是小弟螟蛉之子。"长老道："妙极！我看令郎骨格清奇，必非凡品，也是吾兄修来的。"一面说，一面吩咐小沙弥去备办素斋相待。看看天色已晚，当夜打扫净室，就留师徒五个安歇了。长老自往云床上打坐。

到了次日清早，周侗辞别长老要回去。长老道："难得老友到此,且待早斋了去。"周侗只得应允坐下。少刻,只见小沙弥捧上茶来,吃了。周侗道:"小弟一向闻说这里有个沥泉,烹茶甚佳。果有此说否?"长老道:"这座山原名沥泉山,山后有一洞,名为沥泉洞。那洞中这股泉水本是奇品,不独味甘,若取来洗目,便老花复明。本寺原取来烹茶待客,不意近日有一怪事,那洞中常常喷出一股烟雾迷漫,人若触着他,便昏迷不醒,因此不能取来奉敬。这几日只吃些天泉。"周侗道:"这是小弟无缘,所以有此奇事。"

那岳飞在旁听了,暗暗想道:"既有这等妙处,怕什么雾?多因是这老和尚悭吝,故意说这等话来唬吓人。待我去取些来,与爹爹洗洗眼目,也见我一点孝心。"遂暗暗的向小沙弥问了山后的路径,讨个大茶碗,出了庵门,转到后边。只见半山中果有一缕流泉,旁边一块大石上边镌着"沥泉奇品"四个大字,却是苏东坡的笔迹。那泉上一个石洞,洞中却伸出一个斗大的蛇头,眼光四射,口中流出涎来,点点滴滴,滴在泉内。岳飞忖道:"这个孽畜口内之物,有何好处?滴在水中,如何用得?待我打死他。"便放下茶碗,捧起一块大石头,觑得亲切,望那蛇头上打去。不打时犹可,这一打,不偏不歪,恰恰打在蛇头上。只听得"呼"的一声响,一霎时星雾迷漫,那蛇铜铃一般的眼露出金光,张开血盆般大口,望着岳飞扑面撞来。岳飞连忙把身子一侧,让过蛇头,趁着势将蛇尾一拖;一声响亮,定睛再看时,手中拿的那里是蛇尾,却是一条丈八长的蘸金枪,枪杆上有"沥泉神矛"四个字。回头看那泉水已干涸了,并无一滴。

岳飞十分得意,一手拿起茶碗,一手提着这枪,回至庵中,走到周侗面前，细细把此事说了一遍。周侗大喜。长老叫声："老友！这沥泉原是神物，令郎定有登台拜将之荣。但这里的风水已被令郎所破，老僧难以久留，只得仍回五台山去了。但这神枪非比凡间兵器，老僧有兵书一册，内有传枪之法并行兵布阵妙用，今赠与令郎用心温习。我与老友俱是年迈之人，后会无期。再二十年后，我小徒道悦在金山上与令郎倒有相会之日。谨记此言。老僧从此告别。"周侗道："如此说来，俱是小弟得罪，有误师父了。"长老道："此乃前定，与老弟何罪之有？"说罢，即进云房去取出一册兵书，上用锦匣藏锁，出来交与周侗。周侗吩咐岳飞好生收藏，拜别下山。

回至王家庄，周侗好生欢喜，就叫他弟兄们置备弓箭习射，将枪法传授岳飞。他弟兄四个每日在后面空场上开弓射箭，舞剑抡刀。一日周侗问汤怀道："你要学什么家伙？"汤怀道："弟子见岳大哥舞的枪好，我也枪罢。"周侗道："也罢，就传你个枪法。"张显道："弟子想那枪虽好，倘然一枪戳去刺不着，过了头，须得枪头上有个钩儿方好。"周侗道："原有这个家伙，名叫'钩连枪'。我就画个图样与你，叫你父亲去照样打成了来，教你钩连枪法罢。"王贵道："弟子想来，妙不过是大刀，一刀砍去，少则三四个人，多则五六个。若是早上砍到晚上，岂不有几千几百个？"周侗原晓得王贵是个一勇之夫，便笑道："你既爱使大刀，就传你大刀罢。"自此以后，双日习文，单日习武。那周侗是那东京八十万禁军教头林冲的师父，又传过河北大名府卢俊义的武艺，本事高强；岳飞又是个再来人，少年力量过人。周侗年迈，巴不得将平生一十八般武艺，尽心传授与螟蛉之子。所以岳飞文武双全,比卢、林二人更高。这也不在话下。

一日,三个员外同先生在庄前闲步,只见村中一个里长,走上前来施礼,道:"三位员外同周老相公在此,小人正来有句话禀上。昨日县中行下牌来小考,小人已将四位小相公的名字开送县中去了,特来告知。本月十五日要进城,员外们须早些打点打点。"王明道:"你这人好没道理!要开名字也该先来通知我们,商议商议。你知道我们儿子去得去不得?就是你的儿子,也要想想看。怎的竟将花名开送进县?那有此理!"周侗道:"罢了。他也是好意,不要埋怨他了。令郎年纪虽轻,武艺可以去得的了。"又对里长道:"得罪你了,另日补情罢。"那里长觉道没趣,便道:"好说。小人有事,要往前村去,告别了。"周侗便对三个员外说道:"各位贤弟,且请回去整备令郎们的考事罢。"众员外告别,各自回家。

周侗走进书房来,对张显、汤怀、王贵三个说:"十五日要进城考武,你们回去,叫父亲置备衣帽弓马等类,好去应考。"三人答应一声,各自回去不提。

周侗又叫岳飞也回去与母亲商议,打点进县应试。岳飞禀道:"孩儿有一事难以应试,且待下科去罢。"周侗便问:"你有何事,推却不去?"那岳飞言无数句,话不一席,有分教:千人丛内,显穿杨手段;五百年前,缔种玉姻缘。

不知岳飞说出几句什么话来,且听下回分解。

第五回

岳飞巧试九枝箭　李春慨缔百年姻

诗曰：

　　未曾金殿去传胪，先识鱼龙变化多。

　　不用屏中图孔雀，却教仙子近嫦娥。

话说当时周侗问岳飞，为着何事不去应试。岳飞禀道："三个兄弟俱是豪富之家，俱去备办弓马衣服。你看孩儿身上这般褴褴褛褛，那有钱来买马？为此说'且待下科去罢'。"周侗点头道："这也说的是。也罢，你随我来。"岳飞随了周侗到卧房中，开了箱子，取出一件半新不旧的素白袍、一块大红片锦、一条大红鸾带，放在桌上，叫声："我儿，这件衣服，与你令堂讲，照你的身材改一件战袍，余下的改了一顶包巾；这块大红片锦，做一个坎肩、一副扎袖。大红鸾带，拿来束了。将王员外送我的这匹马，借与你骑了。到十五清早就要进城的，可连夜收拾起来。"岳飞答应一声，拿回家去，对母亲说知就里。安人便连夜动手就做。

次日，周侗独坐书房，观看文字，听得脚步响，抬头见汤怀走进来道："先生拜揖。家父请先生看看学生，可是这般装束么？"周侗见那汤怀头上戴一顶素白包巾，顶上绣着一朵大红牡丹花；身上穿一领素白绣花战袍，颈边披着大红绣绒坎肩，两边大红扎袖，腰间勒着银软带,脚登乌油粉底靴。周侗道:"就是这等装束罢了。"汤怀又道:"家父请先生明日到舍下用了饭,好一同进城。"周侗道:"这倒不必,总在教场会齐便了。"汤怀才去,又见张显进来,戴着一顶绿缎子包巾,也绣着一朵牡丹花;身穿一领绿缎绣花战袍,也是红坎肩,红扎袖,软金带勒腰,脚穿一双银底绿缎靴。向周侗作了一个揖道:"先生看看学生,可像个武中朋么?"周侗道:"好。你回去致意令尊,明日不必等我,可在教场中会齐。"张显答应回去,劈脚跟王贵走将进来,叫道:"先生,请看学生穿着何如?"但见他身穿大红战袍,头戴大红包巾,绣着一朵白粉团花;披着大红坎肩,大红扎袖,赤金软带勒腰,脚下穿着金黄缎靴;配着他这张红脸,浑身上下,火炭一般。周侗道:"妙阿!你明日同爹爹先进城去,不必等我。我在你岳大哥家吃了饭,同他就到教场中来会齐便了。"方才打发王贵出去,岳飞又走进来道:"爹爹,孩儿就是这样罢?"周侗道:"我儿目下且将就些罢。你弟兄们已都约定明日在教场中会齐。我明日要在你家中吃饭,同你起身。"岳飞道:"只是孩儿家下没有好菜款待。"周侗道:"随便罢了。"岳飞应诺,辞别回家,对母亲说了。

到次日清晨,周侗过来,同岳飞吃了饭,起身出门。周侗自骑了这匹马,岳飞跟在后头。一路行来,直至内黄县教场。你看人山人海,各样赶集的买卖并那茶篷酒肆,好不热闹。周侗拣一个洁净茶篷,把马拴在门前树上,走进篷来,父子两个占一副座头吃茶。那三个员外是城中俱有亲友的,各各扛抬食物,送到教场中来,拣一个大酒篷内坐定,叫庄丁在四下去寻那先生和岳大爷。那庄丁见了这匹马,认得是周侗的,望里面一张,见他父子两个坐着,即忙回至酒篷,报与各位员外。三个员外忙叫孩儿们同了庄丁来至茶篷内,见了先生,道:"家父们俱在对过篷内,请先生和岳大哥到那里用酒饭。"周侗道:"你们多去致意令尊,这里不是吃酒的所在。你们自去料理,停一会点到你们名字,你三人上去答应。那县主倘问及你哥哥,尔等可禀说在后就来。"王贵便问道:"为甚么不叫哥哥同我们一齐上去么?"周侗道:"尔等不知。非是我不叫他同你们去,因你哥哥的弓硬些,不显得你们的手段,故此叫他另考。"那三个方才会意,辞别先生,回到酒篷,与众员外说了此话。众员外赞羡不已。

不多时,那些各乡镇上的武童,纷纷攘攘的到来。真个是"贫文贵武",多少富家儿郎,穿着得十分齐整,都是高头骏马,配着鲜明华丽的鞍甲;一个个心中俱想取了,好上东京去取功名。果然人山人海,说不尽繁华富丽。

再一会,只见县主李春,前后跟随了一众人役,进教场下马,在演武厅上坐定。左右送上茶来吃了。看见那些赴考的人好生热闹,县主暗喜:"今日若选得几个好门生,进京得中之时,连我也有些光彩。"少刻,该房书吏送上册籍。县主看了,一个个点名叫上来,挨次比箭,再看弓马。此时演武厅前,但听得"嗖嗖"的箭,响声不绝。那周侗和岳大爷在茶篷内侧着耳朵,听着那些武童们的箭声,周侗不觉微微含笑。岳飞问道:"爹爹为何好笑?"周侗道:"我儿,你听见么?那些比箭的,但听得弓声箭响,不听得鼓声响,岂不好笑么?"

那李县主看射了数牌,中意的甚少,看看点到麒麟村,大叫:"岳飞！"叫了数声，全无人答应。又叫："汤怀！"汤怀应声道："有！"又叫张显、王贵两个，两个答应。三个一齐上来。众员外俱在篷子下睁着眼睛观看，俱巴不得儿子们取了，好上京应试。当时县主看了三个武童比众不同，行礼已毕，县主问道："还有一名岳飞，为何不到？"汤怀禀道："他在后边就来。"县主道："先考你们弓箭罢。"汤怀禀说："求老爷吩咐把箭垛摆远些。"县主道："已经六十步，何得再远？"汤怀道："还要远些。"县主遂吩咐摆八十步上。张显又上来禀道："求老爷还要远些。"县主又吩咐摆整一百步。王贵叫声："求大人再远些！"县主不觉好笑起来："既如此，摆一百二十步罢。"从人答应下去，摆好箭垛。

汤怀立着头把，张显立了二把，王贵是第三把。你看他三个开弓发箭，果然奇妙，看的众人齐声喝采，连那县主都看得呆了。你道为何？那三个人射的箭与前相反，箭箭上垛，并无虚发；但闻擂鼓响，不听见弓箭的声音，直待射完了，鼓声方住。三人同上演武厅来，县主大喜，便问："你三人弓箭，是何人传授？"王贵道："是先生。"县主道："先生是何人？"王贵又道："是师父。"县主哈哈大笑道："你武艺虽高，肚里却是不通。是那个师父？姓甚名谁？"汤怀忙上前禀道："家师是关西人，姓周名侗。"县主道："原来令业师就是周老先生！他是本县的好友，久不相会，如今却在那里？"汤怀道："现在下边茶篷内。"县主听了，随即差人同着三人来请周侗相见，一面就委佐官看众人比箭。

不多时，周侗带了岳飞到演武厅来，李春忙忙下阶迎接。见了礼，分宾主坐下。县主道："大哥既在敝县设帐，不蒙赐顾，却是为何？"周侗道："非是为兄的不来看望，那麒麟村的居民最好兴词构讼，若为兄的到贤弟衙里走动了，就有央说人情等事。贤弟若听了情分，就坏了国法；不听，又伤了和气，故此不来为妙。"李春道："极承见谅了。"周侗道："别来甚久，不知曾生下几位令郎了？"县主道："先室已经去世，只留下一个小女，十五岁了。"周侗道："既无令公子，是该续娶了。"县主道："小弟因有些贱恙，不时举发，所以不敢再娶。未知大哥的嫂嫂好么？"周侗道："也去世多年了。"李春道："曾有令郎否？"周侗把手一招，叫声："我儿，可过来见了叔父。"岳飞应声上前，向着县公行礼。李春看了笑道："大哥又来取笑小弟！这样一位令郎，是大哥几时生的？"周侗道："不瞒老弟说，令爱是亲生，此子却是愚兄螟蛉的，名唤岳飞。请贤弟看他的弓箭如何？"李春道："令徒如此，令郎一定好的，何须看得！"周侗道："贤弟，此乃为国家选取英才，是要从公的。况且也要使大众心服，岂可草草任情么？"李春道："既如此，叫从人将垛子取上来些。"岳大爷道："再要下些。"县主道："就下些。"从人答应。岳飞又禀："还要下些。"李春向周侗道："令郎能射多少步数？"周侗道："小儿年纪虽轻，却开得硬弓，恐要射到二百四十步。"李春口内称赞，心里不信，便吩咐把箭垛摆列二百四十步。

列位要晓得，岳大爷的神力，是周先生传授的"神臂弓"，能开三百余斤，并能左右射，李县主如何知道？看那岳大爷走下阶去，立定身，拈定弓，搭上箭，"搜"的连发了九枝。那打鼓的从第一枝箭打起,直打到第九枝方才住手。那下边这些看考的众人齐声喝采,把那各镇乡的武童都惊呆了;就是三个员外,同着汤怀、张显、王贵三个,在茶篷内看了,也俱拍手称妙。只见那打箭的,连着这块泥并九枝箭,一总捧上来,禀道:"这位相公,真个希奇!九枝箭从一孔中射出,箭攒斗上。"

李春大喜道:"令郎青春几岁了?曾毕姻否?"周侗道:"虚度二八,尚未定亲。"李春道:"大哥若不嫌弃,愿将小女许配令郎,未识尊意允否?"周侗道:"如此甚妙,只恐攀高不起。"李春道:"相好弟兄,何必客套。小弟即此一言为定,明日将小女庚帖送来。"周侗谢了,即叫岳飞:"可过来拜谢了岳父。"岳飞即上来拜谢过了。周侗暗暗欢喜,随即作别起身道:"另日再来奉拜。"李春道声"不敢,容小弟奉屈到衙一叙。"周侗回道:"领教。"遂别了李春,同岳飞下演武厅来,到篷内同了众员外父子们,一齐出城回村不表。

且说那李知县,公事已毕,回至衙中。到了次日,将小姐的庚帖写好,差个书吏送到周侗馆中去。书吏领命,来到了麒麟村,问到王家庄上。庄丁进来报与周侗,周侗忙叫请进。那书吏进到书房,见了周侗,行礼坐定,便道:"奉家老爷之命,特送小姐庚帖到此,请老相公收了。"周侗大喜,便递与岳飞道:"这李小姐的庚帖,可拿回去供在家堂上。"岳飞答应,双手接了,回到家中,与母亲说知。岳安人大喜,拜过家堂祖宗,然后观看小姐的年庚。说也奇异,却与岳大爷同年同月同日同时生的,岂不是"姻缘辐辏"!不在话下。

这边周侗封了一封礼物,送与书吏,道:"有劳尊兄远来,无物可敬,些些代饭,莫嫌轻亵!"书吏道声"不敢",收了礼物,称谢告别,回去不提。

再说岳大爷复至馆中,周侗吩咐:"明日早些同我到县里去谢了丈人。"岳大爷应声"晓得"。过了一夜,次早天明,父子两个梳洗了,就出了庄门,步行进城,来到县门首,将两张谢帖在宅门上投进。李春即时开了宅门,出来接进内衙。行礼毕,岳飞拜谢了赠亲之恩,李春回了半礼,叙坐谈心。少停,摆上筵席。三人坐饮了一会,从人将下桌搬出去。周侗见了,便道:"小弟两个是步行来的,没有带得家人来,不消费心得。"李春道:"既如此,贤婿到此,无物相赠,小弟还有几十匹马未曾卖完,奉送令郎一匹如何?"周侗道:"小儿习武,正少一骑。若承厚赐,极妙的了。酒已过多,倒是同去看看马,再来饮酒罢。"李春道:"使得。"便起身一同二人来到后边马房内,命马夫取套杆,伺候挑马。马夫答应一声。

周侗便悄悄的对岳飞道:"你可放出眼力来,仔细挑选。这是丈人送的,不便退换。"岳飞道:"晓得。"就走将下去,细细一看。他本性心里最喜白马的,有那颜色好些的,把手一按,脚都跙下去了。连挑数匹俱是一般,并无一匹中意。李春道:"难道这些马都是无用的么?"岳大爷答道:"这些马并非是无用,只好那富家子弟配着华丽鞍辔,游春玩景,代步而已。门婿心上,须要选那上得阵、交得锋、替国家办得事业、自己挣得功名,这样的马才好。"李县主摇着头道:"我这是卖剩得这几十匹马,也不过送一匹与贤婿代代步,那有这样好马?"

正说之间,忽听得隔壁马嘶声响。岳大爷道:"这叫声却是好马!不知在何处?"周侗道:"我儿听见声音,又未见马,怎知他是好马?"岳飞道:"爹爹,岂不闻此马声音洪亮,必然力大,所以说是好的。"李春道:"贤婿果然不错。此马乃是我家人周天禄在北地买回,如今已有年余。果然力大无穷,见了人乱踢乱咬,无人降得住他,所以卖了去又退回来,一连五六次,只得将他锁在隔壁这墙内。"岳大爷道:"何不同小婿去一看?"李春道:"只怕贤婿降不住他。若降得住,就将来相赠便了。"便叫马夫开了门。马夫叫声:"岳大爷!须要仔细,这马却要伤人的。"岳大爷把马相了一相,便把身上的海青脱掉了,上前来。那马见有人来,不等岳大爷近身,就举起蹄子乱踢;岳大爷才把身子一闪,那马又回转头来乱咬。岳大爷望后又一闪,趁势一把把鬃毛抓住,举起拳来便打,一连几下,那马就不敢动了。正是:

骅骝逢伯乐,驰骋遇王良。

不知后事如何,且听下回分解。

第六回

沥泉山岳飞庐墓　乱草岗牛皋剪径

诗曰：

飘蓬身世两茫然，回首孤云更可怜。

运筹绛帐无他虑，只图四海姓名传。

自古道："物各有主。"这马该是岳大爷骑坐的，自然伏他的教训，动也不敢动，听凭岳大爷一把牵到空地上。仔细一看，自头至尾足有一丈长短，自蹄至背约高八尺；头如博兔，眼若铜铃，耳小蹄圆，尾轻胸阔，件件俱好。但是浑泥污住，不知颜色如何。看见旁边有一小池，岳大爷就叫马夫拿刷刨来。马夫答应，取了刷刨，远远的站立着，不敢近前。岳大爷道："不妨事。我拿住在此，你可上前来与我刷洗干净了。"马夫道："姑爷须要拿紧了，待我将旧笼头替他上了，然后洗刷。"岳大爷道："不妨，你来上就是。"马夫即将笼头上了，将马牵到池边，替他刷洗得干净。岳大爷看了，果然好匹马，却原来浑身雪白，并无一根杂毛，好不欢喜。岳大爷穿好了衣服，把马牵到后堂阶下拴住了，上厅拜谢岳父赠马之恩。李春道："一匹马，何足挂意。"又命家人去取出一副好鞍辔来，备好在马背上。周侗在旁看了，也喝采不迭。三个重新入席，又饮了几杯，起身告别。

李春再三相留不住，叫马夫又另备了一匹马，"送周老相公回去。"那马夫答应了,又去备了一匹马。李春送出了仪门,作别上马,马夫跟在后头。出了内黄县城门,周侗道:"我儿,这马虽好,但不知跑法如何?你何不出一辔头,我在后面看看如何?"岳大爷应道:"使得。"就加上一鞭,放开马去,只听得"忽喇喇"四个马蹄翻盏相似,往前跑去。周侗这老头儿一时高兴起来,也加上一鞭,一辔头赶上去。这马虽比不得岳大爷的神马,那马夫那里跟得上来,直赶得汗流气喘不住。那父子两个,前后一直跑到了庄门首,下马进去。周侗称了五钱银子,赏了马夫。马夫叩谢了,骑了那匹原来的马,自回去了。这里岳大爷将那匹马牵回家中,与母亲细说岳父相赠之事。母子各各感激周先生提挈之恩。

且说那周侗,只因跑马跑得热了,到得书房,就把外衣脱了,坐定,取过一把扇子,连搧了几搧。看看天色晚将下来,觉道眼目昏花,头里有些疼痛起来,坐不住,只得爬上床睡。不一会,胸腹胀闷,身子发寒发热起来。岳大爷闻知,连忙过来伏侍。过了两日,越觉沉重。这些弟子俱来看望。员外们个个求医问卜,好生烦恼。岳大爷更为着急,不离左右的伏侍。

到了第七日,病势十分沉重。众员外与岳飞、王贵等,俱在床前问候。周侗对岳飞道:"你将我带来的箱笼物件,一应都取将过来。"岳大爷答应一声,不多时,都取来摆在面前。周侗道:"难得众位贤弟们俱在这里,愚兄病入膏肓,谅来不久于世的了!这岳飞拜我一场,无物可赠,惭愧我漂流一世,并无积蓄,只有这些须物件,聊作记念。草草后事,望贤弟备办的了。"众员外道:"大哥请放心调养,恭喜好了,就不必说,果有不妥,弟辈岂要鹏举费心!"周侗又叫声:"王贤弟,那沥泉山东南小山下有块空地,令郎说是尊府的产业,我却要葬在那里,未知王贤弟允否?"王明回道:"小弟一一领教便了。"周侗道:"全仗,全仗!"便叫岳飞过来拜谢了王员外。岳飞就连忙跪下拜谢。王员外一把扶起道:"鹏举何须如此?"周侗又对三个员外说:"贤弟们若要诸侄成名,须离不得鹏举!"言毕,痰涌而终。时乃宣和十七年九月十四日,行年七十九岁。

岳飞痛哭不已,众人莫不悲伤。当时众员外整备衣衾棺椁,灵柩停在王家庄,请僧道做了七七四十九日经事,送往沥泉山侧首。殡葬已毕,岳大爷便在坟上搭个芦棚,在内守墓。众员外时常叫儿子们来陪伴。

时光易过,日月如梭。过了隆冬,倏忽已是二月清明时节。众员外带了儿子们来上坟:一则祭奠先生,二则与岳大爷收泪。王员外叫声:"鹏举,你老母在堂,无人侍奉,不宜久居此地,可收拾了同我们回去罢。"岳大爷再三不肯。王贵道:"爹爹不要劝他,待我把这牢棚子拆掉,看哥哥住在那里!"汤怀、张显齐声拍手道:"妙阿!妙阿!我们大家来!"不一时,三个小弟兄你一拨、我一掀,把那芦棚拆得干干净净。岳大爷无可奈何,只得哭拜一场,回身又谢了众员外。众员外道:"我等先回,孩儿们可同岳大哥慢慢的来便了。"众小爷应声"晓得"。众员外俱乘着轿子,先自回庄。

这里四个小弟兄拣了一个山嘴,叫庄丁将果盒摆开,坐地饮酒。汤怀道:"岳大哥,老伯母独自一人在家中,好生惨切,得你今日回去,才得放心。"张显道:"大哥,小弟们文字武艺尽生疏了,将来怎好去取功名?"岳大爷道:"贤弟们,我因义父亡过,这'功名'二字倒也不在心上。"王贵道:"先师之恩虽是难忘,那功名也是要紧事情。若是大哥无心,小弟们越发无望了。"弟兄们正在闲谈,忽听得后边草响。王贵起身回头,将脚向草中这一搅,只见草丛中爬将一个人出来,叫声:"大王饶命!"早被王贵一把拎将起来,喝道:"快献宝来!"岳大爷忙上前喝道:"休得胡说,快些放手!"王贵大笑,把那人放下。岳大爷问道:"我们是好人,在此祭奠坟墓,吃杯酒儿,怎么称我们做大王?"那人道:"原来是几位相公。"便向草内说:"你们都出来。不是歹人,是几位相公。"只听得枯草里"搜搜"的响,猛然走出二十多个人来,都是背着包裹、雨伞的,齐说:"相公们,这里不是吃酒的所在。前边地名叫做'乱草岗',原是太平地面,近日不知那里来了一个强盗,在此拦路,要抢来往人的财帛,现今拦住一班客商。小人们是在后边抄小路到此,见相公们人众,疑是歹人,故此躲在草内,不道惊动了相公们。小人们自要往内黄县去的。"岳大爷道:"内黄县是下山一直大路,尔等放心去罢。"众人谢了,欢欢喜喜的去了。

  岳大爷便对众兄弟道:"我们也收拾回家去罢。"王贵道:"大哥,那强盗不知是怎么样的,我们去看看也好。"岳大爷道:"那强盗不过昧着良心,不顾性命,希图目下之富,那顾后来结果。这等人,看他做甚么?"王贵道:"我们不曾见过,去看看也不妨事。"岳大爷道:"我们又没有兵器在此,倘然他动手动脚起来,将如之何?"张显道:"大哥,我们拣那不多大的树,拔他两棵起来,也当得兵器。难道我们弟兄四个人,倒怕了一个强盗不成?"汤怀道:"哥哥,譬如在千军万马里边,也要去走走,怎么说了强盗,就是这等怕?"岳大爷见弟兄们七张八嘴,心中暗想:"我若不去,众弟把我看轻了,只道我没有胆量了。"吩咐庄丁:"你等先收拾回庄,我们去去就来。"内中有几个胆大的庄丁说道:"大爷带挈我们也去看看。"岳大爷道:"你这些人,好不知死活!倘然强盗凶狠,我们自顾不暇,那里还照应得你等。这是什么好看的所在,带你们去不得的!"众人道:"大爷说得是,小人们回去了。"

　　他弟兄三个等不的,各人去拔起一棵树来,去了根梢,大家拿了一枝,望后山转到乱草岗来。远远就望见这个强盗,面如黑漆,身躯长大,头戴一顶镔铁盔,身上穿着一副镔铁锁子连环甲;内衬一件皂罗袍,紧束着勒甲绦;骑着一匹乌骓马,手提两条四楞镔铁锏。拦住着一伙人,约有十五六个,一齐跪在地下,讨饶道:"小的们没有什么东西,望大王爷饶命罢!"那好汉大喝道:"快拿出来,饶你们狗命!不拿出来,叫你们一个个都死!"岳大爷看见,便道:"贤弟们,你看那强盗好条大汉,待愚兄先去会他一会。贤弟们远远的观看,不可就上前来。"汤怀道:"哥哥手无寸铁,怎么去会他?"岳大爷道:"我看此人气质粗卤,可以智取,不可力敌。倘然我敌他不过,你们再上来也不迟。"说罢,就走到前面,叫声:"朋友!小弟在此,且饶了这干人去罢。"

　　那个好汉举头一看,见岳大爷龙长秀脸,相貌魁伟,便道:"你也该送些与我。"岳大爷道:"是然呢。自古说的好:'在山吃山,靠水吃水.'怎说不该送?"那好汉听了,便道:"你这个人说的话倒也在行。"岳大爷道:"我是个大客商,伙计、车辆都在后边。这些人俱是小本经纪,有甚油水?可放他们去。少停,待我等多送些与大王便了。"那个好汉听了,便对众人道:"既是他这等讲,放你们去罢!"众人听说,叩了头,爬起身来,没命的飞跑去了。那好汉对岳大爷道:"如今你好拿出来了。"岳大爷道:"我便是这等说了,只是我有两个伙计不肯,却怎么处?"好汉道:"你伙计是谁?却在那里?"岳大爷把两个拳头漾了一漾,道:"这就是我的伙计。"好汉道:"这是怎么讲?"岳大爷道:"你若打得过他,便送些与你;如若打他不过,却是休想!"那好汉怒道:"谅你有何本领,敢来挦虎须?但你一双精拳头,我是铁铜,赢了你算不得好汉。也罢!我也是拳头对你罢。"一面说,一面把双铜挂在鞍鞒上,跳下马来,举起拳头,望岳大爷劈面打来。众兄弟看见,齐吃了一惊,却待要向前,只见岳大爷也不去招架他的拳头,竟把身子一闪,反闪在那汉身后;那汉撒转身又是一拳,望心口打来。这岳大爷把身子向左边一闪,早飞起右脚来,这一脚正踢着那汉的左肋,颠翻在地。汤怀等见了,齐声叫道:"好武艺!好武艺!"

那好汉一轱辘爬将起来,大叫一声:"气杀我也!"遂在腰间拔出那把剑来,就要自刎。岳大爷慌忙一把拦腰抱住,叫声:"好汉!为何如此?"那汉道:"我从来没有被人打倒,今日出丑,罢了罢了!真真活不成了!"岳大爷道:"你这朋友,真真性急!我又不曾与你交手,是你自己靴底滑,跌了一交。你若自尽,岂不白送了性命?"那汉回头看着岳大爷道:"好大力气!"便问:"尊姓大名?何方人氏?"大爷道："我姓岳名飞,就在此麒麟村居住。"那汉道："你既住在麒麟村,可晓得有个周侗师父么?"岳大爷道："这是先义父。你缘何认得?"那汉听了,便道："怪不得我输与你了!原来是周师父的令郎!何不早说,使小弟得罪了!"连忙的拜将下去。岳大爷连忙扶起。

两个便在草地上坐了,细问来历。那汉道："不瞒你说,我叫做牛皋,也是陕西人,祖上也是军汉出身。只因我父亲没时,嘱咐我母亲说:'若要儿子成名,须要去投周侗师父。'故此我母子两个离乡到此,寻访周师父。有人传说在内黄县麒麟村内,故此一路寻来。经过这里,却撞着一伙毛团在此剪径,被我把强盗头打杀了,夺了他这副盔甲鞍马,把几个小喽罗却都赶散了。因想我就寻见了周师父,将什么东西来过活?为此顺便在这里抢些东西,一来可以糊口,二来好拿些来做个进见之礼。不想会着你这个好汉。好人!你可同我去见见我母亲,再引我去见见周侗师父罢。"岳大爷道："不要忙,我有几个兄弟,一发叫来相见。"就把手一招。汤怀等三个一齐上前相见,各各通了名姓。

牛皋引路,四弟兄一路同走。走不多远,来到山坳内,有一石洞,外边装着柴扉。牛皋进内,与老母说知,老母出来迎接。四位进内,见礼坐下。老母将先夫遗命、投奔周侗的话,说了一遍。岳大爷垂泪答道："不幸义父于去年九月已经去世了。"老母闻言,甚是悲切,对岳大爷道："老身蒙先夫所托,不远千里而来,不道周老相公已作故人。我儿失教,将来料无成名之日,可不枉了这一场!"岳大爷劝道："老母休要悲伤,小侄虽不能及先义父的本领,然亦粗得皮毛。今既到此,何不同到我舍间居住,我四弟兄一齐操演武艺,何如?"牛母方才欢喜,就进里边去,将所有细软打做一包。

牛皋把老母扶上了这匹乌骓马上骑了,背上包裹,便同了一班小弟兄,取路望王家庄来。到了庄门首,牛皋扶老母下了马,到岳家来。见了岳安人,细说此事。即时去请到三位员外来,牛皋拜见了,将前后事情说了一遍。众员外大喜。当日就王员外家设席,与牛皋母子接风,就留牛母与岳安人同居作伴。拣个吉日,叫牛皋与小兄弟们也结拜做弟兄。岳大爷传授牛皋武艺,兼讲究些文字。

一日,弟兄五个正在庄前一块打麦场上比较枪棒,忽见对面树林内一个人在那里探头张望。王贵就赶上去,大喝一声,"咄!你是什么歹人,敢在我庄上来相脚色?"那个人不慌不忙,转出树林,上前深深作个揖,说出几句话来。有分教:岳爷爷再显英雄手段,重整旧业家园。正是:

　　五星炳炳聚奎边,多士昂昂气象鲜。

　　万里前程期唾手,驰骤争看着祖鞭。

毕竟那人说出甚么话来,且听下回分解。

第七回

梦飞虎徐仁荐贤　索贿赂洪先革职

诗曰：

　　堪叹人生似梦中，争名夺利闹烘烘。

　　驀听鸡声惊报晓，算来万事一场空。

却说那人走上前来，作个揖，便说道："小人乃是这里村中一个里长的便是。只因相州节度都院刘大老爷行文到县，各处武童俱要到那里考试，取了方好上京应试。特来通知岳大爷和众位小爷。因见小爷们在此操演武艺，不敢骤然惊动，故此躲在林中观看，并不是歹人。"岳大爷道："我知道了。"那里长作别去了。

次日，岳大爷骑马进城，来到内黄县衙门内。门吏进内通报，知县说一声："请进来相见。"门吏答应一声，忙走出来，请岳大爷进去。这岳大爷走进内衙，拜见了岳父，便道："小婿要往相州院考，特来拜别。还有一个结义兄弟也要去应试，只因前日未曾小考，要求岳父大人附册送考。"李县主道："既是你的义弟，叫做什么名字？我与他添上罢了。"岳飞道："叫做牛皋。"李春吩咐从人记了补上，又道："贤婿到相州，待我写一封书与你带去。"一面吩咐衙中摆酒款待；一面走进书房，写了一封书，封得好了，出来交付与岳飞道："我有一个同年在相州做汤阴县令，叫做徐仁，为人正直，颇有声名，就是都院也甚是敬重他的。贤婿可带这封书去与他看了,这补考诸事就省办了。"

岳大爷接书收好了,拜谢出来。回到家中,与众员外说道:"小侄方才到县里去,把牛兄弟名字也补上了。明朝是吉日,正好起身。"众员外应允。各人回去端正行李马匹,到次日都到王员外庄上会齐。五位弟兄各各拜别了父母,出庄上马,前往相州进发。一路上晓行夜住,弟兄们说说笑笑,俱是憨憨顽顽。只有岳大爷心内暗想:"我原是汤阴祖籍,漂流在外。"不觉眼中流下泪来。

不一日,到了相州。众弟兄进了南门,走不到里许,却就有许多客店。岳大爷抬头看时,只见一家店门上挂着一扇招牌,上写着"江振子安寓客商"七个大字。岳大爷看那店中倒也洁净,五人就下马立定。里边江振子见了,连忙出来迎接,叫小二将五位客人行李搬上楼去,把马都牵入后槽上料,自己却来陪那五个小爷坐下吃茶。问了名姓来历,连忙整备接风酒饭。岳大爷向主人问道:"此时是什么时候了?"江振子答道:"晌午了。"岳大爷沉吟道:"这便怎处?只好明日去了。"江振子道:"不知大爷要往何处去,这等要紧?"岳大爷道:"有封书要到县里去下一下。"江振子道:"若说县里,此刻还早得紧哩。这位县主老爷在这里历任九载,为官清正,真个'两袖清风,爱民如子'。几次报升,却被众百姓攀辕留住。那个老爷坐了堂,直要到更把天方才退堂,此时正早哩。"岳大爷道:"但不知此去县前有多少路?"江振子道:"离此不远。出了小店的门,投东转上南去,看见这座衙门就是。"岳大爷听毕,便去房中开箱子,取了书,锁好了房门,一同众兄弟出了店门,望县前来。

不道那县主徐仁,当夜得了一梦,那日升堂理事,两边排列各班书吏衙役,知县问道:"本县夜来得了一梦,甚是惊恐,你们可有那个会详梦的么?"傍边走过一个书吏,浑名叫做百晓,上前禀说:"小人极会详梦。不知老爷梦见些什么?"县主道:"我昨夜三更,忽然梦见五只五色老虎飞上堂来,望着本县身上扑来,不觉惊惶而醒,出了一身冷汗。未知主何吉凶?"百晓道:"恭喜老爷!昔日周文王夜梦飞熊入帐,后得子牙于渭水。"话还未曾说得完,那知县大怒起来,拍案骂道:"这狗头,好胡说!我老爷是何等之人,却将圣贤君王比起来?好生可恶!"那个百晓无言可对,只得站过一边。

忽见门役禀说:"内黄县有五位武士,口称县主李老爷有书求见。"徐老爷吩咐:"请他们进来。"门役答应一声,出来相请。五人来到公堂上,行礼已毕,将书呈上。县主接书看了,又见五个人相貌轩昂,心中暗想:"昨夜的梦,莫非应在那五人身上么?"就问:"贤契们在何处作寓?"岳大爷对道:"门生们在南门内江振子店中作寓。"徐仁道:"既如此,贤契们请回寓。都院大人的中军官洪先,却是本县的相与,待我着人央他照应,贤契们明日赴辕门候考便了。"岳大爷等谢了县主,出衙回寓。

过了一夜,次日,五个人齐至辕门,来见中军。岳飞上前禀道:"岳飞等五人求大老爷看阅弓马,相烦引见。"洪先听了,回转头来,问家将道:"他们可有常例送么?"家将禀道:"不曾送来。"岳飞听见,便上前禀道:"武生等不知这里规矩,不曾带得来,待回家着人收拾送来罢。"洪先道:"岳飞,你不知,大老爷今日不考弓马,你停三日再来。"

岳飞只得答应,转身出来,上马回寓。一路与众兄弟商议,忽见徐县主乘着四人暖轿,众衙役左右跟定。将到面前,五人一齐下马,候立道旁。县主在轿中见了,吩咐住了轿,便道:"我正要去见洪中军,托他周全周全考事,不道贤契们回来得恁快,不知考得怎样了?"岳飞禀道:"那中军因不曾送得常例与他,叫我们过了三日再去。"徐仁道:"好胡说!难道有你这中军才考得,没有你这中军就不考了么?贤契们可随我来!"五人答应一声,俱各上马,跟着徐县主来到辕门,投了手本。传宣官出来,一声"传汤阴县进见",两边吆喝声响。徐仁进了角门,踏边而上,来至大堂跪下。刘都院说声:"请起。"徐仁立起,打了一拱道:"卑职禀上大人,今有大名府内黄县武生五名,求大人考试弓马。"刘都院就吩咐传进来。

旗牌官领令,将五人传入,到丹墀跪下。刘公看那五个人的相貌,果然魁伟雄壮,心中好生欢喜。只见中军走上厅来禀道:"这五个人的弓马甚是平常,中军已经见过,叫他回去温习,下科再来,怎么又来触犯大老爷?"徐仁又上前禀道:"这中军因未曾送得常例与他,故此诳禀。这些武生们三年一望,望大人成全!"洪先又道:"我早明明见过他的武艺低微,如何反说我诳禀?若不信,敢与我比比武艺么?"岳飞禀道:"若大老爷出令,就与你比试何妨?"刘都院听了各人言语,说:"也罢,就命你二人比试武艺与本都院看。"

二人领命下阶,就在甬道上各自占个地步。洪先叫家人取过一柄三股托天叉来,使个门户,只听得"索郎郎"的叉盘声响,使个"饿虎擒羊"，喝道："你敢来么？"岳飞不慌不忙，取过沥泉枪，轻轻的吐个旗鼓，叫做"丹凤朝天"势，但见那冷飕飕乱舞雪花飞，说声："恕无礼了！"那洪先恨不得一叉把岳大爷就叉个不活，举起叉，望岳大爷劈头盖将下来。这岳大爷把头一侧，让过叉，心中暗想："我和他并无大仇，何苦害他性命？"这洪先又一叉，向岳大爷劈面飞将过来；那岳大爷把头一低，侧身躲过，拽回步，拖枪而走。洪先只道他输了，抢步赶将入来，望岳大爷当背一叉；岳大爷忽转过身来，把枪望上一隔，将洪先的叉掀过一边，趁势倒转枪杆，在洪先背上轻轻的一捺；这洪先站不住脚头，"扑"的一交，跌倒在地，那股叉也丢在一边了。厅上厅下这些人禁不住喝声采："果然好武艺！"那刘都院大怒，叫洪先上去，喝道："你这样的本事，那里做得中军官！"叫左右："与我叉出辕门去！"左右答应一声，将洪先赶下丹墀，满面羞惭，抱头鼠窜的去了。

　　刘都院命徐知县带那五个武生，同到箭厅比箭。先是四个射过，又考到岳飞的箭，比四人更好，便问岳飞："你是祖居在内黄县么？"岳大爷禀道："武童原是这里汤阴县孝弟里永和乡人氏，因生下三日就遭洪水之灾，可怜家产尽行漂没。老母在花缸内抱着武生，在水面上漂流至内黄县，感蒙恩公王明收养长大，因此就住在内黄县的。又得先义父周侗教成我众弟兄的武艺。如今只求大老爷赏一批册，好进京去。倘能取得功名，日后就好重还故里了。"刘节度听了，大喜道："原来是周师父传授，故尔都是这般好手段。本院向来久闻令师文武兼全，朝廷几次差官聘他做官，他只是不肯出来。如今乃作故人,岂不可惜!如今贤契可回去收拾,本都院着人送书进京,与你料理功名便了。"又唤徐仁道:"这个门生日后定有好处,贵县可回衙去替他查一查,所有岳家旧时基业,查点明白,待本院发银盖造房屋,叫他仍归故土便了。"徐知县领命,岳飞等一齐叩谢。

出了辕门,跟着徐县主回至县衙。县主设宴款待,对岳飞道:"我这里与贤契收拾房屋,你可回家去接取令堂,前来居住便了。"岳大爷谢了。当日同众弟兄回至寓所,算还饭钱。到次日,别了店主人,一径回内黄县来。各自分别回家,岳大爷将刘都院并徐县主之事,与岳安人说知。岳安人好生欢喜,忙忙收拾不提。

再说众兄弟各自归家,与父亲说知岳大哥归宗之事,众员外好生不忍。次日,三位员外正在王员外庄上谈论商酌,只见岳大爷走来向众员外作过揖,就将归宗之事禀明。王员外不觉眼中流下泪来,叫声:"鹏举,你在此间,小儿辈正好相交;况且令尊遗命,叫小儿辈'不要离了鹏举,方得功名成就'。如今你要归宗,叫我怎生舍得?"岳大爷道:"小侄只因刘大人恩义,难违他命;就是小侄也舍不得老叔伯并兄弟们,也是出于无奈。"张员外道:"我倒有个主意在此,包你们一世不得分离。"汤员外忙问张达是何主意,张员外道:"我挣了一分大家私,又没有三男四女,只得这个孩儿,若得他一举成名,祖宗面上也有些光彩。我的意思,止留两房的当家人在此总管田产,其余细软家私尽行收拾,一同岳贤侄迁往汤阴,有何不可?"众人齐声道:"此论甚妙!我们竟都迁去就是。"岳大爷道:"这个如何使得。老叔偌大家资,又有许多人口,为了小侄,都要迁往汤阴居住,也不是轻易的事,还求斟酌。"众员外道:"我等心意相同,主意已定,鹏举不必多言。"岳大爷只得回家,与母亲说知众员外要迁居之事。岳安人道:"且等我再去与各位院君商议。"牛皋道:"不相干,我自要同大哥去的。"安人道:"贤侄母子既在此间,自然同去。"

次日,岳大爷别了母亲,备马进城来见岳父。到得县前,下马进去,门吏连忙通报。县主吩咐一声:"请进!"就有旁边门子慌忙出来,将岳大爷接入后堂。见礼已毕,李公命坐吃茶,便问往相州去考试诸事。岳大爷将到了汤阴如何禀见县尊、中军如何索贿、如何比试,直到"刘公着徐县主查明小婿旧时基业,捐银起造房屋,命小婿迁居故土。此皆岳父大人提携恩德,今日特来拜谢"。李县主道:"难得刘公如此恩义。贤婿重归祖业,乃是大事,但我有一句话,你可速速回去与令堂说知。"岳大爷唯唯听命。有分教:

　　金屋笙歌偕凤卜,洞房花烛喜乘龙。

毕竟李县主说出甚话来,且听下回分解。

第八回

岳飞完姻归故土　洪先纠盗劫行装

诗曰：

　　花烛还乡得意时，忽惊宵小弄潢池。

　　螳螂枉奋当车力，空结冤仇总是痴。

话说李知县对岳飞道："老夫自从丧偶未娶，小女无人照看，你令堂正堪作伴。我且不留你，你速速回去与令堂说明，明日正是黄道吉日，老夫亲送小女过门成亲，一同与你归宗便了。"岳大爷禀道："岳父大人在上，小婿家寒，一无所备，这些迎亲之礼，一时匆促，那里来得及？望大人消停，待小婿进京回来，再来迎娶便了。"李县主道："不是这等说。你今离得远了，我又年老无儿，等你迁去之后，又费一番跋涉。不如趁此归宗时候将就完姻，也了了我胸中一件事体。你不必多言，快些回去。我也好与小女收拾收拾，明日准期送来。"

岳大爷见岳父执定主意，只得辞别出衙，上马回转麒麟村来。适值众员外都在堂前议论起身之事，见了岳大爷回来，便问："你已辞过令岳了么？"岳大爷道："家岳听说小侄归宗，他说家母无人侍奉，明日就要亲送小姐过来。这件事怎么处？"众员外道："这是极妙的喜事了！"岳大爷又道："老叔们是晓得的，小侄这等家寒，匆匆促促，那里办得这些事来？"众员外道："贤侄放心！我们那一样没有现成的？就是你那边恐怕房屋窄小,我这里空屋颇多,况一墙之隔,连夜叫人打通了,只要请你令堂自来拣两间,收拾做新房便了。"岳大爷谢了,回去告禀了母亲。岳安人自然欢喜,不消说得。

这里王家庄上准备筵席,挂红结彩,唤集了傧相乐人,闹闹热热,专等明日吉期。到了次日,李县主预先叫从役人抬了箱笼什物、粗细嫁装,送到王家庄,大厅上两边摆列。随后两乘大轿,李县主送亲到来。众员外接进中堂,各施礼毕。一众乐人作起乐来。两个喜娘扶小姐出轿,与岳大爷参拜天地。做过花烛,送入洞房,然后再出来,拜谢了岳丈,与众员外见过了礼,请李县主入席饮宴。县主吃了三杯,起身道:"小婿小女年幼,全仗各位员外提携!念我县中有事,不得亲送贤婿回乡了,就此拜别。"众员外再三相留不住,只得送出大门。李爷回县不提。

那众人回至中堂,欢呼畅饮,尽醉方休。次日,岳大爷要去谢亲,就同了众兄弟们一齐进县辞行,见了岳父,行礼已毕。众弟兄亦上前见过礼。李爷就命设席款待。众兄弟饮过三杯,随即告辞。县主道:"贤婿与贤契们同往东京,老夫在此专望捷音!"众弟兄谢了,拜别回来。各家打点车马,收拾行装。过了三朝,齐集在王家庄上,五姓男女共有百余口,细软车子百余辆,骡马挑夫,离了麒麟村,闹哄哄望汤阴县进发。

过不得两日,来到一个所在,地名野猫村,都是一派荒郊,并无人家。看看天色又黑将下来,岳大爷对众弟兄道:"我们只管贪趱路程,错过了宿头。此去三四十里方有宿店,这车子又重,如何赶得上?

你看一路去俱是荒郊旷野,猛恶林子,如何存顿?汤兄弟,你可同张兄弟先往前边去看,左右可有什么村落人家,先寻一个歇处方好。"两个答应,把马加上一鞭,"豁喇喇"的去了。

这里岳大爷在前,王贵、牛皋在后,保着家眷车辆,慢慢行去。不多一会,汤、张二人跑马回来,叫道:"大哥,我两个直到十里之外,并无村落人家,只就这里落西去三四里地,土山脚下却有一座土地庙。虽是冷落,殿上两廊尽够歇息。但是坍塌不堪,又没个庙主,没处做得夜饭吃。"王贵道:"不妨。我们带得有粮米锅铲在此,只要拾些乱柴,将就烧些饭食,过了一夜再处。"牛皋接口道:"不错不错!趱快些,我肚里饿了。"

岳大爷吩咐一众车辆马匹,跟着汤怀引路,一直望着土山脚下而来。到了庙门,一齐把车辆推入庙内,安顿在两廊下。众安人同李小姐和丫环们等,俱在殿上歇息。那殿后边还有三四间房屋,却停着几口旧棺材,窗棂朽烂,屋瓦俱无。旁边原有一间厨房,只是灶上锅都没了,壁角边倒堆着些乱草。当下牛皋、王贵将带来的家伙,团团的寻着些水来,叫众庄丁打火做饭。看看已是黄昏,众员外等并小爷们各吃了些酒饭,只有牛皋独自个拿大碗,将那酒不住价吃。岳大爷道:"不要吃了。古人说得好:'清酒红人面,财帛动人心。'这里是荒僻去处,倘有疏失,如之奈何?且待到了汤阴,凭你吃个醉便了。"牛皋道:"大哥太小胆了些!既如此讲,就不吃了。"拿饭来,一连吃了二三十碗方才住口。众人吃完,都收拾去了。员外等也就在殿上左边将就安歇,众庄丁等都跟着车辆驴马在两廊下歇息。

岳大爷对汤怀、张显道："你二位贤弟今夜不可便睡，可将衣服拴束好了，在殿后破屋内看守。若是后边有失，与愚兄不相干的。"二人答应道："是。"岳大爷又对王贵道："王兄弟，你看左边墙壁破坏，你可看守，倘左边有失，是兄弟的干系！"王贵道："就是。"又叫："牛兄弟呢？"牛皋道："在这里。有甚话吩咐？"岳大爷道："右边的墙也将要快倒的了，你可守着右边！"牛皋道："大哥辛辛苦苦，睡罢了，什么大惊小怪，怕做甚么！若有差迟，俱在牛皋一人身上便了！"岳大爷微微笑道："兄弟不知，自古道：'小心天下去得。'我和你两个有甚大行李？但是众员外们有这许多行装，倘然稍有疏失，岂不被人耻笑么？故此有烦众弟兄四边守定，愚兄照管着大门，就有千军万马，也不怕他了。但愿无事，明日早早起行，就早早寻个宿店，一路太太平平，到了相州城，岂不为美？"牛皋道："也罢。大哥既如此说，右边就交在我处罢了。"一面说，一面自肚里寻思道："如今太平时节，有甚强盗？况有我这一班弟兄，怕他怎的？大哥只管唠唠叨叨，有这许多小胆。"就将自己的乌骓马拴好在廊柱上，把双锏挂在鞍鞒上，歪着身子，靠着栏杆上打盹不提。

且说岳大爷将那两扇大门关得好了，看见殿前阶下有一座石香炉，将手一摇，却是连座凿成的。岳大爷奋起神威，两只手只一抱，抱将起来，把庙门靠紧了，将那杆沥泉枪靠在旁边，自己穿着战袍，坐在门槛上，仰面看那天上，是时正值二十三四，黑洞洞地，并无一点月亮，只有些星光。将近二更，远远的听得嚷闹。少时一片火光，将近庙门，只听得人喊马嘶，来到庙门首，大叫："晓事的快开门来！把一应金宝行囊献出,饶你一班狗命!"又一个道:"不要放走了岳飞!"又有几个把庙门来推,却推不开。岳大爷这一惊不小,又暗想:"我年纪尚轻,有甚仇人,那强盗却认得我?"那庙门原是破的,就向那破缝中一张,原来不是别人,却是相州节度使刘光世手下一个中军官洪先。他本是个响马出身,那刘大老爷见他有些膂力,拔他做个中军官。不道他贪贿忌才,与岳爷爷比武跌了一交,害他革了职,因此纠集了一班旧时伙伴,带领了两个儿子洪文、洪武,到此报仇。岳大爷暗想:"'冤家宜解不宜结。'我只是守住了这大门,四面皆有小弟兄把守,谅他不能进来。等到天明,他自然去了。"就把马上鞍鞯整一整,身上勒绦紧一紧,提着沥泉枪,立定守着。

且说右边牛皋正在打盹,猛听得呐喊声响,忽然惊醒,望外一看,见得门外射进火光,一片声喊叫。把眼揉一揉道:"咦!有趣阿!果然大哥有见识,真个有强盗来了!总是我们要进京去抢状元,不知自家本事好歹。如今且不要管他,就把强盗来试试铜看。"就把双铜提在手中,掇开破壁,甩上马,冲将出来,大叫一声:"好强盗!来试铜阿!""耍"的一铜,将一个打得脑浆迸出;又一铜打来,把一个直打做两截。——原来把颈项都打折了,一颗头滚了下来,岂不是两截?王贵在左边听见道:"不好了,不好了!我若再迟些出去,都被他们杀完了。"举起那柄金背大砍刀来,砍开左边这垛破壁,一马冲出来,手起刀落,人头滚下。

那时灯球火把,照得如同白日。洪先一马当先,提着三股托天叉,抵住牛皋;洪文、洪武两枝方天画戟,齐向王贵戳来。牛皋骂道:

"狗强盗！你敢来惹爷的事么？"使动这两根镔铁锏，飞舞打来。王贵喊道："那怕你一齐来，留你一个，也不算小爷的本事！"岳大爷听见说："不好了！这两个出去，必要做出事来了。待我出去劝他们，放他去罢，省得越结得冤仇深了。"就把石香炉推倒在一边，开了庙门上马。才待上前，那后边汤怀、张显两个，忙到殿上叫声："爹母们休要惊慌！强盗自有众弟兄抵挡住，不能进门的。待我两个也去燥燥脾胃着！"两个一齐上马，一个烂银枪，一个钩连枪，冲出庙门。那些众喽罗逢着就死，碰着就亡。那洪武见父亲战牛皋不住，斜刺里举戟来助洪先。洪文单敌王贵，却被王贵一刀砍下马来。洪武吃了一惊，被牛皋一锏，削去了半个天灵盖。洪先大叫一声："杀我二子，怎肯干休！"纵马摇叉，直取牛皋。岳大爷叫声："洪先，休得无礼！我岳飞在此！"洪先正战不下牛皋，听得岳飞自来，心中着慌，正待回马，不意张显上来，一钩连枪扯下马来；汤怀赶上前一枪，结果了性命。正是：

劝君莫要结冤仇，结得冤仇似海深。

试看洪先三父子，今朝一旦命归阴。

那些小喽罗见大王死了，各自四散逃命。王贵、牛皋又赶上去，杀个爽快。岳大爷道："兄弟们，让他们逃去罢，不要杀了！"他两个那里肯听，兀自追寻。岳大爷哄他们道："兄弟，后边又有强盗来了，快回庙里来！"那两个只道是真，俱勒马回转庙门道："在那里？"岳大爷道："他们既已逃去就罢了，何必再去追赶？如今我们杀了这许多人，明日岂不要连累着地方上人？我们且到殿上来，商量个长便方好。"于是众弟兄一齐下马,来到殿上。只见一众庄丁,七张八嘴,不知捣什么鬼。众员外,安人、李小姐和一众丫环妇女,多吓得土神一般不做声,只是发抖。看见岳大爷和四个兄弟一齐走来,才个个欢喜,立起身来,你问一声,我说一句,晓得杀了强盗,都放下心,谢天地不迭。岳大爷道:"你们不要乱嘈嘈的。你看天已明了,倘有人晓得,虽然杀了强盗不要偿命,也脱不了吃场大官司,这便如何处置?"王贵道:"我们自走他娘!不到得官府就晓得是我们杀的,来拿我们。"岳大爷道:"不好。现今杀了这许多尸首在此,地方上岂不要追究根寻,终是不了之事。"牛皋接口道:"我有个主意在此:不如把这些尸首堆在庙里,我们寻些乱草树枝来,放他一把火,烧得他娘干干净净,再叫鬼来寻我!"岳大爷笑道:"牛兄弟这句话却是讲得极是,倒要依你。"张显、汤怀一齐拍手道:"妙阿!怪不得牛兄弟前日在乱草岗剪径,原来杀人放火是道地本领!"众人听了,俱各大笑。那时众弟兄唤集胆壮庄丁,扛抬尸首,一齐堆在神殿上,将那些车辆马匹俱端正好了,齐集庙门外,请家眷上车起行。牛皋就去寻些火种,把那些破碎窗棂堆在大殿上,放起一把火来,风狂火骤,霎时间把一座山神庙烧成白地。岳大爷和众弟兄上马提枪,赶上车辆,一同趱路,望相州进发。

有话即长,无话即短。在路不止一日,看看到了相州,就在城外寻个大大宿店,安顿了家眷并这许多行李马匹。过了一夜,小弟兄五个先进城来,到得汤阴县前下马,与门吏说知。门吏进去禀过县主,出来请列位相公进见。岳大爷同众弟兄一齐进到内衙,参见了徐县公。徐仁命坐，左右奉上茶来。岳大爷就把李县尊送女成亲、众员外迁来同居之事，细细禀明。徐县主道："难得，难得！但是下官不知众位到来，那房屋却小了些，便怎么处？"众门生谢道："有费了大人清心，早晚间待门生们添造罢了。"徐县主道："既如此，此时且不敢款留，下官先同贤契们去安顿了家眷，同去谢了都院大人，再与贤契们接风罢。"众人连称"不敢"。徐县主即时备马，同岳大爷等一齐出了衙门，到城外歇店门首。岳大爷先去报知众员外，接进，行礼已毕，先同了岳大爷一路往孝弟里永和乡来。徐县主在马上指向岳大爷道："下官在鱼鳞册上，查出这一带是岳氏的基地。都院大人发下银两，回赎出来，造这几间房子与贤契居住的。你可料理搬进去便了。"岳大爷再三称谢。县主随即回衙不表。

岳大爷当日即到客寓内，唤庄丁到新屋内收拾停当，请各家家眷搬进去。姚氏安人想起旧时家业何等富丽，眼前又不见了岳和员外，不觉两泪交流，十分悲苦。媳妇并众位院君解劝不住。岳大爷道："母亲不必悲伤。目下房屋虽小，权且安居，待等早晚再造几间，也是容易的。"遂命摆酒，合家庆贺。

到第二日，岳大爷同了众弟兄，进城来拜谢徐县尊。徐县尊随即引了这弟兄五个，同到节度衙门。传宣官随即进去禀道："今有汤阴县率领岳飞等求见。"刘公吩咐传进来。传宣官出来道："大老爷传你们进见。"众人答应一声，岳大爷回头对众弟兄说："须要小心！"传宣官引众人来到大堂上跪下。徐知县先参见了，将众弟兄同来居住之事说了一遍，然后岳大爷叩谢："大老爷天高地厚之恩，门生等怎能补报！"刘公道："贤契们不忍分离,迁到这里同居,真是难得！贵县先请回衙,且留贤契们在此盘桓片刻。"徐知县打躬告退回衙。

这里刘公就吩咐掩门,两旁答应一声:"吓！"刘公又问:"贤契们何日起身上东京去赴考？"岳大爷禀道："谢过了大恩,回去收拾收拾,明日就要起身。"刘公一想,又唤岳大爷近前,悄悄的说道："我前已修书捎寄与宗留守,嘱他照应你考事,恐怕他朝事繁冗,丢在一边。我如今再写一封书与你带去,亲自到那里当面投递,他若见了必有好处。"随即取过文房四宝,修了一封书;又命亲随取过白金五十两来,付与岳大爷道："此银贤契收下,权为路费。"岳大爷再三称谢,收了书札银两。与众兄弟一同拜别。出了辕门,上马回到县中,谢别县尊。县主道："本县穷官,无物相赠。但是贤契们家事都在我身上,贤契们不必挂念。"

岳大爷等五人拜谢出衙,回到家中,与众员外说知赴考之话。员外问道："几时起身？"岳大爷道："明日是吉日,侄儿们就要起身。"众员外便叫挑选几名能干些的庄丁,随去伏侍。众弟兄道："我不要！我不要！我们自去,要他们去做什么？"是日,大家忙忙碌碌,各自去收拾盘缠行李包裹,捎在马上,拜别众员外、安人。岳大爷又与李小姐作别,吩咐了几句话。众人送出大门,上马滔滔而去。

当下岳飞、汤怀、张显、牛皋、王贵共是五骑马,往汴京进发。一路上免不得晓行夜宿,渴饮饥餐。不止一日,看看早已望见都城,岳大爷叫声："贤弟们！我们进城须要把旧时性子收拾些。此乃京都,却比不得在家里。"牛皋道："难道京里人都是吃人的么？"岳大爷道:

"你那里晓得！这京城内非比荒村小县,那些九卿四相、公子王孙,来往的多得很。倘若粗粗卤卤,惹出事来,有谁解救?"王贵道:"不妨。我们进了城都不开口,闭着嘴就是了。"汤怀道:"不是这等说。大哥是好话,我们凡事让人些便是了。"五个在马上谈谈说说,不觉早已进了南薰门。行不到半里多路,忽然一个人气喘嘘嘘在后边赶上来,把岳大爷马上缰绳一把拖住,叫道:"岳大爷！你把我害了,怎不照顾我!"岳大爷回头一看,叫声:"阿呀！你却缘何在此?"又叫各位兄弟,且转来说话。

不因岳大爷见了这个人,有分教:三言两语,结成死生知己;千秋百世,播传报国忠良。正乃是:

  玉在璞中人不识,剖出方知世上珍。

不知岳大爷见的那人是谁,且听下回分解。

第九回

元帅府岳鹏举谈兵　　招商店宗留守赐宴

处世光阴难百岁,知己无多却少。眼前困厄莫心焦,但得春雷动,平步上青霄。　　自古男儿须奋志,能文善武英豪。伫看名将出衡茅,谈兵中窾处,莫认滑稽曹。

——右调《临江月》

话说岳大爷在马上回头看那人时,却是相州开客店的江振子。岳大爷道:"你如何却在此? 怎地我害了你?"江振子道:"不瞒大爷说,自从你起身之后,有个洪中军,说是被岳大爷在刘都院大老爷面前赢了他,害他革了职,统领了许多人来寻你算帐。小人回他说已回去两日了,他怪小的留了大爷们,寻事把小人家中打得粉碎,又吩咐地方不许容留小人在那里开店。小人无奈,只得搬到这里南薰门内,仍旧开个客寓。方才小二来报说,大爷们几匹马过去了,故此小人赶上来,请大爷们仍到小店去歇罢。"岳大爷欢喜道:"这正是'他乡遇故知'了!"忙叫:"兄弟们转来!"

四人听见,各自回转马头,岳大爷细说江振子也在此开店,四人亦各欢喜,一同回到江振子店前下马。江振子忙叫小二把相公们行李搬上楼去,把马牵到后槽上料,送茶送水,忙个不了。岳大爷问江振子道:"你先到京师,可晓得宗留守的衙门在那里么?"江振子道:

"此是大衙门,那个不晓?此间望北一直大路有四五里,极其好认的。"岳大爷道:"此时想已坐过堂了。"江振子道:"早得很哩。这位老爷官拜护国大元帅,留守汴京,上马管军,下马管民。这时候还在朝中办事未回,要到午时过后方坐堂哩。"岳大爷说声:"承教了。"随即走上楼来,取了刘都院的书,打点下楼。汤怀问道:"哥哥要往那里去?"岳大爷道:"兄弟,你有所不知,前日刘都院有书一封,叫我到宗留守处当面投递。我听见主人家说他在朝中甚有权势,愚兄今去下了这封书,若有意思,愚兄讨得个出身,兄弟们都有好处。"牛皋道:"既如此,兄弟同你去。"岳大爷道:"使不得!什么地方!倘然你闯出祸来,岂不连累了我?"牛皋道:"我不开口,只在衙门前等你就是。"岳大爷执意不肯。王贵道:"哥哥好人!我们一齐同去认认这留守衙门,不许牛兄弟生事便了。"岳大爷无可奈何,便道:"既是你们再三要去,只是要小心,不要做将出来,不是小可的嚛!"四人道:"包你无事便了。"说罢,就将房门锁好,下楼对江振子道:"相烦主人照应门户,我们到留守衙门去去就来。"江振子道:"小人薄治水酒一杯,替大爷们接风,望大爷们早些回来。"五位兄弟应声:"多谢,不劳费心。"

出了店门,一同步行,一直到了留守衙门,果然雄壮。站了一会,只见一个军健从东首辕门边茶馆内走将出来。岳大爷就上前把手一拱,叫声:"将爷,借问一声,大老爷可曾坐过堂么?"那军健道:"大老爷今早入朝,尚未回来。"岳大爷道:"承教了。"转身回来对众弟兄道:"此时尚未回来,等到几时?我们不如回寓,明日再来罢。"众弟兄道："悉听大哥。"五个人拨转身,行不得半里多路,只见行路的都两边立定,说是"宗大老爷回来了"。众弟兄也就人家屋檐下站定了,少刻,但见许多职事,众军校随着,宗留守坐着大轿,威威武武,一路而来。岳大爷同四人跟在后边观看,直至大堂下轿。进去不多时,只听得三梆升堂鼓,两边衙役军校,一片声吆喝。宗留守就升堂公坐,吩咐旗牌官将一应文书,陆续呈缴批阅,"倘有汤阴县武生岳飞来,可着他进来。"旗牌官应一声:"吓!"

列位,你道宗大老爷为何晓得岳飞要来?只因那相州节度刘光世先有一书送与宗留守,说得那岳飞人间少有,盖世无双,文武全才,真乃国家之栋梁,必要宗留守提拔。所以宗留守日日想那岳飞:"也不知果是真才实学;也不知是个大财主,刘节度得了他的贿赂,买情嘱托?"疑惑未定,且等他到来,亲见便知。

且说岳大爷等在外,见那宗留守果是威风,真真像个阎罗天子一般,好生害怕。汤怀道:"怎的这留守回来就坐堂?"岳大爷道:"我也在此想,他五更上朝,此时回来也该歇息歇息,吃些东西,才坐堂理事。大约有甚么紧急之事,故此这般急促。"正说间,但见那旗牌官一起一起将外府外县文书递进。岳大爷道:"我也好去投书了,只是我身上穿的衣服是白色,恐怕不便。张兄弟,你可与我换一换。"张显道:"大哥说的极是,换一换好。"当下两个把衣服换转。岳大爷又道:"我进去,倘有机缘,连兄弟们都有好处;若有些山高水低,贤弟们只好在外噤声安待,切不可发恼鼓噪。莫说为兄的,连贤弟们的性命也难保了。"汤怀道:"哥哥既如此怕,我等临场有自家的本事,何必要下这封书？就得了功名，旁人也只道是借着刘节度的帮衬。"岳大爷道："我自有主意，不必阻挡我。"竟自一个进了辕门，来见旗牌，禀说："汤阴县武生岳飞求见。"旗牌道："你就叫岳飞么？"岳大爷应声道："是。"旗牌道："大老爷正要见你，你且候着。"

旗牌转身进去，禀道："汤阴县武生岳飞在外候见。"宗泽道："唤他进来。"旗牌答应，走出叫声："岳飞，大老爷唤你，可随我来。要小心些吓！"岳大爷应声"晓得"，随着旗牌直至大堂上，双膝跪下，口称："大老爷在上，汤阴县武生岳飞叩头。"宗爷望下一看，微微一笑："我说那岳飞必是个财主，你看他身上如此华丽！"便问岳飞："你几时来的？"岳大爷道："武生是今日才到。"即将刘节度的这封书双手呈上。宗爷拆开看了，把案一拍，喝声："岳飞！你这封书札出了多少财帛买来的？从实讲上来便罢，若有半句虚词，看夹棍伺候！"两边衙役吆喝一声。早惊动辕门外这几个小弟兄，听得里边吆喝，牛皋就道："不好了！待我打进去，抢了大哥出来罢！"汤怀道："动也动不得！且看他怎么发落，再作道理。"那弟兄四个指手划脚，在外头探听消息。

这里岳大爷见宗留守发怒，却不慌不忙，徐徐的禀道："武生是汤阴县人氏，先父岳和，生下武生三日，就遭黄河水发，父亲丧于清波之中；武生赖得母亲抱了，坐于花缸之内，氽至内黄县，得遇恩公王明收养，家业田产，尽行漂没。武生长大，拜了陕西周侗为义父，学成武艺。因在相州院考，蒙刘大老爷恩义，着汤阴县徐公查出武生旧时基业，又发银盖造房屋，命我母子归宗。临行又赠银五十两为进京路费,着武生到此讨个出身,以图建功立业。武生一贫如洗,那有银钱送与刘大老爷?"宗泽听了这一番言语,心中想道:"我久闻有个周侗,本事高强,不肯做官。既是他的义子,或者果有些才学,也未可定。""也罢,你随我到箭厅上来。"说了一声,一众军校簇拥着宗爷,带了岳飞来到箭厅。

宗泽坐定,遂叫岳飞:"你自去拣一张弓来,射与我看。"岳大爷领命,走到旁边弓架上,取过一张弓来试一试,嫌软;再取一张来,也是如此。一连取过几张,俱是一样,遂上前跪下,道:"禀上大老爷,这些弓太软,恐射得不远。"宗爷道:"你平昔用多少力的弓?"岳大爷禀道:"武生开得二百余斤,射得二百余步。"宗大老爷道:"既如此,叫军校取过我的神臂弓来,只是有三百斤,不知能扯得否?"岳大爷道:"且请来试一试看。"不一时,军校将宗爷自用的神臂弓,并一壶雕翎箭,摆列在阶下。岳大爷下阶取将起来一拽,叫声:"好!"搭上箭,"蚩蚩蚩"一连九枝,枝枝中在红心。放下弓,上厅来见宗爷。宗爷大喜,便问:"你惯用什么兵器?"岳大爷禀道:"武生各件俱晓得些,用惯的却是枪。"宗爷道:"好。"叫军校:"取我的枪来。"军校答应一声,两个人将宗爷自用那管点钢枪抬将出来。宗爷命岳飞:"使与我看。"岳大爷应了一声,拈枪在手,仍然下阶,在箭场上把枪摆一摆,横行直步,直步横行,里勾外挑,埋头献钻,使出三十六翻身、七十二变化。宗爷看了,不觉连声道"好",左右齐齐的喝采不住。岳大爷使完了,面色不红,喉气不喘,轻轻的把枪倚在一边,上厅打躬跪下。宗爷道:"我看你果是英雄,倘然朝廷用你为将,那用兵之道如何？"岳大爷道："武生之志，倘能进步，只愿：

> 令行阃外摇山岳，队伍严看赏罚明。
>
> 将在谋猷不在勇，高防困守下防坑。
>
> 身先士卒常施爱，计重生灵不为名。
>
> 获献元戎恢土地，指日高歌定太平。"

宗留守听了大喜，便吩咐掩门，随走下座来，双手扶起道："贤契请起。我只道是贿赂求进，那知你果是真才实学。"叫左右："看坐来！"岳大爷道："大老爷在上，武生何等之人，擅敢僭坐。"留守道："不必谦逊，坐了好讲。"岳大爷打了一躬，告坐了。左右送上茶来吃过，宗爷便开言道："贤契武艺超群，堪为大将，但是那些行兵布阵之法，也曾温习否？"岳大爷道："按图布阵，乃是死杀之法，亦不必深究。"宗爷听了这句话，心上觉得不悦，便道："据汝这等说，古人这些兵书阵法都不必用了？"岳大爷道："排了阵然后交战，此乃兵家之常，但不可执死不变。古时与今时不同，战场有广狭险易，岂用得一定的阵图？夫用兵大要，须要出奇，使那敌人不能测度我之虚实，方可取胜。倘然贼人仓卒而来，或四面围困，那时怎得工夫排布了阵势，再与他厮杀么？用兵之妙，只要以权济变，全在一心也。"

宗爷听了这一番议论，道："真乃国家栋梁！刘节度可谓识人。但是贤契早来三年也好，迟来三年也好，此时真真不凑巧！"岳大爷道："不知大老爷何故忽发此言？"宗爷道："贤契不知，只因有个藩王，姓柴名桂，乃是柴世宗嫡派子孙，在滇南南宁州，封为小梁王。因来朝贺当今天子，不知听了何人言语，今科要在此夺取状元。不想圣上点了四个大主考,一个是丞相张邦昌,一个是兵部大堂王铎,一个是右军都督张俊,一个就是下官。那柴桂送进四封书,四分礼物到来,张丞相收了一分,就把今科状元许了他了;王兵部与张都督也收了;只有老夫未曾收他的。如今他三个作主,要中他做状元,所以说不凑巧。"岳大爷道:"此事还求大老爷作主!"宗爷道:"为国求贤,自然要取真才,但此事有好些周折。今日本该相留贤契再坐一谈,只恐耳目招摇不便。且请回寓,且到临场之时再作道理便了。"

岳大爷拜谢了,出辕门来。众弟兄接见,道:"你在里边好时候不出来,连累我们好生牵挂。为甚的你面上有些愁眉不展?想必受了那留守的气了?"岳大爷道:"他把为兄的敬重的了不得,有什么气受?且回寓去细说。"弟兄五个急急赶回寓来,已是黄昏时候。岳大爷与张显将衣服换转了。主人家送将酒席上来,摆在桌子上,叫声:"各位大爷们!水酒蔬肴不中吃的,请大爷们慢慢的饮一杯,小人要照应前后客人,不得奉陪。"说罢,自下楼去了。这里弟兄五个坐下饮酒。岳大爷只把宗留守看验演武之事说了一遍,并不敢提那柴王之话,但是心头暗暗纳闷。众弟兄那知他的就里?当晚无话。

到了次日上午,只见店主人上来,悄悄的说道:"留守衙门差人抬了五席酒肴,说是不便相请到衙,特送到此与大爷们接风的。怎么发付他?"岳大爷道:"既如此,拿上楼来。"当下封了二两银子,打发了来人。主人家叫小二相帮,把酒送上楼来摆好,就去下边烫酒,着小二来伏侍。岳大爷道:"既如此,将酒烫好了来,我们自会斟饮,不劳你伏侍罢。"牛皋道:"主人家的酒,不好白吃他的。既是衙门里送来,不要回席的,落得吃他娘!"也不谦逊,坐下来低着头乱吃。吃了一会,王贵道:"这样吃得不高兴,须要行个令来吃方妙。"汤怀道:"不错,就是你起令。"王贵道:"不是这样说,本该是岳大哥做令官,今日这酒席,乃是宗留守在岳大哥面上送来的,岳大哥算是主人。这令官该是张大哥做。"汤怀说道:"妙阿,就是张大哥来。"张显道:"我也不会行什么令,只要说一个古人吃酒,要吃得英雄。说不出的就罚三杯。"众人齐声道:"好!"

当时王贵就满满的斟了一杯,奉与张显。张显接来一口吃干,说道:"我说的是关云长单刀赴会,岂不是英雄吃酒?"汤怀道:"果然是英雄,我们各敬一杯。"吃完,张显就斟了一杯,奉与汤怀道:"如今该是贤弟了。"汤怀也接来吃干了,道:"我说的是刘季子醉后斩蛇,可算得英雄么?"众人齐道:"好!我们也各敬一杯。"第三轮到王贵自家,也吃了一杯,道:"我说的是霸王鸿门宴,可算得是英雄吃酒么?"张显道:"霸王虽则英雄,但此时不杀了刘季,以致有后来之败,尚有不足之处。要罚一杯。如今该轮到牛兄弟来了。"牛皋道:"我不晓得这些古董!只是我吃他几碗,不皱眉头,就算我是个英雄了!"四人听了大笑道:"也罢也罢!牛兄弟竟吃三杯罢。"牛皋道:"我也不耐烦这么三杯两杯,竟拿大碗来吃两碗就是!"当下牛皋取过大碗,自吃了两碗。

众人齐道:"如今该岳大哥收令了。"岳大爷也斟了一杯吃干,道:"各位贤弟俱说的汉魏三国的人。我如今只说一个本朝真宗皇帝天禧年间的事,乃是曹彬之子曹玮。张乐宴请群僚,那曹玮在席间吃酒,霎时不见,一会儿就将敌人之头掷于筵前。这不是英雄?"众弟兄道:"大哥说得爽快,我们各吃一杯。"牛皋道:"你们是文绉绉的说今道古,我那里省得?竟是猜枚吃酒罢。"王贵道:"就是你起。"牛皋也不推辞,竟与各人猜枚,一连输了几碗。众人亦吃了好些。这弟兄四个欢呼畅饮,吃个尽兴。独有那岳大爷心中有事,想:"这武状元若被王子占去,我们的功名就出于人下,那能个讨得出身?"一时酒涌上心头,坐不住,不觉靠在桌上,竟睡着了。张、汤两个见了,说道:"往常同大哥吃酒,讲文论武,何等高兴!今日只是不言不语,不知为着甚事?"那两个心上好生不快活,立起身来,向旁边榻上也去睡。王贵已多吃了两杯,歪着身子,靠在椅上,亦睡着了。只剩牛皋一个,独自拿着大碗,尚吃个不住;抬起头来,只见两个睡着在桌上,两个不知那里去了,心中想道:"他们都睡了,我何不趁此时到街上去看看景致,有何不可?"遂轻轻的走下楼来,对主人道:"他们多吃了一杯,都睡着了,不可去惊动他。我却去出个恭就来。"店主人道:"既如此,这里投东去一条胡同内,有大空地宽畅好出恭。"牛皋道:"我自晓得。"

出了店门,望着东首乱走,看着一路上挨挨挤挤,果然闹热。不觉到了三叉路口,就立住了脚,想道:"不知往那一条路去好耍?"忽见对面走将两个人来,一个满身白淡,身长九尺,圆白脸;一个浑身穿红,身长八尺,淡红脸。两个手搀着手,说说笑笑而来。牛皋侧耳听见那穿红的说道:"哥哥,我久闻这里大相国寺甚是热闹,我们去走走。"那个穿白的道:"贤弟高兴,愚兄奉陪就是。"牛皋听见,心里自忖:"我也闻得东京有个大相国寺是有名的,我何不跟了他们去游玩游玩,有何不可?"定了主意,竟跟了他两个转东过西,到了相国寺前。但见九流三教,做买卖赶趁的,好不热闹。牛皋道:"好所在!连大哥也未必晓得有这样好地方哩!"又跟着那两个走进天王殿来,只见那东一堆人,西一堆人,都围裹着。那穿红的将两只手向人丛中一拉,叫道:"让一让!"那众人看见他来得凶,就大家让开一条路来。牛皋也随了进去。正是:

　　白云本是无心物,却被清风引出来。

不知是做甚事的,且听下回分解。

第十回

大相国寺闲听评话　小教场中私抢状元

诗曰：
　　世事纷纷似转轮，秋来冬过又逢春。
　　徒然蜗角争名利，往昔今朝同一坟。

却说牛皋跟了那两个人走进围场里来，举眼看时，却是一个说评话的，摆着一个书场，聚了许多人，坐在那里听他说评话。

那先生看见三个人进来，慌忙立起身来，说道："三位相公请坐。"那两个人也不谦逊，竟朝上坐下。牛皋也就在肩下坐定，听他说评话。却说的北宋金枪倒马传的故事，正说到："太宗皇帝驾幸五台山进香，被潘仁美引诱观看透灵牌，照见塞北幽州天庆梁王的萧太后娘娘的梳装楼，但见楼上放出五色毫光。太宗说：'朕要去看看那梳装楼，不知可去得否？'潘仁美奏道：'贵为天子，富有四海，何况幽州？可令潘龙赍旨去，叫萧邦暂且搬移出去，待主公去看便了。'当下闪出那开宋金刀老令公杨业，出班奏道：'去不得。陛下乃万乘之尊，岂可轻入虎狼之域？倘有疏虞，干系不小。'太宗道：'朕取太原，辽人心胆已寒，谅不妨事。'潘仁美乘势奏道：'杨业擅阻圣驾，应将他父子监禁，待等回来再行议罪。'太宗准奏，即将杨家父子拘禁。传旨着潘龙来到萧邦，天庆梁王接旨，就与军师撒里马达计议。撒里马达奏道：'狼主可将机就计，调齐七十二岛人马，凑成百万，四面埋伏，待等宋太宗来时，将幽州围困，不怕南朝天下不是狼主的。'梁王大喜，依计而行。款待潘龙，搬移出去，恭迎天驾往临。潘龙复旨，太宗就同了一众大臣离了五台山，来到幽州。梁王接驾进城，尚未坐定，一声炮响，伏兵齐起，将幽州城围得水泄不通。幸亏得八百里净山王呼必显藏旨出来，会见天庆梁王，只说'回京去取玉玺来献，把中原让你'，方能骗出重围，来到雄州，召杨令公父子九人，领兵来到幽州解围。此叫做'八虎闯幽州'，杨家将的故事。"说到那里就不说了。那穿白的去身边取出银包打开来，将两锭银子递与说书的道："道友，我们是过路的，送轻莫怪。"那说书的道："多谢相公们！"

二人转身就走，牛皋也跟了出来。那说书的只认他是三个同来的，那晓得是听白书的。牛皋心里还想："这厮不知捣他娘甚么鬼？还送他两锭银子。"那穿红的道："大哥，方才这两锭银子，在大哥也不为多；只是这里本京人看了，只说大哥是乡下人。"那穿白的道："兄弟，你不曾听见说我的先祖父子九人，这个七祖宗百万军中没有敌手？莫说两锭，十锭也值！"穿红的道："原来为此。"牛皋暗想："原来为祖宗之事。倘然说着我的祖宗，拿甚么与他？"又见那穿白的道："大哥，这一堆去看看。"穿红的道："小弟当得奉陪。"

两个走进人丛里，穿白的叫一声："列位！我们是远方来的，让一让。"众人听见，闪开一条路，让他两个进去。那牛皋仍旧跟了进来，看是做什么的。原来与对门一样说书的。这道友见他三个进来，也叫声："请坐。"那三个坐定，听他说的是《兴唐传》。正说到："秦王李世民在枷锁山赴五龙会,内有一员大将,天下数他是第七条好汉,姓罗名成,奉军师将令,独自一人拿洛阳王王世充、楚州南阳王朱灿、湘州白御王高谈圣、明州夏明王窦建德、曹州宋义王孟海公。"正说到"罗成独要成功,把住山口",说到此处就住了。这穿红的也向身边拿出四锭银子来,叫声:"朋友!我们是过路的,不曾多带得,莫要嫌轻。"说书的连称:"多谢!"三个人出来。牛皋想道:"又是他祖宗了。"

列位,这半日在牛皋眼睛里,只晓得一个穿红的,一个穿白的,不晓得他姓张姓李,在下却认得,那个穿白的,姓杨名再兴,乃是山后杨令公的子孙;这个穿红的,是唐朝罗成的子孙,叫做罗延庆。当下杨再兴道:"兄弟,你怎么就与了他四锭银子?"罗延庆道:"哥哥,你不听见他说我的祖宗狠么?独自一个在牛口谷锁住五龙,不比大哥的祖宗,九个保一个皇帝,尚不能周全性命。算起来,我的祖宗狠似你的祖宗,故此多送他两锭银子。"杨再兴道:"你欺我的祖宗么?"罗延庆道:"不是欺哥哥的祖宗,其实是我的祖宗狠些。"杨再兴道:"也罢,我与你回寓去,披挂上马,往小教场比比武艺看,若是胜的,在此抢状元;若是武艺丑的,竟回去,下科再来考罢。"罗延庆道:"说得有理。"两个争争嚷嚷去了。牛皋道:"还好哩,有我在此听见;若不然,状元被这两个狗头抢去了!"

牛皋忙忙的赶回寓来,上楼去,只见他们还睡着没有醒,心中想道:"不要通知他们,且等我去抢了状元来,送与大哥罢。"遂将双股铜藏了,下楼对主人家道:"你把我的马牵来,我要牵他去饮饮水,将鞍辔好生备上。"主人听了,就去备好,牵出门来。牛皋便上了马,往前竟走,却不认得路,见两个老儿掇条板凳,在篱笆门口坐着讲古话。牛皋在马上叫道:"呔!老头儿,爷问你,小教场往那里去的?"那老者听了,气得目瞪口呆,只把眼看着牛皋不做声。牛皋道:"快讲我听!"那老者只是不应。牛皋道:"晦气!撞着一个哑子。若在家里,惹我老爷性起,就打死他!"那一个老者道:"冒失鬼!京城地面容得你撒野?幸亏是我两个老人家,若撞着后生,也不和你作对,只要你走七八个转回哩!这里投东转南去,就是小教场了。"牛皋道:"老杀才!早替爷说明就是,有这许多噜苏。若不看大哥面上,就一锏打死你!"说罢,拍马加鞭去了。那两个老儿肚皮都气破了,说道:"天下那有这样蠢人!"

却说牛皋一马跑到小教场门首,只听得叫道:"好枪!"牛皋着了急,忙进教场看,那二人走马舞枪,正在酣战,就大叫一声:"状元是俺大哥的!你两个敢在此夺么?看爷的铜罢!""耍"的就是一锏,望那杨再兴顶梁上打来。杨再兴把枪一抬,觉道也有些斤两,便道:"兄弟,不知那里走出这个野人来?你我原是弟兄,比甚武艺,倒不如将他来取笑取笑。"罗延庆道:"说得有理。"遂把手中枪紧一紧,望牛皋心窝里戳来。牛皋才架过一边,那杨再兴也一枪戳来。牛皋将两根铜盘头护顶,架隔遮拦,后来看看有些招架不住了。你想牛皋出门以来未曾逢着好汉,况且杨再兴英雄无敌,这杆烂银枪有酒杯儿粗细;罗延庆力大无穷,使一杆錾金枪,犹如天神一般,牛皋那里是二人的对手!幸是京城之内,二人不敢伤他的性命,只逼住他在此作乐。

只听得牛皋大叫道:"大哥若再不来,状元被别人抢去了!"杨、罗二人听了,又好笑,又好气:"这个呆子叫什么大哥大哥,必定有个有本事的在那里,且等他来,会他一会看。"故此越把牛皋逼住,不放他走脱了。

且说那客店楼上,岳大爷睡醒来,看见三个人都睡着,只不见了牛皋,便叫醒了三人,问道:"牛兄弟呢?"三人道:"你我俱睡着了,那里晓得?"岳大爷便同了三个人忙下楼来,问主人家。主人家道:"牛大爷备了马去饮水了。"岳大爷道:"去了几时了?"店主人道:"有一个时辰了。"岳大爷便叫:"王兄弟,你可去看他的兵器可在么?"王贵便上楼去看了,下来道:"他的双锏是挂在壁上的,如今却不见了。"岳大爷听了,吓得面如土色,叫声:"不好了!主人家快将我们的马备来。兄弟们,各把兵器来端正好了,若无事便罢,倘若惹出祸来,只好备办逃命罢了!"弟兄们上楼去扎缚好了,各将器械拿下楼来。

主人家已将四匹马备好在门首了,岳大爷又问主人道:"你见牛大爷往那条路去的么?"主人道:"往东首去的。"那弟兄四人上了马,向东而来,来到了三叉路口,不知他往那条路上去的;却见篱笆门口,有两个老人家坐着,拍手拍脚,不知在那里说些什么。岳大爷就下了马,走上前把手一拱道:"不敢动问老丈,方才可曾见一个黑大汉,坐一匹黑马的,往那条路上去的?望乞指示!"那老者道:"这黑汉是尊驾何人?"岳大爷道:"是晚生的兄弟。"那老者道:"尊驾何以这等斯文,你那个令弟怎这般粗蠢?"就把问路情状,说了一遍,"幸是遇着老汉,若是别人,不知指引他那里去了。他如今说往小教场去,尊驾若要寻他,可投东上南,就望见小教场了。"岳大爷道:"多承指教了。"遂上马而行。看看望见了,只听得牛皋在那里大叫:"哥哥若再不来,状元被别人抢去了!"

岳大爷忙进内去,但见牛皋面容失色,口中白沫乱喷。又见一个穿白的坐着一匹白马,使一杆烂银枪;一个穿红的坐一匹红马,使一杆錾金枪,犹如天将一般;一盘一旋,缠住牛皋,牛皋那里招架得住。岳大爷看得亲切,叫声:"众兄弟不可上前,待愚兄前去救他。"说罢,就拍马上来,大叫一声:"休得伤了我的兄弟!"杨、罗二人见了,即丢了牛皋,两杆枪一齐挑出。岳大爷把枪望下一掷,只听得一声响,二人的枪头着地,前手打开,右手拿住枪钻上边。——这个武艺,名为"败枪",再无救处的。二人大惊,把岳大爷一看,说道:"今科状元必是此人,我们去罢。"遂拍马而走。岳大爷随后赶来,大叫:"二位好汉慢行!请留台姓大名!"二人回转头来,叫道:"我乃山后杨再兴、湖广罗延庆是也!今科状元权且让你,日后再得相会。"说罢,拍马竟自去了。

岳大爷回转马头,来到小教场,看见牛皋喘气未定,便道:"你为何与他相杀起来?"牛皋道:"你说得好笑!我在此与他相杀,无非要夺状元与大哥。不想这厮凶狠得紧,杀他不过。亏得哥哥自来赢了他,这状元一定是哥哥的了!"岳大爷笑道:"多承兄弟美意。这状元是要与天下英雄比武,无人胜得,才为状元,那里有两三个人私抢的道理?"牛皋道:"若是这等说,我倒白白的同他空杀这半天了。"众弟兄大笑,各自上马,同回寓中不表。

且说杨再兴、罗延庆两人回到寓处,收拾行李,竟回去了。

再说岳大爷,次日起来,用过早饭,汤怀与张显、王贵道:"小弟们久要买一口剑来挂挂,昨日见那两个蛮子都有的,牛兄弟也自有的,我们没有剑挂,觉得不好看相,今日烦哥哥同去,各人买一口,何如?"岳大爷道:"这原是少不得的。因我没有余钱,故尔不曾提起。"王贵道:"不妨。哥哥也买一口,我有银子在此。"岳大爷道:"既如此,我们同去便了。"当时各人俱带了些银两,嘱咐店家看管门户,一同出门来。

在大街上走了一回,看着那些刀店上挂着的都是些平常货色,并无好钢火的,况且那些来往行人捱挤得很。岳大爷道:"我们不如往小街上去看看,或者倒有好的,也未可定。"就同众兄弟们转进一个小胡同内来,见有好些店面,也有热闹的,也有清淡的。看到一家店内摆列着几件古董,挂着些名人书画,壁上挂着五六口刀剑。岳大爷走进店中,那店主就连忙站起身来,拱手道:"众位相公请坐,敢是要赐顾些甚么东西?"岳大爷道:"若有好刀或是好剑,乞借一观。"店主道:"有有有!"即忙取下一口刀来,揩抹干净,送将过来。岳大爷接在手中,先把刀鞘一看,然后把刀抽将出来一看,便道:"此等刀却用不着,若有好的取来看。"店主又取下一把剑来,也不中意。一连看了数口,总是一样。岳大爷道:"若有好的,可拿出来;若没有,就告辞了,不必费手。"店主心上好生不悦,便道:"尊驾看这几口刀剑,还是那一样不好?倒要请教。"岳大爷道:"若是卖与王孙公子、富宦之家,希图好看,怎说得不好?在下们买去,却是要上阵防身、安邦定国的,如何用得?倘果有好的,悉凭尊价便是。"牛皋接口道:"凭你要多少银子,决不少你的,可拿出来看,不要是这么寒抖抖的!"那店主又举眼将众弟兄看了一看,便道:"果然要好的,只有一口,却是在舍下。待我叫舍弟出来,引相公们到寒舍去看,何如?"岳大爷道:"到府上有多少路?"店主道:"不多远,就在前面。"岳大爷道:"既有好剑,便走几步也不妨。"主人便叫小使:"你进去请二相公出来。"小使答应。进去不多时,里边走出一个人来,叫声:"哥哥,有何吩咐?"店主道:"这几位相公要买剑,看过好几口都不中意,谅来是个识货的。你可陪众位到家中去看那一口看。"那人答应一声,便向众人把手一拱,说:"列位相公请同步。"岳大爷也说声:"请前。"遂别了店主,一同出门行走。

岳大爷细看那人时,只见:

头带一顶晋阳巾,面前是一块羊脂白玉;身穿一领蓝道袍,脚登的一双大红朱履。手执湘妃金扇,风流俊雅超然。

行来却有二里多路,来到一座庄门,门外一带俱是垂杨,低低石墙,两扇篱门。那人轻轻把门扣了一下,里边走出一个小童,把门开了,就请众位进入草堂,行礼坐下。小童就送出茶来,用过了。岳大爷道:"不敢动问先生尊姓?"那人道:"先请教列位,尊姓大名,仙乡何处?"岳大爷道:"在下相州汤阴县人氏,小可姓岳名飞,字鹏举。"那人道:"久仰久仰。"岳大爷又道:"这位乃大名府内黄县汤怀,这位姓张名显,这位姓王名贵,都是同乡好友。"牛皋便接口道:"我叫作牛皋,陕西人氏。我自家有嘴的,不须大哥代说。"岳大爷道:"先生休要见怪。我这兄弟性子虽然暴躁,最好相与的。"那人道:"这也难得。"

岳大爷正要问那人的姓名,那人却已站起身来道:"列位且请坐,待学生去取剑来请教。"一直望内去了。岳大爷抬头观看,说道:"此乃达古之家,才有这古画挂着。"又看到两旁对联,便道:"这个人原来姓周。"汤怀道:"一路同哥哥到此,并未问他姓名,何以知他姓周?"岳大爷道:"你看对联就明白了。"众人一齐看道:"并没有个'周'字在上边吓!"岳大爷道:"你们只看那上联是'柳营春试马',下联是'虎将夜谈兵'。如今不论营伍中皆贴着此对,却不知此乃是唐朝李晋王赠与周德威的,故此我说他是姓周。"牛皋道:"管他姓周不姓周!等他出来问他,便知道了。"

正说间,只见那人取了一口宝剑走将出来,放在桌上,复身坐下道:"失陪,有罪了。"岳大爷道:"岂敢。请教先生尊姓贵表?"那人道:"在下姓周,贱字三畏。"众皆吃惊道:"大哥真个是仙人!"三畏起身道:"请岳兄看剑。"岳大爷就立起身来,接剑在手,左手拿定,右手把剑锋抽出才三四寸,觉得寒气逼人;再抽出细看了一看,连忙推进,便道:"周先生,请收了进去罢。"三畏道:"岳兄既看了,为何不还价钱?难道还未中意么?"岳大爷道:"周先生,此乃府上之宝,价值连城,谅小子安敢妄想?休得取笑!"三畏接剑,仍放在桌上,叫声:"请坐。"岳大爷道:"不消,要告辞了。"三畏道:"岳兄既识此剑,还要请教,那有就行之理?"岳爷无奈,只得坐下。三畏道:"学生祖上原系世代武职,故遗下此剑。今学生已经三代改习文学,此剑并无实用。

祖父曾嘱咐子孙道：'若后人有识得此剑出处者，便可将此剑赠之，分文不可取受。'今岳兄既知是宝剑，必须请教，或是此剑之主，亦未可定。"岳大爷道："小可意下却疑是此剑，但说来又恐不是，岂不贻笑大方？今先生必要下问，倘若错了，幸勿见笑。"三畏道："幸请见教，学生洗耳恭听。"

那岳大爷叠两个指头，一席话，直说得：

　　报仇孝子千秋仰，节妇贤名万古留。

不知这剑委是何等出处，且听下回分解。

第十一回

周三畏遵训赠宝剑　宗留守立誓取真才

诗曰：

三尺龙泉一纸书，赠君他日好为之。

英雄自古难遭遇，管取功成四海知。

却说周三畏必要请教岳大爷此剑的出处，当下岳大爷道："小弟当初曾听得先师说：'凡剑之利者，水断蛟龙，陆刲犀象。有龙泉、太阿、白虹、紫电、莫邪、干将、鱼肠、巨阙诸名，俱有出处。'此剑出鞘即有寒气侵人，乃是春秋之时，楚王欲霸诸侯，闻得韩国七里山中有个欧阳冶善，善能铸剑，遂命使宣召进朝。这欧阳冶善来到朝中，朝见已毕，楚王道：'孤家召你到此，非为别事，要命你铸造二剑。'冶善道：'不知大王要造何剑？'楚王道：'要造雌雄二剑，俱要能飞起杀人。你可会造么？'欧阳冶善心下一想：'楚王乃强暴之君，若不允他，必不肯饶我。遂奏道：'剑是会造，恐大王等不得。'楚王道：'却是为何？'欧阳冶善道：'要造此剑，须得三载工夫，方能成就。'楚王道：'孤家就限你三年便了。'随赐了金帛彩缎。冶善谢恩出朝，回到家中，与妻子说知其事，将金帛留在家中，自去山中铸剑。却格外另造了一口，共是三口。到了三年，果然造就，回家与妻子说道：'我今前往楚国献剑。楚王有了此剑，恐我又造与别人，必然要杀我，以断后患。今我想来，总是一死，不如将雄剑留埋此地，只将那二剑送去。其剑不能飞起，必然杀吾。你若闻知凶信，切莫悲啼。待你腹中之孕十月满足，生下女儿，只索罢了；倘若生下男来，你好生抚养他成人，将雄剑交付与他，好叫他代父报仇，我自在阴空护佑。'说罢分别，来至楚国。楚王听得冶善前来献剑，遂率领文武大臣到教场试剑，果然不能飞起，空等了三年。楚王一时大怒，把冶善杀了。

"冶善的妻子在家得知了凶信，果然不敢悲啼。守至十月，产下一子，用心抚养；到了七岁，送在学里攻书。一日，同那馆中学生争闹，那学生骂他是'无父之种'。他就哭转家中，与娘讨父。那妇人看见儿子要父，不觉痛哭起来，就与儿子说知前事。无父儿要讨剑看，其母只得掘开泥土，取出此剑。无父儿就把剑背着，拜谢了母亲养育之恩，要往楚国与父报仇。其母道：'我儿年纪尚小，如何去得？'自家懊悔说得早了，以致如此，遂自缢而死。那无父儿把房屋烧毁，火葬其母，独自背了此剑，行到七里山下，不认得路途，日夜啼哭。哭到第三日，眼中流出血来。忽见山上走下一个道人来，问道：'你这孩子，为何眼中流血？'无父儿将要报仇之话，诉说了一遍。那道人道：'你这点点年纪，如何报得仇来？那楚王前遮后拥，你怎能近他？不如代你一往。但是要向你取件东西。'无父儿道：'就要我的头，也是情愿的！'道人道：'正要你的头。'无父儿听了，便跪下道：'若报得仇，情愿奉献！'就对道人拜了几拜，起来自刎。道人把头取了，将剑佩了，前往楚国，在午门之外大笑三声、大哭三声。

"军士报进朝中，楚王差官出来查问。道人说：'笑三声者，笑世人不识我宝；哭三声者，哭我空负此宝，不遇识者。我乃是送长生不老丹的。'军士回奏楚王。楚王道：'宣他进来。'道人进入朝中，取出孩子头来。楚王一见便道：'此乃人头，何为长生不老丹？'道人说：'可取油锅两只，把头放下去，油滚一刻，此头愈觉唇红齿白；煎至二刻，口眼皆动；若煎三刻，拿起来供在桌上，能知满朝文武姓名，都叫出来；煎到四刻，人头上长出荷叶，开出花来；五刻工夫，结成莲房；六刻结成莲子，吃了一颗，寿可活一百二十岁。'楚王遂命左右取出两只油锅，命道人照他行之。果然六刻工夫，结成莲子。满朝文武无不喝采。道人遂请大王来摘取长生不老丹。楚王下殿来取，不防道人拔出剑来，一剑将楚王之头砍落于油锅之内。众臣见了，来捉道人，道人亦自刎其首于锅内。众臣连忙捞起来，三个一样的光头，知道那一个是楚王的？只得用发穿了，一齐下棺而葬。古言楚有'三头墓'，即此之谓。此剑名曰'湛卢'，唐朝薛仁贵曾得之，如今不知何故落于先生之手？亦未知是此剑否？"

三畏听了这一席话，不觉欣然笑道："岳兄果然博古，一些不差。"遂起身在桌上取剑，双手递与岳大爷道："此剑埋没数世，今日方遇其主。请岳兄收去，他日定当为国家之栋梁，也不负了我先祖遗言。"岳大爷道："他人之宝，焉敢擅取？决无此理。"三畏道："此乃祖命，小弟焉敢违背？"岳大爷再四推辞不掉，只得收了，佩在腰间，拜谢了相赠之德，告辞要别。三畏送出门外，珍重而别。

岳大爷又同众弟兄各处走了一会，买了三口剑。回至寓中，不觉天色已晚，店主人将夜饭送上楼来。岳大爷道："主人家，我等三年一望,明日是十五了,要进场去的,可早些收拾饭来与我们吃。"店主道:"相公们放心! 我们店里有许多相公,总是明早要进场的。今夜我们家里一夜不睡的。"岳大爷道:"只要早些就是了。"弟兄们吃了夜饭,一同安寝。到了四更时分,主人上楼,相请梳洗。众弟兄随即起身来梳洗。吃饭已毕,各各端正披挂。但见汤怀白袍银甲,插箭弯弓;张显绿袍金甲,挂剑悬鞭;王贵红袍金甲,浑如一团火炭;牛皋铁盔铁甲,好似一朵乌云;只有岳大爷,还是考武举时的旧战袍。你看他弟兄五个,袍甲索"琅琅"的响,一同下楼,来到店门外,各人上马。只见店主人在牛皋马后摸摸索索了半会;又一个走堂的小二,拿着一碗灯笼,高高的挑起送考。众人正待起身,只见又一个小二,左手托个糖果盒,右手提着一大壶酒。主人便叫:"各位相公们,请吃上马杯,好抢个状元回去。"每人吃了三大杯,然后一齐拍马往教场而来。到得教场门首,那拿灯笼的店小二道:"列位爷们,小人不送进去了。"岳大爷谢了一声,小二自回店去不提。

且说众弟兄一齐进了教场,只见各省举子先来的、后到的,人山人海,挨挤不开。岳大爷道:"此处人多,不如到略静些的地方去站站。"就走过演武厅后首,站了多时。牛皋想起出门的时节,"看见店主人在我马后拴挂什么东西,待我看一看",就望马后边一看,只见鞍后挂着一个口袋,就伸手向袋内一摸,却是数十个馒头、许多牛肉在内。——这是店主人的规例,凡是考时,恐他们来得早,等得饥饿,特送他们做点心的。——牛皋道:"妙阿! 停一会比武,那有工夫吃? 不若此时吃了,省得这马累坠。"就取将出来,都吃个干净。不意停了一会,王贵道:"牛兄弟,我们肚中有些饥了,主人家送我们吃的点心,拿出来大家吃些。"牛皋道:"你没有的么?"王贵道:"一总挂在你马后。"牛皋道:"这又晦气了!我只道你们大家都有的,故此方才把这些点心牛肉狠命的都吃完了,把个肚皮撑得饱胀不过。那里晓得你们是没有的。"王贵道:"你倒吃饱了,怎叫别人在此挨饿?"牛皋道:"如今吃已吃完了,这怎么处?"岳大爷听见了,便叫:"王兄弟,不要说了,倘别人听见了,觉道不雅相。牛兄弟,你本不该是这等,就是吃东西,无论别人有没有,也该问一声。竟自吃完了,这个如何使得?"牛皋道:"我知道了。下次若有东西,大家同吃便了。"

正在闲争闲讲,忽听得有人叫道:"岳相公在那里?"牛皋听得,便喊道:"在这里!"岳大爷道:"你又在此招是揽非了。"牛皋道:"有人在那里叫你,便答应他一声,有甚大事?"说未了,只见一个军士在前,后边两个人抬了食箩,寻来说道:"岳相公如何站在这里?叫小人寻得好苦。小人是留守衙门里来的,奉大老爷之命,特送酒饭来与相公们充饥。"众人一齐下马来谢了,就来吃酒饭。牛皋道:"如今让你们吃,我自不吃了。"王贵道:"谅你也吃不下了。"众人用完酒饭,军士与从人收拾了食箩,抬回去了。

看看天色渐明,那九省四郡的好汉俱已到齐。只见张邦昌、王铎、张俊三位主考,一齐进了教场,到演武厅坐下。不多时,宗泽也到了,上了演武厅,与三人行礼毕,坐着,用过了茶。张邦昌开言道:"宗大人的贵门生,竟请填上了榜罢!"宗泽道:"那有什么敝门生,张大人这等说?"邦昌道:"汤阴县的岳飞,岂不是贵门生么?"列位,要晓得大凡人做了点私事，就是被窝里的事也瞒不过，何况那日众弟兄在留守衙门前，岂无人晓得？况且留守帅爷抬了许多酒席，送到招商店中，怎瞒得众人耳目？兼之这三位主考都受了柴王礼物，岂不留心？张邦昌说出了"岳飞"两字，倒弄得宗泽脸红心跳，半晌没个道理回复这句话来，便道："此乃国家大典，岂容你我私自拣择？如今必须对神立誓，表明心迹，方可考试。"即叫左右过来，"与我摆列香案。"立起身来，拜了天地，再跪下祷告过往神灵："信官宗泽，浙江金华府义乌县人氏。蒙圣恩考试武生，自当诚心秉公，拔取贤才，为朝廷出力。若存一点欺君卖法、误国求财之念，必死于刀箭之下。"誓毕起来，就请张邦昌过来立誓。

邦昌暗想："这个老头儿好混账！如何立起誓来？"到此地位，不怕你推托，没奈何，也只得跪下道："信官张邦昌，乃湖广黄州人氏。蒙圣恩同考武试，若有欺君卖法，受贿遗贤，今生就在外国为猪，死于刀下。"你道这个誓，也从来没有听见过的，是他心里想出来，"我这样大官，怎能得到外国？就到番邦，如何变猪？岂不是个牙疼咒？"自以为得计。这宗泽是个诚实君子，只要辨明自己的心迹，也不来管他立誓轻重。王铎见邦昌立誓，亦来跪下道："信官王铎，与邦昌是同乡人氏。若有欺心，他既为猪，弟子即变为羊，一同死法。"誓毕起来，心中也在暗想："你会奸，我也会刁。难道就学你不来么？"暗暗笑个不止。谁知这张俊在旁看得清，听得明，暗想："这两人立得好巧誓，叫我怎么好？"也只得跪下道："信官张俊，乃南直隶顺州人氏。如有欺君之心，当死于万人之口。"列位看官，你道这个誓立得奇也不奇？这变猪变羊，原是口头言语，不过在今生来世、外国番邦上弄舌头。那一个人，怎么死于万人之口？却不道后来岳武穆王墓顶褒封时候，竟应了此誓，也是一件奇事。且按下不表。

却说这四位主考立誓已毕，仍到演武厅上，一拱而坐。宗爷心里暗想："他三人主意已定，这状元必然要中柴王。不如传他上来，先考他一考。"便叫旗牌："传那南宁州的举子柴桂上来。"旗牌答应一声："吓！"就走下来，大叫一声："嘚！大老爷有令，传南宁州举子柴桂上厅听令。"那柴王答应一声，随走上演武厅来，向上作了一揖，站在一边听令。宗爷道："你就是柴桂么？"柴王道："是。"宗爷道："你既来考试，为何参见不跪，如此托大么？自古道：'做此官，行此礼。'你若不考，原是一家藩王，自然请你上坐；今既来考试，就降做了举子了。那有举子见了主考不跪之理？你好端端一个王位不要做，不知听信那个奸臣的言语，反自弃大就小，来夺状元，有甚么好处？况且今日天下英雄俱齐集于此，内中岂无高强手段，胜如于你？怎能稳稳状元到手？你不如休了此心，仍回本郡，完全名节，岂不为美？快去想来！"柴王被宗爷一顿发作，无可奈何，只得低头跪下，开口不得。

看官，你们可晓得柴王为着何事，现放着一人之下、万人之上的王位不做，反来夺取状元，受此羞辱么？只因柴王来朝贺天子，在太行山经过，那山上有一位大王，使一口金背砍山刀，江湖上都称他为"金刀大王"。此人姓王名善，有万夫不当之勇；手下有勇将马保、何六、何仁等，左右军师邓武、田奇，足智多谋；聚集着喽啰有五万余人，霸占着太行山，打家劫舍，官兵不敢奈何他。他久欲谋夺宋室江山，却少个内应。那日打听得柴王入朝，即与军师商议，定下计策，扎营在山下，等那柴王经过，被喽罗截住，邀请上山。到帐中坐定，献茶已过，田奇道："昔日南唐时，虽然衰坏，天下安静，被赵匡胤设谋，诈言陈桥兵变，篡了帝位，把天下谋去，直到如今。主公反只得一个挂名藩王空位，受他管辖，臣等心上实不甘服！臣等现今兵精粮足，大王何不进京结纳奸臣，趁着今岁开科，谋夺了武状元到手，把这三百六十个同年进士交结，收为心腹内应。那时写书知会了山寨，臣等即刻发兵前来，帮助主公恢复了旧日江山，岂不为美？"这一席话，原是王善与军师定下的计：借那柴王做个内应，夺了宋朝天下，怕不是王善的？那知这柴王被他所惑，十分大悦，便道："难得卿家有此忠心，孤家进京即时干办此事，若得成功，愿与卿等富贵共之。"王善当时摆设筵宴款待，饮了一会，就送柴王下山。一路进京，就去结识这几位主考。这三个奸臣受了贿赂，要将武状元卖与柴王。那知这宗爷是赤心为国的，明知这三位受贿，故将柴王数说几句。柴王一时回答不来。

那张邦昌看见，急得好生焦躁："也罢！待我也叫他的门生上来，骂他一场，好出出气。"便叫："旗牌过来。"旗牌答应，上来道："大老爷有何吩咐？"张邦昌道："你去传那汤阴县的举子岳飞上来。"旗牌答应一声"吓"，就走将下来，叫一声："汤阴县岳飞上厅听令！"岳飞听见，连忙答应上厅，看见柴王跪在宗爷面前，他就跪在张邦昌面前叩头。邦昌道："你就是岳飞么？"岳飞应声道："是。"邦昌道："看你这般人不出众，貌不惊人，有何本事，要想做状元么？"岳飞道："小人怎敢妄想状元。但今科场中有几千举子都来考试,那一个不想做状元? 其实状元只有一个,那千余人那能个个状元到手? 武举也不过随例应试,怎敢妄想?"张邦昌本待要骂他一顿,不道被岳大爷回出这几句话来,怎么骂得出口? 便道:"也罢。先考你二人的本事如何,再考别人。且问你用的是什么兵器?"岳大爷道:"是枪。"邦昌又问柴王用何兵器,柴王说:"是刀。"邦昌就命岳飞做"枪论",柴王做"刀论"。

二人领命起来,就在演武厅两旁摆列桌子纸笔,各去做论。谁知柴桂才学原是好的,因被宗泽发作了一场,气得昏头搭脑,下笔写了一个"刀"字,不觉写出了头,竟像个"力"字。自觉心中着急,只得描上几笔,弄得刀不成刀,力不成力,只好涂去另写几行。不期岳爷早已上来交卷。柴王谅来不妥当,也只得上来交卷。邦昌先将柴王的卷子一看,就笼在袖里;再看岳飞的文字,吃惊道:"此人之文才比我还好,怪不得宗老头儿爱他!"乃故意喝道:"这样文字,也来抢状元!"把卷子望下一掷,喝一声:"叉出去!"左右"呼"的一声拥将上来,正待动手,宗爷吆喝一声:"不许动手,且住着!"左右人役见宗大老爷吆喝,谁敢违令? 便一齐站住。宗老爷吩咐:"把岳飞的卷子取上来我看。"左右又怕张太师发作,面面相觑,都不敢去拾。岳大爷只得自己取了卷子,呈上宗爷。宗爷接来放于案上,展开细看,果然是言言比金石,字字赛珠玑,暗想:"这奸贼如此轻才重利。"也把卷子笼在袖里,便道:"岳飞! 你这样才能,怎能取得功名到手? 你岂不晓得苏秦献的'万言书'、温庭筠代作的《南花赋》么?"

你道这两句是什么出典？只因当初苏秦到秦邦上那万言策，秦相商鞅忌他才高，恐他后来夺他的权柄，乃不中苏秦，只中张仪。这温庭筠是晋国丞相桓文的故事，晋王宣桓文进御花园赏南花，那南花就是铁梗海棠也。当时晋王命桓文作《南花赋》，桓文奏道："容臣明日早朝献上。"晋王准奏。辞朝回来，那里做得出？却央家中代笔先生温庭筠代做了一篇。桓文看了，大吃一惊，暗想："若是晋王知道他有此才华，必然重用，岂不夺我权柄？"即将温庭筠药死，将《南花赋》抄写献上。这都是妒贤嫉能的故事。

张邦昌听了，不觉勃然大怒。不因这一怒，有分教：一国藩王，死于非命；数万贼兵，尽成画饼。正是：

朝中奸党纵横时，总有忠良徒气夺！

毕竟不知后事如何，且听下回分解。

第十二回

夺状元枪挑小梁王　反武场放走岳鹏举

词曰：

　　落落寒贫一布衣，未能仗剑对公车。内承孟母三迁教，腹饱陈平六出奇。　　悲凄楚，叹时非，腰金衣紫待何时！男儿未遂封侯志，空负堂堂七尺躯。

——右调《鹧鸪天》

话说张邦昌听得宗爷说出这两桩故事，明知是骂他妒贤嫉能，却又自家有些心虚，发不出话来，真个是"敢怒而不敢言"，便道："岳飞，且不要说你的文字不好，且问你敢与柴王比箭么？"岳大爷道："大老爷有令，谁敢不遵？"宗爷心中暗喜："若说比箭，此贼就上了当了！"便叫左右："把箭垛摆列在一百数十步之外。"柴王看见靶子甚远，就向张邦昌禀道："柴桂弓软，先让岳飞射罢。"邦昌遂叫岳飞下阶去先射，又暗暗的叫亲随人去吩咐，将靶子移到二百四十步，令岳飞不敢射，就好叉他出去了。谁知这岳大爷不慌不忙，立定了身，当着天下英雄之面，开弓搭箭，真个是"弓开似满月，箭发像流星"，"飕飕"的一连射了九枝。只见那摇旗的摇一个不住，擂鼓的擂得个手酸。方才射完了，那监箭官将九枝箭，连那射透的箭靶，一齐捧上厅来，跪着。张邦昌是个近视眼，看那九枝箭并那靶子一总摆在地下，不知是什么东西。只听得那官儿禀道："这举子箭法出众,九枝箭俱从一孔而出。"邦昌等不得他说完,就大喝一声:"胡说!还不快拿下去!"那柴王自想:"箭是比他不过的了,不若与他比武,以便将言语打动他,令他诈输,让这状元与我;若不依从,趁势把他砍死,不怕他要我偿命。"算计已定,就禀道:"岳飞之箭皆中,倘然柴桂也中了,何以分别高下?不若与他比武罢。"

邦昌听了,就命岳飞与柴王比武。柴王听令,随即下厅来,整鞍上马,手提着一柄金背大砍刀,拍马先在教场中间站定,使开一个门户,叫声:"岳飞,快上来,看孤家的刀罢!"这岳大爷虽然武艺高强,怕他是个王子,怎好交手?不觉心里有些踌躇。勉强上了马,倒提着枪,慢腾腾的懒得上前。那教场中来考的、看的,有千千万万,见岳飞这般光景,俱道:"这个举子那里是梁王的对手?一定要输的了!"就是宗爷,也只说他是临场胆怯,"是个没用的,枉费了我一番心血!"

且说那柴王见岳飞来到面前,便轻轻的道:"岳飞,孤家有一句话与你讲,你若肯诈败下去,成就了孤家的大事,就重重的赏你;若不依从,恐你性命难保!"岳大爷道:"千岁吩咐,本该从命,但今日在此考的,不独岳飞一人。你看天下英雄,聚集不少,那一个不是十载寒窗,苦心习学,只望到此博个功名,荣宗耀祖?今千岁乃是堂堂一国藩王,富贵已极,何苦要占夺一个武状元,反丢却藩王之位,与这些寒士争名?岂不上负圣主求贤之意,下屈英雄报国之心?窃为千岁不取,请自三思!不如还让这些众举子考罢。"柴王听了,大怒道:"好狗头!孤家好意劝你,你若顺了孤家,岂愁富贵?反是这等胡言乱

第十二回　夺状元枪挑小梁王　反武场放走岳鹏举

语。不中抬举的狗才！看刀罢！"说罢，"嗆"的一刀，望岳大爷顶门上砍来。岳大爷把枪望左首一隔，架开了刀；柴王又一刀拦腰砍来。岳大爷将枪杆横倒，望右边架住。——这原是"鹞子大翻身"的家数，但是不曾使全。恼得柴王心头火起，举起刀来，"嗆嗆嗆"，一连六七刀。岳大爷使个解数，叫做"童子抱心势"，东来东架，西来西架，那里到得他砍着？柴王收刀回马，转演武厅来。岳大爷亦随后跟来，看他怎么。

只见柴王下马，上厅来禀张邦昌道："岳飞武艺平常，怎生上阵交锋？"邦昌道："我亦见他武艺不及千岁。"宗爷见岳飞跪在柴王后头，便唤上前来道："你这样武艺，怎么也想来挣功名？"岳飞禀道："武举非是武艺不精，只为与柴王有尊卑之分，不敢交手。"宗爷道："既如此说，你就不该来考了。"岳大爷道："三年一望，怎肯不考？但是往常考试，不过跑马射箭，舞剑抡刀，以品优劣。如今与柴王刀枪相向，走马交锋，岂无失误？他是藩王尊位，倘然把武举伤了，武举白送了性命；设或武举偶然失手，伤了柴王，柴王怎肯干休？不但武举性命难保，还要拖累别人。如今只要求各位大老爷做主，令柴王与武举各立下一张生死文书，不论那个失手，伤了性命，大家不要偿命。武举才敢交手。"宗爷道："这话也说得是。自古道：'壮士临阵，不死也要带伤。'那里保得定？柴桂，你愿不愿呢？"柴王尚在踌躇，张邦昌便道："这岳飞好一张利口！看你有甚本事，说得这等决绝？千岁可就同他立下生死文书，倘若他伤了性命，好叫众举子心服，免得别有话说。"柴王无奈，只得各人把文书写定，大家画了花押，呈上四位主考，各用了印。柴王的交与岳飞，岳飞的交与柴王。柴王就把文书交与张邦昌，张邦昌接来收好。岳大爷看见，也将文书来交与宗泽。宗爷道："这是你自家的性命交关，自然自家收着，与我何涉，却来交与我么？还不下去！"岳大爷连声道："是，是，是！"

两个一齐下厅来。岳大爷跨上马，叫声："千岁，你的文书交与张太师了，我的文书宗老爷却不肯收，且等我去交在一个朋友处了就来。"一面说，一面去寻着了众弟兄们，便叫声："汤兄弟，倘若停一会梁王输了，你可与牛兄弟守住他的帐房门首，恐他们有人出来打攒盘，好照应照应。"又向张显道："贤弟，你看帐房后边尽是他的家将，倘若动手帮助，你可在那里拦挡些。王贤弟，你可整顿兵器，在教场门首等候，我若是被柴桂砍死了，你可收拾我的尸首；若是败下来，你便把教场门砍开，等我好逃命。这一张生死文书，与我好生收着；倘然失去，我命休矣！"吩咐已毕，转身来到教场中间。那时节，这些来考的众举子，并那看的人，真个人千人万，挨挨挤挤，都四面打着围墙一般站着，要看他二人比武艺。

且说那梁王与岳飞立了生死文书，心里就有些慌张了，即忙回到帐房之中。列位看官，又不是出征上阵，只不过考武，为什么有起帐房来么？一则，他是一家藩王，比众不同；二来，已经买服奸臣，纵容他胡为，不去管他；三是，他的心怀不善，埋伏家将虞候在内，以备防护。故此搭下这三座大帐房，自己与门客在中间，两旁是家将虞候，并那些亲随诸色人等。这梁王来到中间帐房坐定，唤集家将虞候人等齐集面前，便道："本藩今日来此考试，稳稳要夺个状元；不期偏偏的遇着这个岳飞,要与本藩比试,立了生死文书,不是我伤他,定是他伤我。你们有何主见赢得他?"众家将道:"这岳飞有几颗头,敢伤千岁? 他若差不多些就罢;若是恃强,我们众人一拥而出,把他乱刀砍死。朝中自有张太师等作主,怕他怎的!"

梁王听了大喜,重新整理好了披挂,上马来到教场中间,却好岳大爷才到。梁王抬起头来看那岳飞,雄赳赳,气昂昂,不比前番这样光景,心中着实有些胆怯,便叫声:"岳举子,依着孤家好! 你若肯把状元让与我,少不得榜眼、探花也有你的分,日后自然还有好处与你。今日何苦要与孤家作对么?"岳大爷道:"王爷听禀,举子十载寒窗,所为何事? 自古说'学成文武艺',原是要'货与帝王家'的。但愿千岁胜了举子,举子心悦诚伏;若以威势相逼,不要说是举子一人,还有天下许多举子在此,都是不肯服的!"

梁王听了大怒,提起金刀,照岳大爷顶梁上就是一刀;岳大爷把沥泉枪"咯当"一架,那梁王震得两臂酸麻,叫声:"不好!"心慌意乱,再一刀砍来。岳大爷又把枪轻轻一举,将梁王的刀枭过一边。梁王见岳飞不还手,只认他是不敢还手,就胆大了,使开金背刀,就上三下四、左五右六,望岳大爷顶梁颈膊上只顾砍来。岳大爷左让他砍,右让他砍,砍得岳大爷性起,叫声:"柴桂! 你好不知分量! 差不多全你一个体面,早些去罢了,不要倒了楣吓!"梁王听见叫他名字,怒发如雷,骂声:"岳飞好狗头! 本藩抬举你,称你一声举子,你擅敢冒犯本藩的名讳么? 不要走,吃我一刀!"提起金背刀,照着岳大爷顶梁上"呼"的一声砍将下来。这岳大爷不慌不忙,举枪一架,枭开了刀,

"耍"的一枪，望梁王心窝里刺来；梁王见来得利害，把身子一偏，正中肋甲绦。岳大爷把枪一起，把个梁王头望下、脚朝天挑于马下；复一枪，结果了性命。只听得合教场中众举子并那些看的人，齐齐的喝一声采。急坏了左右巡场官，那些护卫兵丁军夜班等，俱吓得面面相觑。巡场官当下吩咐众护兵："看守了岳飞，不要被他走了！"那岳大爷神色不变，下了马，把枪插在地上，就把马拴在枪杆之上等令。

只见那巡场官飞奔报上演武厅来道："众位大老爷在上，柴王被岳飞挑死了！请令定夺。"宗爷听了，面色虽然不改，心里却也有些慌。张邦昌听了，大惊失色，喝道："快与我把这厮绑起来！"两旁刀斧手答应一声"得令"，飞奔的下来，将岳大爷捆绑定了，推到将台边来。那时柴王手下这家将，各执兵器，抢出帐房来，要想与柴王报仇。汤怀在马上把烂银枪一摆，牛皋也舞起双锏，齐声大叫道："岳飞挑死梁王，自有公论！尔等若是恃强，我们天下英雄是要打抱不平的嚜！"那些家将看见风色不好，回头打探帐后人的消息，才待出来，早被张显把钩连枪将一座帐房扯去了半边，大声吆喝道："你们谁敢擅自动手，休要惹我们众好汉动起手来，顷刻间叫你们性命休想留了半个！"当时这些看的人，有笑的，有高声附和的，吓得这些虞候人等怎敢上前？况且看见刀斧手已将岳飞绑上去了，谅来张太师焉肯饶他，只得齐齐的立定，不敢出头。

只有牛皋看见绑了岳大哥，急得上天无路。正在惊慌，忽听得张邦昌传令："将岳飞斩首号令！"左右方才答应，早有宗大老爷喝一声："住着！"急忙出位来，一手扯了张邦昌的手，一手搀住王铎的手，说道:"这岳飞是杀不得的!他两人已立下死活文书,各不偿命,你我俱有印信落在他处。若杀了他,恐这些举子不服,你我俱有性命之忧。此事必须奏明圣上,请旨定夺才是。"邦昌道:"岳飞乃是一介武生,敢将藩王挑死,乃是个无父无君之人!古言'乱臣贼子,人人得而诛之',何必再为启奏?"喝叫:"刀斧手,快去斩讫报来!"左右才应得一声:"吓!得令!""得令"两字尚未说完,底下牛皋早已听见,大喊道:"呔!天下多少英雄来考,那一个不想功名?今岳飞武艺高强,挑死了梁王,不能够做状元,反要将他斩首,我等实是不服!不如先杀了这瘟试官,再去与皇帝老子算账罢!"便把双锏一摆,望那大纛旗杆上"当"的一声。两条锏一齐下不打紧,把个旗杆打折,"哄咙"一声响,倒将下来。再是众武举齐声叫喊:"我们三年一望,前来应试,谁人不望功名?今梁王倚势要强占状元,屈害贤才,我们反了罢!"这一声喊,趁着大旗又倒下,犹如天崩地裂一般。宗爷将两手一放,叫声:"老太师,可听见么?如今悉听老太师去杀他罢了。"

张邦昌与那王铎、张俊三人,看见众举子这般光景,慌得手足无措,一齐扯住了宗爷的衣服道:"老元戎!你我四人乃是同船合命的,怎说出这般话来?还仗老元戎调处安顿方好。"宗爷道:"且叫旗牌传令,叫众武举休得啰唣,有犯国法,且听本帅裁处。"旗牌得令,走至滴水檐前,高声大叫道:"众武举听者!宗大老爷有令,叫你们休得啰唣,有犯国法,且静听大老爷裁处。"底下众人听得宗老爷有令,齐齐的拥满了一阶,竟有好些直挤到演武厅上来,七张八嘴的。当下张邦昌便对着宗爷道:"此事还请教老元戎如何发放呢?"宗爷道:"你看人情汹汹,众心不服,奏闻一事也来不及。不如且将岳飞放了,先解了眼前之危,再作道理。"三人齐声道:"老元戎所见不差。"吩咐:"把岳飞放了绑!"左右答应一声"得令",忙忙的将岳大爷放了。

岳大爷得了性命,也不上厅去叩谢,竟去取了兵器,甩上了马,往外飞跑。牛皋引了众弟兄随后赶上。王贵在外边看见,忙将教场门砍开,五个弟兄一同逃出。这些来考的众武举见了这个光景,谅来考不成的了,大家一哄而散。这里众家将且把梁王尸首收拾盛殓,然后众主考一齐进朝启奏。

不知朝廷主意如何,且听下回分解。

第十三回

昭丰镇王贵染病　牟驼岗宗泽踹营

诗曰：

旅邸相依赖故人，新知何事远留宾。

若非王贵淹留住，宗泽何能独踹营？

话说岳大爷弟兄五个逃出了教场门，一竟来到留守府衙门前，一齐下马，望着辕门大哭一场，拜了四拜，起来对那把门巡捕官说道："烦老爷多多拜上大老爷，说我岳飞等今生不能补报，待转世来效犬马之力罢！"说完就上马，回到寓所，收拾了行李，捎在马上，与主人算清了账，作别出门，上马回乡不表。

且说众官见武生已散，吩咐柴王的家将收拾尸首，然后一同来到午门。早有张邦昌奏道："今科武场，被宗泽门生岳飞挑死了梁王，以致武生俱各散去。"一肩儿都卸在宗泽身上。幸亏宗泽是两朝大臣，朝廷虽然不悦，不好定罪，只将宗泽削职闲居。各官谢恩退出。

宗爷回至衙中，早有把门巡捕跪下禀道："方才有岳飞等五人，到辕门哭拜，说只好来生补报大老爷的洪恩。特着小官禀上。"宗爷听了，叹气不绝道："可惜，可惜！"吩咐家将："快到里边抬了我的卷箱出来，同我前去追赶。"家将道："他们已经去远了，老爷何故要赶他？"宗爷道："尔等那里晓得？昔日萧何月下追贤，成就了汉家四百年天下。今岳飞之才不弱于韩信,况国家用人之际,岂可失此栋梁?故我要赶上他,吩咐他几句话。"当时家将忙去把卷箱抬出来,宗爷又取些银两带着,领了从人一路赶来,慢表。

且说岳大爷出了城门,加鞭拍马,急急而行。牛皋道:"到了此处还怕他怎么,要如此忙忙急急的走?"岳爷道:"兄弟,你有所不知,方才那奸臣怎肯轻放了我?只因恩师作主,众人喧嚷,恐有不测,将我放了。我们若不急走,倘那奸贼又生出别端来,再有意外之虞,岂不悔之晚矣?"众人齐声道:"大哥说得不差,我们快走的是。"一路说,一路行,不多时,早已金乌西坠,玉兔东升。众人乘着月色,离城将有二十余里远近,忽听得后面马嘶人喊。岳大爷道:"何如?后面必定是柴王的家将们追将来了。"王贵道:"哥哥,我们不要行,等他来,索性叫他做个断根绝命罢!"牛皋大叫道:"众哥哥们不要慌!我们都转去,杀进城去,先把奸臣杀了,夺了汴京,岳大哥就做了皇帝,我们四个都做了大将军,岂不好?受他什么鸟气!还要考什么武状元!"岳大爷大怒,喝道:"胡说!你敢是疯了么?快闭了嘴!"牛皋努着嘴道:"就不开口,等他们兵马赶来时,手也不要动,伸长了颈脖子,等他砍了就是。"汤怀道:"牛兄弟,你忙做什么?我们且勒住了马停一停,不要走,看他们来时,文来文对,武来武挡。终不然,难道怕了他么?"

正说间,只见飞也是先有一骑马跑来,大叫道:"岳相公慢行!宗大老爷来了!"岳大爷道:"原来是恩师赶来,不知何故?"不多时,只见宗爷引了从人赶来。众弟兄连忙下马,迎上马前,跪拜于地。宗爷连忙下马,双手扶起。岳爷道:"门生等蒙恩师救命之恩,未能报答,今因逃命心急,故此不及面辞。不知恩师赶来有何吩咐?"宗爷道:"因为你们之事,被张邦昌等劾奏一本,圣上旨下,将老夫削职闲居,因此特来一会。"众人听了,再三请罪,甚觉不安。宗爷道:"贤契们不必介怀,只恐朝廷放不下我。若能休致,老夫倒得个安闲自在。"遂问家将:"此处可有什么所在?借他一宿。"家将禀道:"前去不上半里,乃是谏议李大老爷的花园,可以借宿得。"

　　宗爷听说,便同众人上马前行。不多路,已到花园。园公出来跪接。宗大老爷同小弟兄等一齐下马,进入园中,到花厅坐下,就问园公道:"我们都是空腹,此地可有所在备办酒肴么?"园公禀道:"此去一里多路就是昭丰镇,有名的大市镇,随你要买什么东西,也有厨司替人整备。"宗爷就命亲随带了银两,速到镇上去买办酒肴,就带个厨司来整备。一面叫人抬过卷箱来,交与岳飞,说道:"老夫无甚物件,只有一副盔甲衣袍,赠与贤契,以表老夫薄意。"岳大爷正少的是盔甲,不觉大喜,叩头谢了。宗爷又道:"贤契们目下虽是功名不遂,日后自有腾达,不可以一跌就灰了心。倘若奸臣败露,老夫必当申奏朝廷,力保贤契们重用。那时如鱼得水,自然日近天颜。如今取不得个忠字,且回家去侍奉父母,博个孝字。文章武艺,亦须时时讲论,不可因不遇便荒疏了,误了终身大事。"众弟兄齐声应道:"大老爷这般教训,门生等敢不努力!"说不了,酒筵已备完送来,摆了六席。众人告过坐,一齐坐定,自有从人伏侍斟酒;共谈时事,并讲论些兵法。

　　却说王贵、牛皋是坐在下席。他自五鼓吃了饭,在教场守了这一日,直到此处,肚中正在饥饿,见了这些酒肴,也不听他们谈天说地,好似渴龙见水,如狼似虎的吃个精光,方才住手。不道那厨司因晚了,手脚忙乱,菜蔬内多搁了些盐;这两个吃得嘴咸了,只管讨茶吃。那茶夫叫道:"伙计,你看不出上边几席上,斯斯文文的;这两席上的二位,粗粗蠢蠢,不是个吃细茶的人。你只管把小杯热茶送去,不讨好;你把那大碗的冷茶送上去,包管合式。"那人听了,真个把冷茶大碗价送将上去。王贵好不快活,一连吃了五六碗,说道:"好爽快!"方才住了手。重新再饮。说说笑笑,不觉天色黎明。岳大爷等拜别了宗爷,宗爷又叫从人,有那骑来的牲口,让一匹与岳大爷驮了卷箱。岳大爷又谢了,辞别上路而行。正是:

　　畅饮通宵到五更,忽然红日又东升。

　　路上有花并有酒,一程分作两程行。

这里宗爷亦带领从人回城,不表。

且说岳大爷等五人一路走,一路在马上说起宗泽的恩义:"真是难得!为了我们,反累他削了职,不知何日方能报答他?"正说间,忽然王贵在马上大叫一声,跌下马来,顷刻间,面如土色,牙关紧闭。众皆大惊,连忙下马来,扶的扶,叫的叫,吓得岳大爷大哭,叫道:"贤弟吓!休得如此,快些苏醒!"连叫数声,总不见答应。岳大爷哭声:"贤弟吓!你功名未遂,空手归乡,已是不幸;若再有三长两短,叫为兄的回去,怎生见你令尊令堂之面?"说罢,又痛哭不止。众人也各慌张。牛皋道:"你们且不要哭,我自有个主意在此;若是一哭,就弄得我没主意了。"岳大爷便住了哭,问道:"贤弟有甚主意,快些说来!"牛皋道:"你们不知,王哥原没有病的,想是昨夜多吃了些东西,灌下几碗冷茶,肚里发起胀来。待我来替他医医看。"便将手去王贵肚皮上揉了一会,只听得王贵肚里边"嘚碌碌"的,犹如雷鸣一般,响了一会,忽然放了许多臭水出来;再揉了几揉,竟撒出粪来,臭不可当。王贵微微苏醒,呻吟不绝。众人忙将衣服与他换了。岳大爷道:"我们且在此暂息片时。汤兄弟可先到昭丰镇上去,端正了安歇的地方,以便调理。"

汤怀答应上马,来到镇上,但见人烟闹热,有几个客店挂着灯笼。左首一个店主人,看见汤怀在马上东张西望,便上前招接道:"客官莫不要打中火么?"汤怀便跳下马来,把手一拱道:"请问店主上姓?"店主道:"小人姓方,这里昭丰镇上有名的方老实,从不欺人的。"汤怀道:"我们有弟兄五个,是进武场的,因有一个兄弟伤了些风寒,不能行走,要借歇几天,养病好了方去,可使得么?"方老实道:"小人开的是歇店,这又何妨?家里尽有干净房屋,只管请来就是。若是要请太医,我这镇上也有,不必进城去请的。"汤怀道:"如此甚好,我去邀了同来。"遂上马回转,与众弟兄说了。便搀扶了王贵上马,慢慢的行到镇上,在方家客寓住下。当日就烦方老实去请了个医生来看,说是饮食伤脾,又感了些寒气,只要散寒消食,不妨事,就可好的。遂撮了两服煎剂。岳大爷封了钱把银子,谢了太医,自去。众弟兄等且安心歇下,调理王贵。按下不表。

且说这太行山金刀王善,差人打听梁王被岳飞挑死,圣旨将宗泽削职归农,停止武场,遂传集了诸将军师并一众喽罗,便开言道:"目今奸臣当道,将士离心。柴王虽然死了,却幸宗泽削职,朝中别无能人。孤家意欲趁此时兴兵入汴,夺取宋室江山。卿等以为何如?"当下军师田奇便道:"当今皇帝大兴土木,万民愁怨;舍贤用奸,文武不和。趁此时守防懈怠,正好兴兵,不要错过了。"王善大喜,当时就点马保为先锋,偏将何六、何七等,带领人马三万,扮做官兵模样,分作三队,先期起行;自同田奇等率领大兵,随后一路往汴京进发,并无拦阻。

看看来到南薰门外,离城五十里,放炮安营。这里守城将士闻报,好不慌张,忙把各城门紧闭,添兵守护,一面入朝启奏。徽宗忙御金銮大殿,宣集众公卿,降旨道:"今有太行山强寇,兴兵犯阙,卿等何人领兵退贼?"当下众臣你看我、我看你,并无一人答应。朝廷大怒,便向张邦昌道:"古言:'养军千日,用在一朝。'卿等受国家培养有年,今当贼寇临城,并无一人建策退兵,不辜负国家数百年养士之恩么?"话声未绝,只见班部中闪出一位谏议大夫,出班奏道:"臣李纲启奏陛下,王善兵强将勇,久蓄异心,只因畏惧宗泽,故尔不敢猖獗。今若要退贼兵,须得复召宗泽领兵,方保无虞。"圣上准奏,传旨,就命李纲宣召宗泽入朝,领兵退贼。

李纲领旨退朝,就到宗泽府中来。早有公子宗方出来迎接。李纲道:"令尊翁在于何处,不来接旨?"公子道:"家父卧病在床,不能接旨,罪该万死!"李纲道:"令尊不知害的什么症候?如今现在何处?"公子道:"自从闹了武场,吃了惊恐,回来就染了怔忡之症,如今卧在书房中。"李纲道:"既然如此,且将圣旨供在中堂,烦引老夫到

第十三回　昭丰镇王贵染病　牟驼岗宗泽踹营

书房去看看令尊如何?"公子道:"只是劳动老伯不当。"李纲道:"好说。"当时公子宗方,便引了李纲来到书房门口,只听得里边鼾声如雷。李纲道:"幸是我来,若是别人来,又道是欺君了。"公子道:"实是真病,并非假诈。"说不了,只听见宗泽叫道:"好奸贼吓!"翻身复睡。李纲道:"令尊既是真病,待我复了旨再来。"说罢,抽身出来。公子送出大门。

李纲回至朝中,俯伏奏道:"宗泽有病,不能领旨。"朝廷道:"宗泽害何病症?可即着太医院前去医治。"李纲奏道:"宗泽之病,因前日闹了武场,受了惊恐,削了官职,愤恨填胸,得了怔忡之症,恐药石一时不能疗治。臣见他梦中大骂奸臣,此乃他的心病,必须心药医之。若万岁降旨,将奸臣拿下,则宗泽之病,不药自愈矣。"朝廷便问:"谁是奸臣?"李纲方欲启奏,只见张邦昌俯伏金阶先奏道:"兵部尚书王铎乃是奸臣。"朝廷准奏,即传旨将王铎拿下,交与刑部监禁。看官,你道张邦昌为甚反奏王铎,将他拿下?要晓得奸臣是要有才情的方做得。他恐李纲奏出他三个,一连拿下,便难挽回了;如今他先奏,把王铎拿下,放在天牢内,寻个机会,就可救他出来的。李纲想道:"这个奸贼,却也知窍。也罢,谅他也改过前非了。"遂辞驾出朝,再往宗泽府中来。

这里宗泽见李纲复命,慌忙差人打听动静,早已报知朝廷将王铎拿下天牢,今李纲复来宣召,只得出来接旨。来到大厅上,李纲将张邦昌先奏拿下王铎之事,一一说知。宗泽道:"只是太便宜了这奸贼。"两人遂一同出了府门,入朝见驾。朝廷即复了宗泽原职,令领兵出城退贼。张邦昌奏道:"王善乌合之众,陛下只消发兵五千与宗泽前去,便可成功。"朝廷准奏,命兵部发兵五千与宗泽,速去退贼。宗泽再要奏时,朝廷已卷帘退朝,进宫去了。只得退出朝门,向李纲道:"'打虎不着,反被虎伤。'如何是好?"李纲道:"如今事已至此,老元戎且请先领兵前去,待我明日再奏圣上,添兵接应便了。"当时二人辞别,各自回府。

到了次日,宗爷到教场中点齐人马,带领公子宗方一同出城。来到牟驼岗,望见贼兵约有四五万,因想:"我兵只有五千,怎能敌得他过?"便传令将兵马齐上牟驼岗上扎营。公子宗方禀道:"贼兵众多,我兵甚少,今爹爹传令于岗上安营,倘贼兵将岗围困,如何解救?"宗泽拭泪道:"我儿,为父的岂不知天时地利?奈我被奸臣妒害,料想五千人马怎能杀退这四五万喽罗?如今扎营于此,我儿好生固守,待为父的单枪独马,杀入贼营。若得侥幸杀败贼兵,我儿即率兵下岗助阵;倘为父的不能取胜,死于阵内,以报国恩,我儿可即领兵回城,保你母亲家眷回归故土,不得留恋京城。"吩咐已毕,即匹马单枪出本营,要去独踹金刀王善的营盘。

这宗留守平日间最是爱惜军士的。众人见他要单人独骑去踹贼营,就有那随征的千总、游击、百户、队长一齐拦住马前道:"大老爷要往那里去?那贼兵势大,岂可轻身以蹈虎穴?即使要去,小将们自然效死相随,岂肯让大老爷一人独去之理?"宗泽道:"我岂不知贼兵众盛?就带你们同去,亦无济于事。不若舍吾一命,保全尔等罢。"众军士再三苦劝,宗爷那里肯听,竟一马冲入贼营,大叫一声:"贼兵当我者死！避我者生！看宗留守来踹营也！"这些众喽罗听见，抬头看时，但见宗老爷：

> 头带铁幞头，身披乌油铠；内衬皂罗袍，坐下乌骓马；手提铁杆枪，面如锅底样；一部白胡须，好似天神降。

那宗老爷把枪摆一摆，杀进营来，人逢人倒，马遇马伤。众喽罗那里抵挡得住，慌忙报进中营道："启大王，不好了！今有宗泽单人匹马，踹进营来，十分厉害，无人抵挡。请大王定夺！"王善心中想道："那宗泽乃宋朝名将，又是忠臣；今单身杀进营来，必然是被奸臣算计，万不得已，故此拼命。孤家若得此人归顺，何愁江山不得到手？"就命五营大小三军："速出迎敌！只要生擒活捉，不许伤他性命！"众将答应一声"得令"，就将宗泽老爷重重迭迭围裹拢来，大叫："宗泽！你此时不下马，更待何时！"正是：

英雄失志受人欺，白刃无光战马疲。

得意狐狸强似虎，败翎鹦鹉不如鸡。

毕竟不知宗老爷性命如何，且听下回分解。

第十四回

岳飞破贼酬知己　施全剪径遇良朋

诗曰：

辕门昨日感深恩，报效捐躯建士勋。

白鹇旗边悬贼首，红罗山下识良朋。

话说那宗留守老爷，一人一骑，独踹王善的营盘，满拼一死。不要说是众寡不敌，倘然贼兵一阵乱箭，这宗老爷岂不做了个刺猬？只因王善出令要捉活的，所以不致伤命。但是贼兵一重一重，越杀越多；一层一层，围得水泄不通，如何得出？且按下慢表。

却说这昭丰镇上，王贵病体略好些，想要茶吃。岳大爷叫："汤怀兄弟，你可到外边去，与主人家讨杯茶来，与王兄弟吃。"汤怀答应了一声，走到外边来，连叫了几声，并没个人答应，只得自己到炉子边去搦了一会，等得滚了，泡了一碗茶。方欲转身，只听得推门响，汤怀回头看时，却是店主人同着小二两个慌慌张张的进来。汤怀道："你们那里去了？自我叫了这半天，也不见个人影儿。"店主人道："正要与相公说知：今有太行山大盗起兵来抢都城，若是抢了城倒也罢了；倘若被官兵杀败了，转来，就要逢村抢村，遇镇抢镇，受他的累。因此我们去打听打听消息，倘若风色不好，我们这里镇上人家都要搬到乡间去躲避。相公们是客边，也要收拾收拾，早些回府的妙。"汤怀道：

"原来有这等事。不妨得的,那些强盗若晓得我们在此,决不敢来的;恐怕晓得了,还要来纳些进奉,送些盘缠来与我们哩。"这店小二呶着嘴道:"霹雳般的事,这相公还讲着没气力的闲话。"汤怀笑了笑,自拿了茶走进来,递与王贵吃了。岳大爷便问:"汤兄弟,你去取茶,怎去了这许多时? 王兄弟等着吃,惹得他心焦。"汤怀便将店主人的话,说了一遍。岳大爷便叫店主人进来,问道:"你方才这些话,是真是假? 恐怕还是讹传?"店主人道:"千真万确! 朝廷已差官兵前去征剿了。"岳大爷道:"既如此,烦你与我快去做起饭来。"店主人只道他们要吃了饭起身回去,连忙答应了一声,如飞往外边去做饭不提。

且说岳大爷对众兄弟道:"我想朝廷差官领兵,必然是恩师宗大人。"汤怀道:"哥哥何以见得?"岳大爷道:"朝内俱是奸臣,贪生怕死的,那里肯冲锋打仗? 只有宗大人肯实心为国的。依愚兄的主意,留牛兄弟在此相伴王兄弟,我同着二位兄弟前去打探着,若是恩师,便助他一臂;若不是,回来也不迟。"汤、张二人听了,好不欢喜。牛皋就叫将起来道:"王哥哥的病已好了,留我在此做什么?"岳大爷道:"虽然好了,没有个独自丢他一个在此的。为兄的前去相助恩师,只当与贤弟同去一样。"牛皋再要开言,王贵将手暗暗的在牛皋腿上捻了一把。牛皋便道:"什么一样不一样,不要我去就罢!"正说之间,店小二送进饭来。王贵本不吃饭,牛皋赌气也不吃。三个人吃了饭,各自披挂了,提着兵器,出店门上马而去。这里牛皋便问:"王哥哥,你方才捻我一把做什么?"王贵道:"你这呆子! 大哥既不要你去,说也徒然。你晓得我为何生起病来？"牛皋道："我那里晓得！"王贵道："我对你说了罢，只因我前日在教场中不曾杀得一个人，故此生出病来。你不听得，如今太行山强盗去抢京城，必然人都在那里。我捻你这一把，叫你等他三个先去，我和你随后赶去，不要叫大哥晓得，杀他一个畅快，只当是我病后吃一料大补药，自然全好了。你道我该去不该去？"牛皋拍手道："该去该去！"于是二人也把饭来吃了，披挂端正，托店主人照应了行李："我们去杀退了贼兵就来。"出门上马，提着兵器，亦望南薰门而来。

且说岳大爷三人，先来到牟驼岗，抬头观看，果然是宗泽的旗号。岳大爷叫声："哎哟！恩师精通兵法的，怎么扎营在岗上？此乃不祥之兆。我们且上岗去，看是如何。"三人乘马上岗。早有小校报知，宗公子下岗相迎，接进营中。岳大爷便问："令尊大人素练兵机，精通阵法，却为何结营险地？倘被贼兵困绝汲水打粮之道，如何是好？"宗方泪流两颊，便将"被奸臣陷害，不肯发兵；老父满拼一死，以报朝廷，故尔驻兵于此，匹马单枪，已踹入贼营去了"，说与岳大爷知道。岳大爷道："既如此，公子可遥为接应。待我愚弟兄下去，杀入贼营内，救出恩师便了！"便叫："汤兄弟可从左边杀进，张兄弟可从右边杀进，愚兄从中营冲入，如有那个先见恩师的，即算头功。"汤怀道："大哥，你看这许多贼兵，一时那里杀得尽？"岳大爷道："贤弟，我和你只要擒拿贼首，救出恩师，以酬素志，何必虑那贼兵之多寡？"二人便道："大哥说的是。"

你看他吼一声，三个人奋勇当先。汤怀舞动这管烂银枪，从左边杀进去：

> 好一如毒龙出海，浑似那恶虎翻身。

冲进营中。那些喽啰怎能抵挡得住？这张显把手中钩连枪摆开，从右边杀进去，横冲直撞，只见：

> 半空中大鹏展翅，斜刺里狮子摇头。

杀得那些喽啰马仰人翻，神号鬼哭。那岳大爷：

> 头戴着烂银盔，身披着锁子甲。银鬃马，正似白龙戏水；沥泉枪，犹如风舞梨花。浑身雪白，遍体银装。马似掀天狮子，人如白玉金刚。枪来处，人人丧命；马到时，个个身亡。

正是：

> 斩坚入阵救忠良，贼将当锋俱灭亡。
>
> 成功未上凌烟阁，岳侯名望至今香。

摆动手中这杆沥泉枪，冲入营中，大叫一声："岳飞来也！"

这宗留守被众贼困在中央，杀得气喘不住，但听得那些贼兵口中声声只叫："宗泽，俺家大王有令，要你归降，快快下马，免你一死！"宗爷正在危急之际，猛听得一片声齐叫道："枪挑小梁王的岳飞杀进来了！"宗老爷暗想："那岳飞已回去，难道是梦里不成？"正在疑惑，只听得一声呐喊，果然岳飞杀到面前。宗泽大喜，高叫："贤契！老夫在这里！"岳大爷上前叫声："恩师！门生来迟，望乞恕罪！"话声未绝，只见汤怀从左边杀来，张显从右边杀来。岳大爷便叫："二位兄弟，恩师在此！且并力杀出营去！"宗爷此时好生欢喜，四个人并在一堆，逢人便杀，好似砍瓜切菜一般。

不道那牛皋、王贵,恐怕那些贼兵被他三个杀完了,因此急急赶来。将到营门,抬头一望,满心欢喜,说道:"还有还有!"王贵道:"牛兄弟,且慢些上来,等我先上去吃两贴补药补补精神着!"牛皋道:"王哥,你是病后,且让我先上去燥燥脾胃着!"你看他拍着乌骓,舞动双铁锏,狠似玄坛再世;那王贵骑着红马,使开大刀,猛如关帝临凡。一齐杀入营来,真个是人逢人倒,马遇马伤。那些喽罗忙报与王善道:"启上大王爷,不好了!前营杀进三个人来,十分厉害!不道后营又有一个红人、一个黑人杀进来,凶恶得紧!无人抵挡,请令定夺!"王善听了大怒,叫:"备马来!待孤家亲自去拿他!"左右答应一声"得令",一时带马的,抬刀的。王善忙忙的上马提刀,冲出中营。喽罗吆喝一声:"大王来了!"王贵看见,便道:"妙吓!大哥常说的:'射人先射马,擒贼必擒王。'"就一马当先,径奔王善。牛皋大叫:"王哥哥,不要动手,这贴补药我要吃的!"这一声喊,犹如半空里起个霹雳。王善吃了一惊,手中金刀松得一松,早被王贵一刀,连肩带背,砍于马下。王贵下马取了首级,挂在腰间,看见王善这口金刀好不中意,就把自己的刀撇下,取了金刀,跳上马来。牛皋见了,急得心头火起,便想:"我也要寻一个这样的杀杀,才好出气!"便舞开双锏,逢着便打。正在发疯,早被岳大爷看见,心中暗想:"难道他撇了王贵,竟自前来不成?"正要上前来问,忽见王贵腰间挂着人头,从斜刺里将贼将邓成追将下来。正遇岳大爷马到,手起一枪,邓成翻身落马;复一枪,结果了性命。田奇举起方天画戟正待来救,被牛皋左手锏嚣开了画戟,右手一锏,把田奇的脑盖打得粉碎,跌下马来,眼见得不活了。那些众贼兵看见主帅军师已死,料难抵挡,大溃奔逃。

山顶上宗方公子看见贼营已乱,领兵冲下,直抵贼营乱杀。众贼乞降者万余,杀死者不计其数,逃生者不上千人。宗泽吩咐鸣金收军,收拾遗弃的旗帐衣甲、兵器粮食,不计其数。又下令将降兵另行扎营住下,自己择地安营,等待次日进城。岳飞等拜辞宗泽,即欲起身回去。宗爷道:"贤契等有此大功,岂宜就去?待老夫明日进朝奏过天子,自有好音。"岳飞应允,就在营中歇了一夜。

到了次日,宗爷带领了弟兄五人来到午门。宗爷入朝,俯伏金阶,启奏道:"臣宗泽奉命领兵杀贼,被贼兵围困,不能得出。幸得汤阴县岳飞等弟兄五人杀入重围,救了臣命,又诛了贼首王善,并杀了贼将军师邓成、田奇等,俱有首级报功。降兵一万余人。收得车马粮草兵械,不计其数。候旨发落。"徽宗听奏大喜,传旨命宗泽平身,宣岳飞等五人上殿见驾。五人俱俯伏,三呼已毕。徽宗就问张邦昌:"岳飞等有如此大功,当封何职?"邦昌遂奏道:"若论破贼,该封大官;只因武场有罪,可将此功折罪,权封为承信郎,俟日后再有功劳,另行升赏。"徽宗准奏。传下旨来,岳飞谢恩退出。又命户部收点粮草,兵部安贮降兵,其余器械财帛,尽行入库。各官散班退朝。宗泽心中大怒,暗骂:"奸贼!如此妒贤嫉能,天下怎得太平!"

列位,你道这承信郎是什么前程?就是如今千把总之类,故此宗泽十分懊恼。但是圣上听了奸臣的话,已经传旨,亦不好再奏,只得随着众官散朝,含怒回府。只见岳飞等俱在辕门首伺候,宗泽忙下马,用手相携,同进辕门,到了大堂坐定。宗爷道:"老夫本欲力荐大用,不期被奸臣阻抑。我看此时非是干功名之时候,贤契等不如暂请回乡,再图机会罢了。老夫本欲屈留贤契居住几日,只是自觉赧颜。"岳大爷道:"恩师大德,门生等没齿不忘。今承台谕,就此拜别。"宗爷虽如此说,心中原是不舍。只因奸臣当道,若留他在京,恐怕别生事端,只得再三珍重嘱咐,送出辕门。岳大爷弟兄五人辞了宗爷,回到昭丰镇上,收拾行李,别了店主人,一路望汤阴县而来。有诗曰:

浩气冲霄贯斗牛,萍踪梗迹叹淹留。

奇才大用知何日?李广谁怜不拜侯!

岳大爷弟兄五个在路上谈论奸臣当道,难取功名。牛皋道:"虽不得功名,也吃我杀得爽快!有日把那些朝内奸臣,也是这样杀杀才好!"岳大爷道:"休得胡说!"王贵接口道:"若不是大哥,我们在朝内就把那个什么张邦昌揪将下来,一顿拳头打杀了!拼得偿了他一命,不到得杀了我的头,又把我充了军去。"汤怀道:"你这冒失鬼!若是外头打杀了人,一命抵一命;皇帝金殿上打了人,就是欺君的罪名,好不厉害哩!"五个人你一句、我一句正在路上闲讲,忽见前面一伙客人,约有十多个,慌张失智,踉跄而来。见那五个人在马上说说笑笑的走路,内中一人便喊道:"前边去不得,你们快往别处走罢!"一面说,一面就走。张显就下马赶回来,一把扯住了一个道:"你且说说,为何前边去不得?"那人苦挣不脱,着了急,便道:"前边红罗山下有强盗阻路,我们的行李都被抢去了,走得快,逃了性命。我好意通你个信,你反扯住我做什么?"张显道:"原来有强盗,什么大惊小怪?"

把手一放，那个人扑地一交，爬起来飞奔去了。张显便向岳大爷道："说前面有个把小强盗，没甚大事。"牛皋大喜道："快活快活！又是买卖到了！"岳大爷道："休得如此，也要小心为妙。汤兄弟可打前先去探听，我们随后就来。"遂一齐披挂好了。

汤怀一马当先，来到一座山边。只见山下一人，坐一匹红砂马，手抡大刀，拦住喝道："拿买路钱来！"汤怀道："你要买路钱吓？什么大事，只问我伙计要便了。"那人道："你伙计在那里？"汤怀把手中烂银枪一摆，说道："这就是我的伙计！"那人大怒，举起大刀，照着汤怀顶门上砍来；汤怀把枪一举，架开刀，分心刺来；那人在马上把身子一闪，还刀就砍。刀来枪架，枪去刀迎，战有一二十个回合，真是对手，没个高下。恰好岳大爷等四个人一齐都到，看见汤怀战那人不下，张显把钩连枪一摆，喝声："我来也！"话声未绝，山上一人，红战袍，金铠甲，手提点钢枪，拍马下山，接住了张显厮杀。王贵举起金刀，上前助战。山上又跑下一人，但见他面如黄土，遍体金装，坐下黄骠马，手托三股托天叉，接住王贵大战。牛皋看得火起，舞动双铜打来。只见一人生得青面獠牙，海（颔）下无须，坐着青鬃马，手舞狼牙棒，抵住牛皋接战。

岳大爷想道："不知这山上有多少强盗？看他四对人相杀，没甚高低，我若不去，如何分解？"便把雪花骢一拎，却待向前，只听得山上鸾铃响，一个人戴一顶烂银盔，穿一副白铠甲，坐下白战马，手执一枝画杆烂银戟，大声喝道："我来也！"不分皂白，望着岳大爷举戟就刺。岳爷把枪一逼，搭上兵器。不上五六个照面、七八个回合，那人把马一拎,跳出圈子,叫声:"少歇,有话问你。"岳大爷把枪收住,便道:"有话说来。"那人道:"我看你有些面善,不知从那里会来?一时想不起。你且说是姓甚名谁?从那里而来?"岳大爷道:"我等是汤阴县举子,在武场不第而回,那里认得你们这班强盗!"那人道:"莫不是枪挑小梁王的岳飞么?"岳大爷道:"然也。"那人听了,慌忙下马来,插了戟,连忙行礼道:"穿了衣甲,一时再认不出,多多得罪了!"岳大爷亦下马来,扶住道:"好汉请起!为何认得小弟?"那人道:"且待小弟唤那几个兄弟来,再说便了。"正是:

一笑三生曾有约,算来都是会中人。

不知那人如何认得岳飞,且听下回分解。

第十五回

金兀朮兴兵入寇　陆子敬设计御敌

诗曰:

渔阳鼙鼓动喧天,易水萧萧星斗寒。

金戈铁骑连蕃汉,烟尘筊角满关山。

却说那人上前一步,高声叫道:"列位兄弟,休得动手！都来说话。"那四个人正战到好处,忽听得那人叫,便一齐收住兵器,上前来道:"我等正要捉拿那厮,不知大哥为何呼唤小弟们?"那人指着岳大爷道:"此位正是挑梁王的岳飞。"四人听见,便一齐下马来,与岳飞行礼。岳大爷亦叫汤怀众兄弟一齐过来,见了礼,便问那用戟的道:"请问众位好汉尊姓大名?"那人道:"小弟姓施名全,这用刀的兄弟唤做赵云,那使枪的兄弟叫做周青,拿叉的叫梁兴,用狼牙棒的名吉青。我们五个是结义弟兄,因来抢武状元,不意被大哥挑死梁王,散了武场。小弟等欲待回家,怎奈囊空羞涩,思量又无家小,不如投奔大哥。来到红罗山下,恰遇着一班毛贼拦路,被我们杀了,众人们留我为主,因此就在此胡乱取些金银财帛,以作进见之礼。不想在此相遇,适才冒犯,幸勿介意。"岳大爷大喜。施全等忙请众位上山,摆了香案,一齐结为兄弟。各各收拾行李,跟随岳大爷一齐回转汤阴居住,终日修文演武,讲论兵机战法。按下慢表。

且说那北地女真国黄龙府,有一个总领狼主,叫做完颜乌骨达,国号大金。生有五子:大太子名为粘罕,二太子名为喇罕,三太子答罕,四太子兀朮,五太子泽利。又有左丞相哈哩强,军师哈迷蚩,参谋勿迷西,大元帅粘摩忽,二元帅咬摩忽,三元帅奇温铁木真,四元帅乌哩布,五元帅瓦哩波。管下六国三川多少地方。每想中原花花世界,一心要夺取宋室江山。一日,老狼主升殿,当有番官上殿启奏道:"军师回来了。"老狼主命宣来。当时哈迷蚩上殿俯伏,朝见已毕,奏道:"狼主万千之喜!"老狼主道:"有何喜事?"哈迷蚩奏道:"臣到中原探听消息,老南蛮皇帝让位与小皇帝钦宗。这小皇帝自即位以来,不理朝政,专听那些奸臣用事,黜贬忠良。兼之那些关塞上边并无好汉保守。今狼主要夺中原,只消发兵前去,包管一鼓而可得也。"老狼主听奏大喜,即择定了十五日吉利日子,往教场中挑选扫宋大元帅。出榜通衢,晓谕军民人等,都到教场比武。各官领旨退朝。

到了那日,老狼主摆驾往教场中来,到演武厅上坐下。两边文武官员朝见已毕,站立两旁。且说那演武厅前有一座铁龙,原是先王遗下镇国之宝,重有一千余斤。老狼主即命番官传旨高叫道:"不论军民人等,有能举得起这铁龙者,即封为昌平王、扫南大元帅之职。"旨意一下,那王子平章、军丁将士,个个想做元帅,这个上来摇一摇,涨得脸红;那个上来拔一拔,挣得面赤,好像蜻蜓撼石柱,俱各满面羞惭,退将下去。老狼主道:"当年项羽拔山,子胥举鼎,难道我国枉有这许多文武,就没个举得起这千斤之物?"正在烦恼,忽见旁边闪出一人,但见他生得:

脸如火炭，发似乌云。虬眉长髯，阔口圆睛。身长一丈，膀阔三停。分明是狠金刚下降，却错认开路神狰狞。

原来是老狼主第四个太子，名唤兀朮。他本是天上赤须龙下降，要来扰乱宋室江山的。当下上前俯伏奏道："臣儿能举这铁龙。"老狼主听了，大喝一声："与我绑去砍了！"左右番军答应一声，登时就把兀朮绑起。

列位看官，你道老狼主听见自家儿子能举铁龙，应该欢喜，为何反要杀他起来？只因有个原故。那兀朮虽然生长番邦，酷好南朝书史，最喜南朝人物，常常在宫中学穿南朝衣服，因此老狼主甚不喜欢他。今日见无人举得起铁龙，心中正在烦恼，却见他挺身出来，一时怒起，要将他斩首。早有军师哈迷蚩连忙奏道："今日选将吉期，正要观太子武艺，如何反要将他斩首？乞狼主详察！"老狼主道："军师有所不知，你看满朝王子，各平章武将，尚举不起，量他有甚本领，出此大言。这等狂妄之徒不杀了，留他何用？"哈迷蚩又奏道："凡人不可貌相。依臣愚奏，且命四太子去举铁龙，若果然举得起，即封为前职，去夺中原，得了宋朝天下，此乃狼主洪福；倘若举不起，然后杀他，也叫他死而无怨。"老狼主依奏，即命将兀朮放了，叫他去举铁龙，若举不起，即时斩首，以正狂妄之罪。

番军领旨，即将兀朮放了绑。兀朮谢了恩，下厅来，仰天暗暗祝告："我若进得中原，抢得宋朝天下，望神力护佑，举起铁龙；若进不得中原，抢不得宋朝天下，便举不起铁龙，死于刀剑之下。"祝罢，就左手撩衣，右手将铁龙前足一提，一举举将起来，高叫："父王，臣儿举铁龙哩!"老狼主见了大喜,各殿下各平章,那个不称赞。文武官员、军民人等齐声喝采,俱说:"四殿下真是天神!"那兀朮将铁龙连举三举,"哄咙"一声响,将龙撩在半边,上厅来,拜见父王缴旨。老狼主即封为昌平王、扫南大元帅,总领六国三川兵马,带领军师参谋、左右丞相、各位元帅,还有各邦小元帅。选定良辰吉日,发兵五十万,祭了珍珠宝云旗,辞别父王,进兵中原。真个是人如恶虎,马似游龙;旌旗蔽日,金鼓喧天。在路行了一月有余,到了南朝地界。

第一关乃是潞安州。此关有个镇守潞安节度使,姓陆名登,表字子敬;夫人谢氏,止生一子,年方三岁。这位老爷绰号小诸葛,手下有五千多兵,乃是宋朝名将。这日正坐公堂,忽有探子来报:"启上大老爷,不好了!今有大金国差主帅完颜兀朮,带领五十万人马,来犯潞安州,离此只有百里之遥了!"陆节度听见,吃了一惊,赏了探子银牌一面,吩咐再去打听。即时令旗牌官出去,把城外百姓尽行收拾进城居住,把房屋尽行拆了,等太平时照式造还。又令各营将士上城紧守。又差旗牌到铺中给偿官价,收买斗缸,每一个城垛安放一只,命木匠做成木盖盖了。令军士在城上派定五个城垛,打成灶头三个。又令打造粪桶一千只,桶内装满人粪。又取碗口粗的毛竹一万根、细小竹子一万根,棉花破布万余斤,做成唧筒。一面水关上下了千斤闸,库中取出钢铁来,画成铁钩样子,叫铁匠照式打造铁钩,缚在网上。又在库内取出数千桶毒药,调入人粪之内,放在城上锅内煎熬,放入缸内,专等番兵到城下,即将滚粪泼下。若是番兵粘着此粪,即时烂死。晚上将钩网张在城头之上,以防番兵爬城。料理已毕,然后亲自修下一道告急本章,差官星夜前往汴梁,求朝廷发兵来救应。陆老爷恐怕救兵来迟,——失了潞安州不打紧,那时连汴梁亦难保守。——放心不下,又修了两道告急文书,一道送至两狼关总兵韩世忠处;一道送与河间府太守张叔夜,求他两人发兵前来相助。差人出城去了,陆老爷自家就率领三军,上城保守,昼夜巡查。正是:

就地挖坑擒虎豹,安排铁网取珊瑚。

花开两朵,各在一枝。书中慢讲陆老爷准备停当。且说兀朮,领兵一路滚滚而来,来到了潞安州,离城五十里,放炮安营。陆老爷在城上观看番兵,果然厉害。但见:

满天生怪雾,遍地起黄沙。但闻那"扑通通"驼鼓声敲,又听得"呼呜呜"胡笳乱动。东南上,千条条钢鞭铁棍狼牙棒;西北里,万道道银锤画戟虎头牌。来一阵蓝青脸,朱红发,窍唇露齿,真个奇形怪状;过两队擂锤头,板刷眉,环睛暴眼,果然恶貌狰狞。波斯帽,牛皮甲,脑后插双双雉尾;乌号弓,雁翎箭,马项挂累累毛缨。旗幡错杂,难分赤白青黄;兵器纵横,那辨刀枪剑戟。真个是滚滚征尘随地起,腾腾杀气盖天来。

有诗曰:

万丈红光飘叆叇,千层戈戟闹该该。

胡马踏翻歌舞地,征夫塞满太平街。

母死儿啼悲切切,夫逃妻散哭哀哀。

世人不肯存公道,天降流离兵火灾。

城上那些兵将见了,好不惧怕;有的要乘金人初到,出去杀他一阵。

陆老爷道:"此时彼兵锐气正盛,只宜坚守,等候救兵来到再处。"那时众将士各各遵令防守,专等救兵不提。

且说兀朮在牛皮帐中,问军师道:"这潞安州是何人把守?"哈迷蚩道:"这里节度使是陆登,绰号小诸葛,极善用兵的。"兀朮道:"他是个忠臣,还是奸臣?"军师道:"是宋朝第一个忠臣。"兀朮道:"既如此,待某家去会会他。"当时随即传下号令来,点起五千人马,同着军师,出了营来。众番兵吹着喇叭,打着皮鼓,杀到城下。

陆登吩咐军士:"好生看守城池,待我出去会他一会。"当时下城来,提着枪,翻身上马,开了城门,放下吊桥,一声炮响,匹马单枪,出到阵前。抬头一看,见那兀朮:

> 头戴一顶金镶象鼻盔,金光闪烁;旁插两根雉鸡尾,左右飘分。身穿大红织锦绣花袍,外罩黄金嵌就龙鳞甲;坐一匹四蹄点雪火龙驹,手拿着螭尾凤头金雀斧。好像开山力士,浑如混世魔王。

大叫一声:"来者莫非就是陆登否?"陆登道:"然也!"那兀朮也把陆登一看,但见他:

> 头戴大红结顶赤铜盔,身穿连环锁子黄金甲。走兽壶中箭比星,飞鱼袋内弓如月。真个英雄气象,盖世无双;人材出众,豪杰第一!

兀朮暗想:"果然中原人物,比众不同。"便开言叫声:"陆将军!某家领兵五十万,要进中原去取宋朝天下,这潞安州乃第一个所在。某家久闻将军是一条好汉,特来相劝,若肯归降了某家,就官封王位,不知将军意下若何?"陆登道:"你乃何人? 快通名来!"兀朮道:"某家非别,乃是大金国总领狼主殿前四太子,官拜昌平王、扫南大元帅完颜兀朮的便是。"陆登大喝一声:"休得胡说! 古来天下有南北之分,各守疆界。我主仁德远布,存尔丑类,不加兵刃。尔等不思谨守臣节,反提无名之师,犯我边疆,劳我师旅,是何道理?"兀朮道:"将军说话差矣! 自古天下者,非一人之天下,惟有德者居之。尔宋朝皇帝肆行无道,去贤用奸,大兴土木,民怨天愁。因此我主兴仁义之师,救百姓于倒悬。将军及早应天顺人,不失封侯之位;倘若执迷,只恐你这小小城池经不起。那时踏为平地,玉石不分,岂不悔之晚矣!"陆登大怒,喝道:"好奴才,休得胡言! 照爷爷的枪罢!""嗒"的一枪,望兀朮刺来。兀朮举起金雀斧"革嗒"一响,嚣开枪,回斧就砍。陆登抡枪接战,战有五六个回合,那里是兀朮对手,招架不住,只得带转马头便走。兀朮从后赶来。陆登大叫:"城上放炮!"只一声叫,兀朮转马就走。城内放下吊桥,接应陆登进城,对着众将道:"这兀朮果然厉害,尔等可用心坚守,不可轻觑了他。"

且说兀朮收兵进营,军师问道:"适才陆登单骑败走,太子何不追上前去拿住他?"兀朮道:"陆登一人出马,必有埋伏。况他大炮打来,还赶他做甚?"军师道:"太子言之有理。"

当日过了一夜。次日,兀朮又到城下讨战。城上即将"免战牌"挂起,随你叫骂,总不出战。守了半个多月,兀朮心焦起来,遂命乌国龙、乌国虎去造云梯,令三元帅奇温铁木真领兵五千个打头阵,兀朮自领大兵为后队。来到城河,叫小番将云梯放下水中,当了吊桥,以渡大兵过河。将云梯向城墙扯起，一带摆开，令小番一齐爬城。将已上城，那城上也没有什么动静。兀朮想道："必然那陆登逃走了。不然，怎的城上没个守卒？"正想不了，忽听得城上一声炮响，滚粪打出，那些小番一个个翻下云梯，尽皆跌死。城上军士把云梯尽皆扯上城去了。兀朮便问军师："怎么这些爬城军士跌下来尽皆死了？却是为何？"哈迷蚩道："此乃陆登用滚粪打人，名为腊汁，沾着一点即死的。"兀朮大惊，忙令收兵回营。这里陆登叫军士将跌死小番取了首级，号令城上，把那些云梯打开劈碎，又好煎熬滚粪，不表。

且说兀朮在营中与军师商议道："白日爬城，他城上打出粪来，难以躲避；等待黑夜里去，看他怎样？"算计已定。到了黄昏时候，仍旧领兵五千，带了云梯，来到城河边，照前渡过了河，将云梯靠着城墙，令番兵一齐爬将上去。兀朮在黑暗中看那城上并无灯火，那小番一齐俱已爬进城垛，心中大喜，向军师道："这遭必得潞安州了！"说还未了，只听得城上一声炮响，一霎时灯球火把，照得如同白日，把那小番的头尽皆抛下城来。兀朮看见，眼中流泪，问军师道："这些小番，怎样被他都杀了？却是何故？"哈迷蚩道："连臣也不解其意。"原来那城上是将竹子撑着丝网，网上尽挂着倒须钩，平平撑在城上，悬空张着。那些爬城番兵，黑暗里看不明白，都踹在网中，所以尽被杀了。兀朮见此光景，不觉大哭起来，众平章相劝回营。

兀朮思想此城攻打四十余日，不得成功，反伤了许多军士，好不烦恼。军师看见兀朮如此，劝他出营打围散闷。兀朮依允，点起军士，带了猎犬鹞鹰，望乱山茂林深处打围。远远望见一个汉子向林中躲去,军师便向兀朮道:"这林子中有奸细。"兀朮就命小番进去搜获。不一时,小番捉得一人,送到兀朮面前跪着。兀朮道:"你是那里来的奸细?快快说来!若支吾半句,看刀伺候!"

不因这个人说出几句话来,有分教:大胆军师,割去鼻子真好笑;忠良守将,刎下头颅实可钦。

不知那人说出什么话来,且听下回分解。

第十六回

下假书哈迷蚩割鼻　破潞安陆节度尽忠

诗曰：

殉难忠臣有几人？陆登慷慨独捐生。

丹心一点朝天阙，留得声名万古称！

却说当时小番捉住那人，兀朮便问："你好大胆！孤家在此，敢来捋虎须。实在是那里来的奸细？快快说来！若有半句支吾，看刀伺候！"那人连忙叩头说道："小人实是良民，并非奸细！因在关外买些货物，回家去卖。因王爷大兵在此，将货物寄在行家，小人躲避在外。今闻得大王军法森严，不许取民间一草一木，小人得此消息，要到行家取货物去。不知王爷驾来，回避不及，求王爷饶命！"兀朮道："既是百姓，饶你去罢。"军师忙叫："主公，他必是个奸细！若是百姓，见了狼主，必然惊慌，那里还说得出话来？今看他对答如流，并无惧色，百姓那有如此大胆？如今且带他回大营，细问情由，再行定夺。"兀朮吩咐小番："先带了那人回营。"

兀朮打了一会围，回到大营坐下，取出那人细细盘问。那人照前说了一遍，一字不改。兀朮向军师道："他真是百姓，放了他去罢。"军师道："既要放他，也要将他身上搜一搜。"遂自己走下来，叫小番将他身上细细搜检，并无一物。军师将那人兜屁股一脚，喝声："去罢!"不期后边滚出一件东西。军师道:"这就是奸细带的书。"兀朮道:"这是什么书? 为何这般的?"军师道:"这叫做'蜡丸书'。"遂拔出小刀将蜡丸破开,果有一团绢纸,摸直了一看,却是两狼关总兵韩世忠,送与小诸葛陆登的。书上说:"有汴梁节度孙浩,奉旨领兵前来,助守关隘。如若孙浩出战,不可助阵,他乃张邦昌心腹,须要防他反复;即死于番阵,亦不足惜。今特差赵得胜达知,伏乞鉴照不宣。"

兀朮看了,对军师道:"这封书没甚要紧。"军师道:"狼主不知,这封书虽然平淡,内中却有机密。譬如孙浩提兵前来与狼主交战,若是陆登领兵来助阵,只消暗暗发兵,一面就去抢城。倘陆登得了此书,不出来助阵,坚守城池,何日得进此城?"兀朮道:"既如此,计将安出?"军师道:"待臣照样刻起他紫粉印来,套他笔迹,写一封书,教他助阵,引得他出来,我这里领大兵将他重重围住;一面差人领兵抢城,事必谐矣。"兀朮大喜,便教军师快快打点,命把奸细砍了。军师道:"这个奸细,不可杀他,臣自有用处,赏了臣罢。"兀朮道:"军师要他,领去便了。"

到了次日,军师将蜡丸书做得好了,来见兀朮。兀朮便问:"谁人敢去下书?"问了数声,并没个人答应。军师道:"做奸细,须要随机应变。既无人去,待臣亲自去走一遭罢。臣去时,倘然有甚差迟,只要狼主照顾臣的后代罢了。"兀朮道:"军师放心前去,但愿事成,功劳不小。"

当时哈迷蚩扮做赵得胜一般装束,藏了蜡丸,辞了兀朮出营。来到吊桥边,轻轻叫城上放下吊桥,有机密事进城。陆登在城上见是一人,便叫放下吊桥。哈迷蚩过了吊桥,来到城下,便道:"开了城门,放我进来好说话。"城上军士道:"自然放你进来。"一面说,只见城上坠下一个大筐篮来,叫道:"你可坐在篮内,好扯你上城。"哈迷蚩无奈,只得坐在篮内。那城上小军就扯起来,将近城垛,就悬空挂着。陆登问道:"你叫甚名字?奉何人使令差来?可有文书?"那哈迷蚩虽然学得一口中国话,也曾到中原做过几次奸细,却不曾见过今日这般光景,只得说道:"小人叫做赵得胜,奉两狼关总兵韩大老爷之命,有书在此。"陆登暗想,韩元帅那边原有一个赵得胜,但不曾见过,便道:"你既在韩元帅麾下,可晓得元帅在何处得功,做到元帅之职?"哈迷蚩道:"我家老爷同张叔夜招安了水浒寨中好汉得功,钦命镇守两狼关。"陆登又问:"夫人何氏?"哈迷蚩道:"我家夫人非别人可比,现掌五军都督印,那一个不晓得梁氏夫人。"陆登道:"甚么出身?"哈迷蚩道:"小的不敢说。"又问:"可有公子?"哈迷蚩道:"有两位。"陆登道:"叫甚名字?多大年纪了?"哈迷蚩回道:"大公子韩尚德,十五岁了;二公子韩彦直,只得三四岁。"陆登道:"果然不差。将书取来我看。"哈迷蚩道:"放小人上城,方好送书。"陆登道:"且等我看过了书,再放你上来不迟。"哈迷蚩到此地位,无可奈何,只得将蜡丸呈上。

你道哈迷蚩怎么晓得韩元帅家中之事,陆登盘他不倒?因他拿住了赵得胜,一夜里问得明明白白,方好来做奸细。且说陆老爷把蜡丸剖开,取出书来细细观看,心内暗想道:"孙浩是奸佞门下,怎么反叫我去助他?况且我去助阵,倘兀朮分兵前来抢城,怎生抵挡?"正在疑惑,忽然一阵羊骚气,便问家将道:"今日你们吃羊肉么?"家将禀道:"小人们并不曾吃羊肉。"陆登再将此书细细一看,把书在鼻边闻了一闻,哈哈大笑道:"若不是这阵羊骚气,几乎被他瞒过了!你这骚奴,把这样机关来哄下官,却怎出的我的手?快快从实讲来!若在番邦有些名目的,本都院放你去;若是无名小卒,要你也无用,不如杀了。"哈迷蚩想这个人果然名不虚传,便笑道:"'明知山有虎,故作采樵人。'因你城中固守难攻,故用此计。我乃大金国军师哈迷蚩是也。"陆登道:"我也闻得番邦有个哈迷蚩,就是你么?我闻你每每私进中原,探听消息,以致犯我边界。我今若杀了你,恐天下人笑我怕你计策来取中原;若就是这样放你回去,你下次再来做细做,如何识认?"吩咐家将:"把他鼻子割了,放他去罢。"家将答应一声,便把他鼻子割去,将筐篮放下城去。

哈迷蚩得了性命,奔过吊桥,掩面回营,来见兀术。兀术见他浑身血染,问道:"军师为何如此?"哈迷蚩将陆登识破之事,说了一遍。兀术大怒道:"军师且回后营将息,待等好了,某家与你拿那陆登报仇便了!"军师谢了狼主,回后营将养了半月有余,伤痕已愈,做了一个瘪鼻子,来见兀术。商议要抢潞安州水关,点起一千余人,捱至黄昏,悄悄来到水关,一齐下水,思想偷进水关。谁知水关上将网拦住,网上尽是铜铃,如人在水中碰着网,铜铃响处,挠钩齐下。番人不知,俱被拿住,尽皆斩首,号令在城上。那岸上番兵看见,报与兀术。兀术无奈,只得收兵回营,与军师议道:"此人机谋,果然厉害!某家今番只索自去抢那水关,若然失手死于水内,尔等便收兵回去罢了。"

到了晚间,兀朮自领一千兵马,等到三更时候,兀朮先下水去,看看来到水关底下,将头钻进水关来,果然一头撞在网里,上面铜铃一响。城上听见,忙要收网,却被四太子将刀割断,跳出,上岸来,把斧头砍死宋军;奔到城门边来,砍断门拴,打去了锁,开了城门,放下吊桥,吹动胡笳,外边小番接应。却好这一日陆登回衙去了,无人阻挡。番兵一拥进城。诗曰:

两国交争各用兵,陆登妙计胜陈平。

独怜天佑金邦主,不助荒淫宋道君。

却说陆登正在衙中料理,忽听军士报道:"番兵已进城了!"陆登忙对夫人道:"此城已失,我焉能得生?自然为国尽忠了!"夫人道:"相公尽忠,妾当尽节。"乃向奶母道:"我与老爷死后,只有这点骨血,须要与我抚养成人,接续陆氏香火,就是我陆氏门中的大恩人了!"吩咐已毕,走进后堂,自刎而亡。陆登在堂,闻报夫人已自刎,连叫数声:"罢了!"亦拔剑自刎。那尸首却峥然立着,并不跌倒。一众家丁见老爷、夫人已死,各自逃生。

那奶娘收拾东西正要逃走,却见兀朮早已骑马进门来,奶娘慌忙躲在大门背后。兀朮下马,走上堂来,见一人手执利剑,昂然而立。兀朮大喝一声:"你是何人?照枪罢!"见不则声,走上前仔细一看,认得是陆登,已经自刎。兀朮倒吃了一惊,那有人死了不倒之理?遂把枪插在阶下,提剑走入后堂,并无人迹,只有一个妇人尸首,横倒在地。再往后头一直看了一回,并无一人;复走出堂上,看见陆登尸首尚还立着。兀朮道:"我晓得了,敢是怕某家进来,伤害你的尸首,杀戮你的百姓,故此立着么?"正想之间,只见哈迷蚩进来道:"臣闻得狼主在此,特来保驾。"兀术道:"来得正好。与我传令出去,吩咐军士穿城而去,寻一个大地方安营,不许动民间一草一木。违令者斩!"哈迷蚩领命,传令出去。兀术道:"陆先生,某家并不伤你一个百姓,你放心倒了罢。"说毕,又不见倒。兀术又道:"是了,那后堂妇人的尸首,敢是先生的夫人,为夫尽节而亡。如今某家将你夫妻合葬在大路口,等过往之人晓得是先生忠臣节妇之墓,如何?"说了又不见倒。兀术道:"是了,某家闻得当年楚霸王自刎,直到汉王下拜,方才跌倒。如今陆先生是个忠臣,某家就拜你几拜何妨?"兀术便拜了两拜,又不见倒。兀术道:"这也奇了!"就拖过一把椅子来,坐在旁边思想。只见一个小番,拿住一个妇人,手中抱着个小孩子,来禀道:"这妇人抱着这孩子,在门背后吃奶,被小的拿来,请狼主发落。"兀术便问妇人:"你是何人?抱的孩子是你甚人?"奶母哭道:"这是陆老爷的公子,小妇人便是这公子的乳母。可怜老爷、夫人为国尽忠,只存这点骨血,求大王饶命!"兀术听了,不觉眼中流下泪来道:"原来为此。"便向陆登道:"陆先生,某家决不绝你后代。把你之子抚为己子,送往本国,就着这乳母抚养,直待成人长大,承你之姓,接你香火,如何?"话才说完,只见陆登身子仆地便倒。

兀术大喜,就将公子抱在怀中。恰值哈迷蚩进来看见,便问:"这孩子那里来的?"兀术将前事细说一遍。哈迷蚩道:"这孩子既是陆登之子,乞赐与臣,去将他断送了,以报割鼻之仇。"兀术道:"此乃各为其主。譬如你拿住个奸细,也不肯轻放了他。某家敬他是个忠臣，可差官带领军士五百名，护送公子并乳母回转本邦。"一面命人收拾陆登同着夫人的尸首，合葬在城外高阜处。着番将哈利禄镇守潞安州，自家率领大兵，来抢两狼关。

那两狼关总兵韩世忠老爷正坐中军，忽有探子来报："启上元帅，今有金兀术打破潞安州，陆老爷夫妻尽节。今兀术领兵来犯本关，离此只有百里了，请元帅定夺。"元帅闻报，赏了探子银牌一面，叫他再去打听。当下元帅遂传令各营将士，在三山口各处紧要关隘，设立伏兵火炮，添兵把守；一面修表入朝告急。正在料理，又有探子来报："启上大老爷，今有汴梁节度孙老爷领兵五万，绕城而过，杀进番营去了。"元帅道："咻！这奸贼怎么直到此时才到？也不前来知会本帅一声。那兀术有五十余万人马，你有何本领，擅敢以少敌众，自取灭亡乎？"叫左右赏了探子羊酒银牌，再去打听。探子答应一声，如飞去了。

元帅心下思想："若不发兵救应，必至全军覆没；若去救应，又恐本关有失。"正在踌躇，左右报说："梁氏夫人出堂。"韩元帅相见坐定，便问道："夫人出来，有何高见？"夫人道："妾闻孙浩提兵杀入番营，以他这样才能武艺，领五万人马，挡兀术五十余万之番兵，犹如驱羊入虎口耳。倘或有失，那奸臣必然上本，反说相公坐视不救。依妾愚见，相公还该发兵接应才是。"韩元帅道："夫人虽说得是，只是便宜了这奸贼。"遂传下令来，问谁人敢领兵前去救应孙浩。早有一员小将上前应道："孩儿敢去。"元帅一看，原来是大公子韩尚德。元帅就道："我儿，你可领兵一千，前去救应孙浩回来。"公子答应一声，正欲下去,夫人又叫转来吩咐道:"我儿,为将之道,须要眼观四处,耳听八方,可战则战,可守则守。若不见孙浩,可速回兵,切勿冒险与战!"

公子应声"晓得",随即领兵出关。将近番营,抬头一看,五六十里地面尽是番营。公子思想:"这些番兵,若杀进去,这一千人马多白送了性命;若不杀进去,又不知孙浩下落,这便如何是好?也罢!"就吩咐众军士:"你们且扎住营盘在此等我,我独自一人蹿进营中,寻见了孙浩,或者一同杀出来;倘寻不见孙浩,我战死番营,你们可回报大老爷便了。"军士领命,就扎住营盘。

公子拍马舞刀,大喝一声:"两狼关韩尚德来蹿营了!"一声喊,望番营砍来。举起刀来,杀得人头滚滚,犹如砍瓜切菜一般,来寻孙浩。那知道这时候,孙浩的人马已全军覆没了。那小番报进牛皮帐中:"启上狼主,又有一个小南蛮杀进营来,十分厉害,说叫做什么韩尚德,候狼主发令擒拿。"兀朮便问军师:"可晓得那一个韩尚德是甚么人,这等厉害?"哈迷蚩道:"就是前日臣对狼主讲的韩世忠的大儿子。他的父母本事高强,就生出这个儿子来,也是狠的。"兀朮笑道:"他一个人,任是天人,怎敌得我五十万人马?看孤家生擒他来,叫他降顺。"即命众平章传令下来:"务要生擒,不许伤他性命。"这些番兵闻令,一齐拥将上来,把韩公子团团围住。公子并无惧怯,把手中这杆刀左拦右架,东格西抬,在番营内大战。只是人马众多,不能杀出。

那领来这一千人马,在外边远远的望了半日,并不见公子的消息,大约已丧在番营了,就回进关中,报上元帅:"公子着令我们屯兵在外,单人独骑,踹进番营中去了。半日不见动静,谅已不保了。"那元帅听报,就走进后堂来与夫人说知。夫人大哭起来道:"我想做了武将固当捐躯报国,但是我儿年幼,不曾受得朝廷半点爵禄,岂不可伤?"元帅道:"夫人不必悲伤,待下官领兵前去,一则探听番兵消息,二来与孩儿报仇。"

元帅说罢,随即出堂,仍带这一千人马,上马出关,望金营来。行至中途,军士皆停马不走。元帅就问为何军士不行,军士道:"前番公子有令,说番营人马众多,我们这千把人去,枉送性命,着在这里等的。"元帅听了,流下泪来:"我儿既有此令,你们原在此等罢。"元帅一马直入番营,大叫一声:"大宋韩元帅来了!"摇动手中刀,杀入重围,逢着就死,挡着就亡,好不厉害。杀透了几个营盘,无人抵挡。小番慌忙报进帐中,兀朮连连称赞:"好个韩世忠吓!"就与军师计议,下令叫众平章等将韩元帅围住;一面调兵去抢两狼关,叫他首尾不能照应。那韩元帅虽是英雄,怎挡得番兵众多,一层一层围裹拢来,一时那里杀得出来。这里兀朮带领大兵,浩浩荡荡,杀奔两狼关来。

那元帅带来的一千兵,等候元帅,不见出来,反见番兵望关上杀来,"不好了!元帅决无性命了!"一齐进关报知夫人。夫人恐乱了军心,不敢高声痛哭,只得暗暗垂泪,叫过奶公奶母,抱公子上堂,悄悄吩咐道:"你二人可收拾金银珠宝,带了两个印信,骑马先出关去,在左近探听消息。若我得胜,你们可原进关来,再作商量;我若死了,你可将公子抚养成人,只算是你的儿子一般。待他成人,送入朝中,令他袭父之职。千万不可有误!"二人领命,收拾先出关去。不一会,探子来报:"金兵已到关下了。"说不了,又有探子来报:"有番将讨战。"接连几报,好似:

　　长江后浪催前浪,月赶流星风送云。

不知梁夫人如何抵敌,且听下回分解。

第十七回

梁夫人炮炸失两狼　张叔夜假降保河间

诗曰：

大炮轰雷失两狼,那堪天意佑金邦。

丈夫枉有乾坤手,空将血泪洒沙场!

又诗曰：

金将南侵急困城,张君矢日效忠诚。

非关屈膝甘降虏,计保河间一郡民。

话说梁夫人见丈夫、儿子俱已遭伤,将幼子托付奶公夫妇,先出城去,自己带领家将人马,来到关前。守关众将上前迎接道:"番兵势大,夫人只宜坚守关隘,不可出兵。"夫人道:"列位将军有所不知,我夫、子二人俱死于贼手,此仇不共戴天,如何不报？尔诸将们可将铁华车摆列端正,把大炮设放三山口上,等那番兵近关,一齐推出铁华车挡住,那时打放大炮,不得有误!"众将领令安排。

夫人带了人马,放炮出关,对着番兵,排下队伍。旗门开处,夫人出马。那边兀朮四太子看见这边调遣,暗暗的喝采:"果然是女中豪杰,真个话不虚传!"梁夫人喝道:"番奴! 你是何等样人？快通名来!"兀朮道:"某乃大金国黄龙府四殿下,官拜昌平王、扫南大元帅完颜兀朮是也! 南蛮婆! 可通名来!"梁夫人道:"番奴听着! 我乃大宋天子驾前御笔亲点两狼关大元帅韩夫人,官拜五军都督府梁红玉是也!"兀朮道:"原来就是你。某家久闻你熟谙兵机,深通战法,岂不识天命人事?某家统领大兵来取你南朝天下,如泰山压卵。你若识时务,早早降顺,不独保全性命,且不失你之官爵,可细细想来。"梁夫人骂声:"番奴!我丈夫、孩儿的性命俱害在你手内,恨不得拿你来碎尸万段,方泄此恨,尚敢摇唇鼓舌!"兀朮道:"你丈夫、儿子何曾死?俱被某家困在营中。你若降顺了,我还你丈夫、儿子便了。"梁夫人大怒道:"休得胡说!放马过来!"说罢,抢起手中刀,望兀朮就砍;兀朮举斧相迎。战得五六个回合,梁夫人那里招架得住,只得回马败下。兀朮随后赶将上来。将近关前,梁夫人高叫一声:"放炮!"那三山口上众将正待开炮,不道霎时间满天黑雾迷漫,只听得半空中"豁喇喇"一声霹雳打将下来,将那"九牛大将军"一震,不想这炮轰天响亮,两边炸开,把那两狼关打开一条大路。此一回就叫做"雷震三山口,炮炸两狼关"。那兀朮趁势拥将上来,抢入关中。

梁夫人见炮炸了,也使不得铁华车,关已失了,急得如丧家之犬,漏网之鱼,只得落荒而走。前面到一茂林,正待想要进去歇息歇息,忽听得林中叫道:"夫人快进来,公子在此!"夫人勒马看时,却是奶公、奶母。夫人下马走入林中,抱住公子大哭一场。奶公便问:"夫人出兵,胜败若何?"夫人回言:"关已失了。老爷、公子并无下落,谅已难保。我们如今归于何处?"不觉泪如雨下。

不表夫人在林中悲切。再说那韩元帅在番营大战,只见番兵往前后走动。你道为何?原来那些番兵知道得了两狼关,都想抢进关去,故此围兵渐渐薄了。韩元帅奋勇往外冲来,却见马上一员小将被一番将赶下来。元帅细认却是大公子,便高叫一声:"我儿,为父的在此!"公子叫声:"爹爹!番将厉害,杀不过他。"元帅拍马上前,举刀望着那员番将劈头砍下,正中了那将的头盔。忽见那番将头上迸出一道白光,刀不能下。看官,你道那员番将是谁?却叫做奇渥温铁木真。只因他日后生下一子,名为忽必烈,却是元朝始祖,故有此异。那奇渥温铁木真被韩元帅这一刀,吃了一惊,拖枪败去。元帅暗想:"这番奴有此奇异,日后倒有好处。"

当时韩元帅父子二人,并力杀出重围,遥望关前、关上都是金兵旗号,只得落荒而走。前至茂林之处,夫人在林内望见,大叫:"相公、孩儿,妾身在此!"元帅半惊半喜,就下马来。公子亦下马来见了母亲,请了安。元帅就问夫人:"为何失了关隘?"夫人道:"只因军士报你与孩儿阵亡,故此妾身出兵,与你报仇。不意雷震三山,炮炸两狼,故此把关隘失了,逃避在此。"元帅道:"此乃天意,非人力所能挽回也。"夫人道:"如今关隘已失,我们往那里去好?"元帅道:"我等同往京都候旨便了。"于是夫妻、父子,同着奶公、奶母,一齐往汴梁一路而来不提。

且说兀朮进了两狼关,查点了仓库钱粮,看见那铁华车,便问军师:"此车何人制造?"军师回说:"昔日韩信造此车,困住了西楚霸王。今日狼主洪福齐天,皇天护佑,得破此关。可趁此锐气,发兵进攻河间府,渡过黄河,那汴京指日可取也。"兀朮道:"如此,可即整顿粮草,起兵去攻河间府。"且按下不表。

再说韩世忠夫妇等来到黄河地界,正遇着钦差赍旨而来。世忠夫妇一齐跪接。钦差宣读诏书,说:

韩世忠失守两狼关,本应问罪,姑念有功,免死,削职为民。

世忠夫妇一同谢恩,交还了两颗印信。夫妻、父子一同回到陕西,不表。

却说河间府节度使张叔夜,闻报失了两狼关,兀术率领大兵来取河间府,不觉惊慌,心中暗想:"那陆登何等智谋,不能保全;韩世忠夫妇骁勇异常,况有大炮、铁华车,尚且失守,何况下官?"想定主意,就与众将士计议,传令城上竖起降旗,等金兵到来,权且诈降,以保一府百姓免受杀戮之惨。等他渡过黄河,各路勤王兵集,杀败兀术,"那时我将兵截其归路,必擒兀术也。"诸将领令,端正降金。

不道那张叔夜有两位公子,大公子名唤张立,身长一丈,方面大耳;二公子名唤张用,也是身长一丈,淡黑面庞。这兄弟两个各使一根铁棍,力大无比。这一日,同在书房中读书,直到了午后还不见送饭进来。张用对哥哥道:"今日这等时候还不送饭来,敢是忘记了不成?"张立道:"我也在这里想,不知何故。"正说之间,只见书童端进饭来。大公子道:"为何这时候才送来?"二公子道:"敢是你这狗才往那里去顽耍忘记了?该打这狗才!你怎么连我二人都不放在心上了?"书童道:"今日虽则迟了些,还有饭吃;再过两日,只怕没得吃了!"张立道:"这狗才,一发胡说了!为甚事情,就到得没饭吃?"书童道:"二位相公坐在此间,那里知道,外面金兵杀来,潞安州、两狼关俱已失了。如今将到河间府,我家老爷害怕,在堂上同众将商量料理投降之事。一府乱慌慌的，故此饭迟。倘若那金兀术不准投降，杀进城来，岂不是没饭吃了？"张用道："不信有这等事！我家老爷岂肯投降那鞑子？"书童道："公子不信，外面去问，那一个不晓得么？"说罢，书童自去了。

大公子道："难道我爹爹要做奸臣不成？"二公子道："哥哥，我同你吃了饭去问母亲。若果有此事，就向母亲讨了二三百两银子，同你逃出城去，迎着番兵，拼命杀他一阵；若杀不过，我们带了银子逃往他方，再作道理，何如？"张立道："兄弟言之有理。"两个忙忙的把饭吃了，同到中堂，见了母亲，说道："爹爹为何要做奸臣投降番邦？是何道理？"夫人道："你二人小小年纪，晓得甚么？此是国家大事，由你爹爹做主，连我也只好随着他。"二人道："既然如此，我们要二三百两银子。"夫人道："此时匆匆忙忙，要银子那里去使？"张立道："我们要趁早买些东西，若等金兵进城，我们就不好上街去了。"夫人认以为真，随取了二百银子，付与弟兄两个。

两个接了银子，回到书房，捆扎端正，开了后园门，一路出城来。行不到二三十里，正迎着番兵。弟兄二人见旁边有一座山岗，就上岗来。看那金兵如潮似浪，滔滔不绝。看了多时，越看越多，张用道："哥哥，等不完了，下去与他打罢！"二人跳下岗子来，摆开两条铁棍，"乒乒乓乓"，将番兵打得落花流水，头碰头碎，额碰额伤，打死无数。那小番忙忙报与兀术。兀术传令众平章："不要伤他，与我活活的擒将来。"众平章得令，将二人围住。直杀到黄昏时分，张立不见了兄弟，心内自想："此时不走，等待何时？"举棍一个盘头，使得势大，打开一条血路而去。只因天色昏暗,又走得快,因此金兵拿他不住。这里张用也寻不见哥哥,冲出围来,落荒而走。那弟兄两个今日失散了,直到了岳元帅三服何元庆,才得会合。这是后话不表。

且说兀朮拿不住他弟兄,当夜安营扎住,到明日发兵前往。将近城池,只见一将远远带人跪接,打着降旗,口称:"河间府节度使张叔夜归降,特来迎请狼主进城。"小番报与兀朮。兀朮上前看时,果然是叔夜俯伏在地。兀朮在马上问军师道:"这个人是忠臣,还是个奸臣?"哈迷蚩道:"久闻他是第一个忠臣,叫做张叔夜。"兀朮道:"待某家问他。"便道:"你就是张叔夜么?"叔夜道:"小臣正是。"兀朮道:"我久闻你是个忠臣,为甚归降起某家来?莫非是诈么?"叔夜道:"小臣岂敢有诈?只因目下朝内奸臣用事,贬黜忠良。今潞安州、两狼关俱已失去,狼主大兵到此,谅小臣兵微将寡,怎能迎敌?城中百姓,必遭荼毒。故此情愿归顺,以救合郡生灵,并不敢希图爵禄,望狼主鉴察!"兀朮听了道:"如此说来,果然是个忠臣!老先儿既识天时,仁心救民,是个好人。某家就封你为鲁王,仍守此城。我的大兵,只收你的犒赏,绕城而去,不许进城。如有一人不遵,擅自进你城者,斩首号令!"叔夜谢恩而退,叫众军搬出猪羊酒,犒众番兵吃了,俱各绕城而过。来到黄河口,拣一空地,安下营盘,打造船只,等待渡河不提。

且说地方官飞报入朝,这日正值钦宗设朝坐殿,进本官俯伏启奏:"兀朮大兵五十余万已近黄河,望陛下速即发兵退敌。"钦宗大惊,便问:"众卿,金兀朮兵势猖獗,将何策退之?"当下张邦昌奏道:

"潞安州陆登尽节,韩世忠夫妇弃关而逃,今河间张叔夜又投降,只剩这黄河阻住。若过了黄河,汴京甚危。臣观满朝文武全才,无如李纲、宗泽。圣上若命李纲为大帅,宗泽为先锋,决能退得金兵。"钦宗准奏,降旨拜李纲为平北大元帅,宗泽为先锋,领兵五万,前往黄河退敌。二人领旨出朝。这李纲虽是个有谋有智的忠臣,但是个文官,不会上阵厮杀。今金兵势大,张邦昌明明要害他的性命,故此保奏。

那李纲回府,与夫人辞别,忽见阶檐下站着一个长大汉子。李纲便问:"你是何人?"那人跪下答道:"小人就是张保。"李纲道:"你一向在那里?"张保道:"小人在外边做些生意。"李纲道:"你可有些力气么?"张保道:"小人走长路,挑得五六百斤东西。"夫人道:"老爷可带他前去,早晚伏侍伏侍。"李纲就命张保收拾随行。

到了次日,宗泽来请元帅起兵,李纲接进。相见已毕,李纲便道:"老元戎,你看那些奸臣如此厉害,明明欲害下官,保奏领兵。老夫性命,全仗周庇。"宗泽道:"元帅放心,吉人自有天相。"二人一同出府,上马来到教场,点齐五万人马,发炮起行。一路来到黄河口,安下营寨。沿河一带拨兵把守,将四面船只收拾上岸。宗泽写下一封书札,差人星夜往汤阴县去,请岳飞同众弟兄前来助战。正是:

要图定国安邦计,预备擒龙捉虎人。

毕竟李纲和宗泽两个,怎生退得金兵,且听下回分解。

第十八回

金兀朮冰冻渡黄河　张邦昌奸谋倾社稷

诗曰：

塞北胡风刁斗惊，宫墙狐兔任纵横。

惭愧上方无请处，奝奸磔佞恨方伸。

且说那宗泽差人往汤阴县去，不多日，回来禀说："岳相公病重，不能前来。那些相公们不肯离了岳相公，俱各推故不来。小人无奈，只得回来禀复。"宗泽长叹一声："岳飞有病，此乃天意欲丧宋室也！"

且说兀朮差燕子国元帅乌国龙、乌国虎往河间府取齐船匠，备办木料，在黄河口搭起厂篷，打造船只，整备渡河。李纲探听的实，即着张保领数十只小船，保守黄河口上，以防金人奸细过河窥探。那日张保暗想："听得人说番兵有五六十万，不知是真是假，我不免过河去探听个信息。"算计定了，到黄昏后带领十来个水手，放一只小船，趁着星光，摇到对岸，把船藏在芦苇中间。捱到五更，张保腰间挂着一把短刀，手提铁棍，跳得上岸，轻轻走到营前，有许多小番俱在那里打盹。张保一手捞翻一个，夹在腰里，飞跑就走。来到一个林中放下来，要问他消息，那晓得夹得重了些，只见这人口中流血，已是死了。张保道："晦气！拿着个不济事的。"一面说，又跳转来，又捞了一个。那小番正要叫喊，张保拔出短刀，轻轻喝道："高做声，便杀了你！"又飞跑来至林中放下,问道:"你实说来,你们有多少人马?"番兵道:"实有五六十万。"张保道:"那座营盘是兀朮的?"番兵道:"狼主的营盘,离此尚有三十里。爷爷拿我的所在,是先行官黑风高的。"张保又问:"那边的呢?"番兵道:"这是元帅乌国龙、乌国虎,在此监造船只的。"

张保问得明白了,说声"多谢你",就一棍把小番打死。转身奔到黑风高的营前,大吼一声,举棍抢入营中,逢人便打。小番拦阻不住,被他打死无数。拔出短刀,割了许多人头,挂在腰间。回身又到船厂中,正值众船匠五更起来,煮饭吃了,等天明赶工,被张保排头打去。有命的逃得快,走了几个;无命的呆着看,做了肉泥。张保顺便取些木柴引火之物,四面点着,把个船厂烧着了,然后来到河口下船,摇回去了。

这里小番报入牛皮帐中。黑风高吃了一惊,连忙起来,已不见了,只得收拾尸首,安置打伤小卒。又有那小番飞报元帅道:"有一蛮子把船匠尽皆打死,木料船只俱被南蛮放火烧得干干净净了。又打到先锋营内,割了许多首级,过河去了。"乌国龙道:"他带多少人马来? 去了几时了?"小番道:"只得一人,还去不多时候。"乌国龙、乌国虎带了兵将,追到黄河口,但见黑雾漫漫,白浪滔天,又无船可渡。他两个是个性急的人,不觉怒气填胸,大叫一声:"气死我也!"无可奈何,等待天明,报与兀朮。再令人去置办木料,招集船匠,重搭厂篷不提。

且说张保却来见家主报功。李纲大喝道:"什么功! 你不奉军令,擅自冒险过河,倘被番兵杀了,岂不白送性命,损我军威?以后再如此,必然定罪!"吩咐把人头号令。张保叩头出营,笑道:"虽没有功劳,却是被我杀得快活!"仍旧自到黄河口边去把守不提。

却说天时不正,应该百姓遭殃。李纲、宗泽守住南岸,兀术一时怎能渡得黄河之险? 不道那年八月初三,猛然刮起大风,连日不止,甚是寒冷。番营中俱穿皮袄尚挡不住,那宋兵越发冻得个个发抖。再加上连日阴云密布,细雨纷纷,把个黄河连底都冻了。兀术在营中向军师道:"南朝天气,难道八月间就这样寒冷了么?"哈迷蚩道:"臣也在此想,南暖北寒,天道之正。那有桂秋时候就如此寒冷? 或者是主公之福,也未可知。"兀术问道:"天寒有甚福处?"哈迷蚩道:"臣闻昔日郭彦威取刘智远天下,那时也是八月,天气寒冷,冰冻了黄河,大军方能渡过。今狼主可差人到河口去打探,倘若黄河冻了,汴京在我手掌之中也!"兀术听了,就令番军去打听。不一时,番军来回报,果然黄河连底都冻了。兀术大喜,就下令发兵,竟踏着冰过河而来。那宋营中兵将俱是单衣铁甲,挡不住寒冷,闻得金兵过河,俱熬着冷出营观看,果然见番兵势如潮涌而来。宋军见了,尽皆拼命逃走已来不及,那里还敢来对敌。张保见不是头路,忙进营中,背了李纲就走。宗泽见军士已溃,亦只得弃营而逃,赶上李纲,一同来京候旨。

先有飞骑报入朝中。二人未及进城,早有钦差赍旨前来:

> 李纲、宗泽失守黄河,本应问罪,姑念保驾有功,削职为民,追印缴旨。

二人谢恩,交了印信。钦差自去复命。宗泽便对李纲道:"此还是天子洪恩。"李纲道："什么天子洪恩,都是奸臣诡计！我等何忍在此眼睁睁看那宋室江山送与金人？不若回转家乡,再图后举罢。"宗泽道："所见极是。"就命公子宗方进城搬取家小,李纲亦命张保迎取家眷,各望家乡而去。朝里钦差降旨,差各将士紧守都城,专等四方勤王兵到。按下不表。

回言再说那兀术得了黄河,逢人便杀,占了宋营。不多时候,忽然雨散云收,推出一轮红日,顷刻黄河解冻。兀术差人收拾南岸船只,渡那后兵过河,就点马蹄国元帅黑风高,领兵五千为头队先行；燕子国元帅乌国龙、乌国虎,领兵五千为第二队；自领大兵,一路来至汴京,离城二十里,安下营寨。

探军飞报入朝,天子忙聚文武计议道："今兀术之兵杀过黄河,已至京城,如何退得他去？"张邦昌道："臣已差兵发火牌兵符,各路调齐勤王兵马,以抵兀术。不想他先过黄河,已至京城。臣想古人说的好：'穷鞑子,富倭子。'求主公赏他一赏,备一副厚礼,与彼求和,叫他将兵退过黄河。主公这里暗暗等那各路兵马到来,那时恢复中原,未为晚也。"钦宗道："从古可有求和之事么？"张邦昌道："汉嫁昭君,唐亦尚公主,目下不过救急。依臣之见,可送黄金一车,白银一辆,锦缎千匹,美女五十名,歌童五十名,猪羊牛酒之类。只是没有这样忠臣,肯去为天子出力。"钦宗便问两班文武："谁人肯去？"连问数声,并无人答应。张邦昌上前道："臣虽不才,愿走一遭。"钦宗便道："还是先生肯为国家出力,真是忠臣！"遂传旨备齐礼物,交与张邦昌。

张邦昌来至金营，小番报与元帅。元帅道："令他进来。"张邦昌来至里边，拜见黑元帅。黑元帅道："你这南蛮，可是你家皇帝差你送礼来的么？"张邦昌道："礼物是有一副，要见狼主亲自送的。"黑元帅听说，大喝一声："拿去砍了！"左右小番一声答应，一齐上前。张邦昌道："元帅不须发怒。"双手把礼单捧上。黑元帅看了礼单，便说道："张邦昌，你且起来，将礼物留在这里；你且回去，待本帅与你见狼主便了。"张邦昌道："还有要紧话禀。"黑元帅道："也罢，既有要紧话，可对我说知，与你传奏便了。"张邦昌道："烦元帅奏上狼主，说张邦昌特来献上江山，今先耗散宋国财帛。"黑风高道："知道了。待本帅与你传奏狼主便了，你去罢。"邦昌拜辞，出了金营，回来交旨不表。

且说那黑风高看见这许多礼物，又有美女歌童、金银缎匹，心中暗想道："我帮他们夺了宋室江山，就得了这些礼物也不为过。"遂吩咐小番将礼物收下，唿哨一声，竟拔寨起身，往山西抄路回转本国去了。当有军士报知兀朮。兀朮想道："黑风高跟随某家抢夺中原，早晚得了宋朝天下，正要重重犒赏他们，不知何故竟自去了？"吩咐小番传令调燕子国人马，上前五里下寨。

且说都城中有探军报上殿来道："外面番兵又上来五里安营，请旨定夺。"钦宗问张邦昌道："昨日送礼求和，今日反推兵上前扎营，是何道理？"邦昌道："主公，臣想他们非为别事，必定见礼少人多，分不到，故此上前。主公如今再送一副礼与他，自然兵退黄河去了。"钦宗无奈，只得又照前备下一副礼物。到了次日，命张邦昌再送礼讲和。这奸臣领旨出了午门,来到番营。小番禀过元帅,元帅道:"叫他进来。"小番出来,叫张邦昌一同进内,俯伏在地,口称:"臣叩见狼主。臣为狼主亲送礼物到来,还有机密事奏上。"乌国龙、乌国虎看了礼单,方才说道:"吾非狼主。前日你送来的礼,是黑元帅自己收了,不曾送与狼主。如今这副礼,我与你送去便了。你可先入城去,听候好音。"邦昌只得出营,进城复旨不表。

且说乌国龙对乌国虎道:"怪不得黑元帅去了。我们自从起兵以来,立下多少功劳,论起来这副礼也该收得。不若收了他的,拔营也回本国如何?"乌国虎道:"正该如此。"遂吩咐三军,连夜拔营起马,从山东取路往本国去了。

再说小番又来报与兀术道:"乌家弟兄,不知何故拔寨而去。"兀术道:"这也奇了!待某家亲自起兵上前,看是如何?"那宋朝探军,又慌忙报入朝内,说:"兀术之兵,又上前五里安营。"钦宗大惊,即忙问张邦昌何故。张邦昌道:"两次送礼,不曾面见兀术。如今主公再送一副礼去,待臣亲见兀术求和便了。"钦宗哭道:"先生!已经送了两副礼去,此时再要,叫朕何处措办?"邦昌道:"主公,此副礼不依臣时,日后切莫怪臣。"钦宗道:"既如此,可差官往民间去买歌童美女,再备礼物。"邦昌道:"若往民间去买,恐兀术不中意。不如还在宫中搜括,备办礼物送去为妙。"钦宗无奈,只得在后宫尽行搜检宫女凑足,罄括金珠首饰,备齐礼物,仍着张邦昌送去。

邦昌此回来至番营,抬头观看,比前大不相同,十分厉害。邦昌下马见过平章等,禀明送礼之事。平章道:"站着。"转身进入营中奏道:"启上狼主,外边有一个南蛮,口称是宋朝丞相,叫做什么张邦昌,送礼前来。候旨。"兀朮问军师道:"这张邦昌是个忠臣,还是奸臣?"哈迷蚩道:"是宋朝第一个奸臣。"兀朮道:"既是奸臣,吩咐'哈喇'了罢。"哈迷蚩道:"这个使不得。目今正在要用着奸臣的时候,须要将养他。且待得了天下,再杀他也不迟。"兀朮闻言大喜,叫一声:"宣他进来。"平章领旨出来,将张邦昌召入金顶牛皮帐中,俯伏在地,口称:"臣张邦昌,朝见狼主,愿狼主千岁千岁千千岁!"兀朮道:"张老先儿,到此何干?"邦昌道:"臣未见主公之时,先定下耗财之计。前曾到来送礼二次,俱被元帅们收去了。如今这副厚礼,是第三次了。"兀朮把礼单拿过来看了,说道:"怪不得两处兵马都回本国去了,原来为此。"哈迷蚩道:"主公可封他一个王位,服了他的心,不怕江山不得。"兀朮道:"张邦昌,孤家封你为楚王之职,你可归顺某家罢。"邦昌叩头谢恩。兀朮道:"贤卿,你如今是孤家的臣子了,怎么设个计策,使某家夺得宋朝天下?"张邦昌道:"狼主要他的天下,必须先绝了他的后代,方能到手。"兀朮道:"计将安出?"张邦昌道:"如今可差一个官员,与臣同去见宋主,只说要一亲王为质,狼主方肯退兵。待臣再添些厉害之言哄唬他一番,不怕他不献太子出来与狼主。"兀朮闻言,心中暗怒,咬牙道:"这个奸臣,果然厉害,真个狠计!"假意说道:"此计甚妙。孤家就差左丞相哈迷刚、右丞相哈迷强同你前去。但这歌童美女,我这里用不着,你可带了回去罢。"

　　张邦昌同了二人出营,带了歌童美女,回至城中。来到午门下马,邦昌同哈迷刚、哈迷强朝见钦宗,说:"兀朮不要歌童美女,只要亲王为质，方肯退兵。为今之计，不若暂时将殿下送至金营为质，一面速调各处人马到来，杀尽番兵，自然救千岁回朝。若不然，番兵众多，恐一时打破京城，那时玉石俱焚，悔之晚矣！"钦宗沉吟不语。邦昌又奏道："事在危急，望陛下作速定见。"钦宗道："既如此，张先生可同来使暂在金亭馆驿中等候着，朕与父王商议，再为定夺。"邦昌同了番营丞相出朝，在金亭馆驿候旨。

张邦昌又私自入宫奏道："臣启我主，此乃国家存亡所系，我主若与太上皇商议，那太上皇岂无爱子之心？倘或不允，陛下大事去矣！陛下须要自作主意，不可因小而失大事。"钦宗应允，入宫朝见道君皇帝，说："金人要亲王为质，方肯退兵。"徽宗闻奏，不觉泪下，说道："王儿，我想定是奸臣之计。然事已至此，没有别人去得，只索令你兄弟赵王去罢。"随传旨宣赵王入安乐宫来。道君含泪说道："王儿，你可晓得外面兀朮之兵，甚是猖獗？你王兄三次送礼求和，他要亲王为质，方肯退兵。为父的欲将你送去，又舍不得你，如何是好？"原来这位殿下名完，年方十五，甚是孝敬。他看见父王如此愁烦，因奏道："父王休得爱惜臣儿，此乃国家大事，休为臣儿一人，致误国家重务。况且祖宗开创江山，岂是容易的？不若将臣儿权质番营，候各省兵马到来，那时杀败番兵，救出臣儿，亦未晚也。"徽宗听了无奈，只得亲自出宫坐朝，召集两班文武问道："今有赵王愿至金营为质，你等众卿，谁保殿下同去？"当有新科状元秦桧，出班奏道："臣愿保殿下同往。"徽宗道："若得爱卿同去甚好，等待回朝之日，加封官职不小。"当下徽宗退回宫内，百官退朝毕。

张邦昌、秦桧同着两个番官,同了赵王,前去金营为质。这赵王不忍分离,放声大哭,出了朝门,上马来至金营。这奸臣同了哈迷刚、哈迷强先进营去,只有秦桧保着殿下,立在营门之外。张邦昌进营来见兀朮,兀朮便问:"怎么样了?"哈迷刚、哈迷强道:"楚王果然好,果然叫南蛮皇帝将殿下送来为质;又有一个新科状元,叫什么秦桧同来,如今现在营门外候旨。"兀朮道:"可与我请来相见。"

谁知下边有一个番将,叫做蒲芦温,生得十分凶恶。他听差了,只道叫拿进来,急忙出营问道:"谁是小殿下?"秦桧指着殿下道:"这位便是。"蒲芦温上前一把,把赵王拿下马来,望里边便走。秦桧随后赶来,高叫道:"不要把我殿下惊坏了!"那蒲芦温来至帐下,把殿下放了,谁知赵王早已惊死。兀朮见了大怒,喝道:"谁叫你去拿他?把他惊死!"吩咐:"把这厮拿去砍了!"只见秦桧进来说道:"为何把我殿下惊死?"兀朮问道:"这就是新科状元秦桧么?"哈迷强道:"正是。"兀朮道:"且将他留下,休放他回去。"

不因兀朮将秦桧留下,有分教:徽钦二帝,老死沙漠之乡;义士忠臣,尽丧奸臣之手。正是:

　　无心栽下冤家种,从今生出祸秧来。

毕竟不知后事如何,且听下回分解。

第十九回

李侍郎拼命骂番王　崔总兵进衣传血诏

诗曰：

　　破唇喷血口频开，毡笠羞看帝主来。

　　莫讶死忠惟一个，党人气节久残灰。

话说当时兀朮将秦桧留住，不放还朝；命将赵王尸首，教秦桧去掩埋了。又问张邦昌道："如今殿下已死，还待怎么？"张邦昌道："如今朝内还有一个九殿下，乃是康王赵构，待臣再去要来。"遂辞了兀朮，出营来至朝内，见了道君皇帝，假意哭道："赵王殿下跌下马来，死于番营之内。如今兀朮仍要一个亲王为质，方肯退兵。若不依他，就要杀进宫来也。"道君闻言，苦切不止，只得又召康王上殿。朝见毕，道君即将金邦兀朮要亲王为质、赵王跌死之事，一一说知。康王奏道："社稷为重，臣愿不惜此微躯，前往金营便了。"二帝又问："谁人保殿下前往？"当有吏部侍郎李若水上殿启奏："微臣愿保。"遂同康王辞朝出城，来至番营，站在外边。

那张邦昌先进营来，见了兀朮奏道："如今九殿下已被臣要来，朝内再没别个小殿下了。"兀朮听了，恐怕又吓死了，今番即命军师亲自出营迎接。李若水暗暗对康王道："殿下可知道：'能强能弱千年计，有勇无谋一旦亡？'进营去见兀朮，须要随机应变，不可折了锐

第十九回　李侍郎拼命骂番王　崔总兵进衣传血诏

气。"康王道："孤家知道。"遂同了军师,进营来见兀朮。兀朮看那康王,年方弱冠,美如冠玉,不觉大喜道："好个人品！殿下若肯拜我为父,我若得了江山,还与你为帝何如？"康王原意不肯,听见说是"原还他的江山",只得勉强上前应道："父王在上,待臣儿拜见。"兀朮大喜道："王儿平身！"就命康王往后营另立帐房居住。只见李若水跟随进来,兀朮问道："你是何人？"李若水睁着眼道："你管我是谁人！"随了康王就走。兀朮就问军师道："这是何人？这等倔强。"哈迷蚩道："此人乃是宋朝的大忠臣,现做吏部侍郎,叫做李若水。"兀朮道："就是这个老先生,某家倒失敬了。天色已晚,就留在军师营前款待。"

次日,兀朮升帐,问邦昌道："如今还待怎么？"邦昌道："臣既许狼主,怎不尽心？还要将二帝送与狼主。"兀朮道："怎么送我？"邦昌道："如此如此,便得到手。"兀朮大喜,依计而行。

且说张邦昌进城来见二帝道："昨日一则天晚,不能议事,故尔在北营歇了。今日他们君臣计议,说道：'九王爷是个亲王,还要五代先王牌位为当。'臣想道：这牌位总之不能退敌,不如暂且放手与他,且等各省勤王兵到,那时仍旧迎回便了。"二圣无奈,哀哀痛哭道："不孝子孙,不能自奋,致累先王！"父子二人齐到太庙哭了一场,便叫邦昌："可捧了去。"邦昌道："须得主公亲送一程。"二帝依言,亲送神主出城,才过吊桥,早被番兵拿住。二帝来至金营,邦昌自回守城不表。

且说二帝拿至金营,兀朮命哈军师点一百人马,押送二帝往北。

那李若水在里面保着殿下,一闻此言,忙叫秦桧保着殿下,自己出营,大骂兀朮,便要同去保驾。兀朮暗想:"若水若至本国,我父王必然要杀他。"乃对军师道:"此人性傲,好生看管,不可害他性命。"军师道:"晓得。狼主亦宜速即回兵,不可进城,恐九省兵马到来,截住归路,不能回北,那时间性命就难保。依臣愚见,狼主不如暂且回国,来春再发大兵,扫清宋室,那时即位如何?"兀朮闻言称是,遂令邦昌守城,又令移取秦桧家属,回兵不表。

且说二帝蒙尘,李若水保着囚车一路下来。看看来到河间府,正走之间,只见前面一将俯伏接驾,乃是张叔夜。君臣相见,放声痛哭。李若水道:"你这样奸臣,还来做甚!"叔夜道:"李大人,我之投降,并非真心。因见陆登尽节、世忠败走,力竭诈降,实望主公调齐九省大兵,杀退番兵,阻其归路。不想冰冻黄河,又将宗泽、李纲削职。不知主公何故,只信奸臣,以致蒙尘。"说罢,乃大叫:"臣今不能为国家出力,偷生在世,亦有何益!"遂拔剑自刎而死。二帝看见,哭泣而言道:"孤听了奸臣之言,以致如此。"李若水对哈迷蚩道:"你可与我把这叔夜的尸首掩埋了。"军师遂令军士们葬了张叔夜,押二帝往北而进。一路前来,李若水对哈迷蚩道:"还有多少路程?"哈迷蚩道:"没有多远了。李先儿,你若到本国,那些王爷们比不得四狼主喜爱忠臣,言语之间须当谨慎。"李若水道:"这也不能。我此来只拼一死,余外非所知也!"

不一日,到了黄龙府内,只见那本国之人,齐来观看南朝皇帝,直至端门方散。哈迷蚩在外候旨,早有番官启奏狼主:"哈军师解进两

第十九回　李侍郎拼命骂番王　崔总兵进衣传血诏

个南朝皇帝来了。"金主闻奏大喜,说道:"宣他进来。"哈迷蚩朝见了老狼主,把四太子进中原的话说了一遍,道:"先令臣解两个南朝皇帝进来候旨。"老狼主道:"如今四太子在于何处?"哈迷蚩道:"如今中国虽然没有皇帝,还有那九省兵马未服,故此殿下暂且回国,在后就到。等待明春扫平宋室,然后保狼主前去即位。"老狼主大喜,一面吩咐摆设庆贺筵宴,一面令解徽宗、钦宗二帝进来。番官出朝,带领徽、钦二宗来到里边,见了金主,立而不跪。老狼主道:"你屡屡伤害我之兵将,今被擒来,尚敢不跪么?"吩咐左右番官:"把银安殿里边烧热了地,将二帝换了衣帽,头上与他戴上狗皮帽子,身上穿了青衣,后边挂上一个狗尾巴,腰间挂着铜鼓,带子上面挂了六个大响铃,把他的手绑着两细柳枝,将他靴袜脱去了。"少刻,地下烧红,小番下来把二帝抱上去,放在那热地上,烫着脚底,疼痛难挨,不由乱跳,身上铜铃锣鼓俱响。他那里君臣看了他父子跳得有兴,齐声哈哈大笑,饮酒作乐。可怜两个南朝皇帝,比做把戏一般。这也是他听信奸臣之语、贬黜忠良之报!

　　下边李若水看见,心中大怒,赶上来把老主公抱了下去,又上来把小主公抱了下去。老狼主就问哈军师:"这是何人?"哈迷蚩道:"这是他的臣子李若水,乃是个大忠臣。四狼主极重他的,恐老狼主伤他性命,叫臣好生看管他,如若死了,就问臣身上要人的,望乞吾主宽恩!"老狼主道:"既然如此,不计较他便了。"军师谢恩而起。只见李若水走上前来,指着骂道:"你这些囚奴,不知天理的!把中原天子如此凌辱,不日天兵到来,杀至黄龙府内,把你这些囚奴杀个干干净净,才出我今日之气!"这李若水口内不住的千囚奴、万囚奴骂个不休不了。那老狼主不觉大怒,吩咐小番:"把他的指头剁去了。"小番答应,下来把李若水手指割去一个。若水又换第二个指头,指着骂道:"囚奴!你把我李若水看做什么人?虽被你割去一指,我骂贼之气,岂肯少屈!"狼主又叫:"将他第二指也割去了!"如此割了数次,五个指头尽皆割去了。李若水又换右手指骂,狼主又把他指头尽行割去了。若水两手没了指头,还大骂不止。老狼主道:"把他舌头割去了!"那晓得割去舌头,口中流血,还只是骂,但是骂得不明白,言语不清,只是跳来跳去。众番人看见,说道:"倒好取笑作乐。"众番官一面吃酒,一面说笑。那外国之人,俱席地而坐的。过了一会,都在上酒之时,不曾防备李若水赶将上来,抱住老狼主只一口,咬着他耳朵,死也不放。那老狼主疼痛得动也动不得。那时大太子、二太子、三太子、五太子,文武众官,一齐上来乱扯,连老狼主的耳朵都扯去了。把李若水推将下来,一阵乱刀,砍为肉泥。正是:

骂贼忠臣碎粉身,千秋万古孰为怜?

不图富贵惟图义,留取丹心照汗青!

又诗曰:

元老孤忠节义高,牛骥堪羞同一皂。

身骑箕尾归天上,气作山河壮宋朝!

当时,众番官俱各上前来请老狼主的安。那哈迷蚩悄悄着人收拾了李若水的尸首,盛在一个金漆盒内,私自藏好。那老狼主叫太医用药敷了耳朵,传旨:"将徽、钦二帝发下五国城,拘在陷阱之内,令他坐井观天。"过不得一二十天,兀朮大兵回国,拜见父王奏说:"臣儿初进中原,势如破竹。"老狼主大喜,又说起被李若水咬去了一只耳朵之事,兀朮再三请安。老狼主又传旨,命番官分头往各国借兵帮助,约定来年新春一同二进中原。按下慢表。

再说当年宋朝代州雁门关,有个总兵崔孝,失陷在于北邦,已经一十八年。善于医马,因此在众番营里四下来往,与那些番兵番将个个合式,倒也过得日子。这日听得二帝囚于五国城内,便取了两件老羊皮袄子,烧了几十斤牛羊脯,又带了几根皮条,来至五国城,对那些平章道:"我的旧主,闻得在此,望众位做个人情,放我进去见一面,也尽我一点忠心。"众平章道:"若是别人,那里肯放他进去;若是你,我们常有烦你之处,就放你进去看看。但是就要出来的。"崔孝道:"这个自然。"那平章开了门,放了崔孝进去。

崔孝一头走,一头叫道:"主公在那里?主公在那里?"叫了半日,不见答应,"你看这许多土井在此,叫我向何处去寻?"崔孝本是个年老的人了,从早至午,叫了这半日,有些走不动了,不觉腰里也酸痛了,只得蹲在地下睡倒了。忽然耳中听得叫:"王儿。"又听得:"臣儿在此。"崔孝道:"好了,在这里了。"便高叫道:"万岁!臣乃代州雁门关总兵崔孝。无物可敬,只有些牛羊脯,并皮袄两件,愿主上龙体康健!"遂将牛皮条把衣食缚了,送下井去。二帝接了,道声:"难得你一片好心。"崔孝道:"中原还有何人?"二帝道:"只为张邦昌卖国,将赵王骗入金邦跌死;只有一个九殿下康王,又被他逼来在此为质,中原没有人了。"崔孝道:"既有九殿下在此,主公可写下诏书一道,待臣带着,倘能相遇,好叫他逃往本国,起兵来救主公回国。"二帝道:"又无纸笔,叫寡人如何写得诏书?"崔孝道:"臣该万死,主公可降一道血诏罢。"二帝听了,放声大哭,只得将衫衣白衫扯下一块,咬破指尖血书数字,叫康王速奔中原即位,重整江山,不失先王祭祀。写完,就缚在皮条上。崔孝吊起来,藏于夹衣内,哭了一场,辞别二帝。二帝哭道:"朕父子陷身于此,举目无亲,今得见卿,如同至戚。略叙数言,又要别去,岂不叫朕痛杀!"崔孝道:"主公保重龙体,臣若在此,自必常常来看陛下也。"说罢,遂拜别了二帝出来。众平章见了,大喝一声:"崔孝!你干得好事!"叫小番:"与我绑去砍了!"崔孝吃了一惊。真个是:

头顶上失了三魂,脚底下走了七魄。

不知性命如何,且听下回分解。

第二十回

金营神鸟引真主　夹江泥马渡康王

古风：

　　胡马南来衰宋祚，楼台歌舞春光暮。
　　玉人已去酒卮空，西曲当年随帝辂。
　　谁想奢华变作悲，龙争虎斗交相持。
　　京城鼙鼓旌旗急，糙风逐人将士离。
　　亲皇后妃俱遭谴，义士忠臣无计转。
　　黄云白草蔽胡尘，促去銮舆关塞远。
　　致令天下勤王心，临歧怀愤嗟怨深。
　　欲挽干戈回日月，中原奚忍见倾沉。
　　金陵气运留英主，竟产英雄获相遇。
　　夹江夜走有神驹，神驹英主今何处？
　　崔君庙畔树苍苍，行人经过几斜阳。
　　中兴事业浑如梦，尽付渔歌在沧浪。

　　话说当时众平章喝住崔孝要杀。崔孝大叫道："老汉无罪！"平章道："我念你医马有功，通情放你进去，为何直到此时才回？倘然狼主晓得，岂不连累着我们？"崔孝道："里边陷阱甚多，没处寻觅。况且老汉有了些年纪，行走不动，故此耽搁久了。望平章原情饶罪！"平章道："也罢，念你旧情分上，饶恕你一次，下次再不许到此处来。"崔孝连连说："不来不来！"飞跑的奔回。每日里仍往各营头去看马，留心打听康王消息不提。

且说兀术过了新春，到二月半边，仍起五十万人马，并各国番兵，诸位殿下，一同随征，杀奔南朝。这就是金兀术二进中原。一路上，但见那些番兵威风杀气，分明是：

酆都失了城门锁，放出一班恶鬼来。

行到四月中旬，方进了潞安州城门。你道这次为何来迟？只因在路上打了几次围场，故此耽延了日子。兀术把陆节度尽忠之事，与众殿下细说了一番，众殿下莫不赞叹。不一日，又至两狼关，又把雷震三山口、炮炸两狼关的事，也说了一遍。众殿下俱道："此乃我主洪福齐天所致。"迤逦到了河间府，兀术传令："不许入城骚扰百姓，有负张叔夜投顺之心。"又一日，到了黄河，已是六月中旬了，天气炎热。兀术传令："仍旧沿河一带安下营盘，待等天气稍凉，然后渡河。"

倏忽之间，又到了七月十五日。兀术先已传令，搭起一座芦篷，宰了多少猪羊鱼鸭之类，望北祀祖。把福礼摆得端正，众王爷早已齐集伺候。只见兀术坐着火龙驹，后边跟着那个王子，穿着大红团龙夹纱战袍，金软带勒腰；左挂弓，右插箭，挂口腰刀，坐下红缨马；头戴束发紫金冠，两根雉鸡尾左右分开。那崔孝也跟在后头来看，打听得就是康王。那康王正走之间，坐下马忽然打了个前失，几乎跌下马来。那康王忙忙把扯手一勒，这马就趁势立了起来。兀术回头见了，大喜道："王儿马上的本事，倒也好了。"不道殿下因马这一蹲，飞鱼袋内这张雕弓坠在地下。那崔孝走上一步,拾起弓来,双手递上,说道:"殿下收好了。"兀朮听见崔孝是中原口音,便问:"你是何人?"崔孝便向马前跪下,答道:"小臣崔孝,原是中原人氏,在狼主这里医马,今已十九年了。"兀朮大喜道:"看你这个老人家倒也忠厚,就着你伏侍殿下,待某家取了宋朝天下,封你个大大的官儿便了。"崔孝谢了,就跟着康王来至厂前下马,进来见了王伯、王叔。

兀朮望北遥祭,叩拜已毕,一众人回到营中,席地而坐,把酒筵摆齐了吃酒。九殿下也就坐在下面。众王子心上好生不悦,暗道:"子侄们甚多,偏要这个小南蛮为子做什么?"那里晓得这九殿下坐在下边,不觉低头流下泪来,暗想:"外国蛮人尚有祖先,独我二帝蒙尘,宗庙毁伤,皇天不佑,岂不伤心?"兀朮正在欢呼畅饮,看见康王含泪不饮,便问:"王儿,为何不饮?"崔孝听见,连忙跪下奏道:"殿下因适才受了惊恐,此时腹中疼痛,身子不安,故饮不下咽。"兀朮道:"既如此,你可扶殿下到后营将养罢。"崔孝领命,扶了康王回到本帐。康王进了帐中,悲哭起来。崔孝遂进后边帐房,吩咐小番:"殿下身子不快,你们不要进来,都在外边伺候。"小番答应一声,乐得往帐房外面好顽耍。这崔孝来到里面,遂叫:"殿下,二帝有旨,快些跪接。"康王听了,连忙跪下。崔孝遂在夹衣内拆出二帝血诏,奉上康王。康王接在手中,细细一看,越增悲戚。忽有小番来报:"狼主来了。"康王慌忙将血诏藏在贴身,出营来接。

兀朮进帐坐下,问道:"王儿,好了么?"殿下忙谢道:"父王,臣儿略觉好些了,多蒙父王挂念。"正说之间,只见半空中一只大鸟,好比母鸡一般，身上毛片，俱是五彩夺目，落在对门帐篷顶上，朝着营中叫道："赵构！赵构！此时不走，还等什么时候？"崔孝听了，十分吃惊。兀朮问道："这个鸟叫些什么？从不曾听见这般鸟声，倒像你们南朝人说话一般。"康王道："此是怪鸟，我们中国常有，名为'鹁鸼'，见则不祥。他在那里骂父王。"兀朮道："吓！他在那里骂我什么？"康王道："臣儿不敢说。"兀朮道："此非你之罪，不妨说来我听。"康王道："他骂父王道：'骚羯狗！骚羯狗！绝了你喉，断了你首！'"兀朮怒道："待某家射他下来！"康王道："父王赐与臣儿射了罢。"兀朮道："好，就看王儿弓箭如何？"康王起身，拈弓搭箭，暗暗祷告道："若是神鸟，引我逃命，天不绝宋祚，此箭射去，箭到鸟落。"祝罢，一箭射去。那神鸟张开口，把箭衔了就飞。崔孝即忙把康王的马牵将过来，叫道："殿下，快上马追去！"

这康王跳上马，随了这神鸟追去。崔孝执鞭赶上，跟在后边。逢营头，走营头；逢帐房，蹿帐房，一直追去。兀朮尚自坐着，看见康王如飞追去，暗想："这呆孩子，这枝箭能值几何，如此追赶？"兀朮转身仍往大帐中去，与众王子吃酒快乐。不一会，有平章报道："殿下在营中发蛮头，蹿坏了几个帐房，连人都蹿坏了。"兀朮大喝一声："什么大事？也来报我！"平章默然，不敢再说，只得出去。倒是众王子见兀朮将殿下如此爱惜，好生不服，便道："昌平王，蹿坏了帐房人口不打紧；但殿下年轻，不惯骑马，倘然跌下来，跌坏了殿下怎么处？"兀朮笑道："王兄们说的不差，小弟暂别。"就出帐房来，跨上火龙驹，问小番道："你们可见殿下那里去了？"小番道："殿下出了营，一直去了。"兀朮加鞭赶去。

且说崔孝那里赶得上,正在喘气,兀朮见了道:"吓!必定这老南蛮说了些什么。你不知天下皆属于我,你往那里走?"大叫:"王儿!你往那里走?还不回来!"康王在前边听了,吓得魂不附体,只是往前奔。兀朮暗想:"这孩子不知道。也罢,待我射他下来。"就取弓在手,搭上箭,望康王马后一箭,正中在马后腿上。那马一跳,把康王掀下马来,爬起来就走。兀朮笑道:"吓坏了我儿子。"康王正在危急,只见树林中走出一个老汉,方巾道服,一手牵着一匹马,一手一条马鞭,叫声:"主公快上马!"康王也不答应,接鞭跳上了马飞跑。兀朮在后见了大怒,拍马追来,骂道:"老南蛮!我转来杀你!"那康王一马跑到夹江,举眼一望,但见一带长江,茫茫大水;后面兀朮又追来,急得上天无路,入地无门,大叫一声:"天丧我也!"这一声叫喊,忽然那马两蹄一举,背着康王向江中"哄"的一声响,跳落江中。兀朮看见,大叫一声:"不好了!"赶到江边一望,不见了康王,便呜呜咽咽哭转来。到林中寻那老人,并无踪迹;再走几步,但见崔孝已自刎在路旁。兀朮大哭回营,众王子俱来问道:"追赶殿下如何了?"兀朮含泪将康王追入江中之事,说了一遍。众王子道:"可惜可惜!这是他没福,王兄且免悲伤。"各各相劝,慢表。

且说那康王的马跳入江中,原是浮在水面上的,兀朮为何看他不见?因有那神圣护住,遮了兀朮的眼,故此不能看见。那康王骑在马上,好像雾里一般,那里敢开眼睛,耳朵里但听得"呼呼"的水响。不一个时辰,那马早已过了夹江,跳上岸,又行了一程,到一茂林之处,那马将康王耸下地来,望林中跑进去了。康王道:"马啊马!你有心,再驮我几步便好,怎么抛我在这里就去了?"康王一面想,一面抬起头来,见日色坠下,天色已晚,只得慢慢的步入林中。原来有一座古庙在此,抬头一看,那庙门上有个旧匾额,虽然剥落,上面的字还看得出,却是五个金字,写着"崔府君神庙"。康王走入庙门,门内站着一匹泥马,颜色却与骑来的一样;又见那马湿漉漉的浑身是水,暗自想道:"难道渡我过江的,就是此马不成?"想了又想,忽然失声道:"那马是泥的,若沾了水,怎的不坏?"言来毕,只听得一声响,那马就化了。康王走上殿,向神道举手道:"我赵构深荷神力护佑!若果然复得宋室江山,那时与你重整庙宇、再塑金身也!"说罢就走下来,将庙门关上,旁边寻块石头顶住了,然后走进来向神厨里睡了。此回就叫做"泥马渡康王的故事"。正是:

天枢拱北辰,地轴趋南曜。

神灵随默佑,泥马渡江潮。

毕竟不知康王在庙中,有何人来相救,且听下回分解。

第二十一回

宋高宗金陵即帝位　岳鹏举划地绝交情

诗曰：

胡骑南来宋祚墟，夹江夜走有神驹。

临安事业留青史，莫负中兴守一隅。

上回已讲到了宋康王泥马渡过夹江，在崔府君庙内躲在神厨里睡觉。此回却先说那夹江这里，却正是磁州丰丘县所属地方。那丰丘县的县主，姓都名宽。那一夜三更时候，忽然坐起堂来，有几个随衙值宿的快班衙役连忙掌起灯来，宅门上发起梆来。老爷坐了堂，旁边转过一个书吏，到案前禀道："半夜三更，不知老爷升堂，有何紧急公事？"都宽道："适才本县睡梦之中见一神人，自称是崔府君，说有真主在他庙内，叫本县速去接驾。你可知崔府君庙在于何处？"书吏道："老爷思念皇上，故有此梦；况小吏实不知何处有崔府君庙。"都宽又问众衙役："你们可有晓得崔府君庙的么？"众人俱回禀不晓得。都宽流下泪来道："国无帝主，民不聊生，如何是好！"回过头来，叫声门子："拿茶来我吃！"

门子答应，走到茶房。那茶夫姓蔡名茂，听得县主升堂，连忙起来，正在掏茶。门子叫道："老蔡，快拿茶来，老爷等着要吃哩！"蔡茂道："快了快了，就滚了。半夜三更，为什么寂天寞地坐起堂来？也要叫人来得及的!"门子道:"真正好笑!老爷一些事也没有,做了一个梦,就吵得满堂不得安稳。"蔡茂道:"做了甚么梦,就坐起堂来?"门子道:"说是梦见什么崔府君,叫他去接驾。如今要查那崔府君庙在那里,又没人晓得,此时还坐在堂上出眼泪,你道好笑不好笑?"蔡茂道:"崔府君庙,我倒晓得。只是接什么驾?真正是梦魇。"一面说,一面泡了一碗茶递与门子,又吩咐道:"你不要七搭八搭,说我晓得的,惹这些烦恼。等他吃了茶,好进去睡。"

门子笑着,一直走到堂上,送上茶去吃。都宽一面吃茶,一面看那门子只管忍笑不住,都宽喝道:"你这奴才,有什么好笑!"扯起签来要打。门子慌忙禀道:"不是小的敢笑!那崔府君庙,茶夫晓得,却叫小人不要说。"都宽道:"快去叫他来!"门子奔进茶房里来,埋怨蔡茂道:"都是你叫我不要说,几乎连累我打。如今老爷叫你,快些去!"蔡茂倒吃了一惊,鹘鹘突突,来到堂上跪下。都宽道:"好打的奴才!你既晓得崔府君庙,如何叫门子不要说?快些讲来,却在何处?"蔡茂道:"非是小人叫门子不要说。崔府君庙是有一个,只是清净荒凉得紧,恐怕不是这个崔府君庙,所以不敢说。"都宽道:"你且说来!"蔡茂禀道:"小人祖居,近在夹江边。离夹江五六里有个崔府君庙,却是坍塌不堪的,所以说不是这个庙。或者城里地方,另有别个崔府君庙,也未可知。明早老爷着保甲查问,是然就晓得了。"都宽道:"神明说是'江中逃难,衣服俱湿'。今既近江,一定就是这个崔府君庙。快叫备马掌灯!"又命门子到里边取出一副袍帽靴袜,忙忙碌碌的,乱了一会,带了从人,叫茶夫引路,来到城门边,已经天明。

出了城,一路望着夹江口而来。

不一时,蔡茂指着一带茂林道:"禀老爷,这林边就是崔府君庙。"老爷吩咐:"尔等俱在庙外候着,不许高声!"只带了一个门子,把庙门用力一推,那靠门的石小,竟推开了。走到里边,并无影响,殿上亦无人迹,殿后俱是荒地。老爷叫门子:"把神厨帐幔掀起来我看,可是这位神道?"那门子不掀犹可,将帐幔一掀不打紧,只见两根雉尾摇动,吓得魂不附体,大叫:"老爷!有个妖怪在内!"这一声喊,早惊醒了康王。康王一手把腰刀拔出,捏在手中,跳出神厨,喝声:"谁敢近前!"都宽跪下道:"主公系是何人?不必惊慌,臣是来接驾的。"康王道:"孤乃康王赵构,排行九殿下,在金营逃出,幸得神道显灵,将泥马渡孤过江。你是何人?如何说是来接驾的?"都宽道:"臣乃磁州丰丘知县都宽,蒙神明梦中指点,命臣到此接驾。"康王大喜道:"虽是神圣有灵,也难得卿家忠义!"都宽叫门子唤进从人,进上衣服。康王更换了湿衣,齐出庙门。都宽将马牵过来,扶康王上了马,自己却同众人步行跟随,一路进城。

到了县中,在大堂上坐定,从新参见了。一面送酒饭,一面准备兵马守城。康王便问:"这里有多少兵马?"都宽禀说:"只有马兵三百,步兵三百。"康王道:"倘然金兵追来,如何处置?"都宽道:"主公可发令旨,召取各路兵马;张挂榜文,招集四方豪杰。人心思宋,自然闻风而至。"正在商议,忽报:"王元帅带兵三千前来保驾,未奉圣旨,不敢进见。"康王道:"快去与孤家宣进来!"军士到城外传旨。王渊进城,来到县堂上朝见,君臣大哭一番。命王渊坐了,问道:"卿家如何得知孤家在此？"王渊道："臣于数日前梦一神人，自称东汉崔子玉，托梦叫臣到此保驾。不意主公果然在此。"正说间，又报："有金陵张大元帅带兵五千，前来保驾，在城外候旨。"康王道："快宣进来！"张所进城朝见毕，奏说："崔府君托梦，叫臣保驾。不意王元帅先已到此。"两个又见了礼，各各赐坐。

康王看那王渊，一表非凡；张所年已七十多岁，尚是威风凛凛，好生欢喜，便问："二卿，此地地方偏小，城低兵少，倘金兵到来，如何迎敌？"王渊道："二帝北辕，国不可一日无君。臣愿主公驾回汴京，明正大位，号召四方，以图恢复。"张所道："汴京已被金兵残破，况有奸臣张邦昌卖国，守在那里，其心不测，不宜轻往。金陵乃祖宗受命之地，况在四方之中，便于漕运，可以建都。"康王准奏，择日起身，往金陵进发。一路上州官、县官俱各进送粮食供给。旧时臣子闻知，皆来保驾。

到了金陵，权在鸿庆宫驻跸，诸臣依次朝见。有众大臣进上冠冕法服，即于五月初一日，即位于南京，庙号高宗皇帝。改元建炎，大赦天下。发诏播告天下，召集四方勤王兵马。数日之间，有那赵鼎、田思中、李纲、宗泽并各路节度使、各总兵，俱来护驾勤王。又遣官往各路催取粮草。各路闻风，也渐渐起行，解送粮米接应。

内中来了一位清官，却是汤阴县徐仁。听见新君即位，偏偏遇着这等年岁，斗米升珠的时候，县主亲自下乡催比粮米，又劝谕富户乡绅各各输助，凑足了一千担，亲自解送。一路上克俭克勤，到了金陵，吩咐众人将粮车在空地上停住，走到辕门上，见了中军官道："汤阴县解送粮米到此,相烦禀复。"中军道:"帅爷此时有事,不便通报。"徐仁道:"此乃一桩大事。相烦相烦。"中军道:"我的事也不小!"徐仁听见,就会意了,便叫家人取个封筒,称了六钱银子,封好了,复身进来,对着中军陪笑道:"些须薄敬,幸乞笑纳。帅爷那里,万望周全。"中军接在手中,觉道轻飘飘的,就是赤金,也值不得几何,便把那封袋望着地下一掷,道:"不中抬举的!"竟掇转身进去,全不睬着。徐仁拾了封筒道:"怪不得朝廷受了苦楚!不要说是奸臣坐了大位,就是一个中军,尚然如此可恶!难道我到了这里,罢了不成?也罢,做我不着,没有你这中军,看我见得元帅也不?"就在马鞍边抽出马鞭来,将鼓乱敲。

　　里边王元帅听得击鼓,忙坐公堂,叫旗牌出来查问,是何人击鼓。旗牌官出来问明,进去报与元帅。元帅道:"传进来!"旗牌答应一声"吓",就走出辕门道:"大老爷传汤阴县进见。"徐仁不慌不忙,走至阶下,躬身禀说:"汤阴知县徐仁,参见大老爷,特送粮米一千到此。"遂将手本呈上。王元帅看了大喜,便道:"难为贵县了!但是解粮虽是大事,应该着中军进禀,不该擅自击鼓。幸本院知道你是个清官,倘若别人,岂不罪及于汝?"徐仁道:"那中军因卑职送他六钱银子,嫌轻掷在地下,不肯与卑职传禀。卑职情急了,为此斗胆击鼓,冒犯虎威,求元帅恕罪!"王元帅道:"有这等事!"吩咐:"把中军绑去砍了!"两边答应一声"吓",即时把中军拿下。徐仁慌忙跪下禀道:"若杀了他,卑职结深了冤仇,报不清了。还求大老爷开恩!"元帅道:"贵县请起。既是贵县讨饶,免了死罪。"喝叫左右:"重责四十棍,赶出辕门!"又叫左右取过白银五十两,"送与贵县,以作路费。"徐仁拜谢,辞了元帅,出了辕门,上马而去。

王元帅忽然想起一事,忙叫旗牌:"快去与我请徐县官转来!"旗牌那只耳朵原有些背的,错听做"拿徐县官转来",正要与中军官出气,就怒烘烘的出了辕门,飞跑赶上来,大叫:"徐知县慢走!大老爷叫拿你转去!"就一把抓住。那件圆领本来旧的,不经扯,一扯就扯破了半边。徐仁大怒,就跑马转来,进了辕门,也不等传令,下了马,一直走到大堂上,把纱帽除下来,望元帅案前掼去。那元帅倒吃了一惊,便问:"贵县为何如此?"徐仁道:"卑职吃辛吃苦,解粮前来,就承赐了这点路费也不为过。为何叫旗牌赶上来拿我,把我这件圆领扯破半件,拦路出丑?还要这顶纱帽做什么!"元帅听了大怒,叫旗牌喝问道:"本院叫你去请徐县主,为何扯破了他的圆领?"旗牌连连叩头道:"小的该死!小的的耳朵实在有病,听错了,只道大老爷叫小的拿他转来。他的马走得快,小的着了急,轻轻一把,不道这件圆领不经扯,竟扯破了。"元帅大怒道:"小事犹可;倘若军情大事,难道也听错得的么?"叫左右:"绑去砍了!"徐仁暗想:"原来是他听错了,何苦害他一条性命。"只得走上来将纱帽戴好了,跪下禀道:"既是偶然听错,非出本心。人命重大,望乞开恩!"元帅道:"又是贵县讨饶,造化这狗头。"吩咐放绑,重责四十棍,又出辕门。左右答应一声"吓",就把旗牌就打了四十棍,赶出辕门而去。

这里元帅叫:"贵县请起。本帅请贵县转来,非为别事。本帅久闻当年贵县有个岳飞,如今怎样了?贵县必知详细,故特请贵县回来问个明白。"徐仁道："禀复元帅,这岳飞只因在武场内挑死了小梁王,功名不就。后来复在南薰门力剿太行大盗,皇上只封他为承信郎,他不肯就职,现今闲住在家,务农养亲。"元帅道："既如此,敢屈贵县在馆驿中暂宿一宵,等待明早同去见驾,保举岳飞,聘他前来,共扶社稷如何?"徐仁道："若得大老爷保举,庶不负了他一生才学。"当时元帅就着人送徐知县往驿馆中去,又送酒饭并新纱帽圆领,反添了一双朝靴。徐仁收了,好不快活。一夜无事。

次日清晨,王元帅引了徐仁同到午门。元帅进朝奏道："有相州汤阴县徐仁,解粮到此。臣问及当年岳飞现在汤阴,此人果有文武全才,堪为国家梁栋,臣愿陛下聘他前来,共扶社稷。为此引徐仁在午门候旨,伏乞圣裁!"高宗闻奏,便道："当年岳飞枪挑小梁王,散了武场;又协同宗留守除了金刀王善,果有大功。奈父王专听了张邦昌,以致沉埋贤士。孤家久已晓得。可宣徐仁上殿听旨。"徐仁随奉旨上殿,朝见已毕。高宗道："那岳贤士,朕已久知他有文武全才,只为奸臣蒙蔽,不得重用。今朕欲聘他前来,同扶王室。孤家初登大宝,不能远出,卿可代朕一行。"随即传旨,将诏书一道并聘岳飞的礼物,交与徐仁,又赐了徐仁御酒三杯。徐仁吃了,谢恩出朝,一径回汤阴来聘请岳飞。按下慢表。

且说那岳飞自从遇见了施全之后,一齐回到家中,习练武艺。不想其年瘟疫盛行,王员外、安人相继病亡。汤员外夫妻两个前来送丧,亦染了疫症,双双去世。又遇着旱荒,米粮腾贵。那牛皋吃惯了的人,怎熬得清淡,未免做些不公不法的事。牛安人戒饬不住,一口气气死了。单有那岳家母子夫妻,苦守清贫,甚是凄凉。岳大爷一日正在书房看书,偶然在书中拣出一张命书,那星士批着"二十三岁,必当大发"。岳大爷暗想:"古人说的:'命之理微。'这些星相之流,不过一派胡言,骗人财物而已。"正在嗟叹,只见娘子送进茶来,叫声:"相公,'达人知命,君子固穷。'看你愁眉不展,却为何来?"岳大爷道:"我适才翻出一张命书,算我二十三岁必当大发,今正交此运,发在那里?况当此年荒岁歉,如何是好!"李氏娘子劝道:"时运未来君且守,困龙亦有上天时。"岳大爷道:"虽然如此说,叫我等到几时?"

正说之间,姚氏安人偶在书房门口走过,听见了,便走进书房。夫妻二人起身迎接。安人坐定,便道:"我儿,你时运未来,怎么反在此埋怨媳妇,是何道理?"岳飞急忙跪下禀道:"母亲,孩儿只为目下困守,偶然翻着命书,故尔烦恼。怎肯埋怨媳妇?"话还未说完,岳云从馆中回来,不见母亲,寻到书房里来,看见父亲跪着,他也来跪在父亲后边。安人看见七岁孙儿跪在地下,心下不安,真个是孝顺还生孝顺子,便叫岳云起来。岳云道:"爹爹起来了,孙儿才起来。"安人即叫岳飞起来,就带了媳妇孙儿,一同出书房去了。

岳飞独自一个在书房内,想道:"昔日恩师叫我不可把学业荒废了,今日无事,不免到后边备取枪马,往外边去练习一番,有何不可?"岳大爷即便提着枪,牵着马,出门来到空场上,正要练枪,忽见那边众兄弟俱各全身甲胄,牵着马,说说笑笑而来。岳大爷叹道:"我几次劝他们休取那无义之财,今番必定又去干那勾当了!待我问他们一声,看是如何。"便叫声:"众兄弟何往?"众人俱不答应,只有牛皋应道:"大哥,只为'饥寒'二字难忍!"岳大爷道:"昔日邵康节先生有言:'为人宁可正而不足,不可邪而有余。'"王贵接口道:"大哥虽说得是,但是兄弟想这几日无饭吃、没衣穿,却不道'正而不足',不若'邪而有余'。"岳大爷听了,便道:"兄弟们不听为兄之言,此去若得了富贵,也不要与我岳飞相见;倘若被人拿去,也不要说出岳飞来。"便将手中这枪,在地下划了一条断纹,叫声:"众兄弟,为兄的从此与你们划地断义,各自努力罢了。"众人道:"也顾不得这许多,且图目下,再作道理。"竟各自上马,一齐去了。正是:

> 本是同林鸟,分飞竟失群。
>
> 谁怜一片影,相失万重云。

又诗曰:

> 结义胜关张,岂期中道绝?
>
> 情深不忍抛,无言泪成血!

岳大爷看见这般光景,眼中流下泪来,也无心操演枪马,牵马提枪,回转家中。到了中堂,放声大哭起来。姚安人听见,走出来喝道:"畜生!做娘的方才说得你几句,你敢怀恨悲啼么?"岳大爷道:"孩儿怎敢。只为一班弟兄们所为非礼,孩儿几次劝他们不转,今日与他们划地断义。回来想起,舍不得这些兄弟,故尔悲伤。"安人道:"人各有志,且自由他们罢了。"母子二人正在谈论,忽听得叩门声急,岳飞道:"母亲且请进去,待孩儿出去看来。"即走出外边,把门开了。只见一个人头戴边帽,身穿边衣,脚登快靴,肩上背着一个黄包袱,气

喘吁吁,走进门来,竟一直走到中堂。岳大爷细看那人,二十以上年纪,团脸无须,却不认得是何人,又不知到此何事。直待到:

雪隐鹭鸶飞始见,柳藏鹦鹉语方知。

毕竟不知此人是谁,到此何干,且待下回分解。

第二十二回

结义盟王佐假名　刺精忠岳母训子

词曰：

寂寞相如卧茂陵，家徒四壁不知贫。世情已逐浮云变，裘马谁为感激人？花溅泪，鸟惊心。欲将修短问乾坤。阳和不敢穷途恨，汉帝常悬捧日心。

话说众弟兄不肯安贫，各自散去。岳大爷正在悲伤之际，恰遇着那人来叩门。岳大爷开了进来，只见那个人一直走上中堂，把包袱放下，问道："小弟有事来访岳飞的，未知可是这里？"岳爷道："在下就是岳飞，未知兄长有何见教？"那人听了，纳头便拜道："小弟久慕大名！特来相投，学些武艺。若蒙见允，情愿结为兄弟，住在宝庄，以便朝夕请教。不知尊意若何？"岳爷道："如此甚妙。请问尊姓大名？尊庚几何？"那人道："小弟姓于名工，湖广人氏，行年二十二岁。"岳爷道："如此叨长一年，有屈老弟了！"那人大喜，就与岳飞望空八拜，立誓："永胜同胞，各不相负。"拜罢起来，于工取出白银二百两，送与岳飞。岳飞推辞不受，于工道："如今既为弟兄，不必推逊了。"

岳爷只得收了，就进去交与母亲，遂转身出来。于工道："哥哥有大盘子，取出几个来。"岳爷道："有。"即进房去，向娘子讨了几个盘子，出来交与于工。于工亲自动手，把桌子摆在中间，将盘安放得停当。打开黄包裹,取出十个马蹄金,放在一盘;又取出几十粒大珠子,也装在一盘;又将一件猩红战袍,一条羊脂玉玲珑带,各盛在盘内;又向胸前去取出一封书来,供在中央,便叫:"大哥快来接旨!"岳大爷道:"兄弟,你好糊涂,又不说个明白,却叫为兄的接旨。不知这旨是何处来的,说明了,方好接得。"那人道:"实不瞒大哥说,小弟并非于工,乃是湖广洞庭湖通圣大王杨幺驾下,官封东胜侯,姓王名佐的便是。只因朝廷不明,信任奸邪,劳民伤财,万民离散。目下徽、钦二帝被金国掳去,国家无主。因此我主公应天顺人,志欲恢复中原,以安百姓。久慕大哥文武全才,因此特命小弟前来聘请大哥,同往洞庭湖去,扶助江山,共享富贵。请哥哥收了。"岳大爷道:"好汉子,幸喜先与我结为兄弟;不然,是就拿贤弟送官,连性命也难保了!我岳飞虽不才,生长在宋朝,况曾受承信郎之职,焉肯背国投贼?兄弟,你可将这些东西快快收了,再不要多言。"王佐道:"哥哥,古人云:'天下者,非一人之天下,惟有德者居之。'不要说是二帝无道,现今被兀术掳去,天下无主,人民离乱,未知鹿死谁手。大哥不趁此时干功立业,还待何时?不必执迷,还请三思!"岳大爷道:"为人立志,如女子之守身。岳飞生是宋朝人,死是宋朝鬼。总有陆贾、随何之口舌,难挽我贯日凌云之浩气。本欲屈留贤弟暂住几日,今既有此举,嫌疑不便。贤弟速速请回,拜复你那主人,今生休再想我。难得今日与贤弟结拜一场,他日岳飞若有寸进,上阵交锋之际,再得与贤弟相会也。"王佐见岳飞侃侃烈烈,无可奈何,只得把礼物收了,仍旧包好。

岳大爷遂走进里边,对母亲道:"方才那个银包取出来。"安人取了出来,交与岳爷接了,出来对王佐道:"这银包请收了。"王佐道:"又来了!这聘礼是主公的,所以大哥不受;这些须礼物虽然不成光景,乃是小弟的敬意,仁兄何必如此!"岳大爷道:"兄弟,你差了。贤弟送与为兄的,我已收了。这是为兄的转送与贤弟的,可收去做盘缠。若要推辞,不像弟兄了。"王佐谅来岳飞是决不肯收的了,也只得收下。收拾好了,拜辞了岳爷,仍旧背上包裹,悄然出门,上路回去不提。

却说岳爷送了王佐出门,转身进来,见了安人。安人问道:"方才我儿说那朋友要住几日,为何饭也不留一餐,放他去了,却是何故?"岳大爷道:"母亲不要说起。方才那个人先说是要与孩儿结拜弟兄,学习武艺,故此要住几日;不料乃是湖广洞庭湖反贼杨幺差来的,叫做王佐,要聘请孩儿前去为官,被孩儿说了他几句,就打发他去了。"岳安人道:"原来如此。"又想了一想,便叫:"我儿,你出去端正香烛,在中堂摆下香案,待我出来,自有道理。"岳爷道"晓得",就走出门外,请了香烛,走至中堂,搬过一张桌子安放居中,又取了一副烛台、一个香炉,摆列端正,进来禀知母亲:"香案俱已停当,请母亲出去。"

安人即便带了媳妇一同出来,在神圣家庙之前,焚香点烛,拜过天地祖宗,然后叫孩儿跪着,媳妇磨墨。岳飞便跪下道:"母亲有何吩咐?"安人道:"做娘的见你不受叛贼之聘,甘守清贫,不贪浊富,是极好的了。但恐我死之后,又有那些不肖之徒前来勾引,倘我儿一时失志,做出些不忠之事,岂不把半世芳名丧于一旦?故我今日祝告天地祖宗,要在你背上刺下'尽忠报国'四字。但愿你做个忠臣,我做娘的死后,那些来来往往的人道:'好个安人,教子成名,尽忠报国,岂不流芳百世!'我就含笑于九泉矣。"岳飞道:"圣人云:'身体发肤,受之父母,不敢毁伤。'母亲严训,孩儿自能领遵,免刺字罢!"安人道:"胡说!倘然你日后做些不肖事情出来,那时拿到官司,吃敲吃打,你也好对那官府说'身体发肤,受之父母,不敢毁伤'么?"岳飞道:"母亲说得有理,就与孩儿刺字罢。"就将衣服脱下半边。安人取笔,先在岳飞背上正脊之中写了"尽忠报国"四字,然后将绣花针拿在手中,在他背上一刺,只见岳飞的肉一耸。安人道:"我儿痛么?"岳飞道:"母亲刺也不曾刺,怎么问孩儿痛不痛?"安人流泪道:"我儿!你恐怕做娘的手软,故说不痛。"就咬着牙根而刺。刺完,将醋墨涂上了,便永远不褪色的了。岳飞起来,叩谢了母亲训子之恩,各自回房安歇不表。

书中再讲到汤阴县县主徐仁,奉着圣旨,赍了礼物,回到汤阴,来聘岳飞。那一日,带领了众多衙役,抬了礼物并羊酒花红等件,来到岳家庄叩门。岳飞开门出看,却认得是徐县主,就请进中堂。徐仁便叫:"贤契,快排香案接旨!"岳飞暗想:"我命中该有这些磨挫!昨日王佐来叫我接旨,今日徐县尊也来叫我接旨。我想现今二帝北辕,朝内无君,必定是张邦昌那奸贼僭位,放我不下,故来算计我也。"便打一躬道:"老大人,上皇、少帝俱已北狩,未知此是何人之旨?说明了,岳飞才敢接。"徐仁道:"贤契,你还不知么?目今九殿下康王泥马渡了夹江,现今即位金陵。这就是大宋新君高宗天子的旨意。"岳

飞听了大喜,连忙跪下。徐仁即将圣旨宣读道:

"奉天承运,皇帝诏曰:朕闻多难所以兴邦,殷忧所以启圣。予小子遭家不造,金寇猖狂,二帝北辕,九庙丘墟。朕荷天眷,不绝宋祚,泥马渡江,诸臣拥戴,嗣位金陵。但日有羽书之报,夜有狼烟之警,正我君臣卧薪尝胆之秋,图复中兴,报仇雪耻之日也。必有鹰扬之将,急遏猾夏之虞。兹尔岳飞,有文武全才,正堪大用。故命徐仁赍赐黄金彩缎、羊酒花红,即着来京受职,率兵讨贼,殄灭腥膻,迎二帝于沙漠,救生民于涂炭。尔其倍道兼进,以慰朕怀! 钦哉! 特旨。"

徐仁读罢,便将圣旨交与岳飞。岳飞双手接来,供在中央。徐仁道:"军情紧急,今日就要起身。我在此相等,贤契可将家事料理料理。"岳飞道:"既是圣旨,怎敢迟延!"就请徐仁坐定,将聘礼收进后堂,请母亲出来坐了,李氏夫人侍立在傍。岳飞告禀母亲:"当今九殿下康王在南京接位,特赐金帛,命徐县尊前来聘召孩儿赴阙。今日就要起身,特此拜别。"安人道:"今日朝廷召你,多亏你周先生教训之恩,还该在灵位前拜辞拜辞才是。"岳飞领命,就将皇封御酒打开,在周先生灵位前拜奠了,又往祖宗神位前拜奠已毕,然后斟了一杯酒,跪下敬上安人。安人接在手中,便道:"我儿! 做娘的今日吃你这杯酒,但愿你此去为国家出力,休恋家乡。得你尽忠报国,名垂青史,吾愿足矣。切记切记! 不可有忘!"岳飞道:"谨遵慈命。"安人一饮而尽。岳飞立起来,又斟了一杯,向着李氏夫人道:"娘子,不知你可能饮我这杯酒么?"李氏道:"五花官诰尚要赠我,这杯酒怎么吃不得?"岳爷道:"不是这等说。我岳飞只得孤身,并无兄弟,如今为国远去,老母在堂,娘子须要代我孝养侍奉;儿子年幼,必当教训成人。所以说'娘子可能饮得此酒'也。"李氏夫人道:"这都是妾身分内之事,何必嘱咐?官人只管放心前去,不必挂怀,俱在妾身上便了。"接过酒来,一饮而尽。这些事,那徐仁在外俱听得明白,叹道:"难得他一门忠孝!新主可谓得人,中兴有日也。"就吩咐从人,将岳飞衣甲挂挏在马上,军器物件叫人挑了。

岳飞拜别了母亲,又与娘子对拜了两拜,走出门来,但见那徐县主一手牵着马,一手执鞭道:"请贤契上马。"岳飞道:"恩师,门生怎敢当此!"徐仁道:"贤契不要看轻了。当今天子本要亲来征聘,只因初登大位,不能远出,故在金銮殿上赐我御酒三杯,命我代劳。如萧相国'推轮捧毂'故事,贤契不必谦逊也。"岳飞只得告罪上马,县主随在后边送行。正待起行,忽见岳云赶来,跪在马前。岳爷见了问道:"你来做什么?"岳云道:"孩儿在馆中听得人说,县主奉旨来聘爹爹,故此孩儿赶来送行;二来请问爹爹往何处去?做什么事?"岳爷道:"为父的因你年幼,恐不忍分离,故不来唤你。你今既来,我有几句话吩咐你:今为父的蒙新君召去杀鞑子,保江山。你在家中,须要孝顺婆婆,敬奉母亲,照管弟妹,用心读书。牢记牢记!"岳云道:"谨遵严命!但是这些鞑子,不要杀完了。"岳爷道:"这是为何?"岳云道:"留一半与孩儿杀杀。"岳爷喝道:"胡说!快些回去!"岳云到底是个小孩子,并不留恋,磕了一个头,起来跳跳舞舞的回去了。这里徐仁走了几步,叫声:"贤契先请前进,我回县收拾收拾就来。"岳飞道："恩师请便。"徐仁别了，自回县中料理粮草，飞马赶上岳飞，一同进京。在路无话。

不一日，到了金陵，一齐在午门候旨。黄门官奏过天子，高宗传旨宣召上殿。徐仁引岳飞朝见缴旨。高宗道："有劳贤卿了！"勅赐金帛彩缎，仍回汤阴理事，不日再加升擢。徐仁谢恩退朝，自回汤阴不提。

且说高宗见岳飞相貌魁梧，身材雄壮，十分欢喜，便问："众卿家，岳飞到来，当授何职？"宗泽奏道："岳飞原有旧职，是承信郎。"高宗道："此乃父王欠明。今暂封为总制，俟后有功，再加升赏。"岳飞谢恩毕，又命赐宴。高宗又将在宫中亲手画的五幅大像取出来，与岳飞一幅幅看过。高宗道："此乃是金国粘罕弟兄五人的像，卿可细细认着，倘若相逢，不可放过！"岳飞道："臣领旨。"高宗道："现今大元帅张所掌握天下兵权，卿可到他营前效用。"岳飞谢恩，辞驾出朝。

来到帅府，参见了元帅。张所见了岳飞，好生欢喜，次日就令岳飞往教场中去挑选兵马，充作先行。岳飞领令，就去挑选，选来选去，只选了六百名，来见元帅。元帅道："我的营中，你也去挑选些。"岳飞又去挑选了二百名，连前共有八百名，来禀复元帅。张所道："难道一千人都挑不足么？"岳飞道："就是这八百罢。"元帅遂令岳飞领八百兵，作第一队先行。再问："那一位将军，敢为二队救应？"连问了几声，并无人答应。元帅道："都是这样贪生怕死，朝廷便无人出力了！待我点名叫去，看他怎样躲过。"便叫山东节度使刘豫。刘豫答应一声："有！"元帅道："你带领本部人马，为第二队先行。本帅亲率大军,随后就到。"刘豫无奈,只得勉强领令,即去整顿人马。

到了次日,张所率领岳飞、刘豫入朝来辞驾,恰有巡城指挥来奏:"今有强盗领众来抢仪凤门,声声要岳飞出阵,请旨定夺。"高宗听奏,传旨就着岳飞擒贼复旨。岳飞领旨,辞驾出朝,带领这八百儿郎出城。来到阵前,只见对阵许多喽罗,手中拿的那里是什么枪刀,都是些锄头、铁搭、木棍、面刀,乱乱哄哄,不成模样。岳爷大喝一声:"那里来的毛贼?快快来认岳飞!"喝声未绝,只见对阵里跑出一马,马上坐着个强人,生得来青面獠牙,十分凶恶。若不是《西游记》中妖精出现,即便是《封神传》内天将临凡。正是:

未办入山擒虎豹,先来沿海斩蛟龙。

毕竟不知岳爷捉得强盗否,且听下回分解。

第二十三回

胡先奉令探功绩　岳飞设计败金兵

诗曰：

　　兵卒疮痍血未干，金兵湖寇几时安？

　　奇才妙计遭湮没，方识风云际会难。

却说岳爷见对阵内走出一个强盗来，生得青面獠牙，海（颔）下无须；坐下一匹青鬃马，手舞狼牙棒，出到阵前，大叫一声："岳大哥！小弟特来寻你带挈带挈。"岳爷上前一认，却原来是吉青。岳爷骂道："狗强盗！你甘心为贼，还来怎么？快与我拿下！"吉青跳下马来道："不要动手，只管来拿。"军士上前将吉青拿下，牵了他的马，拿了他的兵器。岳爷见那些喽罗俱是乡民，叫他们都好好散去，"各安生业去罢！"众人谢恩而去。

岳爷命众兵丁带了吉青进城来，一径上殿来见驾，奏道："强盗已拿在午门外候旨。"高宗命推上殿来。不多时，羽林军将吉青推至金阶。吉青大叫："万岁爷，小人不是强盗！是岳飞的义弟吉青，来寻他与国家出力的！"高宗见了他这般形象，像个英雄，便问岳飞："果是你的义弟么？"岳飞奏道："虽是结义的兄弟，但是他所为不肖，已与他划地断义的了。"高宗道："孤家看他也是一等好汉。况当今用人之际，可赦其小过，以待立功赎罪罢！"传命放绑，封为副都统之职,拨在岳飞营前效用,有功之日,再加升赏。吉青谢恩毕。岳飞辞驾出朝,引吉青来见了元帅。元帅即令岳飞领兵先往鬼愁关去,刘豫领本部兵五千为第二队,元帅自领大兵十万在后,准备迎敌。

再说兀朮在河间府,闻报康王在金陵即位,用张所为天下大元帅,聚兵拒敌,不觉大怒,即令金牙忽、银牙忽二元帅,各领兵五千为先锋;又请大王兄粘罕,同着元帅铜先文郎,率领众平章,领兵十万,杀奔金陵而来。

且说岳飞同吉青,带领了八百儿郎,一路而来。来至一山,名为八盘山,岳爷吩咐众儿郎住着。岳爷细细四下一看,对吉青道:"真是一座好山!"吉青道:"大哥要买他做风水么?"岳爷道:"兄弟好痴话。愚兄看这座山势甚是曲折,若得兀朮到此,我兵虽少,可以成功也。"吉青道:"原来为此。"正说之间,忽见探军来报道:"有番兵前队已到此了。"岳爷举首向天道:"此乃我皇上之洪福也!"遂令众儿郎俱用强弓硬弩,在两边埋伏,命吉青前去引战:"只许败,不许胜!引他进山来,为兄的在此接应。"吉青听令,遂带了五十人马,前来迎敌。那番兵见吉青不上几十个人,俱各大笑。吉青纵马上前,金牙忽、银牙忽道:"我只道这南蛮是三头六臂的,原来是这样的贼形!"吉青道:"贼形要偷你妈的毡!"轮起棒来便打。金牙忽举刀招架。战不上三个回合,吉青暗想道:"大哥原叫我败进山去的。"遂把狼牙棒虚晃一晃,回马就走。两员番将带领三军随后赶来。两边埋伏军士一齐发箭,把番兵截住大半,首尾不能相顾。金牙忽恰待转身寻路,忽听得大喝一声:"番贼那里走,岳飞在此!"摆动手中沥泉枪,迎着金牙忽厮杀。银牙忽上前帮助,吉青回马转来敌住。两军呐喊,那山谷应声,赛过雷轰。金牙忽不知宋军有几百万,心上着忙,手中刀略松一松,被岳爷一枪刺中心窝,翻身落马。银牙忽吃了一吓,被吉青一棒,把个天灵盖打得粉碎。八百儿郎一齐动手,杀死番兵三千余人,其余有命的逃去报信。岳爷取了两个番将首级,收拾旗鼓马匹兵器等物,命吉青解送刘豫军前,转送大营去报功。刘豫命吉青:"且自回营,待本帅与你转达便了。"吉青回营,禀报岳爷不提。

且说这刘豫想道:"这岳飞好手段！初出来就得此大功,一路去不知还有多少功劳。如今这第一功权且让我得了,下次再与他报罢。"忙忙的将文书修好,差旗牌官将首级兵器等物,禀见元帅报功。元帅那里晓得,就上了刘豫第一功,赏了旗牌。旗牌谢过元帅,出营回转本营,禀复刘豫。刘豫暗暗欢喜,不提。

且说岳爷领兵前行,又至一山,名为青龙山。岳爷左顾右盼,吩咐将人马扎住,对吉青道:"这座山比八盘山更好,为兄的在此扎营,意欲等候番兵到来,杀他一个片甲不留。你可往后边营内去见刘豫元帅,要借口袋四百个、火药一百担、挠钩二百杆、火箭火炮等物,前来应用。"吉青领令,来到刘豫营中,见了刘豫,备述要借口袋等物。刘豫道:"本营那有此物。你且回去,待我差人到元帅大营中取了,送来便了。"吉青听了,自回去回复了岳爷。那刘豫即差人往大营取齐了应用等物,送至前营。岳爷收了,遂分拨二百名人马在山前,将枯草铺在地上,洒上火药,暗暗传下号令:"炮响为号,一齐发箭。"又拨一百兵在左边山涧水口,将口袋装满沙土,作坝阻水,待番兵到来,即将口袋扯起,放水淹他;若逃过山涧,自有石壁阻住去路,决往夹山道而走。遂拨一百名兵,于上边堆积乱石,打将下来,叫他无处逃生。又令吉青领二百人马,埋伏在山后,擒拿逃走番兵。又道:"贤弟,你若遇着一个面如黄土、骑黄骠马、用流星锤的,就是粘罕,务要擒住!如若放走了,必送元帅处军法从事,不可有违!"吉青领令而去。岳爷自带二百兵,在山顶摇旗呐喊,专等金兵到来。

却说大元帅张所,那日独坐后营,筹划退敌之策,只见中军胡先密来禀道:"今日刘豫差官来取口袋火药等件,不知何用?小官细想,岳统制头队在前,未曾败绩,怎么第二队的刘豫,反杀败了番兵,得了头功?其中必有情弊。倘若有冒功等事,岂不使英雄气短,谁肯替国家出力!因此特来请令,待小官扮作兽医,前去探听消息,不知元帅意下若何?"元帅听了,大喜道:"本帅也在此疑惑,正欲查究。得你前去探听更好。"胡先领令出营,扮作兽医,混过了刘营,一路来到青龙山,已近黄昏。悄悄行至半山,见一棵大树,就盘将上去,在树顶上远远望去,只见番兵已到,漫山遍野而来,如同蝼蚁一般。胡先好不着急,"想那岳统制只有八百人马,怎么迎敌?决然被他擒了。"不表胡先坐在树顶探望。

再说粘罕带领十万人马,望金陵进发,途遇败兵,报说:"有个岳南蛮同一个吉南蛮,杀了两个元帅。五千兵丧了一大半,伤者不计其数。"粘罕听了大怒,催动大兵下来。忽有探军报道:"启上狼主,前面山顶上有南蛮扎营,请令定夺。"粘罕道:"既有南蛮阻路,今天色已晚,且扎下营盘住着,到明日开兵。"一声炮响,番兵安营扎寨,尚未安歇。这里青龙山上,岳爷爷见粘罕安营,不来抢山,"倘到明日,彼众我寡,难以抵敌。"想了一想,便叫二百儿郎:"在此守着,不可乱动,待我去引这些番兵来受死。"遂拍马下山,摇手中枪,望着番营杀去。那胡先在树顶上见了,一身冷汗,暗想道:"这真个是舍身为国之人!"

且看那岳爷爷一马冲入番营,高叫:"宋朝岳飞来踹营也!"踪着马,马又高大;挺着枪,枪又精奇;逢人便挑,遇马便刺;耀武扬威,如入无人之境。小番慌忙报入牛皮帐中。粘罕大怒,上马提锤,率领元帅、平章、众将校一齐拥上来,将岳爷围住。这岳爷那里在他心上,奋起神威,枪挑剑砍,杀得尸堆满地,血染成河,暗想道:"此番已激动他的怒气,不若败出去,赚他赶来。"便把沥泉枪一摆,喝道:"进得来,出得去,才为好汉!"两腿把马一夹,"忽喇喇"冲出番营而来。粘罕大怒道:"那有这等事!一个南蛮拿他不住,如何进得中原?必要踏平此山,方泄吾恨!"就招麾大兵,呐喊追来。

岳爷回头看见,暗暗欢喜:"贼奴,这遭中我之计了!"连忙走马上山。半山里树顶上,胡先看见岳统制败回,后边漫天盖地的番兵赶来:吹起胡笳,好似长潮浪涌;敲动驼鼓,犹如霹雳雷霆。胡先想道:"这番完了,不独他没了命,我却先是死也!"正在着急,忽听得一声炮响,震得山摇地动,几乎跌下树来。那众番兵亦有跌下马来的,也有惊倒的。两边埋伏的军士,火炮火箭打将下来,延着枯草,火药发作,一霎时烈焰腾空,烟雾乱滚,烧得那些番兵番将两目难开,怎认得兄和弟;一身无主,那顾得父和孙。喧喧嚷嚷,自相践踏,人撞马,马撞人，各自逃生。

铜先文郎和众平章保着粘罕，从小路逃生，却见一山涧阻路。粘罕叫小番探那溪水的深浅，小番探得明白，说有三尺来深。粘罕遂吩咐三军渡水过去。众军士依言，尽向溪水中走去，也有许多向溪边吃水。粘罕催动人马渡溪，但见满溪涧尽是番兵。忽听得一声响亮，犹如半天中塌了天河，那水势望下倒将下来，但见滴溜溜人随水滚，"呼喇喇"马逐波流。粘罕大惊，慌忙下令别寻路径，回兵要紧。那些番兵一个个魂飞胆丧，尽望谷口逃生。粘罕也顾不得众平章了，跟了铜先文郎，拍马往谷口寻路。只见前边逃命的平章跑马转来，叫声："狼主！前面谷口都有山峰拦住，无路可通！"粘罕道："如此说来，我等性命休矣！"内中有一个平章，用手指道："这左边不是一条小路？不管他通不通，且走去再处。"粘罕道："慌不择路，只要有路就走。"遂同众兵将一齐从夹山道而行。行不多路，那山上军士听得下边人马走动，一齐把石块飞蝗一般打将下来，打得番兵头开脑裂，尸积如山。

铜先文郎保着粘罕，拼命逃出谷口，却是一条大路。这时已是五更时分了，粘罕出得夹山道，不觉仰天大笑。铜先文郎道："如此吃亏，怎么狼主反笑起来，却是为何？"粘罕道："不笑别的，我笑那岳南蛮虽会用兵，到底平常。若在此处埋伏一枝人马，某家插翅也难飞了。"话言未毕，只听得一声炮响，霎时火把灯球，照耀如同白日。火光中一将，生得面如蓝靛，发似朱砂，手舞狼牙棒，跃马高叫："吉青在此，快快下马受死！"粘罕对铜先文郎道："岳南蛮果然厉害，某家今日死于此地矣!"眼中流下泪来。铜先文郎道:"都是狼主自家笑出来的。如今事已急了,臣有一个金蝉脱壳之计,只要狼主照看臣的后代!"粘罕道:"这个自然。计将安出?"铜先文郎道:"狼主可将衣甲马匹兵器与臣换转,一齐冲出去。那吉南蛮必然认臣是狼主,与臣交战,若南蛮本事有限,臣保狼主逃生;倘若他本事高强,被他捉去,狼主可觑便脱离此难。"粘罕道:"只是难为你了!"便忙忙的将衣甲马匹调换了,一齐冲出。那吉青看见铜先文郎这般打扮,认做是粘罕,便举起狼牙棒打来。铜先文郎使锤招架,战不上几合,早被吉青一把抓住,活擒过马去了。那粘罕带领败兵,拼命夺路而逃。这里吉青追赶了一程,拿了铜先文郎回来报功。

那胡先在树顶上蹲了一夜,看得明白,暗暗称赞不绝,慢慢的溜下树来,自回营中,报与张元帅去了。

再说岳爷在山上等到天明,那几处埋伏兵丁俱来报功,一面收拾番兵所遗兵器什物。只见吉青回营缴令道:"果然拿着粘罕了。"岳爷命推上来。众军士将铜先文郎推将上来,岳爷一看,拍案大怒,命左右:"将吉青绑去砍了!"左右答应一声。真个是:

令行山岳动,言出鬼神惊。

不知吉青性命如何,且听下回分解。

第二十四回

释番将刘豫降金　献玉玺邦昌拜相

诗曰：

刘豫降金实可羞，邦昌献玺岂良谋？

欺君卖国无双士，吓鬼瞒神第一流。

话说当时岳爷要把吉青斩首，吉青大叫："无罪！"岳爷道："我怎样吩咐你，却中了他金蝉脱壳之计！"便向铜先文郎喝问道："你这等诡计，只好瞒吉青，怎瞒得我过？你实说是何等样人，敢假装粘罕替死？"铜先文郎暗想："中原有了此人，我主休想宋室江山也。"便叫道："岳南蛮，我狼主乃天命之主，怎能被你拿了？我非别人，乃金国大元帅铜先文郎便是。"岳爷道："吉青，你听见么？"吉青道："我见他这般打扮妆束，只道是粘罕，那晓得他会调换的？大哥要杀我，就与他一同杀罢了。"众军士俱跪下讨饶。岳爷道："也罢，今日初犯，恕你一次。日后倘再有误事，王法无亲，决不容情。"吉青谢了起来。岳爷道："就着你领兵二百，把番将并马匹军器，押解前往大营报功。"

吉青领令，押解了铜先文郎并所获遗弃物件，一路来到刘豫营前，叫小校禀知，好放过去到元帅大营。刘豫闻报，命传宣官引吉青进见。吉青叩禀："岳统制杀败番兵十万，活捉番将一员，得了许多军器马匹,现解在营门,乞元帅看验明白,好让路与小将到大元帅营中去报功。"刘豫听了这一番言语,口中不语,心内暗思:"金兵十分厉害,南朝并无人敢当。岳飞初进之人,反有这等本事！我想他只用八百兵丁,杀败了十万人马,擒拿了番邦元帅,若还论功,必定职居吾上。"想了一会,说道:"有了,索性待我占了,后来的功再让他罢。"主意已定,便假意开言道:"吉将军,你同岳统制杀败番兵,擒获番将,这件功劳不小！但你到大营去报功,须要耽搁时日,你营中乏人,恐金兵复来。我与你统制犹如弟兄一般,不如我差人代你送往元帅处。你与我带了猪羊牛酒,先回本营去犒赏三军罢。"吉青不知是计,即便谢了刘豫。刘豫吩咐家将,整备猪羊牛酒,交与吉青,带回本寨去分犒众军,不提。

且说刘豫,将铜先文郎囚在后营,解来物件暂且留下了。把文书写停当封好了,叫旗牌上来吩咐道:"你到大营内去报功,大元帅若问你,你说金兵杀来,被本帅杀败,拿住一个番将囚在营中,若是大元帅要,就解送来;若是不要,就在那边斩了。元帅问你说话,须要随机答应,不可漏了风声。"旗牌得令出营,望大营而来。

再说胡中军回营,换了衣服,来见元帅。元帅便问:"所探之事如何?"胡中军将到了青龙山、爬在树顶上一夜所见之事,细细禀知。元帅道:"难为你了,记上你的功劳。"到了次日,元帅升帐,聚集众节度、各总兵议事。众将参见已毕。有传宣官上来禀道:"二队先锋刘节度差旗牌报功,在营门外候令。"元帅道:"令他进来！"那旗牌官进来叩了头,将文书呈上。张元帅拆开观看,原来又将岳先锋的功劳冒去了,便吩咐赏了旗牌:"且自回营,可将所擒番将活解来营,待本帅这里叙功,送往京师候旨便了。"旗牌叩谢,出营而去。

张元帅打发了旗牌出营,便向众将道:"两次杀败番兵,俱系前队岳飞大功,今刘豫蔽贤冒功。朝廷正在用人之际,岂容奸将埋没才能,以至赏罚混乱?本帅意欲将他拿来斩首示众,再奏朝廷。那一位将军前去拿他?"言未毕,胡中军上前禀道:"元帅若去拿他,恐有意外之变。不如差官前去,传元帅之令,请他到来议事,然后聚集众将,究明细底,然后斩他,庶众心诚服,他亦死而无怨。"元帅道:"此计甚妙。就着你去,请他到大营来商议军机,不得有误。"中军得令,出营上马,往刘营来。

不道元帅帐下有一两淮节度使曹荣,却与刘豫是儿女亲家。当时亲见元帅命中军去赚刘豫,"他的长子刘麟,却是我的女婿。父子性命且夕难保,叫我女儿怎么好!"遂悄悄出帐,差心腹家将,飞马往刘营报知。此时刘豫正在营中盼望那报功的旗牌,不见回来,忽传宣进来,禀说:"两淮节度使曹爷,差人有紧急事要见。"刘豫即着来人进见。来人进营,慌慌张张叩了头,说道:"家爷不及修书,多多拜上:今大元帅探听得老爷冒了岳先锋的功劳,差中军官来请爷到大营,假说议事,有性命之忧,请爷快作计较。"刘豫听了,大惊失色,忙取白银五十两,赏了来人,"与我多多拜上你家爷,感承活命之恩,必当重报。"来人叩谢,自回去了。

刘豫想了一会,走到后营,将铜先文郎放了,坐下道:"久闻元帅乃金邦名将,误被岳飞所算。我观宋朝气数已尽,金国当兴,本帅意

第二十四回　释番将刘豫降金　献玉玺邦昌拜相

欲放了元帅,同投金国,不知元帅意下若何?"铜先文郎道:"被掳之人,自分一死;若蒙再生,自当重报。吾狼主十分爱才重贤,元帅若往本国,一力在我身上保举重用。"刘豫大喜,吩咐整备酒饭,一面传令收拾人马粮草。正待起行,旗牌恰回来缴令,说:"大元帅命将所擒番将囚解大营,请旨定夺。"刘豫大笑,遂鸣鼓集众。将士参见已毕。刘豫下令道:"新君年幼无能,张所赏罚不明。今大金狼主重贤爱才,本帅已约同金国元帅前去投顺。尔等可作速收拾前去,共图富贵。"言未毕,只听得阶下一片声说道:"我等各有父母、妻子在此,不愿降金!""哄"的一声,走个罄尽。刘豫目瞪口呆,看看只剩得几名亲随家将,只得和铜先文郎带领了这几人上马;又恐怕岳飞兵马在前边阻碍,只得从小路大宽转取路前行。

忽见后面一骑马飞奔赶来,叫道:"刘老爷何往?"刘豫回头看时,却是中军,便问:"你来做什么?"中军道:"大老爷有令箭在此,特请元帅速往大营议事。"刘豫笑道:"我已知道了。我本待杀了你,恐没有人报信。留你回去,说与张所老贼知道,我刘豫堂堂丈夫,岂是池中之物,反受你的节制?我今投顺金国,权寄这颗驴头在他颈上,我不日就来取也!"吓得中军不敢则声,回转马头就走,不知是那个走漏了风声。飞跑赶回大营来,报与张元帅。张元帅随即修本,正要差官进京启奏,忽报圣旨下。张所接旨宣读,却是命张所防守黄河,加封岳飞为都统制。张所谢恩毕,随将所写奏明刘豫降金、岳飞得功的本章,交与钦差带进京去。命岳飞领军前行,同守黄河。且按下慢表。

再说那粘罕在青龙山被岳飞杀败,领了残兵,取路回河间府,来见兀术。兀术道:"王兄有十万人马,怎么反败于宋兵之手?"粘罕道:"有个岳南蛮,叫做岳飞,真个厉害!"就把他独来踹营并水火埋伏之事,细细说了一遍。兀术道:"并未曾听见中原有什么岳飞,不信如此厉害。"粘罕道:"若没有铜先文郎替代,我命已丧于夹山道上矣!"兀术听了,大怒道:"王兄,你且放心,待某家亲自起兵前去,渡黄河,拿住岳飞,与王兄报仇。直捣金陵,蹈平宋室,以泄吾之恨!"那兀术正在怒烘烘的要拿岳飞,却有小番来报:"铜先文郎候令。"兀术道:"王兄说他被南蛮拿去,怎得回来?"就着令进来。

且说那铜先文郎,同着刘豫抄路转到金营,即对着刘豫道:"元帅可在营门外等等,待我先去禀明,再请进见。"刘豫道:"全仗帮衬!"铜先文郎进了大营,一直来到兀术帐前,跪下叩头。兀术道:"你被南蛮拿去,怎生逃得回来?"铜先文郎将刘豫投降之事,说了一遍。兀术道:"这样奸臣,留他怎么,拿来哈喇了罢!"哈迷蚩道:"狼主不可如此。且宣他进来,封他王位,安放在此,自有用处。"兀术听了军师之言,就命平章宣进朝见,封为鲁王之职,镇守山东一带。刘豫谢恩不表。

再说张元帅兵至黄河,就分拨众节度各处坚守。岳飞同着吉青,向北扎下营寨守住。张元帅自领大兵攻取汴京。那张邦昌闻知张元帅领兵来取城,心生一计,来至分宫楼前见太后,启奏道:"兀术兵进中原,不日来抢汴京。今康王九殿下在金陵即位,臣欲保娘娘前往。望娘娘将玉玺交付与臣,献与康王去。"娘娘闻奏,两泪交流道:"今天子并无音信,要这玉玺何用,就交与卿便了。"张邦昌骗了玉玺,到家中收拾金珠,保了家小出城,竟往金陵去了。再说张元帅兵至汴梁,守城军士开城迎接。张所进城来,请了娘娘的安。娘娘就将张邦昌骗去玉玺、带了家眷不知去向,与张所说知。张所奏道:"四面皆有兵将守住,不怕奸臣逃去。臣差人探听奸人下落,再来复旨。"元帅辞驾出朝,将兵守住汴梁不表。

再说张邦昌到了金陵,安顿家眷,来至午门,对黄门官道:"张邦昌来献玉玺,相烦转达天颜。"黄门官奏知高宗。高宗问众臣道:"此贼来时,众卿有何主见?"李太师奏道:"张邦昌来献玉玺,其功甚大,封他为右丞相。但他本心不好,主公只宜疏远他,他就无权矣。"高宗大悦道:"可宣上殿来。"邦昌来至殿前俯伏。高宗道:"卿之前罪免究。今献玉玺有功,官封右丞相之职。"邦昌谢恩而退。到了次日,邦昌上殿奏道:"臣闻兀术又犯中原,有岳飞青龙山大战,杀得番兵片甲无存。若无此人,中原难保,真乃国家之栋梁也!现为都统,不称其职。以臣愚见,望主公召他来京,拜为元帅,起兵扫北,迎请二帝还朝,天下幸甚!"高宗听了,想道:"好是好,我总不听你。"遂说道:"卿家不必多言,孤自有主意。"邦昌只得退出。回至家中,想道:"这样本章,主公不听,虽为丞相,总是无权了。"正在无计可使,适值侍女荷香送茶进来。邦昌观看,颇有姿色,"不若认为己女,将他送进宫中。倘得宠用,只要诱他荒淫酒色,不理朝政,便可将天下送与四狼主了。"遂与荷香说了。荷香应允。

邦昌次日妆扮荷香,上了车子,推往午门。邦昌进朝奏道:"臣有小女荷香，今送上主公，伏侍圣驾，在午门候旨。"那个少年天子，一闻此言，即传旨宣召。荷香拜伏金阶，口称"万岁"。高宗观看大悦，遂传旨命太监送进宫去。李纲出班奏道："请主公送往西宫。"邦昌又奏道："望主公降旨，召岳飞回朝，拜帅扫北。"高宗传旨，就命邦昌发诏去召岳飞。高宗自回宫去，与荷香成亲不表。且说邦昌将旨放在家中，不着人去召岳飞，算定黄河往返的日子，邦昌方来复旨回奏："岳飞因金兵犯界，守住要地。'将在外，君命有所不受。'因此不肯应诏。"高宗道："他不来也罢了。"

且说李太师在府中，与夫人说起张邦昌献女之事，夫人道："他为不得专权，故送此女，以图宠用耳。"太师道："夫人之言，洞悉奸臣肺腑，老夫早晚也要留心。"正说之间，只见檐下站着一人。太师道："你是何人？"张保过来跪下，叩头道："是小人张保。"太师道："张保，我一向忘了，只为国事匆忙，不曾抬举你。也罢，你去取纸笔过来。"张保就去取了文房四宝来，放在桌上。太师爷就写起一封书来，封好了，对张保说："我荐你到岳统制那边去做个家丁，你可须要小心伏侍岳爷！"张保道："我不去的。古人云：'宰相家人七品官。'怎么反去投岳统制？"李太师说道："那岳将军真是个人中豪杰，盖世英雄，文武双全。这样人不去跟他，还要跟谁去？"张保道："小人自去投他。如若不好，仍要回来的嘘。"当时叩别了太师，出了府门，转身来到家中，别了妻子，背上包裹行李，提着混铁棍，出门上路而行。

一日，来到黄河口岳爷营前，向军士道："相烦通报，说京中李太师差来下书人求见。"军士进营报知岳爷。岳爷道:"可着他进来。"军士出营说:"家爷请你进去。"张保进营叩头,将书呈上。岳统制把书拆开一看,说道:"张管家,你在太师身边讨个出身还好,我这里是个苦所在,怎么安得你的身子?且到小营便饭,待我修书回禀太师爷罢。"张保同了岳爷的家人,来至旁边小营坐下。张保看那营中,不过是柏木桌子,动用家伙,俱是粗的。少停送进酒饭来,却是一碗鱼,一碗肉,一碗豆腐,一碗牛肉,水白酒,老米饭。那家人向张保说道:"张爷请酒饭。"张保道:"为何把这样的菜来与我吃?"家人道:"今日却是为了张爷,特地收拾起来的!若是我家老爷,天天是吃素,还不能欢喜的哩。每到吃饭的时候,家爷朝北站着,眼中泪盈盈说道:'为臣在此受用了,未知二位圣上如何!'那有一餐不恸哭流泪!"张保道:"好好好,不要说了,且吃酒饭。"他就一连吃了数十余碗,转身出来,见了岳爷。岳爷道:"回书有了。"张保道:"小人不回去了,太师爷之命,却不敢违。"岳爷道:"既如此,权且在此过几日再处罢。"遂命张保进营去,与吉青相见过了。吉青道:"好一条汉子!"张保自此在营中住下,不表。

且说张邦昌送玉玺时,一路上就印了许多纸,所以他就假传圣旨颇多。那一日将一道假旨,到黄河口来召岳飞。岳飞出来接旨,到里边开读了。岳爷道:"钦差请先行,岳飞随后便来。"那钦差别过岳飞,回复张邦昌去了。岳飞吩咐吉青说道:"兄弟,为兄的奉旨回京,恐番人渡河过来,非当小可。为哥的有一句要紧说话,不知贤弟肯依否?"吉青道:"大哥吩咐,小弟怎敢不依?"

那岳爷对吉青说出这几句话来,有分教:

狰狞虎豹排牙爪,困水蛟龙失雨云。

毕竟不知岳爷对吉青说出甚么话来,且听下回分解。

第二十五回

王横断桥霸渡口　邦昌假诏害忠良

诗曰：

地网天罗遍处排，岳侯撞入运时乖。

才离吊客凶神难，又遇丧门白虎灾。

话说当时岳爷对吉青道："愚兄今日奉圣旨回京，只愁金兵渡过河来，兄弟干系不小！恐你贪酒误事，今日愚兄替你戒了酒，等我回营再开。兄弟若肯听我之言，就将此茶为誓。"说罢，就递过一杯茶来。吉青接过茶来，便道："谨遵大哥之命。"就将茶一饮而尽。岳爷又差一员家将，前往元帅营中去禀，说："岳飞奉有圣旨进京，君命在身，不及面辞元帅。"又再三叮嘱了吉青一番，带了张保，上马匆匆，一路望着京都而来。

一日，行至中途，只见一座断桥阻路，岳爷便问张保："你前日怎么过来的？"张保道："小人前日来时，这条桥是好端端的，小人从桥上走过来的。今日不知为什么断了。"岳爷道："想是近日新断的了。你可去寻一只船来，方好过去。"张保领命，向河边四下里一望，并无船只，只有对河芦苇中，藏着一只小船。张保便喊道："艄公，可将船过来，渡我们一渡！"那船上的艄公应道："来了。"看他解了绳缆，放开船，"咿咿哑哑"，摇到岸边来，问道："你们要渡么？"岳爷看那人时,生得眉粗眼大,紫膛面皮,身长一丈,膀阔腰圆,好个凶恶之相!那人道:"你们要渡河,须要先把价钱讲讲。"张保道:"要多少?"那人道:"一个人,是十两;一匹马,也是十两。"岳爷暗想:"此桥必定是那人拆断的了。"张保道:"好生意吓!朋友,让些罢。"那人道:"一定的价钱。"张保道:"就依你,且渡我们过去,照数送你便了。"那艄公暗想道:"就渡你过去,怕你飞上天去不成?"又看看他们的包裹,甚是有限,"好匹白马,拿去倒卖得好几两银子。看这军官文绉绉的,容易收拾;倒是那个军汉一脸横肉,只怕倒有些力气,待我先对付了他,这匹马不怕不是我的。"便道:"客官,便渡你过去,再称也不妨。但是我的船小,渡不得两人一马,只好先渡了一人一马过去,再来渡你罢。"张保道:"你既装得一人一马,那在我一个人,能占得多少地方?我就在船艄上蹲蹲罢。"艄公暗笑:"这该死的狗头,要在船艄上,不消我费半点力气,就送你下水去。"便道:"客官,只是船小,要站稳些!"一面说,一面把船拢好。

岳爷牵马上船,果然船中容不得一人一骑,岳爷将马牵放舱中,自己却在船头上坐地。张保背了包裹,爬到船艄上,放下了包裹,靠着舵边立着。艄公把船摇到中间,看那张保手中挂着那根铁棍,眼睁睁的看着他摇橹,自己手中又没有兵器,怎生下得手来?想了一会,叫道:"客官,你替我把橹来拿定了,待我取几个点心来吃。你若肚里饿了,也请你吃些个。"张保是久已有心防备着的,便道:"你自取去。"撇了混铁棍,双手把橹来摇;回头看那艄公,蹲身下去,揭开舱板,"飕"的一声,扯出一把板刀来。张保眼快,趁势飞起左脚来,正踢着艄公的手,那把板刀已掉下河去了;再飞起右脚来,艄公看得亲切,叫声"不好",背翻身,"扑通"的一声响,翻下河去了。岳爷在船头上见这般光景,便叫张保:"须要防他水里勾当!"张保应声:"晓得,看他怎生奈何我!"就把这混铁棍当作划桨一般,在船尾上划。那艄公在水底下看得明白,难以近船。前边船头上岳爷,也把那沥泉枪当作篙子一般,在船头前后左右不住的搅,搅得水里万道金光。那个艄公几番要上前算计他,又恐怕着了枪棍,不敢近前。却被那张保一手摇橹,一手划棍,不一时,竟划到了岸边。岳爷就在船舱里牵出马来,跳上了岸;张保背了包裹,提了混铁棍,踊身上岸。那只船上没有了人,滴溜溜的在水内转。张保笑对岳爷道:"这艄公好晦气!却不是'偷鸡不着,反折了一把米'?请爷上马走罢!"

岳爷上了马,张保跟在后头,才走不得一二十步多路,只听得后边大叫道:"你两个死囚!不还我船钱,待走到那里去?"张保回头看时,只见那个艄公精赤着膊,手中拿条熟铜棍,飞也似赶来。张保把手中混铁棍一摆,说道:"朋友,你要船钱,只问我这棍子肯不肯。"艄公道:"那有此事!反在大虫口里来挖涎!老爷普天之下,这除了两个人坐我的船不要船钱,除此之外,就是当今皇帝要过此河,也少不得我一厘!你且听我道:

老爷生长在江边,不怕官司不怕天。

任是官家来过渡,也须送我十千钱。"

张保道:"朋友少说!只怕连我要算第三个!"艄公道:"放屁!你是何等之人,敢来撩拨老爷?照打罢!"举起熟铜棍,望张保劈头打来。

张保喝声"来得好",把混铁棍望上"格当"一声响,架开了铜棍,使个"直捣黄龙势",望艄公心窝里点来;艄公把身子往右边一闪,刚躲个过,也使个"饿虎擒羊势",一棍向张保脚骨上扫来;张保眼快,双足一跳,艄公这棍也扑个空。两个人搭上手,使到了十五六个回合,张保只因背上驮着个包裹未曾卸下,转折不便,看看要输了。

岳爷正在马上喝采,忽见张保招架不住,便拍马上前一步,举起手中枪,向那两条棍子中间一隔,喝声:"且住!"两个都跳出圈子外来。艄公道:"那怕你两个一齐来,老爷不怕!"岳爷道:"不是这等说。我要问你,你方才说,天下除了两个人不要船钱,你且说是那两个?"艄公道:"当今朝内有个李纲丞相,是个大忠臣,我就肯白渡他过去。"岳爷道:"再一个呢?"艄公道:"那一个,除非是相州汤阴县的岳飞老爷,他是个英雄豪杰,所以也不要他的渡钱。"张保道:"好哩!可不连我是第三个?"艄公道:"怎么便好连你?"张保道:"现放着俺家的爷爷不是汤阴县的岳老爷?你不要他渡钱,难道倒好单要我的不成?"艄公道:"你这狗头,休要哄我。"岳爷道:"俺正是岳飞,在黄河口防守金人,今奉旨召进京中,在此经过。不知壮士何由晓得岳飞,如此错爱?"艄公道:"你可就是那年在汴京抢状元、枪挑小梁王的岳飞么?"岳爷道:"然也。"艄公听说,撒了棍,倒身便拜,说道:"小人久欲相投,有眼不识,今日多多冒犯!望爷爷收录,小人情愿执鞭随镫!"

岳爷道:"壮士请起。你姓甚名谁?家居何处?因何要来投我?"艄公道:"小人生长在扬子江边,姓王名横,一向在江河上边做些私商勾当。只因好赌好吃,钱财到手就完。因思人生在世,也须干些事业,只是无由进身。久闻爷爷大名,欲来相投,因没有盘缠,故在此处拆断桥梁,诈些银子,送来孝顺爷爷,不意在此相遇。"岳爷道:"这也难得你一片诚心。既如此,与你同保宋室江山,讨个出身也好。"王横道:"小人不愿富贵,只要一生伏侍爷爷。"岳爷道:"你家在那里?可有亲人么?"王横道:"小人从幼没了父母,只有一个妻子,同着小儿王彪,在这沿河树林边破屋里,依着舅舅过活。我这船艄里还有几两碎银子,待小人取来与他做盘缠。"张保道:"快些快些!我们要赶路的,不要恋家耽搁!"于是三个一齐再到河边来。

王横跳上船去,向艄里取了银子,跳上岸,把船撇了,一直向河边树林下茅屋内去,安顿了妻子,背上一个包裹,飞奔赶来。张保见了,便道:"朋友,我走得快,爷是骑马的,恐你赶不上,把包裹一发替你背了吧。"王横道:"我挑了三四百斤的担子,一日还走得三四百里路,何况这点包裹?我看你的包裹重似我的,不如均些与我,方好同走。"岳爷道:"既如此,待我上马先走,看你两个先赶上的,就算是他的本事。"张保道:"甚好,甚好!"岳爷把马加上一鞭,只见"嘡喇喇"一马跑去,有七八里才止。那王横、张保两个放开脚步,一口气赶上来,王横刚赶到岳爷马背后,那张保已走过马头去了,只争得十步来远。岳爷哈哈大笑道:"你们两个,真是一对!这叫做'马前张保,马后王横'也。"

三个人在路,欢欢喜喜,不一日,到了京师。刚到得城门口,恰遇着张邦昌的轿子进城,岳爷只得扯马闪在一旁。谁知那张邦昌早已看见，忙叫住轿，问道："那一位是岳将军么？"岳爷忙下马，走到轿边打一躬道："不知太师爷到来，有失回避！"邦昌道："休记当年武场之事。目今吾为国家大事，保将军进京为帅。圣上甚是记念，如今就同将军去见驾。"岳爷只得随着进城。刚到午门，已是黄昏时分。邦昌道："随我上朝。"家人掌了灯亮，进朝到了分宫楼下，邦昌道："将军在此候旨，我去奏知天子。"岳爷答道："领命。"邦昌进了分宫楼，往旁边进去了，着人到宫中知会消息。

再说荷香正在宫中与圣上夜宴，有太监传知此消息。荷香看主上已有几分酒意，又见明月当空，跪下奏道："臣妾进宫侍驾，还未曾细看宫阙，求万岁带臣妾细看一回。"康王道："卿要看那宫廷么？"吩咐摆驾，先看分宫楼。銮驾将至分宫楼，那岳飞看见一派宫灯，心中想道："张太师果然权大！"上前俯伏，口称："臣岳飞接驾。"内监叫道："有刺客！"两边太监上前拿住岳飞。高宗吃惊，即便回宫，问道："刺客何人？"内监道："岳飞行刺！"娘娘道："若是岳飞，应该寸斩。前者宣召进京，他违旨不来；今日无故暗进京城，直入深宫，图谋行刺。伏乞圣上速将他处斩，以正国法。"高宗此时还在醉乡，听了荷香之话，就传旨出来，将岳飞斩首。宫官领旨，将岳飞绑出午门外来。

张保、王横见了，上前问道："老爷何故如此？"岳爷道："连我也不知！"张保道："王兄弟，你在此看了，不许他动手。我去去就来。"张保忙提着混铁棍就走，连栅门都打开。有五城兵马司巡夜，看见了，叫手下拿住。众人急忙追来，那里追得着？张保来至太师门首，还等得叫门？一棍就打进里边。张保是在府中出入惯的，认得路径，知道太师爷在书房里安歇的,他就一脚将书房门踢倒,走进里边,揭起帐子,扯起太师,背了就走。走出府门,口中叫道:"不好了!岳爷爷绑在午门了!"李太师被张保背着飞跑,颠得头昏眼晕。来至午门放下,李纲一见岳飞绑着跪下,便高声叫道:"你几时来的?"岳爷连忙回禀道:"小将在营中,奉有圣旨召来。才到得城中,与张太师同进午门。到了分宫楼下,叫小将站着,张太师进去了好一会,不见出来,只见天子驾到。小将上前接驾,不意内监叫道:'有刺客!'即将小将拿下,绑出午门。求太师与小将证明此事,死也甘心。"太师听说,便叫:"刀下留人!"即去鸣钟撞鼓,太师往里边进来。

那晓得张邦昌奸贼已知,即暗暗的将钉板摆在东华门内。李纲一脚跨进,正踏着钉板,大叫一声,倒在地上,满身是血。张保见了,大叫:"太师爷滚钉板哩!"午门众大臣听见,连忙上前来救。但见太师的手足鲜血淋漓,倒在金阶。早有值夜内监,报知天子奏道:"众大臣齐集午门。李太师滚钉板,命在顷刻!请驾升殿。"荷香奏道:"更深夜黑,主上明早升殿未迟。"高宗道:"众卿齐集大殿,孤家怎好不去坐朝?"随即升殿。众文武山呼已毕,平身。高宗看见李太师满身是血,传旨宣太医官调治。李太师奏道:"臣闻岳飞武职之官,潜进京师,欲害我主,必有主使,该取禁刑部狱中。待臣病好,审问岳飞,究明此事,问罪未迟。"高宗准奏,传旨将岳飞下狱。众大臣送李太师回府,张保、王横牵马跟着。高宗退朝回宫不表。

再说李太师回到府中,着人忙请刑部大堂沙丙到来相见,吩咐道:"岳飞必有冤枉,可替他上一道本章,说他有病,饮食不进,万望周全。待我病愈，自有处分。"沙丙领命，辞别太师回去。到次日，果然上了一本，天子准了。这也不在话下。

再说那李太师写了一张冤单，暗暗叫人去刻出印板，印上数千，叫张保、王横两人分头去贴，只说是张邦昌陷害岳飞情由，遍地传扬。不道这个消息，直传到一个所在，却是太行山，有个"公道大王"牛皋，聚众在此山中，称孤道寡，替天行道。这日正值牛皋生日，那施全、周青、赵云、梁兴、汤怀、张显、王贵七个大王，备礼来祝寿。见过礼，两边坐下。众人道："已拿了几班戏子，候大王坐席唱戏。"牛皋道："难为各位弟兄了！"看看到了晌午时分，汤怀说道："众位兄弟，等到何时才坐席么？"牛皋道："等吉大哥来。这吉大哥，我平日待他不同，我的生日，他必定来的，"汤怀道："如此说，等等他。只怕要等到晚哩！"王贵道："无可奈何，只得依他等罢！"汤怀气闷，立起身来闲走，一走走到戏房门首，只听得里面说："张邦昌陷害岳飞。"汤怀走进来问道："谁害岳飞？"戏子回说："方才揭的一张冤单，闲空在此，故尔念念。"汤怀道："拿来我看！"戏子即忙送过来。汤怀接着看了，转身就走，来至分金殿上说道："牛兄弟，岳大哥被人陷害了！"牛皋道："汤哥，你怎么知道？"汤怀就将冤单一一念与牛皋听。牛皋听了，怒发如雷道："罢！罢！罢！也不做这牢生日了，快快收拾兵马，进京去相救大哥！"即时传令，将七个大王兵马尽行聚集，连本山共有八万人马，下山一路而来，无人拦阻，直至金陵，离凤台门五里安营下寨。

那守城官兵慌忙报上金阶，奏与高宗知道。高宗随传旨下来：

"何人去退贼兵?"下边有后军都督张俊,领旨出午门来,带了三千人马出城,将人马摆开。八个英雄走马上来,汤怀对张俊说道:"我们不是反寇。你进去只把岳大哥送出来,便饶了你;你若不然,就打破金陵,鸡犬不留,杀个干干净净!"张俊道:"怪不得岳飞要反,有你这一班强盗相与,想是要里应外合。我今奉圣旨,到来拿你这一班狗强盗!"牛皋大叫一声,舞着双锏,照头就打。张俊抡刀格架。战不上三四个回合,那张俊那里是牛皋的对手,转马败走。汤怀对牛皋道:"让他去罢。倘然我们追得急了,他那里边害了大哥的性命了。不必追他。"牛皋就命众人且回营安歇不提。

再说那张俊回至午门下马,进朝上殿,奏道:"臣今败阵回城。他们是岳飞的朋友,汤怀、牛皋等作乱,来救岳飞。求主公先斩岳飞,以绝后患。"高宗主意未定,适值午门官启奏:"李纲在午门候旨。"高宗降旨宣进来。李太师上殿,朝拜已毕。高宗道:"朕正为贼兵犯阙,张俊败回,孤家无计。老太师有何主意?"李纲奏道:"就命岳飞退了贼兵,再将他定罪可也。"张邦昌奏道:"都督张俊败回,奏闻圣上,这班强贼,乃是岳飞的朋友。若命岳飞退贼,岂不中其奸计?"李纲、宗泽一同奏道:"臣等情愿保举岳飞,倘有差池,将臣满门斩首。"高宗道:"二卿所奏,定然不差。"即忙降旨,宣召岳飞上殿。岳飞进朝,朝见已毕,高宗就命岳飞去平贼寇回旨。

岳飞领旨,正往下走,李纲喝声:"岳飞跪着!"岳飞只得跪下。李太师道:"圣上爱你之才,特命徐仁召你到京,着你保守黄河。你怎么敢暗进京师,意欲行刺圣躬?理应罪诛九族。你有何言奏答?"

岳飞道："太师爷！罪将万死不得明冤！有圣上龙旨召进京城,现在供好在营中。若罪小将进宫,小将到京时,城外见了张太师,张太师同小将同至午门,叫小将在分宫楼下候旨。张太师进去,不见出来。适值圣驾降临,罪将自然跪迎。岳飞一死何惜,只因臣母与我背上刺下'尽忠报国'四字,难忘母命！求太师爷作主！"张邦昌奏道："想是岳飞要报武场之仇,如此扳扯。求圣上作主！"李纲奏道："既如此,圣上可查一查,那日值殿的是何官？问他就知明白了。"高宗降旨,命内侍去查,那日值殿者何官。不多时,内侍查明回奏："乃是吴明、方茂值殿。"高宗就问那一晚之事。吴明、方茂奏道："那晚有一小童,手执灯笼,上写'右丞相张',见太师爷引着一人进宫。非是臣等当时不奏,皆因太师时常进宫来往,故无忌惮。"

高宗闻奏大怒,将张邦昌大骂道："险些儿害了岳将军之命！"吩咐将张邦昌绑了斩首。李纲道："姑念他献玉玺有功,免死为民。"高宗准奏,降旨限他四个时辰出京。张邦昌谢恩而出,回家收拾出京。不是李太师奏免他,杀了这个奸贼,后来怎得死在番人之手,以应武场之咒？正是：

若不今朝邀赦免,何至他年作犬羊？

这是后话慢表。且说高宗命岳飞领兵出城退贼,未知胜败若何,且听下回分解。

第二十六回

刘豫恃宠张珠盖　曹荣降贼献黄河

诗曰：

胡笳羯鼓透重关，千里纷腾起堠烟。

揉掀风浪奸臣舌，断送黄河反掌间。

昼暗狐狸夸得势，天阴魑魅自恃权。

不图百世流芳久，那愁遗臭万千年。

却说高宗黜退了张邦昌，命岳飞领兵一千，出城退贼。岳飞辞驾出朝，披挂上马，带着张保、王横下教场来，挑选一千人马，出城过了吊桥。汤怀、牛皋等看见，齐声叫道："岳大哥来了！"各人下马问候："大哥一向好么？"岳爷大怒道："谁是你们大哥！我奉圣旨，特来拿你等问罪！"众人道："不劳大哥拿得，我们自己绑了，但凭大哥见驾，发落问罪罢了。"随即各人自绑，三军尽降，扎营在城外，候旨定夺。

先有探军报进朝中，奏道："岳飞出城，那一班人不战而自绑。"不多时，岳爷来至午门，进朝上殿，奏道："贼人尽绑在午门候旨。"高宗道："将那一班人推进朝中，待朕亲自观看。"阶下武士即将八人推进午门，俯伏金阶。汤怀奏道："小人并非反叛。只因同岳飞枪挑梁王，武场不第回来，又逢斗米珍珠，难以度日，暂为不肖。况中国一年无主，文武皆无处投奔，何况小人？今闻张太师陷害忠良，故此兴兵前来相救。今见岳飞无事，俯首就擒。愿圣上赐还岳飞官职，小人等情愿斩首，以全大义。"高宗闻奏，下泪道："真乃义士也！"传旨放绑，俱封为副总制之职，封岳飞为副元帅之职，降兵尽数收用。众皆谢恩而退。一面整顿人马，调兵十万，拨付粮草，候副元帅起身。岳飞等领了十万人马，辞驾出朝，大兵下来不表。

再说大金四太子兀朮，领兵三十万，直至黄河。这日小番过河探听回来，报与兀朮知道："这件东西，十分厉害！南蛮守住，摆着大炮在口，怎得过去？"兀朮心中好生忧闷。

再说山东刘豫，自从降金以来，官封鲁王之职，好生威风。这日坐在船中，望见那船上旗幡光彩，刘豫问小番道："为何我的船上旗幡，如此不见光彩？"那平章道："这是北国亲王，才有此旗。"刘豫道："就是那珍珠宝篆云幡么？"小番道："正是珍珠宝篆幡。"刘豫想了一想，吩咐："备一只小快船来。"刘豫上了快船，竟往兀朮水寨而来。平章报上兀朮船中道："刘豫候旨。"兀朮道："宣来。"刘豫上船，见了兀朮。兀朮道："你来见某家，有何事故？"刘豫奏道："多蒙狼主恩典，赐臣王位，但是没有珍珠篆云旗，不显威风。求狼主恩赐一首幡，以免众邦兵将欺臣。"兀朮大怒道："你有何大功，连孤家的幡都要了？"刘豫奏道："主公若赐了臣这首宝幡，黄河即刻可以渡得过去。"兀朮道："既如此，也罢，就将宝幡赐与你罢！"刘豫谢恩，下了小船，回到自己船上，就将宝幡扯起。不多时，只见各处保驾大臣，认是兀朮出了水寨，齐上船来保驾。刘豫走出船头站着，说道："众位大臣，这不是狼主的龙船。这宝幡是狼主赐与我的。"众皆默然，放船来见兀朮,一齐启奏道:"宝幡乃狼主旗号,为何赐与刘豫?"兀朮道:"刘豫要我赐他此幡,说是黄河立刻可渡,故此赐与他的。"众平章才知为此,各各散去不表。

且说刘豫在船中思想:"威风是威风了,只是黄河怎生样渡得过去?"想了一想,道:"有了。"遂换了衣服,下了快船,叫军士竟往对岸摇来。也是他的造化,远远望见两淮节度使曹荣的旗号,刘豫叫把船直摇到岸边。早有兵丁问道:"何人的船?"刘豫道:"烦你通报元帅,说有一个姓刘名豫的,有机密事相商,在外等令。"军士报进营中,曹荣想道:"刘豫亲来,不知何事?"忙来到水口看时,果是刘豫。刘豫忙上岸,深谢曹荣救命之恩,尚未答报,实为记念。曹荣道:"亲家在彼如何?"刘豫道:"在彼官封鲁王之职,甚是荣耀。今日到来,相劝恩兄共至金国,同享荣华,不知可否?"曹荣道:"既是金国重贤,我就归降便了。"刘豫道:"兄若肯去,王位包在弟身上。"曹荣道:"要去只在明晚,趁张所在于汴梁、岳飞入都未回,特献黄河,以为进见之礼。"

刘豫别了曹荣下船,来至北岸见兀朮。兀朮宣进船中,刘豫奏道:"蒙狼主恩赐宝幡,臣特过黄河探听。会着臣儿女亲家两淮节度使曹荣,臣说狼主宽洪仁德,敬贤礼士,讲了一番。那曹荣听臣之言,约在明晚献上黄河,归顺狼主。特来启奏。"兀朮想道:"那曹荣被他一席话就说反了心,也是个奸臣。"乃向刘豫道:"你且回船,孤家明日去抢黄河便了。"刘豫领命而去。兀朮暗想:"康王用的俱是奸臣、求荣卖国之辈,如何保守得江山?"一面与军师哈迷蚩商议发令,准备明日行事。

当日已过。到了次日,兀朮将至午后,慢慢发船而行。原叫刘豫引路而进,看看将至黄昏时分,引着兀朮的船,一齐拢岸。这边曹荣在此等候,见兀朮上岸,跪着道:"臣曹荣接驾。愿狼主千岁千千岁!"哈迷蚩道:"主公可封他王位。"兀朮就封曹荣为赵王之职。曹荣谢了恩。兀朮吩咐牵马过来,兀朮上马,叫刘豫、曹荣在此料理船只,自己提斧上前。那些各营闻得曹荣降了兀朮,俱各惊慌,各自逃生不表。

话说吉青,自从岳爷进京之后,一连几日,果然不吃酒。那日兀朮因刘豫过河,差了一个该死的探子,领了两三个人扮做渔人,过河来做细作,却被岳爷营中军士拿住。吉青拷问得实,解上大营。元帅大喜,赉了十坛酒、十腔羊来犒赏。吉青道:"元帅所赐,且开这一回戒,明日便不吃了。"当时一杯不罢,两碗不休,正吃得大醉,还在那里讨酒吃。军士来报道:"兀朮已经过河,将到营前了,快些走罢!"吉青道:"好胡说!大哥叫我守住河口,往那里走?快取我的披挂过来,待我前去打战!"那吉青从来冒失,也不知金兵厉害,况又吃得大醉。家将捧过衣甲来,吉青装束上马,犹如风摆柳,好似竹摇头,醉眼朦胧,提着狼牙棒,一路迎来,正遇着兀朮。

兀朮看见他这般光景,说道:"是个醉汉,就砍了他,也是个酒鬼,叫他死不瞑目。"便叫:"南蛮,某家饶你去罢。等你酒醒了,再来打战。"说罢,转马而去。吉青赶上道:"呔!狗奴!快些拿了头来,就放你去!"举起狼牙棒打来。兀朮大怒道:"这酒鬼自要送死,与我何干!"掇转马来,就是一斧。吉青举棒一架,震得两臂酸麻,叫声"不好",把头一低,"霎"的一声响,那头盔已经削下。吉青回马就走。这八百儿郎是岳老爷挑选上的,那里肯乱窜,都跟着逃走。兀朮拍马追将下来,一连转了几个弯,不见了吉青;回看自己番兵,都已落后,一个也不见,况且半夜三更天色昏黑。正欲回马,只听得吉青又在前面林子中转出来,大骂:"兀朮!你此时走向那里去?快拿头来!"兀朮大怒道:"难道孤家怕了你不成!"拍马追来。那吉青不敢迎战,拨马又走。引得兀朮心头火起,独马单人,一直追下来有二十余里,都是些小路,这吉青又不知那里去了。

兀朮一人一马,东转西转,寻路出来,天已大明,急急走出大路。但见有一村庄,树木参天。庄上一簇人家,俱是竹篱茅舍,十分幽雅。兀朮下马来,见一家人家,篱门半开,就将马系在门前树上,走入中堂坐下,问道:"有人么?"不多时,里边走出一个白发婆婆,手扶拄杖,问一声:"是那个?"兀朮站起身来道:"老妈,我是来问路的。你家有汉子在家,可叫他出来。"老婆子道:"你这般打扮,是何等样人?要往那里去?"兀朮道:"我乃大金国殿下四太子。"那兀朮话尚未说完,那婆婆提起拄杖来,照头便打。兀朮见他是个老婆子,况且是个妇人,那个与他计较,便道:"老妈你也好笑,为何打起某家来?也须说个明白!"那婆婆便哭将起来道:"老身八十多岁,只得一个儿子,靠他养老送终,被你这个贼子断送了性命,叫我孤单独自,无靠无依!今日见了杀子仇人,还要这老性命何用,不如拼了罢!"一面哭,又提起拄杖来乱打。兀朮道:"老妈妈,你且住手。你且说你儿子是那一个？或者不是我害他的，也要讲个明白。"那婆婆打得没气力了，便道："我的儿子叫做李若水，不是你这贼子害他的么？"又呜呜咽咽的哭个不住。

兀术听说是李若水的母亲，也不觉伤感起来。正说间，只听得门首人声喧杂，却见哈军师走进来道："主公一夜不见，臣恐有失，带领众军，那一处不寻到！若不是狼主的马在门首，何由得知在这里。请狼主快快回营，恐众王爷等悬望。"兀术便把追赶吉青、迷道至此的话，说了一遍，便指着李母道："这就是若水李先儿的母亲，快些来见了。"哈迷蚩上前见了礼。兀术道："这是我的军师。你令郎尽忠而死，是他将骨殖收好在那里。我叫他取来还你，择地安葬。"命取白银五百，送与老太太，以作养膳之资；命取令旗一面，插在门首，禁约北邦人马，不许进来骚扰。军师领命，一一备办。兀术辞了李母，出门上马，军师和众军士随后取路回营，不表。

如今再讲到那副元帅岳飞，领兵十万前来，将近皇陵，岳元帅吩咐三军悄悄扎下营盘，不要惊了先王。岳爷来到陵上，朝见已毕，细看那四围山势，心下暗想："好个所在！"便问军士："这是什么山？"军士禀道："这叫做爱华山。"岳爷想道："此山真好埋伏人马！怎能够引得番兵到此，杀他个片甲不留，方使他不敢藐视中原！"一面打算，一面回到营中坐定。

且说那吉青，当夜带领了八百儿郎，败将下来，天色大明，将到皇陵前，见有营盘扎住，便问守营军士道："这是何人的营寨？"军士回道："是岳元帅的营盘。你是那里人马，问他怎的？"吉青道："烦你通报,说吉青候令。"军士进营禀道:"启上帅爷,营门外有一吉青将军要见。"岳爷道:"吉青此来,黄河定然失了!"遂令他进来。吉青进营来,参见了岳爷。岳爷道:"你今来此,敢是黄河失了?必定是你酒醉,不听吾言之故也。"吉青道:"不关我事,乃是两淮节度使曹荣献的黄河。"岳爷道:"你为何弄得这般模样?"吉青道:"末将与兀朮交战,不道那个蛮子十分厉害,被他一斧砍去盔冠,幸亏不曾砍着头。不然性命都没有了!"牛皋笑道:"我说蓬蓬松松,那里走出这个海鬼来!"岳元帅道:"休得胡说!我如今就命你去引得兀朮到此,将功折罪;引不得兀朮到此,休来见我!"吉青领令,也不带兵卒,独自一个出营上马,来寻兀朮。正叫做:

老虎口中挖脆骨,青龙项下探明珠。

不知后事如何,且听下回分解。

第二十七回

岳飞大战爱华山　阮良水底擒兀术

诗曰：

将军勇敢士争先，番寇忙忙去若烟。

失鹿得马相倚伏，空擒兀术献军前。

却说岳元帅令吉青去引兀术，先令张显、汤怀带领二万人马，弓弩手二百名，在东山埋伏，但听炮响为号，摆开人马，捉拿兀术。二人领命而去。又令王贵、牛皋带领二万人马，弓弩手二百名，在北山埋伏，吩咐道："此处乃进山之路，等兀术来时，让他人马进了谷口，听炮响为号，将空车装载乱石塞断他的归路。不可有违！"二将领命，依计而行。又令周青、赵云领兵二万，弓弩手二百名，在西山埋伏，炮响为号，杀将出来，阻住兀术去路。二人领令而去。又命施全、梁兴领兵二万，弓弩手二百名，在正南上埋伏，号炮一响，一齐杀出，阻住兀术去路。二将各各领命而去。又分拨军兵五千，守住粮草。岳元帅自领一万五千人马，同着张保、王横，占住中央。分拨停当，专等兀术到来。

且说吉青也不知兀术在那里，"叫我何处去寻他？"蹲着头，只望着大路上走去。忽听得前边马嘶人喊，渐渐而来。不多时，人马已近。吉青抬头看来，叫一声："妙啊！"原来是军师带领一千余人，寻着了兀朮,在李家庄上回来。吉青把马打上一鞭,赶上前来,大叫:"兀朮,快拿头来!"兀朮见了,便道:"你这杀不死的南蛮,某家饶你去罢了,又来怎么?"吉青道:"臭狗奴!倒说得好!昨夜是老爷醉了,被你割断了头发;如今我已醒了,须要赔还我,难道罢了不成?"兀朮大怒,抢斧就砍。吉青使棒相迎。二马相交,战不上几个回合,吉青败走。兀朮追赶二十余里,勒住马不赶。吉青见他不赶,又转回马来叫道:"你这毛贼,为何不赶?"兀朮道:"你这个狗蛮子,不是我的对手,赶你做什么?"吉青道:"我实实不是你的对手,我前面埋伏着人马,要捉你这毛贼,谅你也不敢来!"兀朮大怒道:"你不说有埋伏,某家倒饶了你;你说是有埋伏,某家偏要拿你!"就把马一拎,"唿喇喇"追将下来。

吉青在前,兀朮在后,看看追至爱华山,吉青一马转进谷口去了。军师道:"狼主,我看这蛮子鬼头鬼脑,恐怕真个有埋伏,回营去罢。"兀朮道:"这是那南蛮恐怕某家追赶,故说有埋伏吓我,况此乃上金陵必由的大路。你可催趱大队上来,待某家先进去,看是如何。"兀朮带领众军追进谷口,只见吉青在前边招手道:"来来来!我与你战三百合。"说罢,往后山去了。兀朮细看那山,中央阔,四面都是小山抱住,没有出路,失惊道:"今我已进谷口,倘被南蛮截住归路,如何是好?不如出去罢。"正欲转马,只听得一声炮响,四面尽皆呐喊,竖起旗帜,犹如一片刀山剑岭。那十万八百儿郎团团围住爱华山,大叫:"休要走了兀朮!"只吓得兀朮魂不附体。但见帅旗飘荡,一将当先:头戴烂银盔,身披银叶甲,内衬白罗袍,坐下白龙马,手执沥泉枪,隆长白脸,三绺微须,膀阔腰圆,十分威武。马前站的是张保,手执浑铁棍;马后跟的是王横,拿着熟铜棍,威风凛凛,杀气腾腾。

兀朮见了,先有三分着急了,只得硬着胆问道:"你这南蛮,姓甚名谁?快报上来!"岳爷道:"我已认得你这毛贼,正叫做金兀朮。你欺中国无人,兴兵南犯,将我二圣劫迁北去,百般凌辱,自古至今,从未有此。恨不食你之肉,寝你之皮!今我主康王即位金陵,招集天下兵马,正要前来捣你巢穴,迎回二圣,不期天网恢恢,自来送死。吾非别人,乃大宋兵马副元帅姓岳名飞的便是!今日你既到此,快快下马受缚,免得本帅动手。"兀朮道:"原来你就是岳飞。前番我王兄误中你之诡计,在青龙山上被你伤了十万大兵,正要前来寻你报仇。今日相逢,怎肯轻轻的放走了你?不要走,吃我一斧!"拍马摇斧,直奔岳爷。岳爷挺枪迎战。枪来斧挡,斧去枪迎,真个是棋逢敌手,各逞英雄。两个杀做一团,输赢未定。

却说那哈迷蚩,飞马回报大营,恰遇着大狼主粘罕、二狼主喇罕、三狼主茶拦、五狼主泽利,带领元帅粘摩忽、吱摩忽、乞里布、窝里布、贺必达、斗必利、金骨都、银骨都、铜骨都、铁骨都、金眼大磨、银眼大磨、铜先文郎、铁先文郎、哈里图、哈里强、哈铁龙、哈铁虎、沙文金、沙文银,大小元帅、众平章等,率领三十万人马,正在跟寻下来。哈迷蚩就将吉青引战、今已杀入爱华山去了,说与众人。粘罕就催动人马望爱华山而来。

山上牛皋望见了,便对王贵道:"王哥,只有一个番将在这里边,怕大哥一个人杀不过,还要把这车挡在此做什么?你看下边有许多番兵来了,我等闲在这里,不如把车儿推开了,下去杀他一个快活,燥燥脾胃,何如?"王贵道:"说得理。"二人就叫军士把石车推开,领着这二万人马,飞马下山来迎敌。且按下慢表。

再说这岳元帅与兀朮交战到七八十个回合,兀朮招架不住,被岳爷钩开斧,拔出腰间银锏,"耍"的一锏,正中兀朮肩膀。兀朮大叫一声,拨转火龙驹,往谷口败去,见路就走。奔至北边谷口,正值那王贵、牛皋下山去交战了,无人拦阻,径被兀朮一马逃下山去了。元帅查问守车军士,方知牛皋、王贵下山情由,元帅就传令众弟兄,各各领兵下山接战。一声炮响,这几位凶神恶煞,引着那十万八百长胜军,蜂拥一般,杀入番阵内;将遇将伤,兵逢兵死,直杀得天昏日暗,地裂烟飞,山崩海倒,雾惨云愁。这正是:

大鹏初会赤须龙,爱华山下显神通。

南北儿郎争胜负,英雄各自逞威风。

这一场大战,杀得那金兵大败亏输,望西北而逃。岳元帅在后边催动人马,急急追赶,直杀得尸横遍野,血流成河。

番兵前奔,岳兵后赶,赶下二三十里地面,却有两座恶山,紧紧相对,那左边的叫做麒麟山,山上有一位大王,叫做张国祥,原是水浒寨中菜园子张青之子,聚集了三四千人马,在此做那杀人放火的生涯;右边的唤做狮子山,山上也有一位大王,姓董名芳,也是水浒寨中双枪将董平之子,聚集了三四千人马,在此干那打家劫舍的道路。这一日约定了,下山摆围场吃酒,忽见喽啰来报道:"前面遮天盖地的番兵败下来了。"张国祥道:"贤弟,怪不得两日我们生意清淡,原来都被他们抄掉了！我们何不把兵马两边摆开，等他们来时，俱使长枪挠钩、强弓硬弩、飞爪留客住，两边修削；待他过去了一半，我和你出去截杀，抢他些物件，以备山寨之用，何如？"董芳道："哥哥好主意！"就叫众喽罗埋伏停当。恰好金兵败到两山交界，只听得齐声呐喊，那众番兵顶梁上摄去了三魂，脚底下溜掉了七魄，后边人马追来，前面又有人马挡住，岂不是死？只得拼命夺路而走。却被那些喽罗左修右削，杀死无数。但是番兵众多，截他不住，只得让他走。看看过了一大半，只剩得三千来骑人马，那张国祥一条棍，董芳两枝枪，杀将出来，杀得那些番兵番将，满山遍野，四散逃生。

正杀得闹热，后边王贵、牛皋、梁兴、吉青四员统制，刚刚追到这里。张国祥与董芳两个那里认得，见他们生得相貌凶恶，只道也是番将，抢上来接着厮杀。王贵、牛皋也是蠢的，不管三七二十一，就与他交战。四个杀两个，各各用心，反把那些番兵放走了。不一时，岳元帅大兵已到，看见两员将与牛皋等厮杀，便大叫："住手！"两边听见，各收住了兵器。岳元帅道："尔等何人，擅敢将本帅的兵将挡住，放走了番兵，是何道理？"张国祥、董芳见了岳元帅旗号，方晓得认错了，慌忙跳下马来，跪在马前道："我们弟兄两个是绿林中好汉，见番兵败来，在此截杀。看见这四位将军生得丑陋，只道也是番将，故此交战。不知是元帅到来，故尔冲撞。我弟兄两个情愿投在麾下，望元帅收录！"岳爷便下马来，用手相扶，说道："改邪归正，理当如此。二位请起。请问尊姓大名？"张国祥就把两人的姓名履历，细细说明。岳爷大喜，便道："此刻本帅要追赶兀朮，不得工夫与贤弟们叙谈。

你二位可回山寨去收拾了,径到黄河口营中来相会便了。"二人道:"如此,元帅爷请先行,小人们随后就来。"又向牛皋等说道:"适才冒犯,有罪有罪!"牛皋道:"如今是一家了,不必说客话。快去收拾罢!"二人别了众将,各自上山收拾人马粮草,不提。

再说岳元帅大兵,急急追赶。兀术正行之间,只听得众平章等哭将起来。原来前边就是黄河阻住,并无船只可渡,后边岳军又呐喊追来。兀术道:"这遭真个没命了!"正在危急之际,那哈迷蚩用手指道:"恭喜狼主,这上流头五六十只战船,不是狼主的旗号么?"兀术定睛一看道:"果然不差,是我的旗号。"就命众军士高声叫喊:"快把船来渡我们过去!"你道这战船是那里来的?却是鲁王刘豫与曹荣守着黄河,却被张所杀败,败将下来。倒是因祸而得福,偏偏又遇着横风,一时驶不到岸。

后边岳兵看看赶到,兀术好不惊慌。忽见芦苇里一只小船摇将出来,艄上一个渔翁,独自摇着橹。兀术便叫渔翁:"快将船来救某家过去!多将金银谢你。"那渔翁道:"来了。"忙将小船摇到岸边道:"我船上只好渡一人。"兀术道:"我的马一同渡过去罢。"渔翁道:"快些上来,我要赶生意。"兀术慌慌张张牵马上船。那渔翁把篙一点,那只小船已离岸有几里,把橹慢慢的摇开。这兀术回头看那些战船,刚刚拢得岸边,这些王兄御弟、元帅平章等,各各抢下船逃命,四五十号大船都装得满满的。有那些番兵争上船,跌下水去淹死者不计其数。内有一号装得太重,才至河心,一阵风,"嘈碌碌"的沉了。还有岸上无船可渡的番兵,尽被宋兵杀死,尸骸堆积如山。

兀朮正在悲伤,只听得岸上宋将高声大叫:"你那渔户,把朝廷的对头救到那里去?还不快快摇拢来!"渔翁道:"这是我发财发福的主人,怎么倒送与你做功劳?"岳元帅道:"那渔翁声音正是中原人,可对他说,捉拿番将上来,自有千金赏赐,万户侯封。"张保、王横领着军令,高声传令道:"那渔翁快将番将献来!"兀朮对那渔翁道:"你不要听他。我非别人,乃大金四太子兀朮便是。你若救了某家,回到本国,就封你个王位,决不失信!"渔翁道:"说是说得好,但有一件成不得。"兀朮道:"是那一件?"渔翁道:"我是中原人,祖宗姻亲俱在中国,怎能受你富贵?"兀朮道:"既如此,你送我到对岸,多将些金银谢你罢。"渔翁道:"好是好,与你讲了半日的话,只怕你还不曾晓得我的姓名。"兀朮道:"你姓甚名谁,说与我知道了,好补报你。"渔翁道:"我本待不对你说,却是你真个不晓得。我父亲叔伯,名震天下,乃是梁山泊上有名的阮氏三雄。我就是短命二郎阮小二爷爷的儿子,名唤阮良的便是。你想,大兵在此,不去藏躲,反在这里救你,那有这样呆子?只因目下新君登位,要拿你去做个进见之礼物。倒不如你自己把衣甲脱了,好等老爷来绑,省得费我老爷的力气。"兀朮听了大怒,吼一声:"不是你,便是我!"提起金雀斧,望阮良头上砍来。阮良道:"不要动手。待我洗净了身子,再来拿你。"一个翻觔斗,"扑通"的下水去了,那只船却在水面上滴溜溜的转。

那兀朮本来是北番人,只惯骑马,不会乘舟的,又不识水性,又不会摇橹,正没做个理会处;那阮良却在船底下双手推着,把船望南岸上送。兀朮越发慌张,大叫:"军师快来救我!"哈迷蚩看见,忙叫小船上兵卒并到大船上来，"快快去救狼主！"阮良听得有船来救，透出水来一望，趁势两手扳着船沿，把身子望上一起，又往下一坠，那只船就面向水，底朝天。兀朮翻入河中，却被阮良连人带斧两手鹲住，两足一登，戏水如游平地，望南岸而来。这正是：

屋漏遭霪雨，船破遇飓风。

毕竟不知兀朮性命如何，且听下回分解。

第二十八回

岳元帅调兵剿寇　　牛统制巡湖被擒

诗曰：

昨夜旄头耀斗魁，今朝上将诘戎师。

臂挽雕弓神落雁，腰横宝剑勇诛魑。

三千罴虎如云拥，百队旌旗掣电随。

试看累囚争献馘，遐方奢伏贺唐虞。

却说岳元帅在岸上，看见阮良在水中擒住了兀朮，心中好不欢喜，举手向天道："真乃朝廷之洪福也！"众将无不欢喜，军兵个个勇跃。阮良擒住了兀朮，赴水将近南岸，那兀朮怒气冲天，睁开二目，看着阮良大吼一声。那泥丸宫内一声响亮，透出一条金色火龙，张牙舞爪，望阮良脸上扑来。阮良叫声"不好"，抛了兀朮，竟望水底下一钻。这边番兵驾着小船，刚刚赶到，救起兀朮，又捞了这马，同上大船。一面换了衣甲，过河直抵北岸。众将上岸，回至河间府，拨兵守住黄河口。兀朮对众平章道："某家自进中原，从未有如此大败，这岳南蛮果然厉害！"即忙修本，差官回本国去，再调人马来与岳南蛮决战。且按下慢表。

再说南岸岳元帅，见兀朮被番兵救了去，向众将叹了一口气道："这也是天意了！只可惜那条好汉，不知性命如何了。"说不了，只见

第二十八回　岳元帅调兵剿寇　牛统制巡湖被擒

阮良在水面上透出头来探望。牛皋见了,大叫道:"水鬼朋友!元帅在这里想你哩,快些上岸来!"阮良听见,就赴水来到南岸,一直来在岳元帅马前跪下叩头。岳元帅下马,用手相扶,说道:"好汉请起。请教尊姓大名?"阮良道:"小人姓阮名良,原是梁山泊上阮小二之子,一向流落江湖。今日原想擒此贼来献功,不道他放出一个怪来,小人一时惊慌,被他走了。"元帅道:"此乃是他命不该绝,非是你之无能。本帅看你一表人物,不如在我军前立些功业,博个封妻荫子,也不枉了你这条好汉。"阮良道:"若得元帅爷收录,小人情愿舍命图报。"岳元帅大喜,遂命军士与阮良换了干衣服。一面安营下寨,杀猪宰羊,赏劳兵卒。又报张国祥、董芳带领军士粮草到来,元帅就命进营。与众将相见毕,又叫阮良与张国祥、董芳亦拜为义友。又写成告捷本章,并新收张、董、阮三人,一并奏闻,候旨封赏。

一日,元帅正坐营中与诸弟兄商议,差人各处找寻船匠,打成战船,渡河杀到黄龙府去,迎请二圣还朝。忽报有圣旨下。元帅出营接进,钦差开读:

"今因太湖水寇猖狂,加升岳飞为五省大元帅之职,速即领兵下太湖剿寇。"

岳爷谢恩毕,天使辞别,自回去了。岳元帅急忙差官知会张元帅,拨人把守黄河;即命牛皋、王贵、汤怀、张显四将:"领兵一万先行,为兄的整顿粮草,随后即来。"四将领令,发炮起行。

有话即长,无话即短。在路不止一日,早已到了平江府。离城十里,安下营寨,歇息了一天。牛皋独自一个骑着马,出营闲步了一回。

但见百姓人家俱已逃亡,止剩空屋,荒凉得紧。牛皋想道:"别的还好,只是没处有酒吃,好生难过。"又走了一程,见有一个大寺院。走到面前,抬头观看,却认得牌匾上四个旧金字,是"寒山古寺",就进了山门,来到大殿前下了马,把马拴在一棵树上,一路叫将进去:"有和尚走两个出来!"直寻到里边,也没半个人影;再寻到厨房下去,四下一看,连锅灶都没有了,好生没兴。只得转身出来,只见一间破屋内堆着些草灰,牛皋道:"这灰里不要倒藏着东西。"把铁锏向灰里一戳,忽见一个人从灰里跳将出来,倒把牛皋吓了一跳。

那个人满身是灰,跪下磕头道:"大王爷爷饶命吓!"牛皋道:"你这狗头,是什么人?躲在灰里唬老爷么!"那人道:"小的是寒山寺里道人。因前日大王们来打粮,合寺和尚都已逃散,只有小人还有些零星物件要收拾。方才听得大王爷来,故此躲在灰里。望大王爷饶命!"牛皋道:"我那里是什么大王!我是当今皇帝差来捉拿大王的、岳大元帅麾下统制先行官的便是。我且问你,这里那里有酒卖么?"道人道:"原来是一位总兵爷爷,小的却认错了。这里是枫桥大镇,那一样没有得卖?却是被那太湖里的强盗杀来抢劫,百姓们若男若女,都逃散了,目今却没有买酒处。"牛皋道:"嘎!难道这里是没有地方官的么?"道人道:"地方官这里原是有的,就是平江府陆老爷。他的衙门在城里,不在此地。"牛皋道:"这里到平江府城,有多少路?"道人道:"不多远,不到得七八里,就是府城。"牛皋道:"既如此,你引我老爷到那里去。"道人道:"小人的脚被老爷戳坏了,那里走得去!"牛皋道:"我有道理。"把道人一把拎着,走到大殿前,解了马,自己跳上去，把道人横拿在马上，一路跑来，直到了府城下，将道人放下，就逃去了。

牛皋对着城上高声叫道："岳元帅奉旨领兵到此剿贼，地方官为何不出来迎接，如此大胆么？"守城军士飞报与知府知道，慌忙开城迎接，说是："平江知府陆章，参见元帅爷。"牛皋道："免叩头罢。我乃统制牛爷，这有弟兄三个，领大兵一万，离此十里安营。俺家元帅早晚就到。我们辛辛苦苦为你地方上事，难道酒肉都不送些来么？"陆章道："只因连日整顿守城事务，又未见有报，不知统制到来，故此有罪了！即刻就亲自送酒肉到营来便了。"牛皋道："我也不计较你，但是要多送些来。"知府连连应允，牛皋方才回马。陆太守叹道："如今乱世年成，不论官职大小，只要本事高、有力气的，就是他大了。"只得整备酒肴，打点送去。

且说牛皋一路回营，汤怀问道："牛兄弟，你往那里去了这半日？"牛皋道："你们坐在营中有何用处！我才去找着了平江知府陆章，即刻就有酒肉送来。你们见了他，须要他叩头！"汤怀道："牛兄弟，你下次不可如此！你统制有多大的前程，不怕人怪么？"正在说话间，军士报道："平江太守送酒肉在外。"汤怀同了三弟兄一齐出来迎接进了，陆章同众人见过了礼，叫从人抬进了多少酒席猪羊之类。汤怀叫收了，齐道："难为了贵府了！且请问贼巢在于何处？如今贼在那里？"陆章道："这里太湖，团团三万六千顷，重重七十二高峰。中间有两座高山，东边为东洞庭山，西边为西洞庭山。东山乃贼寇扎营安住，西山乃贼人屯粮聚草之所。兵有五六千，船有四五百号。贼首叫杨虎，元帅叫做花普方。他倚仗着水面上本事，口出大言，要夺我朝天下，不时到此焚劫。不瞒将军说，本府这里原有个兵马都监吴能，管下五千人马在此镇守的，却被这水贼诈败，引至太湖边，伏兵齐起，被他捉去，坏了性命，五千人马伤了一大半。因此下官上本告急，请兵征剿。今得岳元帅同将军们到此，真乃十分之幸也！"汤怀道："贵府只管放心！就是金兀术五六十万人马，也被我们杀得抱头鼠窜，何况这样小寇？但是水面上须用船只，不论大大小小，烦贵府拘齐端正，多点水手备用。小将们明日就好移营到太湖边防守，等元帅到时开兵，捣他的巢穴便了。"陆知府说声："领命，待下官就去端正便了。"说罢，辞别回城，自去备办船只水手，齐泊在水口听用。

却说明日，汤怀等四将拔寨起行，直到水口，沿湖边安下营寨。看看天晚，汤怀道："兄弟们不可托大，把这些强盗看得太轻了。我们四人，每人驾领小船十只，分作四路，在太湖沿边巡哨，以防贼人劫营。你道如何？"众人道："汤哥说得极是。"当下就点齐了四十只小船，每只船上拨兵二十名，每人分领十只，沿着太湖边紧要处泊着。

是夜正值中秋前后，牛皋吃了些酒，坐在船头上，看那月色明朗得有趣，便问水手道："你们这班狗头，为什么把船泊住，不摇到湖中间去巡哨？"水手禀道："小的们不敢摇到中间去，恐怕强盗来，一时间退不及。"牛皋喝道："放屁！我老爷为拿贼而来，难道倒怕起贼来？我如今行船，犹如骑马一般，我若要加鞭，你们就要摇上去。如不遵令者斩！"众水手答应一声"是"，即时把船摇开。后面九只小船，随着而行。牛皋坐在船头，见此皓月当空，天光接着水光，真是一色,酒兴发作,叫:"取酒来!与我加鞭!"牛皋一面吃酒,水手一面摇。牛皋又叫:"加鞭!"众水手不敢违拗,径望湖心摇来。忽见上溜头一只三道篷的大战船奔将下来,水手禀道:"启上牛老爷,前边来的,正是贼船。"牛皋道:"妙啊,与我加鞭!"水手无奈,只得望着战船摇来。牛皋立起来,要去取锏,不道船小身重,这一幌,两只脚已有些软。谁想那大船趁着风顺水顺,撞将下来,正碰着牛皋的船头,牛皋站不稳,"扑通"的一声响,跌落湖心去了。那战船上元帅花普方,在船头上看得明白,也跳下水去,捞起牛皋来,将绳索捆了,回转船头,解往山寨而去。

那小船上的水手,吓得屁滚尿流,同着那九只军士的船,回转船头来,寻着汤老爷的船报信,细细的将牛皋要加鞭遇贼、被他拿去之事,说了一遍。汤怀大哭起来,遂传集了众兄弟商议救他。张显、王贵也没做主意处,道:"这茫茫荡荡的太湖,又没处探个信息,只好等岳大哥来再处。"弟兄三个各自呆着,没做理会。

再说花普方擒了牛皋,回船来到洞庭山,等待天明,启奏杨虎道:"臣于昨夜拿得一将,乃是岳飞的先行官,名唤牛皋,候主公发落。"杨虎即令:"带进来!"两边军士一声"吓",即将牛皋推至面前。杨虎道:"牛皋,你既被擒,见了孤家,怎么不跪?"牛皋两眼圆睁,大骂一声:"无名草贼!我牛老爷昨晚吃醉了酒,自家跌下水去,误被你擒来。你不来下礼于我,反要我跪,岂不是个瞎眼的毛贼?"杨虎道:"也罢,孤家不杀你。你若降顺了我,也封你做个先锋,去取宋朝天下,何如?"牛皋道:"放你娘的驴子屁!我牛老爷堂堂正正,是朝廷敕封的统制官,来降你这偷鸡偷狗的贼子!你若是肯听老爷的好话,把老爷放了,与你商量,把这鸟山寨烧了,收拾些粮草人马,投降了我岳大哥,一同去捉了金兀术,自然奏上你的功劳,封你做个大大官儿。若不肯听我老爷的好话,快快把老爷杀了。等我岳大哥到来,少不得拿住了你,碎尸万段,他倒肯饶了你么?"杨虎听了大怒,叫:"拿去砍了!"两旁刀斧手一声答应,将牛皋推下来。正是:

可怜年少英雄将,顿作餐刀饮血人!

毕竟不知牛皋性命如何,且听下回分解。

第二十九回

岳元帅单身探贼　耿明达兄弟投诚

词曰：

世事有常有变，英雄能弱能强。从来海水斗难量。壮怀昭日月，浩气贯秋霜。　　不计今朝凶吉，那知他日兴亡。忠肝义胆岂寻常？拼身入虎穴，冒险探豺狼。

——右调《临江仙》

话说杨虎大怒，命左右将牛皋推出斩首。当有元帅花普方跪下禀道："主公暂息雷霆之怒。这牛皋是一员勇将，乃是岳飞的结义兄弟。那岳飞是个最重义气的人，不如将他监禁在此，使岳飞心持两端。那时劝他归顺了主公，何愁宋朝天下不是主公的？"杨虎依言，就命把干衣与牛皋换了，带去收禁，衣甲兵器贮库。花普方拜辞了杨虎下殿。列位，你道杨虎一个草头强盗，怎么也有殿？只因他本事高强，占了洞庭山，山上有的是木头，出的是石头。那山上原有个圣帝殿，他就收拾起来做了王殿。聚些木石，一般的造起后宫、库房、一应衙门房屋。当时将牛皋收入监内。

到了次日，花普方备了酒食，带领从人来到监门。守监军士迎接进去，在那三间草厅上坐定，便问："牛爷在那里？说我要见。"军士领命，来到后边牢房里来禀道："花元帅请牛爷相见。"牛皋喝道："好打的狗头！他不进来,难道叫我老爷去迎接他不成?"军士无奈,只得出来跪下,直言禀复。花普方只得自己走进来道:"牛将军见礼了。"牛皋道:"罢了。"花普方命左右过来,"与牛爷去了刑具。"军士答应,将刑具去了。花普方道:"小弟慕兄大名已久,今见兄仗义不屈,果然是个好汉。今欲与兄结为兄弟,不知可否?"牛皋道:"本不该收你。我也是响马出身,做过公道大王的,收你做个兄弟罢。"花普方就拜牛皋为兄,起来坐在旁边,说道:"既蒙不弃,早晚还要哥哥教些武艺。"牛皋道:"这个自然。"

花普方遂命从人抬进酒肴来,"我与牛爷谈心。"不一时,从人搬进来摆下,花普方斟酒送与牛皋。两人对坐,饮到三杯,牛皋开言道:"花兄弟,你今既与我做了弟兄,我须要把正经话对你说。目下康王在金陵登位,是个好皇帝。我家岳飞大哥是天下无双的好汉,况有一班弟兄都是英雄,不日就要杀到黄龙府去,迎请二圣还朝。在生封妻荫子,过世万古扬名。你那杨虎不过是个无名草寇,成得甚大事来?你何不弃暗投明,归降宋朝,定然封你官职,一同建功立业,强如在此帮那强盗,摸鸡吊狗的,一旦有失,落得个骂名千古,岂不枉了你一世的英雄!"那花普方一心原想来劝牛皋归顺,不道反被牛皋先说了去,倒弄得做声不得,只得勉强答应道:"今日我们且讲吃酒,别事另容商议。"

两个又吃了一回。花普方暗想:"且探探他兵势如何?"便问道:"大哥说的岳飞,不知怎生了得,手下战将,像大哥这样的有几位?"牛皋暗想:"他不敢说我投降,就探我营中的虚实。且待我吓他一吓。"便道："兄弟,你不曾见过我那岳大哥,生得貌似天神,身材雄伟,如今生了些胡须。向在汴京枪挑了小梁王,天下闻名,人人知道。目今新天子拜为都元帅之职,即日就要来扫荡你的山寨,贤弟须要小心些！若说那些副将,有汤怀,也爱穿白,亦学用枪,与大哥差不多本事,只少几根胡须；还有张显,身长力大,使得好钩连枪,真个神出鬼没；还有王贵,红马金刀,曾在汴京力诛太行山王善,那个不晓得？其余是施全、周青、赵云、梁兴、吉青,并有那梁山泊好汉的子孙张国祥、董芳、阮良等,那一个不是十分本事？我岳大哥领的这十万八百大兵,有名的叫做'长胜军',从不会打败仗的。若说愚兄这样的本事,还不如我大哥的马前张保、马后王横哩！"花普方听了这一席话,半信半疑,看那牛皋是个莽汉,这话只怕倒也不假,只得随口赞扬了几句,便起身告辞道："今日幸蒙教诲,闲时再来奉陪。"牛皋道："贤弟请便。"花普方告退出去。这里军士就跪上来禀道："小的们干系！"牛皋道："我晓得,拿来上了。"众军士叩了头,依旧把刑具上了。这牛皋拘禁在洞庭山上,不知几时才得脱离此难。且按下慢表。

却说那岳元帅率领大兵,在路非止一日,来到太湖,早有汤怀等出营迎接。元帅见了三个人,独不见牛皋,心下好生疑惑,只因初到,不便动问,且传令安营。只听得"扑通通"三声炮响,安下营寨。岳元帅在营中坐定,地方官都来参见过了,众将士站立两旁。岳爷就问牛皋在何处,汤怀就将他酒醉行船、被贼拿去之事,说了一遍。元帅心中好生烦恼,少停退到后营,坐了一会,又想了一会,叫张保："去请汤老爷来。"张保答应,即去请了汤怀到后营来,见了元帅。元帅道:"愚兄明日要假充作老弟,亲往贼营去探听虚实并牛兄弟消息。贤弟可代愚兄护持帅印,只说我身子不健,不能升帐。"汤怀道:"哥哥为国家之栋梁,如何身入重地?"岳元帅道:"贤弟放心!我去自有主见,决无妨碍。"汤怀领命回营,心下好不着急。

到了次日,岳元帅把战书写就,带了张保、王横,悄悄的到水口,下了小船,径望他水寨而行。将次到寨,那守寨的喽罗就喝问道:"什么船?"张保立在船头上答道:"是岳元帅帐前统制汤怀老爷,元帅差来下战书的。"喽罗道:"且住着!待禀过了大王,然后拢船。"那喽罗忙报上关。把关头目直到殿前跪下禀道:"禀上大王,今有岳元帅差副将汤怀来下战书,不敢擅入,候令定夺。"杨虎即命传宣官:"宣他进来。"当时小喽罗就开了水寨栅门,放那岳元帅的小船进来泊好。

岳爷命王横看着,自己同着张保上岸。细看山势,果然雄险,上面又将大石堆砌三关,两旁旗幡招贴。早有传宣官来至关口传令:"大王宣来将进见。"随引了岳爷来到殿前,张保自在殿门外等候。岳爷进殿跪下道:"小将汤怀,奉主帅之命,有书呈上大王。"杨虎道:"既是一员副将,请起,赐坐。"岳爷谢了,就坐在下边。杨虎将战书看过,即在原书后批着"准于五日后交兵"。正要将战书交还,又将岳爷一看,心中想道:"这个人好像在何处见过?"一时间想不起来,想了一会:"这个人好像那年在武场内枪挑梁王的岳飞。莫非就是他,生了些胡须?不要当面错过了。"就暗暗差人到监中,取出牛皋来。这里杨虎又与岳爷盘问一番,岳爷随机闲讲了一会。

不多几时,牛皋已到了殿门首。张保大惊,慌忙过来跪下道:"小人叩头。"牛皋道:"你怎么在这里?"张保道:"小人跟随汤怀老爷在此下战书。"牛皋也不再言,进来望见岳爷坐着,暗暗叫苦,一直到殿上,看着杨虎道:"你叫老爷出来做什么?"杨虎道:"唤你出来,非为别事。你营中有人在此,你可寄个信去,叫他们早早投降,免得诛戮。"牛皋道:"来人在那里?"岳爷吓得魂不附体,暗道:"这遭罢了!"那里晓得牛皋看了岳爷,叫道:"原来是汤怀哥!你回营去多拜上岳大哥,说我牛皋误被这草寇所擒,死了也名垂竹帛、扬名后世的。他若是拿住了这逆贼,与我报仇罢了。"说罢,就指着杨虎骂道:"毛贼!我信已寄了,快把我杀了罢!"杨虎吩咐:"将牛皋仍旧带去收监。汤将军你回去,可致意你家元帅,牛皋虽被擒来,未曾杀害。你元帅若肯归顺孤家,不失封侯富贵;若要交兵,恐一时失手,断送了一世的英名,岂不可惜!叫他早早商量,休要后悔!"

岳爷拜辞了杨虎出殿,带了张保一路出来。王横接着岳爷,上了小船,小喽罗开了水栅,出湖一路回营。恰好那花普方往西洞庭运粮回来,见过大王缴旨。杨虎道:"方才岳元帅差一员副将汤怀来下战书,元帅若早来,会会他也好。"花普方道:"那汤怀怎么样一个人品?"杨虎便将面貌身材,说了一遍。花普方道:"如此说来,恐怕是岳飞假装做汤怀,来探我的虚实。"杨虎道:"我也有些疑心,所以叫牛皋出来问过。"花普方道:"主公不知。那岳飞必有人带来,或者看见,就递了消息,亦未可知。如今既去不远,待臣去拿他转来。"杨虎道:"不论是真是假,卿家速去拿他转来便了。"

花普方领令出来,忙到水寨,放一只三道桅的大船,扯满风篷追上来。花普方立在船头上,大叫:"岳飞!你走那里去!俺花普方来也!"岳爷回头见来船将近,叫张保取过弹弓来,喝声:"花普方,叫你看本帅的神弹!"一面说,"扑"的一弹,正打在桅上溜头里,把风篷索塞住。那风篷上不得,下不得,把个船横将转来。岳爷又唤王横取过火箭来,又叫一声:"花普方,再看本帅的神箭!""飕飕"的连射了三枝火箭,那篷上霎时火起,烧将起来。岳爷又叫:"花普方,看本帅这一弹,要打你左眼珠!"花普方吓得魂飞胆丧,往后慌跑,忙忙的叫军士砍倒桅杆,救火不及,那里还敢追来。

岳元帅安安稳稳,到水口上岸回营。众弟兄等接进营中,参见问安。元帅将上项事说了一遍。众人道:"求元帅早早开兵,相救牛兄弟便好。"元帅道:"我看贼势猖獗,且在湖水中央,若坚守不出,一时怎能破得?"正在议论间,有传宣来禀:"有两个渔户求见元帅。"岳爷暗想:"渔户求见,不知何故?"即命进见。那传宣领令,遂同渔翁来至帐中,跪下叩头。元帅一看,见那二人眉粗眼大,膀阔身长,便问:"你二位姓甚名谁?到此何干?"渔翁道:"小人耿明初,这是兄弟耿明达。我弟兄两个原住在这里太湖边,靠着打鱼过活。那一年来了这个杨虎,聚集人众,霸占了洞庭山,就不容人在湖内打鱼,因此小人和他打过了几仗。这杨虎本事高强,小的两个胜不得他,他也赢不得小人,就与小人结为兄弟,单许我二人在湖内捉鱼。他几次差人来邀小的入伙,只因老母在家,恐他受不得惊吓,因此力辞不去。如今闻得大老爷来征剿太湖,我弟兄二人思想捉鱼怎得出身,故此特地来,投在麾下做个小卒,望大老爷收录!"岳元帅道:"既如此说,你二位是个识时务的俊杰了。快请起来!"就命亲随:"可引二位到后营更衣相见。"耿家弟兄就谢了,起来同家丁到后营换了衣服,出来重新向岳元帅行礼,跪将下去。元帅双手扶起道:"你二位既来与国家出力,我和你是一殿之臣,何须行此大礼?你看两边副将皆与本帅结为弟兄,今二位亦与本帅结义便了。"耿家弟兄再三推辞。众将道:"我们皆是如此的。"耿家弟兄推辞不过,只得对拜了几拜,又与众将一一见过了礼。

元帅吩咐安排庆贺筵席,合营众将俱各开怀畅饮。饮至半酣,岳爷向耿明初问道:"二位贤弟既与杨虎相交,必知他用兵虚实,有何本领,就占得太湖,官兵就奈何他不得?"耿明初道:"元帅不知,这杨虎水里本事甚好,岸上陆战却是有限。手下众将,只有元帅花普方、先行许宾两个厉害些,其余也俱平常。但是他有四队兵船十分厉害,所以官兵不能胜他。元帅交兵之际,也须要小心提防。"元帅道:"什么兵船,就说得这等厉害?"耿明初道:"他第一队有五十号,名为'炮火船'。船上四面架着炮火,交战之时把火点着,一齐施放起来,甚难招架。第二队名为'弩楼船',也有五十号。头尾俱有水车,四围用竹笆遮护,军士踏动如飞。船面上竖立弩楼,弩楼上俱用生牛皮做成挡牌,军士在上放箭;弩楼下军士亦用挡牌护体,各执长刀砍人。所以官兵不能拦挡。"元帅道:"第三队何如?"耿明达接口道:"那第三队五十号,叫做'水鬼船'。船内水鬼,俱是在漳、泉州近海地方聘请来的。他在水底下可以伏得七日七夜,捉的鱼也就是这等生吃了。

若遇交战的时节,那些水鬼跳下水去,将敌船船底凿通,灌进水去,那船岂不沉了? 他就是这三队兵船厉害。若能破得,这第四队杨虎自领的战船,不足为虑了。"元帅道:"若非二位贤弟到此,本帅那知这些就里么? 此乃天子之洪福也!"当时说说笑笑,各人尽欢方散。另扎后营,与耿氏弟兄安歇。

岳爷自回帐中安寝,寻思一计。到了次日清早,悄悄来到后营。耿氏弟兄连忙接进坐定,问:"元帅何故早临?"岳爷道:"我有一机密事,不知二位贤弟肯一行否?"耿氏弟兄道:"蒙元帅厚恩,若有差遣,我弟兄两个虽赴汤蹈火,亦不敢辞! 求元帅令下便是。"那岳元帅对耿氏弟兄在耳上悄悄的说了几句,有分教:虎踞深林,顷刻里江翻海倒;蜂屯三滧,一霎时火烈烟飞。正是:

　　将军三箭天山定,貔貅一战便成功。

不知岳元帅说出甚话来,且听下回分解。

第三十回

破兵船岳飞定计　袭洞庭杨虎归降

诗曰：

杨虎蜂屯两洞庭，气吞云梦控湖滨。

岳侯妙算惊神鬼，安排水陆建奇勋。

却说岳元帅悄悄的对耿氏弟兄道："你二位照旧时打扮，诈去投降，杨虎决然不疑。等待开兵之时，贤弟即谋一差，替他看守山寨。等杨虎出兵，先去放了牛皋，做了帮手，就拿了杨虎家眷，不可杀害。将他的金银财帛收拾好了，四面放起火来，烧了他的山寨。这便是二位贤弟的大功劳！"二人领命，仍旧换了打鱼的服色，别了元帅，下了小船，竟往洞庭东山水寨而来。

那小卒都已认得是耿家弟兄，先来报知杨虎。杨虎命请到大寨相见。两弟兄跪下叩见，杨虎连忙扶起道："二位贤弟少礼。不知今日甚风吹得到此？"耿明达两弟兄齐声应道："小弟蒙大王恩情，容在湖中生业，家下丰足，皆是大王之德。今闻岳飞领兵到此，欲与大王作对，因此家母命小弟两人前来，帮助一臂之力。大王若有差遣，上天下地，并不敢辞。"杨虎大喜道："多承美意！几次相劝二位共图大业，皆因难拂令堂之意。今惠然肯来，真乃天助我也！"吩咐："取袍服过来，与二位兄弟换了。"一面整备筵席庆贺不表。

再说岳元帅命平江知府去整备粗细竹子、麻绳听用。又扎造木排，置办生牛皮做成棚子、遮箭牌等。在城内各大户乡绅家，借棉被数千床，放在船上，防避弓箭火炮。又画成图样，叫铁匠照式打造倒须钩子，并三尖小刀听用。一面命汤怀、张显取短板扎缚于笆斗上，令兵卒站在上边，在于浅滩水上习练，名为"笆斗兵"；日后站在船上，迎风走浪，却就不怕。汤、张二人领令，就在太湖边岸教练去了。再命施全带领船匠，将毛竹片裹钉船底，下边安排倒须钩、三尖刀。施全领令去了。

过了四五日，杨虎着小喽罗来下书催战。岳元帅推辞有病，暂缓数日。直等过到半个多月，众将皆来缴令："诸色俱已齐备，但无大战船，如何迎敌？"元帅道："不必大船，我自有妙用。将军们可穿着软底鞋子，绞缠扎紧，只看本帅红旗为号，一齐钻入小船篷下藏躲。待他火炮打过，然后出来交战。"又命王贵带领几十号小船，去打捞水草，堆贮船中，躲在两边；待他那第二队"楼船"来时，把草船使出来，将水草推下水去，护住他的车轮。等那楼船行走不动，就上去杀他的兵，钉死他的炮眼；然后再下小船，分左右来助阵。王贵领令去了。又命周青、赵云、梁兴、吉青四将带领五千人马，前往无锡大桥埋伏，道："那杨虎若败了，必由此路投九江去，你们到那里截住。只要生擒，不许伤他性命。违令者斩！"四将得令而去。

岳元帅料理停当，择日出兵。三军齐至水口，发炮下湖。一贴木排，夹着一队小船，前一带皆是竹城，用绳索穿就溜头，若将绳子一扯，竹城就睡倒；将绳一放，那竹城依然竖起。众兵将都站立在木排上,呐喊而来。那边山上忙忙报知杨虎,杨虎即命先行许宾率领"炮火船",元帅花普方率领"楼船",水军头领海进率领"水鬼船",自己率领大战船,亲自督阵,与岳飞交战。当有耿氏二弟兄奏道:"岳飞诡计极多,恐沿湖另伏兵将,击我之后。我二人在此保守山寨,以免大王内顾之忧。"杨虎大喜道:"若得二位贤弟保守了大寨,我好放心去。这一阵,定教他片甲不留。"当时二人直送至水寨方回。

杨虎上船,放炮开船。那岳元帅众兵将在木排上,犹如平地一般。那许宾驾的第一队"炮火船"看见,就一齐放起炮火。岳元帅将红旗一招,众兵将躲进小船,将竹城睡倒遮护,停住不行。但听得炮声不绝,那炮子打在竹城上一片声响,俱溜下水去了。放了一会,听得炮声不响,众将仍旧竖起竹城,又呐喊杀来。这一队"炮火船"两路分开,一声鼓响,第二队"弩楼船"拥将上来,万弩齐发。岳元帅又将红旗一招,照旧睡倒竹城。那王贵将草船放出,一齐将水草推下湖去。那"楼船"上水车,却被水草塞住了车轮,再也踏不动,那船好似钉住一般,转折不来。王贵"豁喇"一声,率领众军跳上"楼船",逢人就砍。众喽罗那里敌得住,杀的杀了,下水的下水去了。王贵吩咐众军士一齐动手,把炮连架子都推下湖去。花普方正来救护,王贵已经下了小船,与岳元帅合兵一处了。那第三队"水鬼船",见前面两队火炮弩箭不得成功,便一声梆子响,众水鬼齐齐下水。元帅见了,也把红旗一展,那阮良手提着两把泼风刀,带了几个会水的军士,"扑通"的跳下水去。那些水鬼在排底船底下,用力将凿子来凿船底。那船底下都是竹片钉着的,那里凿得通?也有被倒须钩钩住的,也有碰着三尖刀割坏的。阮良同这几个水军,见一个,杀一个。那水鬼只识得水性,却不会厮杀,那里当得阮良这些好汉,十停中倒杀掉了九停,依旧跳上木排来助战。这里贼兵看见水面上只管冒出红来,不见岳家兵船沉将下去,情知又着了道路。

杨虎只得催动战船,来与岳飞决战。岳元帅站立于船头之上,高声叫道:"杨将军!你今大事已去,不若早早归降,上与祖宗争气,下得封妻荫子,休要自误了!"杨虎道:"岳飞,你休夸大口!不要说我兵强将勇,就踞着这太湖,水势滔天,进则可攻,退则可守,你怎生奈何得我!"岳元帅大笑道:"杨虎!你兀自不知,你那巢穴已被我抢了,尚在那里说梦话!你试回转头去望望看。"杨虎听说,回头一看,但见满山红焰,火势滔天。早有小喽罗飞船来报:"大王不好了!耿家弟兄抢出牛皋,劫了山寨,四面放火,回去不得了!"杨虎大叫一声:"好岳飞!俺怎肯轻饶了你!"催动战船,驶将上来,刀枪兵器,如雨点一般价来。岳爷小船上兵将,仰着难以抵敌,岳爷忙命挠钩手搭着大船,众将涌身而上。杨虎之船,俱各围裹拢来。王贵手起刀落,将许宾砍下水去。汤怀、张显跳上"楼船",双战花普方。花普方跳下湖赴水,逃到岸上,往湖广去投杨幺去了。"水鬼船"上海进提刀下水,来到木排边,只望来杀岳飞,被王横一铜棍,打得脑浆迸出,死在湖内。杨虎见不是头,也只得跳下水逃命。阮良见了,也跳下水来,擒捉杨虎。岳元帅见四队兵船俱破,下令:"降者免诛。"那些大小贼船听得,俱齐声愿降。元帅就令汤怀、张显,发船往山寨招抚贼兵,"如降者不许杀害。一面救灭了火,将杨虎家眷送到本帅营中候

令。"二将领令去了。又命王贵、施全收拾降军船只。发炮鸣金,奏凯回营。有诗曰:

> 卷旆生风喜气新,早持龙节靖边尘。
>
> 汉家天子图麟阁,身是当今第一人。

且说杨虎在水中战不过阮良,逃往西边上岸。恰遇着数百败走的喽罗,杨虎就拣匹马来骑了,一同去投混江王罗辉、静山王万汝威,思量借兵报仇。行了一夜,天色才明,早到了无锡大桥边。只听得一声炮响,周青、吉青、赵云、梁兴四将一齐杀出,大叫:"我等奉岳元帅将令,在此等候多时!快快下马受缚,免得老爷们动手!"杨虎大怒,举刀来战四将。可怜杨虎杀了一日,走了一夜,肚中又饥,人困马乏,那里战得过四将?只得虚晃一刀,沿着河败将下去。四将随后追来。又听得前面炮声又起,杨虎道:"我命这番休矣!后面追来,前面又有伏兵,怎生逃得过!"恰待要自刎,忽听得前边河内叫道:"杨将军!你令堂在此,快来相见!"那四将在后,就各把马勒住。杨虎举目看时,只见水面上一二十号小船,齐齐摆列两岸;中间三号大船,岳元帅站立船头,左边张保,右边王横,好似天神一样。岳元帅高叫:"杨将军!你令堂、宝眷俱已在此,何不早降?"杨虎道:"岳飞,我已拼一死,休要来哄我!"言未毕,那杨虎的母亲早从船舱里钻将出来,喝道:"逆子!我一家性命皆蒙元帅不杀之恩,还不下马拜降,等待何时?"杨虎见了,慌忙跳下马来,撇了刀,跪在岸边说道:"元帅虎威大德,杨虎情愿归降。但是屡抗天兵,恐朝廷不肯宽赦,奈何?"岳元帅忙拢船上岸,双手扶起道:"天下英雄,皆为奸臣当道,失身甚多。本帅当年在武场亦曾受屈，所以小弟兄辈也做些不肖之事。当今天子敬贤爱才，将军既能改邪归正，就是朝廷的臣子了，都在本帅身上，保举将军共扶宋室，立功显亲，也不枉了人生一世。快请看视令堂，安慰宝眷。"杨虎连声称谢，下船来问候母亲。元帅命四将由陆路先回平江府去。那几百喽罗愿降者，俱令后船汤、张二将分隶部下；不愿为兵者，听其归农。发炮开船，与杨虎同往东西两山招抚羽党，收拾粮草。

次日，到了洞庭山，与二耿、牛皋相会，一同回至平江，安抚地方，拔寨起行。平江知府陆章率领合城耆老乡绅，各送牛酒犒劳。路上百姓家家插香点烛，无不感谢。

岳元帅兵律森严，于路秋毫无犯。不一日，早到了金陵，在城外扎住了营盘，安顿军士。岳元帅带领众将齐至午门见驾。高宗宣进，朝见已毕，岳飞将收伏太湖杨虎归降之事，一一奏明。高宗大悦，即敕光禄寺整备御宴；一面降旨，封杨虎、张国祥、董芳、阮良、耿明初、耿明达六人，俱为统制之职；岳飞加衔纪录；一班随征将士，俱各纪功升赏。即着岳飞统领大军，去征剿鄱阳湖水寇。

岳飞领旨出朝。杨虎自差人送老母、妻子回乡安顿，专候岳元帅择日出兵。却点牛皋带领人马五千，为前队先锋；王贵、汤怀带领五千人马，为第二队；自己同众将在后进发。那王贵向着汤怀道："大哥不叫你我做先行，反点牛兄弟去，难道我二人的本事不如了他么？"汤怀道："不是这等说。大哥常说他大难不死，是员福将，故此每每叫他充头阵。"王贵道："果然他倒有些福气。"

不说二人在路闲谈。且说那牛皋,挂了先锋正印,好不兴头,领着人马,一路到了湖口。当有总兵官谢昆下营在彼处,等候岳元帅。探兵见牛皋打的是岳军旗号,认做是岳爷,慌忙通报。谢昆连忙出营跪接,口称:"湖口总兵谢昆,迎接大老爷。"牛皋在马上道:"贤总兵请起。我乃岳元帅先行都统制牛皋,元帅还在后边。"谢昆气得出不得声,起来叫左右:"把报事人绑去砍了!"两边军士答应一声,就将探军绑起。牛皋大怒,"这总兵如此可恶!"便叫一声:"谢总兵!你既做了总兵官,吃了朝廷的俸禄,一两个小强盗,怕你还杀他不过、剿除不得,也要请我们来做什么?我们往别处下营去,这个功劳,让了你罢!"说罢,就回马转身,吩咐众兵士一齐退下。谢昆吃了一惊,暗道:"他是奉着圣旨来的,若在岳爷面前说些什么还了得!"只得忍着气,赶上来扯住牛皋的马,叫道:"牛将军请息怒。军中报事不实,应按军法。幸是将军来,报差了还好;倘是贼兵杀来,也报差了怎么处!既是将军面上……"吩咐:"放了绑,快来谢了牛老爷!"探子在马前叩头,谢了牛皋。

牛皋道:"谢总兵,我且问你,这里有多少贼?贼巢在那里?"谢昆道:"这鄱阳湖内有座康郎山,山上有两个大王:大头领罗辉,二头领万汝威。他两个占住此山,手下雄兵猛将甚多。内中有个元帅,姓余名化龙,十分厉害,因此官兵近他不得。"牛皋道:"这康郎山离此有多少路?可有旱路的么?"谢昆道:"前面湖口望去,那顶高的就是,水路去不过三十里;若转旱路,就有五十里。"牛皋道:"既如此,可着个小军来,引我们往旱路,就去抢山。你可速备粮草,前来接应。"说罢,就令众儿郎望康郎山进发。谢昆暗想:"这莽匹夫不知厉害,由他自去,送了他的命,与我何涉。"

且说牛皋领兵来至康郎山,吩咐众儿郎:"抢了山来吃饭罢。"三军得令,在山前放炮呐喊。早有守山喽罗飞报上山,万汝威就命余化龙引兵下山迎敌。余化龙得令,带领喽罗,一马冲下山来,大喝一声:"那里来的毛贼,敢来寻死!"牛皋抬头一看,只见来将头戴烂银盔,坐下白龙马,手执虎头枪,望去竟如岳爷相象。牛皋也不答话,举锏便打。余化龙笑道:"原来是个村夫。也罢,让本帅赏你一枪罢。"架开锏,"耍耍耍"一连几枪,杀得牛皋气喘汗流,招架不住,回马便走。那些军士道:"列位,走不得的!被他在马后一追,我等尽是个死,宁可抵挡着他。"那时众军士齐齐站定两旁,个个开弓发箭。余化龙见众兵卒动也不动,箭似飞蝗一般射来,不敢追赶,叹道:"话不虚传,果然岳家兵厉害!"只得鸣金收军,回山去了。众军士看见强人退上山去,又来收箭。

牛皋一马跑回了十来里路,不见半个兵卒逃回,说道:"不好了,都被他杀尽了!单单剩了我一个光身,怎好回去见我岳大哥?待我转去看看着。"又掇转马头,加上一鞭赶转来,但见众军士都在草地上拾箭,牛皋便问:"强盗到那里去了?"众军士道:"我们放箭射他,他收兵回去了。"牛皋道:"妙啊!倘然我老爷下次弄了败仗,你们照旧就是了。"众军士倒好笑起来。牛皋不好去见谢总兵,只得退下三十里,安营住下。

次日,王贵兵到,同汤怀安营在湖口。停不得两日,岳元帅大队已到,谢总兵同着汤怀、王贵迎接。元帅便问:"牛皋怎么不见?往那里去了?"谢昆道:"他一到就往康郎山交兵去了。"岳爷取令箭一枝,命谢总兵催粮应用。谢总兵领令去了。岳元帅吩咐众将,齐往康郎山旱路去取山。看看行至二十里,牛皋出营来接。元帅见他在旁侧安营,料是又打了败仗,元帅就问贼兵消息。牛皋便将余化龙厉害的话,说了一遍。岳元帅就相度地方,安下营盘。那边小喽罗飞报上山。两个大王仍命余化龙下山讨战。岳元帅命众将士一齐放箭,坚守营寨,不与交战。余化龙令喽罗辱骂了一回,元帅只是不动。余化龙只得收兵回山。岳元帅暗暗传下号令:"众将四下移营安歇,防他今夜来劫寨。只听炮响为号,四下齐声呐喊,却不要出战。"众将领令,各各暗自移营埋伏。

且说余化龙回山,奏上二位大王:"岳飞今日不肯出战,今晚必定由水路来抢山,旱寨必然空虚。今我将计就计,二位大王保守水寨,臣领兵去劫他的旱寨,必然成功。"两个头领听了大喜,依计而行。等到二更时分,余化龙领兵悄悄下山,一声呐喊,杀入大营,并无一人。余化龙情知中计,拨回马便走。但听得"哄咙"的一声炮响,四下里齐声呐喊,众喽罗拼命逃奔,自相践踏,反伤了许多兵卒。岳爷却不曾亏折了一人。

次日天明,余化龙又下山来讨战。岳元帅仍然坚守不出,余化龙只得收兵回山。到了黄昏时候,岳爷换了随身便服,带了张保一人,悄悄出营,不知作何勾当。正是:

  雄才巧艺适相逢,屠龙宝剑射雕弓。

赤胆忠心扶社稷,鱼虾端不识游龙。

毕竟不知岳元帅黉夜出营有何事故,且听下回分解。

第三十一回

穿梭镖明收虎将　苦肉计暗取康郎

诗曰:

山川扰扰战争时,浑似英雄一局棋。

最好当机先一着,由他诈狠到头输。

话说岳元帅独自一人,带了张保,悄悄出了营门,往康郎山左近,把山势形状,细细观看了一番。复身回营,对众弟兄道:"我观康郎山,前靠鄱阳湖,山势险峻,虽有百万之众,一时难以破他;况且余化龙武艺高强,本帅久闻其名。待我明日与他交战,贤弟们只可旁观,不可助战。待我收伏了他,方能破得此山;若不然,徒然虚费钱粮,迁延时日,究竟无益也。"众将俱各领命,各自归营安歇。

到了次日,岳元帅齐集众将,只听得"扑通通"三声大炮,出了营门,一路上"咕冬冬"战鼓齐鸣,带领大军,直抵康郎山下。各将官齐齐的摆齐队伍,在后边观看。那边小喽罗飞报上山。余化龙闻报,即引众喽罗下山来迎敌。两边军士射住阵脚。旗幡开处,闪出那岳元帅,立马阵前问道:"来将何名?"余化龙道:"本帅余化龙便是。来者莫非就是岳飞否?"岳飞道:"然也。你既知本帅之名,何不下马归降?待本帅奏闻天子,不失封侯之位。"余化龙大笑道:"岳飞,我久闻你是个英雄好汉,可惜你不识天时。宋朝臣奸君暗,气数已尽;二帝被掳，中原无主。不若归顺我主，重开社稷，再立封疆，岂不为美？你若仗着一己之力，欲要挽回天意，恐一旦丧身辱名，岂不贻笑于天下乎？请自三思。"岳爷道："将军之言差矣！我宋朝自太祖开基，至今已一百六七十年，恩深泽沛，偶为奸臣误国，以致金人扰乱。今人心不忘故主，天意不肯绝宋，是以我主上神佑，泥马渡江，正位金陵，用贤任能，中兴指日可待。我看将军堂堂一表，抱负才能，不能为国家栋梁，甘作绿林草寇，是为不忠；既不能扬名显亲，反自点污清白，是为不孝；荼毒生灵，残害良民，是为不仁；但知康郎山之英雄，不知天下之大，岂无更出其右！一旦失手，辱身败名，是为不智。将军空有一身本事，'忠孝仁智'四样俱无，乃是庸人耳，反说本帅不知天命耶！"

这一番话，说得余化龙羞惭满面，无言可答，只得勉强道："岳飞，我也不与你斗口。你若胜得我手中的枪，我就降你；你若胜不得我，也须来归降我主。"岳爷道："一言既出，驷马难追。若添一个小卒助战，就算我输。但是刀对刀，枪对枪，不许暗算，放冷箭就不为好汉。"余化龙说声："妙啊！这才是好汉！且与你战三百合看。"就举虎头枪来战岳爷。岳爷把沥泉枪一摆，二马相交，双枪并举。这一个似雪舞梨花，那一个如风摆柳絮。果然好枪，来来往往，战有四十个回合，不分胜败。余化龙架住岳元帅的枪，叫声："少歇！岳飞，你果然好本事，今日不能胜你，明日再战罢。"两边各自鸣金收军。

岳元帅回至营中坐定，对众弟兄道："余化龙枪法，果然甚好。若得此人归降，何愁金人不平乎？"众兄弟亦各称赞："果然好枪法。"

当夜闲话不提。

到了明日,余化龙仍旧领兵下山,这里岳元帅也领兵出营,余化龙道:"岳飞,本帅昨日与你未决雌雄,今日必要擒你。"岳爷道:"余化龙,且休夸口,今日与你见个高下。"二人举枪又战。果然棋逢敌手,将遇良才,两个又战了一日,不分胜败。岳元帅把枪架住,叫声:"余化龙,天已晚了,若要夜战,好命军士掌灯;若不喜夜战,且自收军,明日再战。"余化龙道:"且让你多活一夜,明日再战罢。"两下鸣金收军,各自回营。

至第三日,又战至午后,尚无高下。余化龙暗想:"岳飞果然本事高强,怎能胜得他?必须用我神镖,方可赢得。但在众人面前打倒他,只说我暗算,损我威名;不如引他到山后无人之处,打他便了。"余化龙算计已定,虚晃一枪,叫声:"岳飞,本帅战你不过了!"回马便望山左败去。岳爷想道:"他枪法未乱,如何肯败?其中必有缘故。"便喝一声:"余化龙,随你诡计,本帅岂惧了你!"就拍马赶上,追至山后边。余化龙见岳飞追来,拨回马又战了七八合,回马又走。岳爷又追下去。余化龙暗暗取出金镖,扭转身躯,喝声"着",一镖打来。岳爷笑道:"原来这般低武艺。"把头望左边一偏,这镖却打个空。余化龙又发一镖打来,岳爷往右边一闪,这镖又打个不着。余化龙着了慌,"簌"的一声,又将第三枝镖望岳爷心窝里打来;岳爷把手一绰,接在手中道:"余化龙,你还有多少?索性一齐来。"余化龙道:"岳飞,你虽接得我的镖,你也奈何不得我。"岳爷道:"也罢,本帅虽没有用过这般暗器,今日就借你的来试试看。"就将手中镖望余化龙头上打来。余化龙一手接住,又望岳爷打来;岳爷又接住,又望余化龙打来。两个打来打去,正好似美女穿梭一般。岳爷接镖在手,叫声:"余化龙,你既自负英雄,能识天命,仗你平生本事尚不能胜本帅一人,何况天下之大,岂无更胜如本帅的么?何不下马归降,去邪归正,以图富贵乎?"余化龙道:"岳飞,你休得大言,叫我下马。你若拿得我下马,我就降你;若不能拿我,怎肯伏你?"岳元帅大喝一声:"本帅好意劝你,你却不听,快下马者!"一声喝,一镖打来。余化龙但防了上下身子,却不曾防得岳爷一镖,将余化龙坐马项下的挂铃打断。那马一惊,跳将起来,把余化龙掀翻在地。岳爷跳下马来,双手扶起,说道:"余将军这马,未曾经临大阵,请换了再来决战。"余化龙满面羞惭,跪下道:"元帅真是天神!小将情愿归降,望元帅收录!"岳爷道:"将军若果不弃,与你结为兄弟,同扶宋室江山。"余化龙道:"小将怎敢?"元帅道:"本帅爱才如命,何必过谦?"二人就撮土为香,对天立誓。岳元帅年长为兄,余化龙为弟。岳爷道:"贤弟,我只假做中了你的镖,败转去,在众人面前再战几合,以释你主之疑。"余化龙道声:"遵命。"

二人复上马,岳爷前边败下,余化龙随后追来。到了战场之上,岳爷大叫:"众兄弟,我被奸贼打了一镖,你们快来助战!"那时汤怀、张显、王贵、牛皋等众将一齐上前。余化龙略战几合,众寡不敌,败回山去,见了两个头领禀道:"小臣诈败,哄骗岳飞追赶,被我金镖打伤,正要擒获,谁知他那里将众人多,一齐助战,杀他不过。明日必须主上亲自出马,必然大胜也。"罗辉对万汝威道:"休怪元帅,一人怎

第三十一回　穿梭镖明收虎将　苦肉计暗取康郎

敌众手？明日与御弟亲自出马，擒他便了。"

不说二贼计议出战之事。且说岳元帅收兵回营，众弟兄只道岳爷真个着了镖，俱来问安。岳爷假说："被他暗算，几乎失手。幸亏打中了手指，不曾受伤。"正在谈议，忽有探子来报："今有金兀术差元帅斩着摩利之，领兵十万，来打藕塘关；驸马张从龙，领兵五万，攻打汜水关。十分危急，请令定夺。"元帅赏了探子牛酒银牌，吩咐再去打听，探子谢赏自去。且说岳元帅心中好不纳闷，对众将道："湖寇未平，金兵又到，如之奈何？"众将俱各袖手无计。忽见杨虎上前禀道："末将曾与万汝威有一拜之交，他往往约我同夺宋朝天下，不若待末将前去将利害之语，说他归降，未知元帅意下如何？"岳爷大喜道："若得将军肯为国家出力，实乃朝廷之福也。但要小心前往，本帅专候好音。"杨虎领令出营。

到了明日，万汝威与罗辉传令众喽罗兵紧守三关，专候二位大王亲自下山与岳飞决战。

且说杨虎，不走旱路，自到水口，用十二名水手，驾着一只小船，竟往水寨而来。小喽罗报知，二位大王随令上山相见。杨虎到了大寨，相见已毕。万汝威道："贤弟有一身本事，兼有太湖之险，怎么反降顺了岳飞？今来见我，有何话说？"杨虎道："不瞒兄长说，小弟在太湖有大炮无敌，水鬼成群，花普方等勇将无数，西山粮草充足，被岳飞一阵杀得大败亏输。蒙他爱才重义，收录军前，奏闻天子，恩封统制之职。故今特来相劝二位大哥，不如归宋，必定封妻荫子。不知二位大哥意下若何？"万汝威听了，不觉勃然大怒，喝声："推去砍了！"

左右方欲动手,余化龙慌忙跪下道:"大王刀下留人!"大王道:"这等无志匹夫,自己无能,屈膝于人,反敢胡言来惑乱我的军心,留他怎么?"余化龙道:"大王前曾有恩于杨虎,今日斩了他,岂不把往日之情化为乌有?"万汝威道:"既如此,赶下山去!若在军前拿住,决不轻恕!"杨虎抱头鼠窜,下山来至水口。那来的小船空空的并无一人,只因大王将杨虎绑了要杀,这十二个水手不敢下船,急急的从旱路逃回,报知岳元帅去了,所以只剩了一只空船。杨虎只得央及几个小喽罗相帮,摇回本寨,上岸,叫小喽罗暂在营门外等候,"待我见过元帅,取银钱相送。"

杨虎进营来见元帅,元帅道:"方才水手逃回,说你被贼人斩首。今日安然回来,必然归顺了贼寇,思量来哄本帅。与我把这匹夫绑出去砍了!"杨虎大叫道:"小将恐元帅动疑,故将送来的小喽罗留在营外。求元帅叫来问他,便知小将心迹了。"元帅令唤小喽罗进来,一齐跪下。元帅问道:"你们还是鄱阳湖贼人,还是乡间百姓被他掳来的?"那些喽罗要命,皆说道:"我们是良家百姓,被这位将军捉来的。"元帅微微笑道:"如今还有何辩?快快推出去斩了!这些既是乡下子民,放他去罢。"那几个喽罗叩头谢了,慌忙跑回山去报信了。

且说这里将杨虎绑出营来,那些帐下众将,见事情重大,不敢出言,只有牛皋叫声:"刀下留人!"过来跪下禀道:"杨虎私通贼寇,虽则该斩,但无实证,未定真假。求元帅开恩,饶他性命。"元帅道:"既是牛将军讨情,饶了死罪,捆打一百。"牛皋起初听见说"饶了",甚是欢喜;及至说要"捆打一百",想道:"倒是我害了他了!若是杀头,痛过就完了。这一百棍子,岂不活活打死,反要受这许多疼痛!"欲待再上去求,又恐动怒。看看打到二十,熬不住了,只得又跪下禀道:"做武将的人全靠着两条腿,若打坏了,怎生坐马?牛皋情愿代打了八十罢。"元帅道:"既如此,饶便饶了;倘他逃走了去,岂不是放虎归山?那个敢保他?"两边众将,并没个人答应。还是牛皋上来道:"小将愿保。"岳元帅道:"你既肯保,写保状来。"牛皋道:"我是写不来的。汤二哥,烦你代我写了罢!"汤怀道:"你既肯舍命保他,难道不替你写?"随即写了保状,叫牛皋画了押,送上元帅。元帅就叫牛皋带了杨虎回营。众将各各自散。

杨虎谢了牛皋,叫家将:"取我的行李来,到牛老爷营中安歇。"牛皋道:"我若怕你逃走,也不保你了。请自回营将息。"杨虎道:"承兄厚情,何日得报。"遂辞了牛皋,回到自己营中,坐定想道:"元帅打我几下何妨,但是也该访问个明白才是。怎么糊糊涂涂的屈我?"正在懊恼,忽见家将悄悄禀道:"元帅有机密人求见。"杨虎随命:"唤他进来。"家将出来,引那来人到跟前跪下,将密书呈上。杨虎拆开看了,就取个火来烧了,对来人说:"我晓得了。"来人叩头辞去。杨虎就将药汤洗净棒疮,取些酒来,吃得醉了,睡了半夜。到得五更,起来向家将说道:"我要往一个地方走走,须得两日方回。尔等紧守营寨,不必声张,只说我在后营养病,诸事不许通报!"家将领命。

那杨虎悄悄出了营门,上马加鞭,独自一人望康郎山来。到得山前,天已大明,高叫道:"杨虎求见大王!"守山喽罗报知万大王。大王命:"宣他进来!"杨虎来到大寨,见了万汝威,跪下哭道:"不听大王之言，几乎丧了性命！叵耐岳飞叫我来说大王归顺，回去要斩，幸亏牛皋保救，打了数十，情实不甘，逃到此间。望大王念昔日之深情，代杨虎报了此仇，虽死无恨。"万大王就命军士看验棒疮，果然打得凶狠。万汝威忽然大喝一声："杨虎！你敢效当年黄盖献'苦肉计'么？"杨虎大叫道："我此来差矣！"就在腰间拔出剑来要自刎。万汝威慌忙下座，双手扶住道："孤家与你相戏，何得认真？你若早听孤言，也不致受苦了。"就吩咐余化龙："可代孤之劳，引御弟到营中去将养棒疮，治酒款待。"

化龙得令，同杨虎回到本营，将药敷好，然后坐席饮酒。余化龙暗想："杨虎朝秦暮楚，是个反复小人。"饮酒之间，嘲他一句道："将军前日来劝吾主降宋，怎么今日反降了我主？真个凡事不可预料也！"杨虎道："将军不知，杨虎此来，也只为能顺天时、结好汉，镖打穿梭义弟兄耳！"余化龙听了此言，大惊失色，忙叫左右从人回避。这些服侍人役，一齐退后。化龙问道："将军此言，必有所闻。"杨虎回顾四下无人，便道："实不相瞒，目今金兵攻打汜水、藕塘两关，元帅不得分兵，心中忧闷，故着小弟行此苦肉之计，前来帮助将军成功。"余化龙大喜道："将军真是英雄！不才有眼不识，抱惭实甚！"两个说得投机，各人吃得大醉方歇。丢下一边。

且说那日早晨，牛皋坐在营中，小校来报道："杨虎走了。"牛皋听了，心中好不懊恼："这个狗头，果然害我！"只得来见元帅道："杨虎夜间走了，不知去向，特来领罪。"元帅道："我也不管，就命你去拿来赎罪。"牛皋得令，带领五千人马，来到康郎山下，大声叫喊："杨虎狗头,快快出来见我!"喽罗报上山去,万汝威就命杨虎下山迎敌。杨虎道:"小将亏得牛皋保救,不好下手,求大王别遣良将。"余化龙道:"待小将即去擒来。"万汝威道:"就命汝去。孤家即去邀请罗大王同来山顶观战。"余化龙一声"得令",带领喽兵冲下山来,大喝一声:"牛皋!你是我手下败军之将,又来做什么?"牛皋道:"可恨杨虎这贼,我救了他的性命,反逃走了来害我。快快叫他出来,待我拿他去赎罪!"余化龙道:"杨虎今早来投降了,大王认为兄弟,十分荣贵。你不若也降了我主,待我在主公面前保奏,也封你做个大官何如?"牛皋道:"放你娘的屁!我是何等之人,肯来降你?照爷爷的铜罢!""当"的一铜,望余化龙脑门上打来。余化龙举枪架开铜,搭上手,战了五六个回合,牛皋招架不住,败回阵来。

余化龙也不追赶,鸣金收军,上山来见两个头领。正在商议退兵之策,忽报:"岳飞差人来下战书。"罗、万两个拆开观看,上边写道:

"大宋扫北大元帅岳,书谕万汝威、罗辉知悉:汝等无能草寇,蚁聚蜂屯,缩首畏尾,岂能成事?若能战,则亲自下山,决一雌雄;若不能战,速将杨虎献出,率众归降。我皇上体上天好生之德,决能饶汝残生。若待踏平山寨,玉石不分。早宜自裁,勿遗后悔!"

罗辉、万汝威看了大怒,即在原书后面批定"来日决战",将来人赶下山去。两边各自歇息了一夜。

次日,岳元帅率领众将,带领大兵,直至康郎山下,三声炮响,列成阵势。罗、万二头领亦领众喽罗下山,摆得齐齐整整。又是一声炮响,岳元帅立马阵前,罗辉、万汝威亦出马来,余化龙、杨虎跟在后面。牛皋见了杨虎,用手指着骂道:"你这无义匹夫,今日我必杀你!"这万汝威推马上前一步,叫声:"岳飞,你空有一身本事,全然不识天时!宋朝气运已终,何苦枉自费力,保着昏君?若不降顺孤家,今日誓必拿你!"岳元帅道:"你二人若是知机,及早归降,以保一门性命。如若执迷,性命只在顷刻也!"罗辉大怒,叫声:"谁人与我拿下岳飞?"余化龙道:"我来拿他!"手起一枪,将万汝威刺于马下;杨虎手起刀落,将罗辉砍为两段。元帅即令抢山。这一声呐喊,众将士一齐上山,砍的砍了,走的走了,愿降者齐齐跪下。余化龙招抚余党,杀了二贼家小,收拾钱粮下山,一同元帅回营。此时众将方知杨虎献的是苦肉计。牛皋道:"这样事也不通知我一声,只拿我做呆子。下回打死,我也不管他闲事了。"当日大排筵席,合营众将庆贺不提。

明日元帅升帐,众将参见已毕。元帅就令牛皋,带领本部五千人马,为第一队先行,星夜前去救氾水关;余化龙、杨虎二人,领兵五千,为第二队救应。三人领令去了。元帅将降兵入册,钱粮入库,命地方官收拾寨栅船只。一面写本进京报捷,保奏余化龙为统制,然后起兵往氾水关进发。

再说牛皋兵至氾水关,军士报道:"氾水关已被金兵抢去了。"牛皋道:"既如此,孩儿们夺了关来吃饭。"三军呐声喊,到关下讨战。番将出关迎敌,两下列齐军士。牛皋道:"番奴通下名来,好上我的功劳簿。"番将道:"南蛮听者,俺乃金邦老狼主的驸马张从龙便是。你这南蛮既来寻死,也通个名来。"牛皋道:"你坐稳着,爷爷乃是总督兵马扫金大元帅岳爷部下正印先锋牛皋老爷便是！且先来试试老爷的铜看。""耍"的一铜，就打将过来。张从龙使的是两柄八楞紫金锤，搭上手，战不到十二三个回合，那张从龙的锤重，牛皋招架不住，拨转马头，败将下来，大叫："孩儿们照旧！"众军士果然呐喊一声，乱箭齐发。张从龙见乱箭射将来，只得收兵转去。牛皋败阵下来，在路旁扎住营寨。

到了次日，余化龙、杨虎二将到了，问军士道："为何牛爷下营在路旁？"军士回禀，说是："一到抢关，打了败仗。"杨虎对余化龙道："我们且安下营寨，同你前去看看他。"不一时，安下营盘。余化龙同了杨虎走到牛皋营前，守营军士忙要去通报。杨虎道："与你家老爷是相好弟兄，报什么！"竟自进营。那军士怕的是牛皋性子不好，如飞进去报道："余、杨二位将军到了。"牛皋大怒道："由他到罢了，报什么？"军士吓得不敢则声，走将开去。牛皋又骂道："杨虎这狗男女，自己要功劳，却鬼头鬼脑的哄我。我以前每次出兵，俱打胜仗；自被他的贼元帅花普方在水中淹了这一遭，出门就打败仗。"那余、杨二人刚刚走进来，听见他正在那里骂，就立定了脚，不好走进去，悄悄的出营。杨虎道："他自己打了败仗，反抱怨我们。"余化龙道："我们去抢了氾水关，将功劳送与他，讲和了，省得只管着恼，何如？"杨虎道："说得有理。"回到营中，吩咐众军士吃得饱了，竟去抢关。正是：

康郎已决安邦策，氾水先收第一功。

不知二人抢关胜败若何，且听下回分解。

第三十二回

牛皋酒醉破番兵　金节梦虎谐婚匹

词曰：

这香醪，调和曲蘗多加料。须知不饮旁人笑。杯翻罍倒，酣醉破番獠。　　飞虎梦，卜英豪。一霎时，百年随唱，一旦成交。

——右调《殿前欢》

却说余化龙、杨虎二人带领三军，齐至氾水关前，放炮呐喊。早有小番飞报上关，张从龙率领番兵开关迎敌，两阵对圆。余化龙出马，并不打话，冲开战马，拎枪便刺。张从龙举锤就打。枪来锤去，战到二十回合，不分胜负。余化龙想道："怪不得牛皋败阵。这狗男女果然厉害！"虚晃一枪，诈败下来。张从龙拍马追来。余化龙暗取金镖在手，扭回身子，"豁"的一镖，正中张从龙前心，翻身落马。杨虎赶上一刀，枭了首级。三军一齐抢进关来，众番兵四散逃走。两将就进氾水关安营。

明日，二人一同来见牛皋。牛皋道："你二位到此何干？"余化龙道："我二人得了氾水关了。"牛皋道："你二人得了功劳，告诉我做什么？"余化龙道："有个缘故。昨日听见将军抱恨杨虎，今我二人抢了氾水关送与将军，一则与将军重起大运；二则小将初来无以为敬，聊作进献之礼。将军以后不要骂杨将军了。"牛皋道："元帅来时怎么说?"余化龙道:"让牛兄去报功,小弟们不报就是。"牛皋道:"如此说,倒生受你们了。"二人辞别回营。牛皋就领兵出大路口安营,伺候元帅。

这日报元帅大兵已到,三人一齐上来迎接。元帅便问:"抢氾水关是何人的功劳?"三人皆不答应。元帅又问:"为何不报功?"牛皋道:"我是不会说谎的。关是他二人抢的,说是把功劳让我,我也不要,原算了他的罢。"元帅道:"既如此,你仍领本部兵马去救藕塘关。本帅随后即至。"牛皋领令而去。岳爷就与余、杨二人上了功劳簿,安抚百姓已毕,随即起身,往藕塘关进发。

且说牛皋一路上待那些军士,犹如赤子一般,效那当年楚霸王的行兵,自己在前,三军在后。那些军士常常带了饭团走路,恐怕牛皋抢了地方方许吃饭。一路如飞赶来。这一日,看看来到藕塘关。守关总兵闻报,说是岳元帅领兵已至关下,忙出关跪下道:"藕塘关总兵官金节,迎接大老爷。"牛皋道:"免叩头。我乃先行统制牛皋,元帅尚在后头。"金节忙立起来,只急得气满胸膛,暗想道:"一个统制,见了本镇要叩头的,怎么反叫本镇免叩头?"吩咐:"把报事的绑去砍了!"牛皋听了,大怒道:"不要杀他。你既然本事高强,用俺们不着,我就去了。"吩咐转兵回去。金节想道:"这个匹夫是岳元帅的爱将,得罪了他,有许多不便。"只得忍着气,上前叫声:"牛将军,请息怒。本镇因他报事不明,军法有律。既是将军面上,就不准法吧。"便吩咐放绑。牛皋道:"这便是了。你若难为了他,我就没体面了。"金节道:"是,本镇得罪了。请将军进关驻扎。"

二人进关，到了衙门大堂，只见处处挂红，张灯结彩，皆因元帅到来，故此十分齐整。牛皋来到滴水檐前，方才下马。上了大堂，在正中间坐下，总兵只得在旁边坐了，送茶出来吃了。一面摆酒席出来，请牛皋坐下。牛皋道："幸喜这酒席请我，还见你的情；若请元帅，就有罪了。"金节忙问道："这却是为何？"牛皋道："俺元帅饮食，向北方流涕。因二圣却在那里坐井观天，吃的是牛肉，饮的是酪浆。如此苦楚，为臣子的就吃一餐素饭，已为过分。俺们常劝元帅为国为民，劳心费力，就用些荤菜，也不为罪过。被俺们劝不过，如今方吃些鱼肉之类。若见这般丰盛酒席，岂不要恼你？"金节听了，连声谢道："多承指教！"牛皋道："索性替你说了罢，俺元帅最喜的是豆腐，因河北大名府内黄县小考时，吃了豆腐起身。他道：'君子不忘其本。'故此最爱豆腐。"金节道："原来如此，越发承情指教了。"牛皋道："贵总兵，你这酒席，果然是诚心请我的么？"金节道："本镇果然诚心请将军的。"牛皋道："若是诚心请我，竟取大碗来。"金节忙叫从人取过大碗。牛皋连吃了二三十碗。金节暗想道："这样一个好元帅，用这样蠢匹夫为先行！"看看吃到午时，牛皋问道："贵总兵，俺那些兵卒们，须要赏他些酒饭吃。"金节道："都与他们银子，自买来吃了。"牛皋道："如此费心了！"

金节看牛皋已有八九分醉意，只见外边的军士来报道："金兵来犯关了！"金节悄悄吩咐军人，传令各门，加兵护守。报子去了。牛皋问道："金爷，你鬼头鬼脑，不像待客的意思，有甚话，但说何妨。"金节道："本镇见将军醉了，故不敢说。番兵将近关了！"牛皋道："妙啊！既有番兵，何不早说？快取酒来，吃了好去杀番兵。"金节道："将军有酒了。"牛皋道："常听得人说：'吃了十分酒，方有十分气力。'快去拿来！"金节无奈，只得取一坛陈酒来，放在他面前。牛皋双手捧起来，吃了半坛，叫家将："拿了这剩的那半坛酒，少停拿与你爷吃。"立起身来，踉踉跄跄，走下大堂。众人只得扶他上马。三军随后跟出城来。

金节上城观看，那牛皋坐在马上，犹如死的一般。只见金邦元帅斩着摩利之，身长一丈，用一条浑铁棍，足有百十来斤，是员步将。出阵来，看见牛皋吃得烂醉，在马上东倒西横，头也抬不动。斩着摩利之道："这个南蛮，死活都不知的。"就把那条铁棍一头竖在地下，一头挂在胸膛，好似站堂的皂隶一般，口里边说："南蛮，看你怎么了！"牛皋也不答应，停了一会，叫："快拿酒来！"家将忙将剩的半坛酒送在牛皋面前，牛皋双手捧着乱吃。那晓得吃醉的人被风一吹，酒却涌将上来，把口张开竟像靴统一样，这一吐，直喷在番将面上；那番将用手在面上一抹。这牛皋吐了一阵，酒却有些醒了，睁开两眼，看见一个番将，立在面前抹脸，就举起铜来，"嗆"的一下，把番将的天灵盖打碎，跌倒在地，脑浆迸出。牛皋下马，取了首级，复上马招呼众军，冲入番营，杀得尸横遍野，血流成河。追赶二十里，方才回兵，抢了多少马匹粮草。

金节出关迎接，说道："将军真神人也！"牛皋道："若再吃了一坛，把那些番兵都杀尽了。"说话之间，进了关来。金节送牛皋到驿中安歇，众军就在后首教场内安营。

金节回转衙中，戚氏夫人接进后堂晚膳。金爷说起牛皋十分无礼，"不想他倒是一员福将，吃得大醉，反打败十万番兵，得了大功。"夫人道："也是圣上洪福，出这样的人来。"闲话之间，金爷吃完了晚膳，对夫人道："下官因金兵犯界，连夜里还要升堂去办事，只好在书房去歇了。"夫人道："相公请自便。"金节自往外去。夫人进房安歇，到了三更时分，忽听得房门叩响。夫人忙叫丫环开了房门，却原来是夫人的妹子戚赛玉，慌慌张张走进房来，叫声："姐姐，妹子几乎惊死！特来与姐姐作伴。"夫人道："你父母早亡，虽是你姐夫抚你成人，但如今年纪长大，也要避些嫌疑。幸喜你姐夫在书房去歇了，倘若在此，也来叩门？"赛玉道："不是妹子不知世事。方才妹子睡梦里见一只黑虎来抱我，所以唬得睡不稳，只得来同姐姐作伴。"夫人道："这也奇了，我方才也梦见一个黑虎走进后堂，正在惊慌，却被你来叩门惊醒。不知主何吉凶？"遂留赛玉一同宿了。

到了天明起来，梳洗已毕，金爷进后堂来用早膳。夫人道："妾身昨夜梦见黑虎走入后堂，舍妹亦梦被黑虎抱住，不知主何吉凶？"金爷道："有此奇事！下官昨晚亦梦有黑虎进内。莫非令妹终身，应在此人身上么？"夫人道："那个什么'此人'？"金爷道："就是岳元帅的先行官牛皋。他生得面黑短须，身穿皂袍，分明是个黑虎。我看他人虽卤莽，后来必定衣紫腰金，倒不如将令妹配与他，也完了你我一桩心事。不知夫人意下若何？"夫人道："妾乃女流，晓得什么，但凭相公作主。"金爷道："待下官去问他家丁，若未曾娶过，今日乃是黄道吉日，就与令妹完姻便了。"夫人大喜，就进房去与妹子说知。

金节出来,叫他家丁来问,晓得牛皋未娶夫人。金节大喜,就命家人整备花烛,着人将纱帽圆领送到驿中去,"你不要说甚么,只说请他吃酒,等他来时,就拜天地便了。"家人领命,遂来至驿中,见了牛皋,送上衣帽。牛皋道:"为何又要文官打扮吃酒?少停我便来罢了。"家将回府说牛皋就来,金节甚喜。大堂上张灯结彩,供着喜神,准备花烛。不一时,牛皋来至辕门下马,金节出来迎接。走至大堂,牛皋见这光景,心中想道:"他家有人做亲,所以请我吃喜酒。"牛皋便问金节道:"府上何人完姻?俺贺礼也不曾备来,只好后补了。"金爷道:"今天黄道吉日,下官有一妻妹送与将军成亲,特请将军到来同结花烛。"叫:"请新人出来!"那牛皋听见这话,一张嘴脸涨得猪肝一般,急得没法,往外一跑,出了大门,上马跑回驿中去了。这边戚夫人见牛皋跑了去,便道:"相公,他今跑了去,岂不误了我妹子终身大事!"金爷道:"夫人不必忧心。且候元帅到来,我去禀明,必成这头亲事。"

　　正说之间,忽报岳元帅大兵已来。金总兵也不换衣甲,就穿着这冠带,上了马出关,直至军前跪下,口称:"藕塘关总兵金节,迎接大老爷。"岳爷道:"请起。"暗想:"那牛皋怎么不见来接?难道又打了败仗了?"便问:"总兵为何这等服色?"金节禀道:"只因牛先锋兵至关中,甚是无礼,公堂饮酒,居中而坐,吃得大醉。适值番将领兵十万来犯关,那个番将身长一丈四尺,十分厉害。牛先锋决要出去交战,来至阵前,牛先锋吐酒于番将脸上,番将忙揩脸时,牛先锋一锏打死,大获全胜。卑职贱荆戚氏有一胞妹,年方十七,尚未适人。因夜间梦兆有应,欲配先锋,又逢今日黄道吉期,特请先锋到衙完姻,不知何故,竟自跑回。求元帅玉成,得谐秦晋,实为恩便。"元帅道:"贵总兵请回,少停待我送来完姻便了。"金节谢了回衙,与夫人说知,各各欢喜。

再说岳元帅,扎下营盘,便叫汤怀去唤牛皋来。汤怀得令,出营上马,进得关来,来至驿中门首,便问军士道:"你家牛老爷那里去了?"军士禀道:"俺家老爷在后帐房。"汤怀道:"不必通报,我自进去。"只见牛皋朝着墙头坐着,汤怀道:"贤弟,好打扮!"牛皋道:"汤哥几时来的?"汤怀道:"元帅有令,令你前去。"牛皋道:"待我换了衣甲去。"汤怀道:"就是这样的去罢。"扯了就走。一同上马来至大营,汤怀先来缴令,然后牛皋跪下叩头。岳爷道:"夫妇,人之五伦,你怎么跑了来?岂不害了那小姐的终身?今日为兄的送你去成亲。"元帅也换了袍服,同牛皋一齐来到总兵衙门。金爷出来,接到大堂之上,先拜了元帅,就请新人与牛皋拜了花烛,送归洞房。元帅对金总兵道:"今日匆匆,另日补礼罢。"金总兵连称"不敢"。

元帅出了衙门,回营坐下,对众将道:"众位贤弟,从今日起,把'临阵招亲'这一款革去。若贤弟们遇着有婚姻之事,不必禀明,便就成亲。况这番往北路去迎二圣,临阵交锋,岂能保得万全?若得生一后嗣,也好接代香火。"众将谢了元帅。按下不表。

话分两头。再说那山东鲁王刘豫守在山东,残虐不仁,诈害良民,也非止一端。那次子刘猊,倚着父亲的势头,在外强占民田,奸淫妇女,无所不为。忽一日,带了二三百家将,往乡村打围作乐。一路来到一个地方,名为孟家庄,一众人放鹰逐犬。不道一个庄家正在锄田,忽见一鹰刁着一只大鸟飞来,落在面前。这庄家是个村鲁之人,晓得什么来历,赶上前一锄头打死,说道:"好造化!我家老婆昨日嫌我不买些荤腥与他下口,今日这两个鸟儿拿回去煮熟了,倒有一顿好吃。"正在快活算计,谁知一众家丁赶来寻鹰,看见那庄丁拿着在手里相,便喝道:"该死的狗才!怎么把我的鹰打死了!"庄丁道:"这是他飞到我跟前来,所以打死,要拿回家去做下酒,干你甚事?"家丁道:"好个不知死活的人!你家在那里?"庄丁道:"我就是孟家庄孟太公家的庄丁。你问我怎的?"内中一个道:"哥,你休要和他讲,只拿他去见家主爷便了。"庄丁道:"打死了一个鸟儿就要拿我,难道没有王法的么?"众家将听了大怒,就将庄丁乱打,内中一个赶上来一脚,正踢着庄丁的阴囊,一交跌倒在地,滚了几滚,就呜呼哀哉了。那众家将见打死了庄丁,忙来报与刘猊道:"我家的鹰被孟家庄庄丁打死,小的们要他赔偿,连公子也骂起来。所以小的们发恼,和他厮打,不道他跌死了。"刘猊道:"既然死了,要他家主赔还我的鹰来。"即带了家丁,往孟家庄来。

到了庄上,家丁大喊道:"门上的狗头,快些进去说,刘王爷二爵主的鹰被你庄丁打死,快早赔还,万事全休;如若迟了,报与四太子,将你一门碎尸万段!"庄丁听了,慌忙进来报与太公。孟太公闻言想道:"刘豫这奸臣投了外邦,他儿子连父亲的相与都不认了。待我自去见他,看他怎么样要我赔鹰。"孟太公出了庄门,这刘猊在马上道:"老头儿,你家庄丁把我的鹰打死了,快些赔来。"太公道:"你怎么晓得是我庄丁打死的？"刘猊道："我家家将见他打死的。"太公道："若果是我家庄丁打死，应该赔你，待我叫他来问。"刘猊道："你那庄丁出言无状，已被我打死了。"孟太公不听犹可，听了庄丁被刘猊打死，直急得三尸神暴跳，七窍内生烟，大怒道："反了反了！你们把他打死了不要偿命，反要我赔鹰，真正是天翻地覆了！"刘猊大怒道："老杀才！皇帝老儿也奈我不得，你敢出言无状？"就把马一推，冲上前来，捉拿太公。太公看见他的马冲上来，往后一退，立脚不住，一交跌倒。只一交不打紧，好似：

　　一团猛火烧心腹，万把钢刀割肚肠。

不知孟太公性命如何，且听下回分解。

第三十三回

刘鲁王纵子行凶　孟邦杰逃灾遇友

诗曰：

纵子行凶起祸胎，老躯身丧少逃灾。

今日困龙初失水，他年惊看爪牙排。

话说刘猊催马上前来捉太公，太公往后一退，立脚不住，一交跌倒，把个脑后跌成一个大窟窿。那太公本是个年老之人，晕倒在地，流血不止。众庄丁连忙扶起，抬进书房中床上睡下。太公醒来，便对庄丁道："快去唤我儿来！"那太公中年没了妻室，只留下这一个儿子，名为孟邦杰，小时也请过先生，教他读过几年书。奈他自幼专爱使枪弄棒，因此太公访求几个名公教师，教了他十八般武艺，使得两柄好双斧。那日正在后边菜园地上习练武艺，忽见庄丁慌慌张张来报道："大爷不好了！我家太公与刘王的儿子争论，被他的马冲倒，跌碎了头颅，命在须臾了！"孟邦杰听了，吓得魂不附体，丢了手中棒，三脚两步赶进书房，只见太公倒在床上发昏。邦杰便问庄丁细底，庄丁把刘猊打死庄丁、来要太公赔鹰之事，述了一遍。太公微微睁开眼来，叫声："我儿！可恨刘猊这小畜生无理，我死之后，你须要与我报仇则个！"话还未毕，大叫一声："疼杀我也！"霎时间流血不止，竟气绝了。

孟邦杰叫了一回叫不醒,就大哭起来。正在悲伤之际,又有庄丁来报说:"刘猊在庄门外嚷骂,说不快赔他的鹰,就要打进庄来了。孟邦杰听了,就揩干了眼泪,吩咐庄丁:"你去对他说:'太公在里面兑银子赔鹰,略等一等,就出来了。'"庄丁说声"晓得",就走出庄门。那刘猊正在那里乱嚷道:"这讨死的老狗头!进去了这好一回,还不出来赔还我的鹰,难道我就罢了不成?"叫众家将打将进去。那庄丁忙上前禀道:"太公正在兑银子赔鹰,即刻就出来了。"刘猊道:"既如此,叫他快些!谁耐烦等他!"庄丁又进去对孟邦杰说了。邦杰提着两柄板斧,抢出庄门,骂一声:"狗男女!你们父子卖国求荣,诈害良民,正要杀你!今日杀父之仇,还想走到那里去么?"绰起双斧,将三四十个家将排头砍去,逃得快,已杀死了二十多个。

刘猊看来不是路,回马飞跑。孟邦杰步行,那里赶得上,只得回庄,将太公的尸首下了棺材,抬到后边空地上,埋葬好了,就吩咐众家人道:"刘猊这厮怎肯干休,必然领兵来报仇。你们速速收拾细软东西,有妻子的带妻子,有父母的领父母,快些逃命去罢!"众家人果然个个慌张,一时间俱各打叠,一哄而散。孟邦杰取了些散碎金银,撒在腰间,扎缚停当,提了双斧,正要牵马,却听得庄前人喊马嘶,摇天沸反。邦杰只得向庄后从墙上跳出,大踏步往前途逃走。

说话的,你道那孟邦杰杀了刘猊许多家将,难道就罢了不成?当时刘猊逃回府中,听得父亲在城上玩景乘凉,随即来到城头上,见了刘豫,叩头哭诉道:"爹爹快救孩儿性命!"刘豫吃惊道:"为着何事,这般模样?"刘猊就将孟家庄之事,加些假话,说了一遍。刘豫听了,大发雷霆道:"罢了罢了!我王府中的一只狗走出去,人也不敢轻易惹他,何况我的世子?擅敢杀我家将,不谋反待怎的?就着你领兵五百,速去把孟家庄围住,将他一门老小,尽皆抄没了来回话。"刘猊答应未完,旁边走过大公子刘麟,上前来道:"不可不可!爹爹投顺金邦,也是出于无奈。虽然偷生在世,已经被天下人骂我父子是卖国求荣的奸贼。现今岳飞正在兴兵征伐,倘若灭了金邦,我们就死无葬身之地。再若如此行为,只恐天理难容。爹爹还请三思!"刘豫道:"好儿子!那有反骂为父的是奸贼?"刘麟道:"孩儿怎敢骂父亲,但只怕难逃天下之口!古人道:'为臣不能忠于其君,为子不能孝于其亲,何以立于人世?'不如早早自尽,免得旁人耻戮。"说罢,就望着城下涌身一跳,跌得头开背折,死于城下。刘豫大怒道:"世上那有此等不孝之子,不许收拾他的尸首!"就命刘猊发兵去将孟家庄抄没了。那刘猊领兵竟至村中,把孟家庄团团围住,打进庄去,并无一人,就放起一把火来,把庄子烧得干干净净,然后回来缴令。当时城外百姓有好义的,私下将大公子的尸首掩埋了。且按下不题。

再说那孟邦杰走了一夜,次日清晨,来到一座茶亭内坐定,暂时歇息歇息。打算要到藕塘关去投岳元帅,不知有多少路程。只因越墙急走,又不曾带得马匹,怎生是好?正在思想,忽听得马嘶之声,回转头一看,只见亭柱上拴着一匹马,邦杰道:"好一匹马,不知何人的?如今事急无君子,只得要借他的来骑骑。"就走上前来,把缰绳解了,甩上马,加上一鞭,那马就"豁喇喇"如飞跑去。不道这匹马乃是这里卧牛山中一个大王的。这一日,那个大王在这里义井庵中,与和尚下了一夜棋,两个小喽罗躲在韦驮殿前耍钱,把这马拴在茶亭柱上。到了天明,大王要回山去,小喽罗开了庵门来牵马,却不见了,小喽罗只得叫苦。和尚着了忙,跪下道:"叫僧人如何赔得起?"大王道:"这是喽罗不小心,与老师父何涉?"和尚谢了起身,送出庵门。大王只得步行回山。

却说孟邦杰一马跑到一个松林边,叫声:"啊呀!不知是那一个不积福的,掘下这一个大泥坑。幸我眼快,不然跌下马来了!"正说之间,只听得一声呐喊,林内伸出几十把挠钩,将孟邦杰搭下马来,跳出几十个小喽罗,用绳索捆绑了,将马牵过来。众喽罗哈哈大笑道:"拿着一个同行中朋友了。这匹马是我们前山大王的,怎的被他偷了来?"内中一个喽罗道:"好没志气!他是个贼,我们是大王,差远多哩!"又一个道:"算起来也差不得多少,常言说的'盗贼盗贼',原是连的。"一个道:"休要取笑,解他到寨中去!"就将孟邦杰横缚在马上,押往山寨而来。

守寨头目进寨通报了,出来说道:"大王有令,叫把这牛子去做醒酒汤。"喽罗答应一声,将孟邦杰拿到剥衣亭中,绑在柱上,那柱头上有一个豹头镮,将他头发挂上。只见一个喽罗,手中提着一桶水,一个拿着一个盆,一个捧着一个钵头,一个手中拿着一把尖刀,一个手中拿着一个指头粗的藤条。那个喽罗将钵头送在邦杰口边道:"汉子,吃下些!"孟邦杰道:"这黑漆漆的是甚么东西,叫爷爷吃?"喽罗道:"这里头的是清麻油、葱花、花椒。你吃了下去,就把这桶水照头淋在身上,你身子一抖,我就分心一刀,剜出心来,放在盆里,送去与大王做醒酒汤。"邦杰道："我劝他将就些罢,如何要这般像意?"把牙齿咬紧不肯吃。这喽罗道："不肯吃下去,敢是这狗头要讨打么!"提起藤条要打。孟邦杰大叫道："我孟邦杰死在这里,有谁知道!"这一声喊,恰恰遇着那前山的大王上来,听见喊着"孟邦杰"名字,忙叫："且慢动手!"走到他面前仔细一看："果是我的兄弟。"叫左右："快放下来。"众喽罗慌忙放下,取衣服与他穿好。这里喽罗忙报与大王。邦杰道："若不是仁兄到来,小弟已为泉下之鬼矣!"那四个大王闻报,一齐来到剥衣亭上道："大哥,这是偷马之贼,为何认得他?"大王道："且至寨中与你们说知。"

众大王同邦杰来到寨中,大家见了礼,一齐坐下。那救孟邦杰的,叫做锦袍将军岳真。那后山四位,一个姓呼名天保,二大王名天庆,第三个大王姓徐名庆,那个要吃人心的是第四位大王姓金名彪。岳真道："为兄的几次请贤弟上山聚义,兄弟有回书来说,因有令尊在堂,不能前来。今日却要往何方去,被我们的喽兵拿住?既然拿住了,就该说出姓名来了,他们如何敢放肆?"孟邦杰道："不是为弟的不思念哥哥,实系心中苦切,故此忘怀了。"那岳真道："兄弟有何事心中苦切?"邦杰就将刘猊打围、跌死父亲这一席话,说了一遍,"今欲要投岳元帅去,领兵来报此仇。"岳真道："原来如此。"于是大家重新见礼。呼天保道："大哥,孟兄要报父仇,有何难处。我等六人聚集两个山寨中人马,约有万余,足可以报得孟兄之仇,何必远去?"孟邦杰道："小弟闻得岳元帅忠孝两全,大重义气,我此去投他,公私两尽。"众大王道："这也说得有理。"孟邦杰道："依小弟看起来,这绿林中买卖，终无了局。不如聚了两山人马，去投在岳元帅麾下。他若果是个忠臣，我等便在他帐下听用，挣些功劳，光耀祖宗；若是不像个忠臣，我们一齐原归山寨，重整军威，未为晚也。"岳真道："我也久有此心，且去投他，相机而行便了。"就吩咐喽罗，收拾山寨人马、粮草金银。当日大排筵席，各各畅饮。到了第三日，众大王带领一万喽兵，一齐下山，望藕塘关而来。一路慢表。

且说藕塘关岳元帅那边，这一日正逢七月十五日，众将各各俱在营中做羹饭。那牛皋悄悄对吉青道："那营中万马千军，这些鬼魅如何敢来受祭？我和你不如到山上幽僻之处，去做一碗羹饭，岂不是好？"吉青道："这句话讲得有理。"就叫家将把果盒抬到山上幽僻地方。牛皋道："我就在此祭，老哥你往那首去。各人祭完了祖，抬拢来吃酒。"吉青道："有理。"牛皋叫军士躲开了，他想起母亲，放声大哭。吉青听得牛皋哭得苦楚，不觉打动他伤心之处，也大哭了一场。两个祭完了，化了纸钱，叫家将把两桌祭礼抬拢来，摆在一堆吃酒。吃不得几杯酒，牛皋说道："这闷酒吃不下，请教吉哥行个令。"吉青道："牛兄弟，就是你来。"牛皋道："若要我行令，你要遵我的嚯。"吉青道："这个自然。"牛皋想了想道："就将这'月亮'为题，吟诗一首。吟得来便罢，吟不来，吃十大碗。"吉青道："遵令了。"吃了一杯酒，吟诗道：

团团一轮月，或圆又或缺。

安上头共尾，一个大白鳖。

牛皋笑道："那里会有这样大的白鳖！岂不是你呆我？罚酒罚酒！"

吉青道："如此，吃了五碗罢。"牛皋道："不相干，要罚十碗。"吉青道："就吃十碗。你来你来！"牛皋道："你听我吟。"也斟了一杯酒，拿在手中吟道：

酒满金樽月满轮，月移花影上金樽。

诗人吟得口中渴，带酒连樽和月吞。

吉青道："你也来呆我了。月亮这样高，不必说他，你且把这酒杯儿吃了下去。"牛皋道："酒杯儿怎么叫我吃得下去？"吉青道："你既吃不下去，也要罚十大碗。"牛皋笑了笑道："拿酒来我吃。"一连吃了五六碗，立起身来就走。吉青道："你往那里去，敢是要赖我的酒么？"牛皋道："那个赖你的酒？我去小解一解就来。"

牛皋走到山坡边，解开裤子，向草里撒将去。那晓得有个人，恰躲在这草中，这牛皋正撒在那人的头上，把头一缩，却被牛皋看见了，忙将裤子系好，一手把那人拎将起来，走到吉青面前，叫道："吉哥，拿得一个奸细在此。"吉青道："牛兄弟，你好时运，连出恭都得了功劳！"忙叫家将收拾残肴物件，把那人绑了。二人上马，竟往大营前来候令。

元帅叫传宣令二人进见。牛皋跪下道："末将在土山上拿得一个奸细在此，候元帅发落。"元帅道："绑进来。"左右一声"得令"，就将那人推进帐中跪下。元帅一见他的服色行径，明知是金邦奸细，就假装醉意，往下一看，叫道："快放了绑！"说道："张保，我差你山东去，怎么躲在山中，被牛老爷拿了？书在那里？"那人不敢则声。元帅道："想必你遗失了，所以不敢回来见我么？"那人要命，只得应道：

"小人该死!"元帅道:"没用的狗才!我如今再写一封书,恐怕你再遗失了,岂不误我的事!"吩咐把他腿肚割开,将蜡丸用油纸包了,放在他腿肚子里边,把裹脚包好,吩咐:"小心快去,若再误事,必然斩首!"那人得了命,诺诺而去。

那牛皋看见张保站在岳爷背后,就是元帅醉了,也不致如此错认。呆呆的看放那人去了,方上来问道:"元帅何故认那奸细做了张保?末将不明,求元帅指示。"岳爷笑道:"你那里晓得。大凡兵行诡道。你把这奸细杀了,也无济于事。我久欲领兵去取山东,又恐金兵来犯藕塘关,故此将机就计,放他去,替我做个奸细,且看何如。"众将一齐称赞:"元帅真个神机妙算!我等如何得知。"元帅就命探子前往山东,探听刘豫消息不表。

且说这个人果然是兀朮帐下的一个参谋,叫做忽耳迷。兀朮差他到藕塘关来探听岳爷的消息,不期遇着牛皋,吃了这一场苦,只得熬着疼痛,回至河间府。到了四狼主大营,平章先进帐禀明,兀朮即命进见。看见忽耳迷面黄肌瘦,兀朮心下暗想:"必竟是路上害了病,所以违了孤家的限期。"便问道:"参谋,孤家差你去探听消息,怎么样了?"参谋禀道:"臣奉旨往藕塘关,因夜间躲在草中,被牛皋拿住,去见岳飞。不期岳飞大醉,错认臣做张保,与臣一封书,教臣到山东去投递。"兀朮道:"拿书来,待某家看。"参谋道:"书在臣腿肚子里。"兀朮道:"怎么书在你腿肚子里?"参谋道:"岳飞将臣腿肚割开,把书嵌在里边,疼痛难行,故此来迟了。"

兀朮遂命平章取来。可怜这参谋腿肚子都烂了!平章取出蜡丸,把水来洗干净了,送到兀朮跟前,将小刀割开,取出书来。兀朮细看,却是刘豫暗约岳飞兵取山东的回书。兀朮大怒道:"孤家怎生待你,你直如此反复,真正是个奸臣!"就命元帅金眼蹈魔、善字魔里之领兵三千,前往山东,把刘豫全家斩首。元帅领令。当有军师哈迷蚩奏道:"狼主且住!这封书未知真假,不如先差人往山东探听真实,然后施行。若草草将刘豫斩了,焉知不中了岳飞反间之计?"兀朮道:"不管他是计不是计,这个奸臣,留他怎么?快快去把他全家抄没了来!"金眼元帅竟领兵往山东而去。且按下慢表。

且说那岳元帅一日正坐帐中,有探子来报:"启上元帅,关外大路上有一枝兵马屯扎营寨,特来报知。"元帅道:"可是番兵么?"探子道:"不是番兵,看来好似绿林中人马样子。"元帅命汤怀、施全前去打探,"倘若是来归降的,好生领他来相见。"二人答应,出营上马开关,未到得十余里,果见一枝人马安下营头。汤怀走马上前,大喝一声道:"嘚!你们是那里来的人马?到此何干?"早有小卒报入营中。只见走出六员战将,齐齐来到马前道:"某等乃山东卧牛山中好汉岳真等,闻岳元帅礼贤重士,特来投顺的。不知二位将军尊姓大名?"汤怀、施全两个听了,连忙跳下马来道:"小将汤怀,此位施全。奉元帅之命,特来探问将军们的来意。既如此,就请上马,同去见了元帅定夺何如?"六人齐声道:"相烦引见。"于是八个人俱各上马进关。

到了营前,下了马,汤怀道:"待小将先进去禀明元帅,然后请见。"六人道:"二位请便。"二人进营,见了元帅禀道:"有一枝人马,为首六人乃是山东卧牛山中好汉,特来归顺,现在营前候令。"岳爷大喜,就命请进。六位好汉齐进营中跪下,口称:"岳真、孟邦杰、呼天保、呼天庆、徐庆、金彪在山东卧牛山失身落草,今因刘豫不仁,特来归顺元帅。"孟邦杰又道:"小人本系良民,因一门尽被刘猊杀绝,只有小人逃出在外,遇着这班好汉,欲与小人报仇,小人劝他们去邪归正,来投元帅。求元帅发兵往山东捉拿刘猊,明正典刑,公私两尽。"元帅道:"刘豫父子投顺金邦,那兀朮甚不喜他。本帅已定计令他自相残害。我已差人往山东去探听消息,待他回来,便知端的。若此计不成,本帅亲领人马与将军报仇便了。"孟邦杰谢了元帅。元帅传令,把降兵招为本队,少不得改换了衣甲旗号。岳爷与这班好汉结为朋友,设筵款待,各立营头居住。

不数日,岳爷正在营中与众将聚谈兵法,忽报探子回营。元帅令进来,细问端的。探子禀说:"小人奉令往山东,探得刘豫长子刘麟,为兄弟抄没了孟家庄,力谏不从,坠城而死。大金国差元帅金眼蹈魔、善字魔里之领兵三千,将刘豫一门尽皆抄没,只有刘猊在外打围,知风逃脱,不知去向。特来缴令。"元帅赏了探子银牌羊酒,探子叩谢出营去了。元帅对孟邦杰道:"刘豫既死,贤弟亦可释然。待后日拿住刘猊,将他的心肝设祭令尊便了。"邦杰谢了元帅,各自散去。

再表金眼蹈魔、善字魔里之取了刘豫家财,回至河间府缴令。兀朮将财帛金银计数充用,便下令道:"岳飞久居藕塘关,阻我进路,有谁人敢领兵去抢关?"当有大太子粘罕,答应一声:"某家愿去。"兀朮道:"王兄可带十万人马,务必小心攻打!"粘罕领令,就点齐十万人马,另有一班元帅、平章保驾,离了河间府,浩浩荡荡,杀奔藕塘关而来。这里探子飞风报进岳元帅营中道:"启上元帅大老爷,今有金国大太子粘罕领兵十万,来取藕塘关,离此已不远,特来报知。"元帅命再去打探。随即令军政司点兵四队,每队五千人。命周青领一队,在正南上下营,保护藕塘关;赵云领一队,在西首保关;梁兴领一队,在东首安营;吉青领一队,在正北救应。四将领令,各去安营保守。元帅自同诸将守住中央大营,以备金兵抢关。

且说粘罕大军已至,离关十里,传下令来:"今日天色已晚,且安下营盘,明日开兵。"这一声令下,四营八哨,纷纷乱乱,各自安营。粘罕紧对藕塘关扎住大营,暗暗思想:"向日在青龙山有十万人马,未曾提防得,不道到得二更时分,被岳南蛮单人独马,蹿进营来,杀成个尸山血海。今日倘这蛮子再冲进来,岂不又受其害?"想了一回,就暗暗传下号令,命众小番在帐前掘下陷坑,两边俱埋伏下挠钩手,以防岳南蛮再来偷劫营寨。小番得令,不一时间,俱已掘成深坑,上面将浮土盖好。粘罕又挑选面貌相像的装成自己一样,坐在帐中,明晃晃点着两枝蜡烛,坐下看书;自己退入后营端正。

不因是粘罕这一番小心防备,有分教:

  挖下陷坑擒虎豹,沿江撒网捉蛟龙。

毕竟不知岳爷果然来劫寨否,且听下回分解。

第三十四回

掘陷坑吉青被获　认弟兄张用献关

诗曰：

几载飘零逐转蓬，年来多难与兄同。

雁南燕北分飞久，蓦地相逢似梦中。

上回已讲到那金国大太子粘罕，统领大兵十万，离藕塘关十里，安下营盘，准备与岳元帅交兵，自有一番大战，暂且按下慢表。

话中说起一位好汉，乃是河间府节度张叔夜的大公子张立，因与兄弟张用避难在外，弟兄分散，盘缠用尽，流落在江湖上，只得求乞度日。闻得岳元帅兵驻藕塘关，特地赶来投奔，不道来迟了一日，遍地俱是番营，阻住路头。张立便走到一座土山上坐定，想道："我且在这树林中歇息歇息，等待更深时分，打进番营去，打一个爽快，明日去见岳元帅，以为进见之功，岂不是好？"算计已定，就在林中草地上斜靠着身子，竟悠悠的睡去。不道那日河口总兵谢昆，奉令催粮到此，见有金兵下营，不敢前进，只得躲在山后，悄悄安营，差人大宽转去报岳元帅，差兵遣将，来接粮米。那张公子在土山之上睡了一觉，猛然醒来，把眼睛擦擦，提棍下山，正走到谢昆营前，举棍就打。三军呐喊一声，谢昆惊慌，提刀上马，大喝："何等之人，敢抢岳元帅的粮草？"张立抬头一看，说声："啊呀！原来不是番营，反打了岳元帅的营盘，却是死也!"急忙退出,原上山去了。谢昆也不敢追赶,说道:"倒被这厮打坏了几十人,幸喜粮米无事。"

且说张公子上山来,观看了一回,自想:"不得功劳,反犯了大罪,如何去见得岳元帅?不如原讨我的饭去罢!"又恐有人上山来追赶,只得一步懒一步,下山望东,信步而去。

再说是夜吉青走马出营,吩咐三军:"少动!我去去就来。"家将忙问:"老爷黑夜往那里去?"吉青道:"我前回在青龙山,中了这番奴'调虎离山'之计,放走了粘罕,受了大哥许多埋怨。今日他又下营在此,吾不去拿他来见元帅,等待几时?"说罢了,就拍坐下能征惯战的宝驹,一直跑至粘罕营门首,提起狼牙棒,一声喊,打进番营。三军大喊道:"南蛮来踹营了!"拦挡不住,两下逃奔。吉青直打至中间,望见牛皮帐中坐着一人,面如黄土,双龙闹珠皮冠,雉尾高飘,身穿一件大红猩猩战袍,满口鲜红,身材长大。吉青大喜道:"这不是粘罕么?"把马一拍,竟冲上帐去。只听得"哄咙"一声响,连人带马,跌入陷坑。两边军士呐一声喊,挠钩齐下,把吉青搭起来,用绳索紧紧绑着,推进后营,来见大狼主。那粘罕见不是岳飞,倒是吉南蛮,吩咐推出去砍了。旁边闪过一位元帅铁先文郎,上前禀道:"刀下留人!"粘罕道:"这是吉南蛮,留他则甚?那日某家几乎死在他手内。今日擒来,那有不杀之理?"铁先文郎道:"狼主临行之时,四狼主曾对狼主说过:'若拿住别个南蛮,悉听施行;若拿住了吉南蛮,必须解往河间府,要报昔日爱华山之仇。'"粘罕道:"不是元帅讲,我也忘了。"遂传令叫小元帅金眼郎郎、银眼郎郎:"你二人领兵一千,将吉青上了囚车,连军器马匹,一齐解往四狼主那边去。"二人领命,立刻发解起身。

再说到吉青家将,见吉青一夜不回,慌去报知岳元帅。元帅急传令合营众将,分头乱踹番营,去救吉青。一声令下,这班宋将,汤怀、张显、牛皋、王贵、施全、张国祥、董方、杨虎、阮良、耿明初、耿明达、余化龙、岳真、孟邦杰、呼天保、呼天庆、徐庆、金彪,并有三营内梁兴、赵云、周青等一众大将;岳元帅跟的是马前张保、马后王横,一齐冲入番营。只见番兵分为左右,让开大路。岳爷暗想:"番兵让路,必有诡计。"传令众将分作四路,左右抄到他后营而入。一声炮响,四面八方,一齐杀入,横冲直撞。番兵站身不住,往前一拥,俱各跌下陷坑,把陷坑填得满满的,听凭宋兵东西冲突。粘罕带领众元帅、平章分兵左右迎敌,那里当得起这班没毛大虫,声若翻江,势如倒海,遇着他的刀,分作两段;挡着他的枪,戳个窟窿;锤到处,忽成肉酱;锏来时,变做血泥。但见:

两家混战,士卒如云。冲开队伍势如龙,砍倒旗幡雄似虎。个个威风凛凛,人人杀气腾腾。兵对兵,将对将,各分头目使深机;枪迎枪,箭迎箭,两下交锋乘不意。直杀得翻江搅海,昏惨惨冥迷天日;真个似拔地摇山,渐索索乱撒风砂。正是:迷空杀气乾坤暗,遍地征云宇宙昏!

有诗曰:

餐刀饮剑血潜然,滚滚人头心胆寒。
阵雾征云暗惨淡,抛妻弃子恨漫漫。

这一阵,杀得番兵尸横遍野,血流成河。粘罕顾不得元帅,元帅顾不得平章,各自寻路逃走。岳爷分兵追赶,一面收拾辎重不题。

又表那张立错打了谢昆粮寨,当夜下土山,行了半夜,到得官塘上,但见一枝人马,喧喧嚷嚷,解着一辆囚车,望北而行,暗想:"这囚车向北去的,必然是个宋将。我昨夜误打了元帅的粮草营头,何不救了这员宋将,同他去见岳爷,也好将功折罪了?"就放了筐篮,提起铁棍,赶向前来,大喝一声:"嘚!你解的是什么人?"小番喝道:"是宋将吉青。你是个花子,大胆来问他则甚!"张立道:"果然不错。"举起棍来便打,横三竖四,早打翻了六七十个。番兵一齐呐起喊来。金眼郎郎在马上问道:"前面为甚呐喊?"早有小番急来禀道:"有个花子来抢囚车,被他打坏了多少人了。"金眼郎郎、银眼郎郎大怒道:"有这等事!"两个就走马提刀,赶上前来。张立也就提棍便打,番将举刀迎战。战不几合,被张立把铁棍钩开了金眼郎郎手中大刀,向马腰上"耍"的一棍,将马腰打断;金眼郎郎跌下马来,照头一棍,打得稀烂。银眼郎郎见打死了金眼郎郎,心内着慌,拨马逃走。张立赶上,把棍横扫将去,连人带马,打成四段。吉青在囚车内见了,就将两膀一挣,两足一蹬,囚车已散;向小番手内夺了狼牙棒,跳上了马,舞棒乱打;看见张立身上褴褛,犹如花子一般,也不去问他,只顾追打番兵,往北赶去。张立站住道:"岂有此理!我救了你的性命,连姓名也不来问一声。这样人是我救错了,睬他则甚!不如原讨我的饭去罢。"遂向地下拿了筐篮,向前行去。

却说这里有座山,叫做猿鹤山。山中有个大寨,寨中聚着四位好汉,为头的诸葛英,第二个公孙郎,第三个刘国绅,第四个陈君佑;聚有四千余人,占住此山落草。忽有喽罗报上山来道:"有一队番兵在山前下来了。"诸葛英道:"山寨中正无粮草。这些番兵久在中原,腰边必有银两,我下山去杀一阵,夺他些辎重粮草,也是好的。"众人道:"好!"四位好汉带领喽罗,一齐下山来,将这些番兵拦住,枪挑刀砍,那些番兵那里够杀?看看吉青赶来,那诸葛英等看见吉青青脸蓬头,只道是个番将,遂一齐来拿。

　　吉青举狼牙棒来招架,那里战得过这四人?恰好张立一路走来,刚刚到这山下,看见吉青又与这四人交战,招架不住。看他走又走不脱,战又战不过,顷刻就有性命之忧,心里想道:"这个人论理不该救他。但是他四个人杀一个,我也有些不服。待我上去再救他一救,看他如何?"遂又放下了筐篮,提棍上前,大喝一声道:"你们四个战一个,我来打抱不平也!"吉青正在危急之际,见了便叫道:"汉子快来帮我!"张立上前,与吉青两个抵住四人厮杀。四人无意中添个生力助战,正在难解难分,不期粘罕被岳元帅杀败,正望这条路上败将下来。小番报道:"前面有南蛮阻路。"粘罕着慌,"前边有兵阻路,后面岳飞追兵又到,如何处置!"只得拣小路爬山过岭,四散逃命。

　　岳元帅带领众将追至猿鹤山下,番兵俱不见了,只见吉青同一破衣服的大汉,与四将交战。牛皋道:"前面吉哥在那里打仗,我们快去助阵!"王贵听了,与牛皋两骑马飞风跑上前去,一柄刀,两条铜,不问来历,"叮叮当当",四个战住两双,十六只臂膀撩乱,二十八个马蹄掀翻。岳爷在后赶上,看那四个好汉,一个手抡镔铁偏拐,一个双刀,一个八角水磨青铜锏,一个两条竹节鞭,一个个本事高强。又见那破衣大汉十分骁勇,况且吉青未曾遭害,心下好生欢喜,遂催马上前,高声喝问:"尔乃何等之人,擅敢拦阻本帅人马,放走番兵?"四人听见了,忙叫:"各人且慢动手!"八个俱各跳出圈子外来。诸葛英问道:"你们却是何处兵马? 来与俺们交战么?"牛皋道:"你眼睛又不瞎,不见岳元帅的旗号么?"四个人听见,慌忙跳下马来道:"你这个青脸将军,口也不开;又遇着这位好汉,身上褴褴褛褛,叫我那里晓得?"吉青不觉大笑起来。那四人就走到岳爷马前跪下道:"小将诸葛英,兄弟公孙郎、刘国绅、陈君佑,共是四人,在此猿鹤山落草。因见番兵败下来,在此截杀。不想遇着这位将军,误认他是番将,故此冒犯了元帅。"元帅道:"将军们请起。我想绿林生理,终无了局。目今正在用人之际,何不归降朝廷,共扶社稷? 列公意下如何?"四人道:"若得元帅收录,我等当效犬马之劳。"元帅道:"既是情愿归降,请上山收拾人马,同本帅回关。"四人大喜,一齐回山收拾。

岳元帅见那破衣大汉站在路旁呆看,便问道:"你是何人? 缘何帮了我将与他们交战?"张立两眼流泪,向前跪下道:"小人乃河间节度张叔夜之子,名唤张立。因兀朮初进中原,兵临河间,小人不知父亲是诈降,我弟兄两个不肯做奸臣,遂瞒了父亲,逃出家门,欲打番兵。因他人马众多,不能取胜。弟兄分散,流落江湖。后来闻得二圣蒙尘,父亲尽节,母亲又亡。小人无奈,只得求乞度日。近来闻得康王即位,拜老爷为帅,几次要投奔帅爷,谁知小人大病起来。等得病好,帅爷兵到这里藕塘关,赶到此处,却见都是番兵营寨,只得走上土山,将就歇息一回,去打番营。不意睡眼朦胧,错打了元帅的粮草营头,惧罪逃走。看见这一位青脸将军囚在囚车内,小人打散了番兵,救出囚车,也不谢一声,竟自往前追杀番兵。到这里又遇见他与那四位将军交战,看来招架不住,恐怕失了性命,一时激忿,故此又来助阵。"岳元帅听了这一番言语,便道:"原来是位公子,且有此功劳,待本帅写本进京,请旨授职便了。"张立道:"多谢大老爷提拔!"

元帅唤过吉青,喝道:"你受人救命大恩,不知作谢,是何道理?"吉青连忙过来,谢了张公子。元帅又道:"你未奉本帅将令,私自开兵,本当斩首,今姑从宽;以后若再犯令,决不轻恕!"吉青叩头谢了。正在发放,那诸葛英等四人,带了山寨大小儿郎已到。元帅即命将山寨降兵并作一队,一齐发炮回关,原在大营前扎好屯营。又与那四人拜了朋友;只有张立乃是晚辈,不便与他结拜。又报:"谢昆解送粮草候令。"元帅命照数查收,记功讫。

一日,又有圣旨来,命岳元帅征汝南曹成、曹亮。元帅接过了旨,送了钦差出营,即时升帐,命牛皋带领本部人马,前往茶陵关,"候本帅到来,然后开兵。"牛皋领令去了。元帅又命汤怀、孟邦杰两人,送粮草军前应用。二人领令去了。又命谢昆再去催粮接应,谢昆领令去了。隔了两日,元帅诸事安排停当,命金总兵好生把守藕塘关。金总兵唯唯听命。三声大炮响,大兵拔寨起行,一路威风,且按下不表。

且说那牛皋,兵至茶陵关,扎下营寨,天色尚早,吩咐儿郎:"抢了他的关,进去吃饭。"众兵答应,一声呐喊,到关前讨战。只见关里边一声炮响,关门大开,冲出一枝人马,只有五百多人。为首一员步将,身长丈二,使一条铁棍,飞舞而来。牛皋见他满面乌黑,就哈哈的笑道:"你这个人,好像我的儿子!"那将大怒,也不回言,提棍就打。牛皋举铜招架。马步相交,铜棍并举,战不到十几个回合,牛皋招架不住,回马便走,叫:"孩儿们快些照旧!"三军呐喊一声,一齐开弓上来射住阵脚。那将见了,也不追赶,就领兵进关。牛皋回头一看,且喜三军俱在,连忙转来,移营在旁侧扎住。

过了两日,岳元帅大兵已到,牛皋上前迎接。元帅问道:"你先到此,可曾会战?"牛皋道:"前日会了一员步将,不肯通名,又不肯与我打仗,想是与元帅有什么仇隙,所以要候元帅兵到方来交战。"元帅微微一笑,情知他又打了败仗,便问:"怎么样一个人?"牛皋道:"是一个身长黑大汉子,用一条铁棍,却不骑马,是员步将。"元帅吩咐下营安歇。当日无话。

次日,帅爷升帐,众将两行排列。岳爷道:"那位将军领令打关?"旁边闪过张立,上前道:"昨日听得牛将军说那员步将形状,好似末将兄弟一般。待末将出去会他一会,看是如何?"元帅就命张立出马。张立得令,领兵出营,直至关前讨战。关内炮响一声,飞出那员将来迎敌。门旗开处,闪出那位英雄,手提铁棍,大喝一声:"那个该死的到此寻死?通个名来!"张立仔细一看,果然是兄弟张用,假意喝道:"你不必问我的姓名。我奉了岳元帅的军令,来拿你这班草寇。你便自己缚了,同我去见元帅,或者饶了你的狗命,省得老爷动手。"张用对面一看,原来却是哥哥,也不开言,提棍打来。张立举棍招架。各人会意,假战了三四个回合,张立虚打一棍,落荒而走。张用随后赶来，赶到僻静之处，张立转身叫声"兄弟"，张用亦叫声"哥哥"。张立道："兄弟，你怎么得在这个所在？"张用道："我自与哥哥分散之后，不知哥哥下落，兄弟无处栖身，在此投了曹成，封我为茶陵关总兵之职。哥哥何不也归降此处，也得手足完聚，同享富贵，岂不是好？"张立道："兄弟之言差矣！我二人因昔日不肯降金，故此瞒了父母，逃走出来。今曹成、曹亮，也不过是个叛国草寇。目今宋康王现在金陵即位，名正言顺；况且岳元帅足智多谋，兵精粮足，此关焉能保得？一旦有失，悔之晚矣！"张用道："既如此，只好明日诈败，献关与哥哥罢。"张立道："如此甚好。我且先作战败回营，禀明元帅便了。"说罢，就倒拖着铁棍败回来。张用在后追赶，赶至关前，又假战了三四合，张立败进营去，张用亦收兵回关。

张立回营进帐，将弟兄相会之事，细细禀知元帅。元帅大喜。到了次日，张立又到关前讨战。军士报与张用，张用仍领兵出关。两个并不打话，虚战了三个回合，张用诈败，张立在后赶至关前，张用立在关口大叫道："吾已献关归顺朝廷，尔等大小三军，愿降者站过一边。"三军齐声愿降。张立得了茶陵关，与张用同至府中，差人请岳元帅进关。元帅大喜，拔寨进关。安营已毕，张立引张用来见了元帅，元帅上了二人首功；一面修本，差官进京，就保举他为统制之职。差人催运粮草，准备去抢栖梧山。

元帅一日在营与众将闲谈，便向张用道："你既在此为官，可知那曹成、曹亮用兵如何？"张用道："他二人水里本事甚好。还有副将贺武、解云，十分了得。聚兵数十万。因这曹成专好结交，所以各处英雄俱来投顺。尽是一派虚诈,终是无谋之辈,不足为患。但这栖梧山上元帅何元庆,有万夫不当之勇,元帅须要防备着他。"元帅听了一番言语,心中暗喜,且待粮草到时,就好开兵去抢栖梧山。且按下不表。

再说总兵谢昆,护送粮草,望茶陵关进发。军士禀道:"前面有两条路,不知老爷从那大路上去,还是从小路上走?"谢总兵道:"那一条路近?"军士道:"小路近些。"谢总兵心下一想:"小路上恐有强盗,不如走大路,就远些也罢。"遂吩咐从大路上走。三军答应一声,竟往大路而行。行了两日,来到了一座高山,这山上有一位大王,那大王肩下齐齐的排列着四位兄弟,聚集喽罗五千余人,在此打家劫舍。早有喽罗飞报上山道:"岳飞兵驻汝南,有总兵官解粮到彼,在此经过,特来报知。"那大王听了,呵呵大笑,对着那四位兄弟说出几句话来。正是:山中壮士,全无救苦之心;寨内强人,尽有害人之意。正是:

　　说来惊破庸人胆,话出伤残义士心。

毕竟不知那大王说出甚么话来,且听下回分解。

第三十五回

九宫山解粮遇盗　樊家庄争鹿招亲

诗曰：

不思昔日萧何律，且效当年盗跖能。

蜂屯蚁聚施威武，积草囤粮待战争。

话说谢总兵来到此山，名为九宫山。山上那位大王，姓董名先。手下四个弟兄：一个姓陶名进，一个姓贾名俊，一个姓王名信，一个也姓王名义。招集了五千多人马，占住这九宫山，打家劫舍。当日闻报，说是岳元帅军前的粮草在山下经过，不觉呵呵大笑，对着四个兄弟说道："我正想要夺宋朝天下，做个皇帝，强如在此胡为。那宋朝只靠着岳飞一人，若拿了岳飞，何愁大事不成？如今他的粮草在此经过，岂肯轻轻放他过去！"就点起喽罗一千，扎营在半山之中。看看粮车将近到来，大王就带领喽兵冲下山来，一字儿摆开，大喝一声："嗨！会事的快快把粮草留下，饶你这一班狗命；牙缝内迸半个'不'字，就叫你人人皆死，休想要活一个！"

军士慌慌的报与谢昆。谢昆道："原来是我走差了路头，是我的不是了。"只得拍马抡刀，挺身上前观看。但见那强人身长九尺，面如锅底，两道黄眉直竖，海（颏）下生一部血染红须；头戴镔铁盔，身穿乌油铠；坐下的是一匹点子青骏马，手拿着一柄虎头月牙铲。见了谢昆,就大喝一声,如同霹雳:"咄!你是何等样人,擅敢大胆在此经过?快把粮草送上山去,饶你狗命!"那谢昆吓得魂飞天外,魄散九霄,只得欠背躬身,叫声:"大王不用动恼。小官是湖口总兵谢昆,奉岳元帅将令,解粮在此经过。可怜小官年纪老迈,不是大王的对手。若是大王拿了粮去,元帅必然将我全家抄斩。望大王怜而赦之,放过此山,感德不浅!"那大王听了,又把谢昆看一看,果然胡须有好些白了,便道:"谢昆,你倒是个老实人,我不抢你的粮草。你可将营头扎住,速速差人去报与你元帅知道,说我九宫山铁面董先大王阻住粮草,必要岳飞亲来会战。快快去报,俺们候你回音;如迟了,休怪我来欺你!"谢昆诺诺连声而退。大王领众喽兵回归本寨。

谢昆只得扎下营寨,急急写了文书,差旗牌星飞报上茶陵关去。正值岳爷升堂议事,传宣官上堂禀说:"谢总兵有告急文书投递。"元帅传令命他进来。传宣官领令,就同旗牌来到滴水檐前跪下,将文书呈上。元帅拆开看见,大怒道:"好强盗!欺谢昆年老,擅敢抢夺粮草!"便问一声:"那位将军前去救回粮草?"阶前闪出施全来,应声:"末将愿往。"元帅就命带领五百人马,同旗牌速去擒拿强盗。

施全领令,领兵出关,同着差官一路望九宫山而来。不一日,已到了粮草营前,来见了谢总兵,行礼过了。谢昆道:"施将军还同几位来?"施全道:"就是小将一人。"谢昆道:"那个强盗十分厉害,若只得将军一位,恐难取胜。"施全道:"谢总爷,你可放心,看小将擒他。"谢总兵当时留施全吃了午饭,众军亦饱餐了一顿。施全道:"天色尚早,待末将去擒这强盗来。"施全提戟上马,带领儿郎来至山前摆开,高声喊叫:"强盗快快下山来受缚!"喽罗慌忙报与大王。董先拿铲上马,带领喽罗飞马下山来,抬头望见施全,大声喝道:"来者可就是岳飞么?"施全道:"胡说!尔乃乌合小寇,何用我元帅虎驾亲临。我乃岳元帅麾下统制施全是也!奉元帅将令,特来拿你!"董先大怒,举起手中月牙铲,照头便打;施全举戟相迎,只听得"啌"的一声,打在戟杆上,震得施全两臂麻木。又是一连几铲,施全招架不住,转马就跑。董先大叫:"你往那里走?"拍马追赶下来,迫了四五里路,施全走得远了,董先只得勒马回山。

这施全因被那董先这几月牙铲打得魂魄俱消,不敢望粮草营中来,只顾落荒败去。那自己的马蹄銮铃声响,他只认做后边董先追来,所以没命的飞跑,一口气直跑下二十来里路。回转头来,不见了董先,方才勒住了,喘息不定。忽见前面为首一位少年,生得前发齐眉,后发披肩,面如满月;头戴虎头三叉金冠,二龙抢珠抹额;身穿大红团花战袄,软金带勒腰;坐下一匹浑红马。后面随着十四五个家将,各各骑着劣马,手执器械,跟着这少年,一直望前而去。施全想道:"那个少年必然是富家子弟,在此兴围作乐的。倘若前边去遇着了这个强盗,岂不枉送了性命?待我通知他一声,也是好事。"便高声叫道:"前边这后生!快快转来,休得前去送命!"那后生正行之间,听得此话,勒马转来,向施全问道:"将军唤我转来,却为何事?"施全道:"前边有个强盗十分厉害,恐你们不知,倘遇见了他,白送了性命,故此通知你一声,快些转去罢!"那后生道:"将军何以晓得前边有强盗?"施全道:"实不相瞒,我乃岳元帅麾下统制官施全便是。

因有护粮总兵谢昆,被那九宫山上强盗阻住不放,我奉元帅军令前来保粮。不道强盗果然本事高强,杀他不过,被他打败了。故此唤你们转来,是个为好的意思。"那少年道:"原来如此,极承你盛情。"遂吩咐家将:"取我的铠甲来!"家将答应一声,取过包袱解开,公子下马披挂。那施全在旁,看他穿上一副就身可体的黄金甲,横勒狮蛮带,翻身跳上了浑红马。两个家将抬过一杆虎头錾金枪,公子绰在手中,叫声:"施将军!引我前去捉这强盗。"施全观看他这一杆枪杆,"比我的戟杆还粗些,想必倒有些本事的",便道:"小将军,你尊姓大名?这强盗委实厉害,不要轻看了他吓!"公子道:"我今且去会会这个强盗,若然胜了,与你说名姓;若然不能取胜,也不必问我姓名。就请将军前行引道。"施全害怕,那里敢先走?那些众家将都笑道:"亏你做了一位统制老爷,遇了强盗这样害怕,怎么去与金兵对敌?同去不妨的。"

施全满脸惭愧,无可奈何,只得一齐同走。将近九宫山,施全把手指道:"前面半山里的人马,就是强盗的营头。"那小将军就催马来到山下,高叫一声:"快叫那董先强盗下来,认认我小将军的手段!"喽啰忙报知董先,董先飞马下山。施全见了,对小将军道:"强盗来了,须要小心些!"公子道:"待我拿他。"一马冲上前去,施全同家将在后边观看。那董先见了公子,便骂道:"施全这狗男女,也不成人,怎么去叫一个小孩子来送命?岂不可笑!"公子道:"你可就是董先么?"董先道:"既知我名就该逃去,怎么还敢问我?"公子道:"我看你形状,倒也像是一个好汉,目今用人之际,何不改邪归正,挣个功名?

我也是要去投岳元帅的,不若同了我去;若一味逞蛮,恐你性命不保!可细细去想来。"董先道:"你这小毛虫!有何本领,擅敢如此无礼,口出大言?打死你罢!"遂一铲打来。公子摆手中这杆虎头枪,在他铲柄上一托,"啎"的一声响,枭在半边;"耍耍耍"一连几十枪,杀得董先手忙脚乱,浑身臭汗,那里招架得住?只得转马败上山去,大叫:"兄弟们快来!"

那陶进等四人让过董先,一齐走马冲下山来,一见了那位小将军,齐齐叫声:"啊呀,原来是公子!"各各慌忙跳下马来跪下。公子亦下马来道:"俺祖爷原叫你们去投岳元帅,怎么反在这里落草?"却说那四人原是张元帅旧时偏将,故此认得公子,当下便道:"小将们原要去投元帅的,往这里经过,被这董哥拿住,结为兄弟,故此流落在此。不知公子何故到此?"公子道:"我遵祖父之命去投岳元帅,遇见了施将军,说你们阻住了粮草,故尔来此。我想你等在此为盗,终无结果。既与董先结义,何不劝他归顺朝廷,同我到岳元帅营前效用?有功之日,亦可荣宗耀祖,扬名后世,岂不是好?"陶进等领了公子之言,连忙上山去劝董先不题。

且说这施全,看见公子在那里降伏这四人,便来问家将道:"你家公子是何等样人?缘何认得这强盗?"张兴道:"俺家公子名叫张宪。俺家老爷,便是金陵大元帅,今已亡过了。俺家太老爷因有半股疯疾,故命我家公子去投岳元帅麾下,去干功名的。"施全听了大喜,连忙下马来见了公子。谢总兵亦听得报说此事,亦出营来迎接。恰好陶进等四人下山,来见公子道:"小将们说起先老爷之事,董哥亦佩服公子英雄,情愿投顺。但要收拾寨中,求公子等一天,方可同行。"公子道:"不妨。你们可同去帮助收拾,我在此间等候便了。"四人领命回山。这里谢昆、施全同接张宪,各各见礼已毕。施全安排酒饭款待不表。

到了次日,董先等五位好汉收拾干净,放火烧了山寨,带领数千喽兵下山来。谢昆接进营中,与施全、张宪各各见礼已毕。施全把兵分为两队,往茶陵关而来。且按下慢表。

又说到汤怀同着孟邦杰奉令催解粮草,到了三叉路口,军士来禀道:"老爷走大路,还是走小路?"汤怀问道:"大路近,还是走小路近?"军士道:"小路近得一二十里,但恐有草寇强盗。"汤怀道:"粮米早到军前,就是功劳。既然小路近,就走小路。放着我二人在此,那里有吃豹子心肝的强盗来惹我?怕他怎的!"军士领令,竟往小路而走。不道路狭难行,反要爬山过岭,本意图快,不觉越慢了。一日,行到一块大平阳之地,汤怀就吩咐军士安营造饭,方好盘山。众军领令,就扎下营寨歇息。汤怀对孟邦杰道:"贤弟,这几日行路辛苦,我今闲坐在此,何不同你到山前山后,寻些野味来下酒何如?"孟邦杰是个少年心性,便道:"闷坐不过,甚好甚好!"汤怀就命家将:"坚守营门,我们闲耍一回就来。"

二人出营上马,信步望着茂林深草处,一路沿着山下搜寻而来。只见前面一只大鹿在那里吃草,汤怀就拈弓,搭上箭,"飕"的一箭射去,正中在鹿背上。那鹿负痛,带箭飞跑,汤、孟二人加鞭追赶。那鹿没命的跑去,追下有十来里路,斜刺松林里转出一班女将,为首两个

女子,生得:

> 眉弯新月,脸映桃花。蝉鬓金钗双压,凤鞋金镫斜登。连环铠甲束红裙,绣带柳腰恰称。一个青萍剑,寒霜凛凛;一个日月刀,瑞雪纷纷。一个画雕弓,开处浑如月;一个穿杨箭,发去似流星。

常言道:"无巧不成书。"那只鹿刚刚跑到那林边,被那使刀的女子加上一箭,那鹿熬不住疼痛,就地打一滚,却被众女兵一挠钩搭住,将绳索捆了,扛抬去了。汤怀看见,便叫声:"孟贤弟,你看好两个女子,把我们的鹿捉将去了!"孟邦杰道:"我们上去讨还来。"汤怀道:"有理。"遂赶上前来,高叫道:"这鹿是我们射下来的,你倒凑现成,那里有这等便宜事?快快送还便罢,休要惹我小将军动手!"那拿剑的女子喝道:"胡说!这鹿明明是我妹子一箭射倒的。你要赖我,我就肯还你,只怕我手中这双剑也未必肯。"汤怀大怒道:"好贱人!我看你是个女子,好言问你取讨,你反敢无礼么?"就把枪倒转,一枪杆打来;那女将举剑隔开,劈面就砍。恼得汤怀心头火起,使开枪"耍耍耍"一连几枪;那女将力怯,招架不住。恼了使双刀的女将,把马一拍,舞动日月刀,上来帮助。孟邦杰看得高兴,抡开双斧,上前接住。两男两女,捉对儿厮杀。那女将抵敌不住,虚晃一刀,转马败将下去。

汤、孟二人那里肯罢,随后追赶。不到二三里地面,来到一所大庄院,背靠一座大高山,庄前一带合抱不拢的大树。那女将到了此地,竟带领女兵转入庄内,将庄门紧紧关闭,竟自进去了。那汤怀赶到庄门口,高声大叫:"你那两个贱人!不还我鹿,待躲到那里去?

快快把鹿送出来,万事全休;若不然,惹得老爷性发,把你这鸟庄子放一把火,烧做白地!"叫了一回,不见动静。孟邦杰道:"哥哥,我们打进去,怕他怎的?"汤怀道:"那怕他是皇帝家里!"二人正待动手,只见庄门开处,走出一位老者,年过半百,方脸花须;头戴逍遥巾,身穿褐色绒袍;背后跟随着三四个家将,各挂一口腰刀;慢慢的踱将出来,问道:"是那里来的村夫,上门来欺负人? 我这村庄非比别处,休来讨野火吃!"汤怀正要开口,却是孟邦杰上前一步,在马上躬身道:"老丈听者,我们二人乃是岳元帅麾下护粮统制。今日在此经过,在山前寻些野兽下酒,方才射倒一鹿,却被你们庄里两个女将恃强抢去,故此特来取讨。"那老者听了,便道:"原来为此。一只鹿,值得甚事? 大惊小怪! 你们既是两位护粮将军,且请进小庄待茶。方才这两个是小女,待老夫去把鹿讨来奉还便了。"

汤、孟二人见那老者言语温和,遂跳下马来,跟随老者进庄。庄客把马拴好在庄前大树上。二人到了大厅上,撇下了兵器,望老者见礼毕,分宾主坐定,就请问:"二位高姓大名? 现居何职?"汤怀道:"小将姓汤名怀,是岳元帅从小结拜的义弟;这个兄弟,乃是山东孟邦杰,因恶了刘鲁王,投在岳元帅麾下,都做统制之职。今奉元帅将令,催粮到此,偶尔逐鹿,多有唐突! 请问长者尊姓大名? 此地名何所?"老者道:"老夫姓樊名瑞,向为冀镇总兵,目今告病休官在家。此间后面高山,名为八卦山,因老夫贱姓樊,此庄顺口就叫做樊家庄。今日难得二位将军到此,山肴野蔬,且权当接风。"二人连称:"不敢! 原来是前辈尊官,小将们不知,多有冒犯,望乞恕罪!"

正说之间，左右安排桌凳，摆列酒馔。二人连忙起身作谢，说道："小将们公事在身，不敢久停。这鹿不还也罢，就此告辞了。"樊瑞道："二位既来之，则安之。且请略坐一坐，老夫还有话请教。"二人只得告礼坐下。两边家将斟过酒来，各人饮过了几杯。樊瑞开言道："二位将军在外，终日在兵戈丛内驰骋，还念及家中父母、妻孥否？"汤怀道："不瞒老伯说，向来年荒时候，老父母都已见背。连年跟着岳元帅南征北讨，也不曾娶得妻室，倒也无甚牵挂。"樊瑞道："如此正好尽力王事。但孟将军青年，必竟椿萱还茂？"邦杰听了，不觉两泪交流，遂将刘猊行凶之事，告诉一遍，"因此未有妻室。"樊瑞听了二人说话，暗暗点头道："难得难得！老夫有一言，二位亦不必推辞。老夫向为总兵，只为奸臣当道，不愿为官，隐居于此。年已望六，小儿尚幼。只因两个小女，一向懒学女红，专好抡刀舞剑，由他娇养惯了，故今年虽及笄，尚未许人。恰好老夫昨夜三更时分，梦见两只猛虎赶着一鹿，奔入内堂。今日得遇二位到此，也是天缘。老夫意欲将两个小女，招赘二位为东床娇客，未知二位意下若何？"

二人听了，心中大喜，只得假意道："极承老伯不弃！但恐粗鄙武夫，怎敢仰攀高门闺秀？"樊瑞道："不必固逊。前日藕塘关金舍亲曾有书来说，岳元帅已将'临阵招亲'一款革除。今贤婿们军粮急务，难于久留，趁今日乃黄道吉辰，便行合卺。"遂饮了几杯，撤过筵席，叫庄丁："去把二位将军的马，牵入后槽喂养。"一面端整花烛，安排喜筵；一面差人去近庄村，请过邻里老友来赴喜酌。那些合庄亲邻，亦都来贺喜。一时间，厅堂上点得灯烛辉煌，请出樊老夫人来，拜

见了岳父、岳母,然后参天拜地,送入洞房。有诗曰:

　　堪夸女貌与郎才,天合姻缘理所该。

　　十二巫山云雨会,襄王今夜上阳台。

合卺已毕,汤、孟二人出到厅堂,款待众客。正在饮酒之间,家将来报说:"公子回来了。"但见家将们扛抬着许多獐麂鹿兔之类,放在檐下。后边走进一位小英雄,前发齐眉,后发披肩;年纪十二三岁,生得一表人材,原来就是有名的虎将樊成,上厅来先见了爹爹。樊老将军便问:"这次因何去了十数日方回?"樊成道:"那近山野兽俱已拿尽,故尔远去兴围,迟了几日。"老将军道:"过来与两位姐夫见了礼。"樊成道:"孩儿不省,怎么就招得这两位姐夫?"老将道:"这个姓汤名怀,那个姓孟名邦杰,俱是岳元帅麾下,现居都统制之职。因为解粮过此,天缘凑合,招赘在此。"樊成听了,方来见了礼;又与各亲邻等见礼毕,然后就坐饮酒,直至二更方散。送归洞房。

到了次日,樊老将军宰了些牛羊猪鸡等物,叫庄丁扛抬十来坛自窨下的好酒,送到营中,犒赏了众军士。住了三日,到第四日,汤、孟二人请岳父出来禀道:"小婿军务在身,今日拜别起行。"樊瑞道:"此乃国家大事,不敢相留。"就命准备酒席饯行。樊瑞道:"贤婿们可尽心王事,若能迎还二圣,我亦有光! 小女自有老夫照看,放心前去。"樊成道:"再过两年,我来帮你杀番兵。"汤、孟二人拜辞了岳父母,与小姐、妻舅作别了,出庄回营,领兵解粮起身不表。

再说谢总兵催粮到了关下扎住,同众将来到辕门候令。旗牌禀过元帅,元帅令进见。谢昆、施全先把九宫山铁面董先降顺之事,又将会着张公子的话，细细禀明。岳爷大喜，便叫："快请张公子相见。"公子就上前参见，将祖父之书双手呈上。岳爷接过看了，随即出位相扶道："公子在我这边，皆是为朝廷出力。"遂吩咐张保："将公子行李送在我衙门左近，早晚间还有话说。"张保领令而去。元帅又令董先等五人上堂，参见已毕。岳爷道："尔等到此，须与国家出力，挣功立名，博个封妻荫子，不枉男儿之志。"董先等谢了元帅。传令将董先带来兵卒，命军政司安插，收明粮草。诸事已毕，大排筵宴，庆贺新来六将。各各见礼，合营畅饮。忽报："汤、孟二将军候令。"元帅道："令进来！"二将进见。元帅道："十数万大兵，日费浩繁，何为今日才来？"二人道："末将有下情禀明，望元帅赦罪！"就将贪行小路、捉鹿招亲、成婚三日、有误军机之事，细细禀明。元帅道："我前已有令，把'临阵招亲'一款已经革除，尔亦无罪。既是如此，且与众将相见，另日与你们贺喜罢。"二人谢过，就来与张宪、董先等各各见礼，入席饮宴不表。

且说岳元帅到了次日，将两队军粮屯扎关中，遂发大兵起身，来取栖梧山。到得离山十里，安下营盘，来至山下讨战。何元庆闻报，披挂下山。岳爷抬头观看，见那将头戴烂银盔，身披金锁甲；手拿两柄银锤，坐下一匹嘶风马，威风凛凛，相貌堂堂。岳爷暗想："若得此人归顺，何愁二圣不还？"便开口问道："来者莫非何元庆乎？"元庆道："然也。来将可是岳飞么？"岳爷道："既知我名，何不投降？"元庆道："你既是岳飞，我闻你兵下太湖，收服杨虎、余化龙，果然是员名将。本帅久欲投降，奈我手下有两员家将不肯，故尔中止。"岳爷道：

"凡为将者,君命且不受,岂有反被家将牵制之理?亏你还要将领三军,岂不可耻!"元庆道:"你不知,我这两个家将,非比别个,自幼跟随着我,不肯半步相离,我亦不能一刻离他,所以如此。"岳爷道:"你那两个家将是何等样人,可叫他出来,待本帅认他一认,待本帅劝他归顺,何如?"元庆道:"我那两个家将,有万夫不当之勇,恐他未必肯听你的话。"岳爷道:"你且叫他出来。"元庆道:"你必要见他,休得害怕!"岳元帅道:"不怕,不怕。"

不知何元庆唤出那两员家将来,有分教:岳元帅

  计就山中擒虎将,谋成水里捉英雄。

毕竟不知那两个家将是何等之人,肯降不肯降,且听下回分解。

第三十六回

何元庆两番被获　金兀术五路进兵

诗曰：

庙堂无策可平戎，坐使甘泉照夕烽。

宝鼎铜驼荆棘里，龙楼凤阁黍离中。

却说岳元帅要见何元庆的两名家将，何元庆就把手中两柄溜银锤一摆，叫声："岳飞，这就是我两个家将！你只问他肯降不肯降。"岳爷大怒道："好匹夫！百万金兵，闻我之名，望风而逃，岂惧你这草寇？本帅见你是条好汉，不能弃暗投明，反去保助叛逆，故此好言相劝。怎敢在本帅面前摇唇弄舌？不要走，且吃本帅一枪罢！""耍"的一枪，劈面门刺来。何元庆举银锤"当"的一声架开枪，叫声："岳飞，休要逞能！你果能擒得我去，我就降你；倘若不能，恐怕这锤不认得人，有伤贵体，那时懊悔迟矣！"岳元帅道："何元庆，你休得夸口！敢与本帅战一百合么？""耍"的又是一枪。元庆举锤相迎。枪挑锤，好似狻猊舞爪；锤架枪，浑如狮子摇头。这一场大战，真个是棋逢敌手，将遇良材。直战到未牌时分，不分胜败。元庆把锤架住了枪道："明日再与你战罢。"岳爷道："也罢，且让你多活一晚，明日早来领死。"两下鸣金收军。

且说元庆回山，暗暗传下号令："今夜下山去劫宋营。"各各准备不题。

且说岳元帅回至营中坐定,对众将道:"我看何元庆未定输赢,忽尔收兵,今晚必来劫寨。汤怀兄弟可引本部军兵,在吾大营门首开掘陷坑,把浮土盖掩。"再令张显、孟邦杰各领挠钩手,皆穿皂服,埋伏于陷坑左右,"如拿住了何元庆,不许伤他性命;如违,定按军法。"三将领令,各去行事。又令牛皋、董先各带兵一千,在中途埋伏,截住他归路,"须要生擒,亦不许伤他性命。"二将领令去了。元帅自把中军移屯后面,分拨已定。

到了二更天气,何元庆就带领一千喽罗,尽穿皂服,口衔枚果,马摘鸾铃,悄悄下山,竟往宋营。看看将近营门,元庆在马上一望,见宋营寂然无声,更鼓乱点,灯火不明。元庆道:"早知这般营寨,岳飞早已就擒。"当时就一声号炮,点起灯球火把,如同白日。何元庆为首,呐声喊,一齐冲入宋营。只听得宋营中一声号炮响,何元庆连人带马跌入陷坑。右有张显,左有孟邦杰,带领三军一齐上前,将挠钩搭起何元庆来,用绳索绑住。那些喽罗见主帅被擒,各各转身逃走,正遇董先、牛皋拦住去路,大叫:"休走了何元庆!"众喽罗齐齐跪下道:"主帅已被擒去,望老爷们饶命。"牛皋道:"既如此,随俺们转去。如要走回去的,须要留下头颅来。"众喽罗齐声道:"情愿归降。"牛皋、董先带了降兵,回至大营门口。

等候天明,岳元帅升帐坐定,众将参谒已毕。张、孟二将将何元庆绑来缴令,牛皋、董先亦来缴令。刀斧手将何元庆推至帐前,见了岳元帅,立而不跪。元帅陪着笑脸,站起来道:"大丈夫一言之下,今请将军归顺宋朝,再无异说。"元庆道:"此乃是我贪功,反坠了你的奸计。要杀就杀,岂肯伏你!"元帅道:"这又何难。"吩咐:"放了绑,交还了何将军马匹双锤,并本部降兵,再去整兵来战。"左右领令,一一交清。

元庆出了宋营,带领喽兵竟回栖梧山,寨中坐定,好生恼怒:"不想中了奸计,反被这厮取笑一场。我怎生计较,拿住了岳飞,方出得胸中之气?"

不讲元庆思想报仇之计。再说岳元帅次日升帐,唤过张用问道:"那栖梧山可有别路可通么?"张用道:"后山有一条小路,可以上去。只是隔着一溪涧水,虽不甚深,路狭难走。"元帅道:"既有此路,吾计成矣。"遂命张用、张显、陶进、贾俊、王信、王义,带领步兵三千,每人整备叉袋一口,装实砂土,身边暗带火药。到二更时分,将砂袋填入山溪,暗渡过去,取栖梧山后杀入寨中,放火为号。六将领令而去。又暗写一柬帖,命杨虎、阮良上帐,吩咐照柬行事。二将领令去了。又唤耿明初、耿明达上帐,亦付柬帖,命依计而行。二将亦领令而去。正是:

　　计就月中擒玉兔,谋成日里捉金乌。

岳元帅分拨已定,忽报何元庆在营前讨战。元帅就带领兵将,放炮出营。两军相对,射住阵脚。岳爷出马,叫声:"何将军,今日好见个高低了。"元庆道:"大刀阔斧奇男子!今日与你战个你死我活,才得住手!"岳爷道:"我若添一个小卒帮助,也不算好汉。放马来罢!"元庆拍马提锤就打,岳爷举枪招架。元庆这两柄锤,盘头护顶,拦马遮人,一派银光皎洁;岳爷那一杆枪,右挑左拨,劈面分心,浑如蛟舞龙飞。两个直杀到天色将晚,并不见个输赢。岳爷把枪架住双锤,叫声:"将军,天色已晚。你若喜欢夜战,便叫军士点起灯球火把,战到天明;若然辛苦,回去将养精神,明日再来。"元庆大怒道:"岳飞,休得口出大言。我与你战个三昼夜!"随各叫军士点起灯球火把。三军呐喊,战鼓忙催,重新一场夜战。杀至三更将近,只听得栖梧山上儿郎呐喊,火光冲天。岳爷把马一拎,跳出圈子,叫声:"何元庆,你山上火起了!快快回去救火!"

何元庆回头一看,果然满山通红,心里吃了一惊;又听得一班宋将齐声高叫:"元帅爷,趁此机会拿这狗头!"岳爷道:"不可。何将军快些回去!"元庆转马便走。不多路,山上喽兵纷纷的败下山来,报道:"茶陵关张用,带领人马从后山杀上来,四面放火,夺了山寨。小人们抵敌不住,只得逃下山来。"元庆咬牙切齿,大骂张用:"这丧心奸贼,与你何仇,抢我山寨,叫我何处安身!"众头目道:"山寨已失,后面又有岳飞兵阻,不如且回汝南,奏闻大王,再发倾国之兵前来报仇何如?"元庆道:"讲得有理。"就带了众军士,拨转马头,望汝南大路进发。行至天明,元庆叫声"苦","吾死于此矣!这一条大桥是谁拆断了!此处又无船只,叫我怎生过去!"众儿郎看了,正在着急,忽听得一声炮响,水面上撑出一队小船来,俱是四桨双橹,刀枪耀目。前面两只船头上,站着杨虎、阮良,各执兵器,高声大叫:"何将军!我奉岳元帅将令,在此等候多时,邀请将军同保宋室江山。快请下船!"众喽兵惊得魂飞魄散。

何元庆也不答话，拨马便走。直至白龙江口，众儿郎一看，但见一派大江，并无船只可渡，又听得后面宋兵追声已近。何元庆道："又不能过得江去，不如杀转去，与岳飞拼了命罢！"军士用手指道："这小港内不是两只渔船？"元庆一马跑上来，叫道："渔翁快来救我！我乃栖梧山上大元帅何元庆！渡了我过去，重重谢你！"那渔翁听了，把船撑出港，把手一招，叫声："兄弟，快把船驶来，是何老爷在此。"两只小船齐齐撑至沙滩，叫声："何老爷快请上船来！"元庆道："你这小船，怎渡得我的马？"渔翁道："老爷坐在小人船上，把这两柄锤放在兄弟船上，老爷身体重，大江大水，不是儿戏的，那里还顾得马！"元庆只得下船，把锤放在那只船上，连忙撑得船离岸。岳元帅的追兵已经赶上，那些众头目齐齐跪下，情愿投降。元庆看了，十分凄楚，"还亏得不该死，遇着这两个渔翁救我！只是可惜了我的马，被他们拿去了！"元庆又叫："渔翁，你兄弟的船为何摇向那边去了？"渔翁道："啊呀！不好了！我这兄弟是好赌的，看见老爷这两柄锤是银子打的，便起不良之心，将锤拐去了！"元庆道："你快叫他转来，我多将金帛赏他。"渔翁道："老爷差了，他现的不取，反来取你赊的？"元庆道："如此说来，是你与他同谋的了。"渔翁道："什么同谋！老实对你说了罢，我那里是什么渔人，我乃当今天子驾前都统制将军耿明初！这个兄弟耿明达是也。奉岳元帅将令，特来拿你的！"元庆闻言，立起身来打渔翁，这耿明初翻身滚落长江去了。何元庆站在船中，心内想道："如今怎么处！"正在无可如何，那耿明初在水底下钻出头来，叫声："何元庆下来罢！"双手把船一扳，船底朝天，元庆落水,被耿明初一把擒住,捉到岸上,用绳绑了,解到元帅马前。

岳爷见了,连忙下马,吩咐放绑,便道:"本帅有罪了! 不知今番将军还有何说?"元庆道:"这些诡计,何足道哉! 要杀便杀,决不服你!"岳爷道:"既如此,叫左右交还锤马,快请回去,再整大兵来决战。"元庆也不答应,提锤上马而去。众将好生不服,便问道:"元帅两次不杀何元庆,却是为何?"岳爷道:"列位贤弟不知,昔日诸葛武侯七纵孟获,南蛮永不复反。今本帅不杀何元庆,要他心悦诚服来降耳。汤怀兄弟,你可如此如此。"汤怀领令而去。

却说何元庆来到江口,又羞又恼,又无船只,暗想:"曹成也不是岳飞的对手,真个无路可投,不如自尽了罢!"正欲拔剑自刎,只见宋将汤怀,匹马空身,飞奔赶来道:"岳元帅记念何将军,着我前来远送。请将军暂停鞭镫,待小将整备船只,送将军渡江。"正说间,又见后面牛皋带领健卒,扛抬食物赶来道:"奉元帅将令,道何将军辛苦,诚恐饥饿,特备水酒蔬饭,请将军聊以充饥。"元庆泣道:"岳元帅如此待我,不由我不降也。"就同了汤怀、牛皋,来至岳元帅马前跪下,口称:"罪将该死,蒙元帅两番不杀之恩,今情愿归降!"岳爷下马,用手相扶道:"将军何出此言? 贤臣择主而事。大丈夫正在立功之秋,请将军同保宋室江山,迎还二圣,名垂竹帛也。"遂叫左右:"将副衣甲与何将军换了。"遂率领三军,回茶陵关扎营。传令栖梧山降兵尽换了衣甲,就拨与何元庆部领。又备办酒席,与何元庆结为兄弟。合营庆贺,一面申奏朝廷。养兵息马,差人探听曹成消息。

过了几时,报有圣旨下来。岳爷带领众将出关接旨,迎到堂上开读："因为湖广洞庭湖水寇杨幺猖獗，特调岳飞移兵剿灭。"元帅接过圣旨，送了钦差起身，恰好探子回报："探得汝南曹成、曹亮领兵逃去，不知下落。"元帅就问："何将军，那二曹不知往何处避兵？"元庆道："曹成弟兄胆量甚小，闻末将归降，故尔站身不住。他有许多亲眷都在湘湖、豫章等处，占据山寨做贼，必然投奔那边去了。"岳爷道："量这曹成不足为患。"遂传令大兵，一齐拔寨，往湖南进发。在路秋毫无犯，不一日，到了澶州。早有镇守本州总兵率领众官出关迎接。岳爷引兵将进关，到了帅府，问总兵道："杨幺在何处？"总兵道："杨幺连日在城外焚掠，想是闻知元帅兵到，已于两日前不知那里去了。"元帅传令安顿营盘，一面差人探听杨幺消息，不提。

再说金邦兀朮探得岳元帅兵驻澶州，征服水寇，就与军师哈迷蚩计议："如今这岳南蛮远出，正好去抢金陵。"哈迷蚩道："臣已定有一计，狼主可请大太子领兵十万，去抢湖广。"兀朮道："岳南蛮正在湖广，怎么反叫大王爷到那里去？"哈迷蚩道："那大太子到那里，并不与他交战，只要他守东，我攻西；他防南，我向北，牵制得那岳飞离不得湖广；这里就命二太子领兵十万去抢山东，三太子领兵十万去抢山西，五太子领兵十万去抢江西，弄得他四面八方来不及。然后狼主自引大兵去抢金陵，必在吾掌握之中矣。此是五路进中原之计，不知狼主意下如何？"兀朮闻言大喜，遂召请四位弟兄，务引兵十万，分路而去。兀朮自领大兵二十万，竟望金陵进发。但见：

  杀气横空，日黑沙黄。露漫漫，白云衰草；霜凛凛，紫塞风狂。胡笳羯鼓悲凉月，赤帜红旗映日光。遍地里，逃灾难的，男啼女哭；一路来，掳财帛的，万户惊惶。番兵夷将，一似屯蜂聚蚁；长刀短剑，好如密竹森篁。可怜那栉风沐雨新基业，今做了鬼哭神号古战场！

诗曰：

> 刀锋耀眼剑光芒，旗幡摇漾蔽天荒。
> 马蹄踏碎中原地，稳取金陵似探囊。

这时节宗留守守住金陵，屡屡上表请康王回驻汴京，号令四方，志图恢复，无奈康王不从。此时打探得兀朮五路进兵，岳飞又羁留湖广，急得旧病发作，口吐鲜红斗余，大叫"过河杀贼"而死。后人有诗曰：

> 丹心贯日竭忠诚，志图恢复待中兴。
> 出师未捷身先死，长使英雄泪满襟。

又诗曰：

> 祸结兵连逼帝都，中原义旅几招呼？
> 南朝谁唱公无渡，魂绕黄流血泪枯！

却说兀朮兵至长江，早有众元帅、平章等四下拘觅船只，伺候渡江。那长江总兵姓杜名充，他见兀朮来得势大，心下思想："宗留守已死，岳元帅又在湖广，在朝一班佞臣，那里敌得兀朮大兵？那兀朮有令，宋臣如有归降者，俱封王位。我不如献了长江，以图富贵。"主意定了，就吩咐三军竖起降旗，驾了小船，来见兀朮，口称："长江总兵杜充，特献长江，迎接狼主过江。"兀朮大喜，就封为长江王之职。杜充谢恩道："臣子杜吉官居金陵总兵，现守凤台门，待臣去叫开城门,请狼主进城便了。"兀术道:"尔子若肯归顺,亦封王位。"就命杜充为乡导,大兵往凤台门而来。

再说朝廷正在宫中与张美人饮宴,只见众大臣乱纷纷赶进宫来,叫道:"主公不好了!今有杜充献了长江,引番兵直至凤台门,他儿子杜吉开门迎贼,番兵已进都城!主公还不快走!"康王大惊失色,也顾不得别人,遂同了李纲、王渊、赵鼎、沙丙、田思忠、都宽,君臣共是七人,逃出通济门,一路而去。

那兀术进了凤台门,并无一人迎敌,直至南门,走上金阶,进殿来,只见一个美貌妇人跪着道:"狼主,若早来一个时辰,就拿住康王了。如今他君臣七人逃出城去了。"兀术道:"你是何人?"美人道:"臣妾乃张邦昌之女、康王之妃。"兀术大喝一声道:"夫妇乃五伦之首。你这等寡廉鲜耻、全无一点恩义之人,留你何用!"走上前一斧,将荷香砍做两半爿。遂传令命番官把守金陵,"某家领兵追捉康王。"遂令杜充前边引路,沿城追赶。所到之处,人只道杜充是保驾的,自然指引去路,遂引着兀术紧紧追赶上来。

这里君臣七人,急急如丧家之狗,忙忙似漏网之鱼,行了一昼夜,才到得句容。李纲道:"圣上快将龙袍脱去,换了常服方好。不然,恐兀术踪迹追来。"康王无奈,只得依言,不敢住脚,望着平江府秀水县,一路逃至海盐。海盐县主路金,闻得圣驾避难到此,连忙出城迎接,接至公堂坐定。王渊道:"如今圣驾要往临安,未知还有多少路?"路金道:"路虽离此不远,但有番兵,皆在钱塘对面下营。节度皆弃兵而逃。圣驾若到临安,恐无人保驾,不如且在此,待勤王兵到。"王渊道:"你这点小地方,怎生住得?"路金道:"地方虽小,尚有兵几百。此地有一隐居杰士,只要圣上召他前来,足可保守。"高宗叫声:"卿家,此地有甚么英雄在此隐居?"路金道:"乃是昔日梁山泊上好汉,复姓呼延名灼。此人有万夫不当之勇,主公召来,足可保驾。"王渊道:"呼延灼当日原为五虎将,乃是英雄。只恐今已年老,不知本事如何?"高宗道:"就烦卿家去请来。"知县领旨而去。一面县中送出酒筵,君臣饮酒。王渊道:"依臣愚见,还是走的为妙。倘到得湖广,会见岳飞,方保无事。"高宗道:"列位卿家,朕连日奔走辛苦,且等呼延灼到时,再作商议。"正说间,路金来奏:"呼延灼已召到候旨。"高宗命:"宣进来。"那呼延灼到县堂来见驾,高宗道:"老卿家可曾用饭否?"呼延灼道:"接旨即来,尚未吃饭。"高宗就命路金准备酒饭,呼延灼就当驾前饱餐一顿。

忽见守城军士来报:"番兵已到城下。"高宗着惊。呼延灼道:"请圣驾上城观看,臣若胜了,万岁可即在此等勤王兵到;臣若不能取胜,圣上即时出城,往临安去罢!"高宗应允,遂同了众臣,一齐上城观看。只见杜充在城下高叫:"城内军民人等听者,四太子有令,快快把昏君献出,官封王位。莫待打破城池,鸡犬不留,悔之晚矣!"话声未绝,那城门开处,一位老将军出城,大喝一声:"你是何人,敢逼吾主?"杜充道:"我乃长江王便是。你乃何人?"呼延灼道:"嗄!你就是献长江的奸贼么?不要走,吃我一鞭!""耍"的一鞭,望杜充顶梁上打来,杜充举金刀架住。呼延灼又一鞭拦腰打来,杜充招架不住,翻身落马。众番兵转身败去。呼延灼也不追赶,取了首级,进城见驾。高宗大喜道:"爱卿真乃神勇!寡人若得回京,重加官职。"吩咐将杜充首级号令在城上。

再说番兵败转去,报与兀朮道:"长江王追赶康王,至一城下,被一个老南蛮打死了。"兀朮道:"有这等事!"就自带兵来至城下,叫道:"快送康王出来!"高宗正与众臣在城上,见了流泪道:"这就是兀朮,拿我二圣的!孤与他不共戴天之仇!"呼延灼道:"圣上不必悲伤,且整备马匹。若臣出去不能取胜,主公可出城去,直奔临安,前投湖广,寻着岳飞,再图恢复。"说罢,就提鞭上马,冲出城来,大叫:"兀朮休逼我主,我来也!"

兀朮见是一员老将,鹤发童颜,威风凛凛,十分欢悦,便道:"来的老将军,何等之人,请留姓名。"呼延灼道:"我乃梁山泊上五虎上将呼延灼是也!你快快退兵,饶你性命;不然,叫你死于鞭下!"兀朮道:"我非别人,乃大金国兀朮四太子是也。久闻得梁山泊聚义一百八人,胜似同胞,人人威武,个个英雄。某家未信。今见将军,果然名不虚传!但老将军如此忠心,反被奸臣陷害。某家今日劝你不若降顺某家,即封王位,安享富贵,以乐天年,岂不美哉?"呼延灼大怒道:"我当初同宋公明征伐大辽,鞭下不知打死了多少上将,希罕你这样个把番奴!"遂举鞭望着兀朮面门上打来,兀朮举金雀斧架住。两个大战了三十余合。兀朮暗想:"他果是英雄!他若少年时,不是他的对手。"二人又战了十来合,呼延灼终究年老,招架不住,回马败走。兀朮纵马追来。呼延灼上了吊桥,不道这吊桥年深日久,不曾换得木头,朽烂的了。呼延灼跑马上桥,来得力重了,踏断了桥木,那马前蹄陷将下去,把呼延灼跌下马来。兀朮赶上前,这一斧砍死。城上君臣看见,慌忙上马出城,沿着海塘逃走。

那兀朮砍死了呼延灼,勒马道:"倒是某家不是了。他在梁山上何等威名,反害在我手。"遂命军士收拾尸首,暂时安葬:"待某家得了天下,另行祭葬便了。"城中百姓开城迎接。兀朮进城,问道:"康王往那里去了?"军民跪着答道:"康王同了一班臣子逃出城去了。"兀朮传令,不许伤害百姓,遂带领大兵,也沿着海塘一路追去。不上十来里路,远远望见他君臣八人在前逃奔。高宗回头看见兀朮追兵将近,吓得魂飞魄散,真个似:

分开八片顶阳骨,倾下半桶雪水来。

不知君臣们脱得此难否,且听下回分解。

第三十七回

五通神显灵航大海　宋康王被困牛头山

诗曰：

庙食人间千百春，威灵赫奕四方闻。

从他著论明无鬼，须信空中自有神。

却说康王见兀朮将次赶上，真个插翅难逃，只待束手就擒。正在惊慌之际，忽见一只海船驶来，众大臣叫道："船上驾长，快来救驾！"那海船上人听见，就转篷驶近来，拢了岸，把铁锚来抛住了。君臣们即下马来，把马弃了，忙忙的下船。那船上人看见番兵将近，即忙起锚使篙。才撑离得海岸，兀朮刚刚赶到，大叫："船家！快把船拢来，重重赏你！"那船上人凭他叫喊，那里肯拢来，挂起风帆，一直驶去。兀朮道："某家如今往何处去好？"军师道："量他不过逃到湖南去投岳飞，我们不如也往那一路追去。"兀朮道："既如此，待某家先行，你在后边催趱粮草速来。"军师领命，辞了兀朮自去。

那兀朮带了人马，沿着海塘一路追将上来。忽见三个渔人在那里钓鱼，兀朮问道："三位百姓，某家问你，可曾见一只船渡着七八个人过去么？"三人道："有的，有的。老老少少共有七八个，方才过去得。"兀朮道："就烦你们引我们的兵马追去，若拿住了，重重的赏你。"那三个人暗想："待我们哄他沿边而走，等潮汛来时，淹死这班

第三十七回　五通神显灵航大海　宋康王被困牛头山

奴才！"便道："既如此,可随着我们来。"就引了大兵,一路追去。不一时,但见雪白潮头涌高数丈,波涛滚滚,犹如万马奔腾。有诗为证：

怒气雄声出海门,舟人云是子胥魂。

天排雪浪晴雷吼,地拥银山万马奔。

上应天轮分晦朔,下临宇宙定朝昏。

吴征越战今何在？一曲渔歌过晚村。

元来这钱塘江中的潮汛非同小可,霎时间巨浪滔天,犹如山崩地裂的一声响,吓得兀朮魂飞魄散,大叫一声,连忙拍马走到高处。那江潮汆来,将兀朮的前队几万人马,连那钓鱼的三人,都被潮浪涌去,尽葬江鱼之腹。闻得那三人却是朱县主自拼一死,扮作渔翁,哄骗兀朮的,后来高宗南渡,封为松木场土地。朱、金、祝三相公,至今古迹犹存。那时兀朮大怒道："倒中了这渔翁的奸计,伤了许多人马！"只见军师在后面赶来道："唬死臣也！虽然淹死了些人马,幸得狼主无事。我们一直追至湖广,必要捉了康王,方消此恨。"于是催趱大兵,一路追来。

再说高宗,幸得海船救了危急,路金叫船家端正午饭。君臣尚未吃完,前边驶下一只大船来,将船头一撞,跳过几个强人来,就要动手。众大臣道："休得惊了圣驾！"强人道："什么圣驾？"太师道："这是宋朝天子！"众人道："好吓！俺家大王正要那个宋朝天子。"这几个强盗抢进舱来,将高宗并众臣一齐捉下船去,解至蛇山,上了岸,报进寨去。那大王问道："拿的甚么人？"喽罗禀道："是宋朝皇帝。"那大王听说是宋朝皇帝,便大怒道："绑去砍了！"李纲叫道："且慢着！

大海之中，怕我们飞了去不成？但是话也须要说个明白，和你有何仇恨，使我们死了，也做个明白之鬼。"大王道"既要明白"，叫头目："领他们到两廊下去看了来受死。"那头目领令，遂引了李太师一行人来到两廊下，但见满壁俱是图画。李纲道："这是什么故事？"头目道："这是梁山泊宋大王的出身。我家大王，就是北京有名的浪子燕青。只因宋大王一生忠义，被奸臣害死，故有此大冤。"李纲又逐一看去，看到"蓼儿洼"，便道："原来如此。"便放声大哭起来，哭一声："宋江。"骂一声："燕青！"哭一声："宋江，好一个忠义之士！"骂一声："燕青，你这背主忘恩的贼！不能将蔡京、童贯一般奸臣杀了报仇，反是偷生在此快活。"燕青听见，心下想道："这老贼骂得有理。"叫头目："送他们到海中，由他们罢。"头目答应一声，将他们君臣八人推下海船，各自上山去了。

高宗与众臣面面相觑，这茫茫大水，无路可通，俱各大哭道："这贼人将我们送在此处，岂不饿死！"正哭之间，忽见一只大船，迎着风浪驶来。众大臣齐叫："救命！"只见五个大汉把船拢上来，问道："你们要往何处去？"众人道："要往湖广去寻岳元帅的。"那五个大汉道："我们就送你去。可进舱坐定，桌上有点心，你们大家吃些。"君臣进舱，正在肚饥时候，就将点心来吃。高宗道："天下也有这样好人！寡人若有回朝之日，必封他大大的官职。"说不了，船家道："已到湖广了，上岸去罢。"众人道："那有这样快，休要哄我。"那五个人道："你上去看，这不是界牌关么？"李纲等保了高宗上岸观看，果然是黄州界牌关。众人大喜，正要作谢船家，回转头来，那里有什么船，但见

第三十七回　五通神显灵航大海　宋康王被困牛头山

云雾里五位官人,冉冉而去。众臣道:"真个圣天子百灵护助,不知那里的尊神,来救了我君臣性命。"高宗道:"众卿记着,待寡人回朝之日,就各处立庙,永享人间血食便了。"后来高宗迁往临安建都,即封为五显灵官,在于普济桥敕建庙宇,至今香火不绝。这是后话不表。

且说那君臣八人,进了界牌关,行了半日,来到一座村庄中央一份人家门首。因他造得比别家高大,李纲抬头一看,叫声:"主公不好了!这是张邦昌的家里,快些走罢!"沙丙、田思忠扶了高宗急往前行,却被他们上人看见了,忙忙进去报知太师道:"门首有七八个人过去,听见他说话,好似宋朝天子,往东首去了,特来禀知。"邦昌听了,忙叫备马,出了门一路追来,看见前面正是高宗君臣,高叫:"主公慢行!微臣特来保驾。"连忙赶上来,下马跪着道:"主公龙驾,岂可冒险前行,倘有意外,那时怎么处!且请圣驾枉驻臣家,待臣去召岳元帅前来保驾,方无失误。"高宗对众臣道:"且到张爱卿家,再作计议。"邦昌就请高宗上了马,自己同着众臣随后跟着回家。进到了大厅上,高宗坐定,便问:"卿家可知岳飞今在何处?"邦昌道:"现在驻兵澶州,待臣星夜前去召来。"高宗大喜。邦昌吩咐家人安排酒席款待。天晚时,送在书房一处安歇,私下叫家人前后把守,辞了高宗,只说去召岳飞,却星飞的到粘罕营中报知,叫他来捉拿康王去了。

却说邦昌的原配蒋氏夫人,修行好善,念佛看经,所以家事俱是徐氏二夫人掌管。那晚有个丫环,将邦昌在二夫人房内商量拘留天子、太师去报金邦大太子来捉之事,细细说知。蒋夫人吃了一惊,暗想："君臣大义，岂不绝灭天伦！"挨至二更时分，悄悄来到书房，轻轻扣门，叫声："快些起来逃命！"君臣听见，连忙开门，问是何人。夫人道："妾乃罪臣之妻蒋氏。我夫奸计，款留圣驾在此，已去报粘罕来拿你们了！"高宗慌道："望王嫂救救孤家，决当重报！"夫人道："可随罪妇前来。"君臣八人，只得跟了蒋氏，来到后边。蒋氏道："前后门都有人看守，一带俱是高墙难以出去，只有此间花园墙稍低，外面俱是菜园，主公可从墙上爬出去罢。"君臣八人只得攀枝倚树，爬出墙来，慌不择路，一跌一跄，上路逃走。蒋氏谅脱不过，在腰间解下鸾带，在一棵大树上吊死了。

再说张邦昌来到番营，报知粘罕。粘罕随即领兵三千，连夜赶至张邦昌家里，进到大厅坐定道："快把南蛮皇帝拿来！"邦昌带了一众家人，走进书房，只见书房门大开，不见了君臣八人。这一惊不小，忙忙寻觅，一直寻到后花园，但见墙头爬倒，叫声："不好了！"回转头来，只见蒋氏夫人悬挂在一棵树上。邦昌咬牙恨道："原来这泼贱坏了我的事！"即拔佩刀，将蒋氏夫人之头割下，出厅禀道："臣妻将康王放走，特斩头来请罪。"粘罕道："既如此，他们还去不远，你可在前引路去追赶。但你既然归顺我国，在此无益，不如随着某家回本国去罢。"命小番将张邦昌家抄了，把房子烧毁了。邦昌心下好生懊悔，只得由他抄了，将房子放起一把火来，连徐氏一并烧化在内，跟了粘罕前去。

再说高宗君臣八人走了半夜，刚刚上得大路，恰遇着王铎带领从人，骑马来望张邦昌，要商议归金之事。却好遇着了高宗君臣，王铎大喜,慌忙下马,假做失惊,跪奏道:"主公为何如此?"李纲将失了金陵之事,说了一遍。王铎道:"既如此,臣家就在前面,且请陛下到臣家中用些酒饭,待臣送陛下到澶州去会岳飞便了。"高宗允奏,随同众臣跟了王铎,一齐到王铎家中。进得里头,王铎喝叫众家将,将高宗君臣八人一齐绑了,拘禁在后园中;自己飞身上马,一路来迎粘罕报信不表。

先说王铎的大儿子王孝如在书房内读书,听得书童说父亲将高宗、众臣绑在后园,要献与金邦,忙至后园,喝散家人,放了君臣,一同出了后园门,觅路逃走。行不多路,王孝如心中暗想:"我不能为国报仇,为不忠;不遵父命,放走高宗,为不孝。不忠不孝,何以立于人世!"大叫一声:"陛下,罪臣之子不能远送了!"说罢,望山涧中一跳,投水而死。君臣叹息了一番,急急往前逃奔。

再说那王铎,一路迎着张邦昌,引见了粘罕,报知:"高宗已被臣绑缚在后园,专候狼主来拿。"粘罕大喜,遂同了王铎来至家中坐定。王铎家人禀说:"公子放了高宗,一同逃去了。"王铎惊得呆了,只得奏禀:"逆子放走康王,一同逃去了。"粘罕大怒,吩咐把都儿们,将王铎家私抄了,房屋烧毁了;命王铎与张邦昌两个,同作乡导,一路去赶康王。王铎暗恨:"早知粘罕这般狠毒,何苦做此奸臣!"

却说王孝如身边有一家将,名唤王德寿,听见小主放走康王,一同逃走,便追将上去,思想跟随孝如。那王铎在路望见了,便禀上狼主:"前边这个是我家人王德寿。他熟谙路途,叫他做乡导去追拿康王,必然稳当。"粘罕道:"既然如此,唤他来。"王铎叫转王德寿,来见了粘罕。粘罕叫他骑匹好马,充作乡导。德寿道:"小人不会骑马的。"粘罕道:"就是步行罢。"王德寿想道:"公子拼命放走朝廷,我怎么反引他去追赶?不如领他们爬山过岭,耽搁工夫,好让他们逃走。"定了主意,竟往高山爬去。粘罕在山下扎住营盘,命众番兵跟了王德寿爬山。爬到半山之中,抬头观看,上边果有七八个在上爬山。王德寿叫声:"我死也!怎么处!"就把身子一滚,跌下山来,跌成肉酱。那些番兵看见上边果然有人,就狠命爬上去。那君臣八人回头望下观看,见山下无数番兵爬上来,高宗道:"这次决难逃脱的了!"君臣正在危急之际,天上忽然阴云布合,降下一场大雨,倾盆如注。但见:

霆轰电掣玉池连,高岸层霄一漏泉。

云雾黑来疑拥海,风响潮头万弩穿。

那君臣八人也顾不得大雨,拼命爬上山去。那些番兵穿的都是皮靴,经了水,又兼山上砂滑,爬了一步,倒退下了两步;立脚不牢的跌下来,跌死了无数。那雨越下个不住。粘罕道:"料他们逃不到那里去。且张起牛皮帐来遮盖,等雨住了再上去罢。"

再说那高宗君臣八人,爬得上山顶平地,乃是一座灵官庙,又无庙祝,浑身湿透,且进殿躲过这大雨再处。说话的一枝笔,写不得两行字;一张口,说不出夹层话。且把高宗在灵官庙内之事,暂搁一边。

且说那澶州岳元帅,一日正坐公堂议事,探子报道:"兀朮五路进兵,杜充献了长江,金陵已失,君臣八人逃出在外,不知去向了!"元帅一闻此言,急得魂魄俱无,大叫一声:"圣上吓!要臣等何用!"

拔出腰间宝剑,就要自刎。早有张宪、施全二人,急忙上前,一个拦腰抱住,一个攀住臂膊,叫声:"元帅差矣!圣上逃难在外,不去保驾,反寻短见,岂是丈夫所为?"岳爷道:"古语云:'君辱臣死。'如今不知那圣上蒙尘何处,为臣子者何以生为!"旁边走过诸葛英道:"元帅不必愁烦。末将同公孙郎善能扶乩请仙,可知君王逃在何处,我们就好去保驾了。"元帅拭泪,就命快排香案,祝拜通忱。诸葛、公孙二人,在仙乩上扶出几个字来道:

　　落日映湘澶,崔巍行路难。

　　速展乾坤手,觅迹在高山。

元帅道:"这明明说是圣上在湘、澶二处山上。但不知在那一个山上,叫我向何处去寻觅?"便请过澶州总兵来道:"有烦贵镇,将湘、澶二州山名尽数写来。"总兵就在下边细细开明,送上元帅。元帅就将山名做成阄纸,放在盒内,重排香案,再爇清香,诚心祷告:"愿求神明指示,天子逃在何处,即拈着何山。"祝毕,拿起一阄,打开看时,却是"牛头山"三字。元帅就命:"牛皋兄弟,你可带领五千人马,同着总兵,速往牛头山打探。我领大兵随后即来。"

　　牛皋得令,如飞而去,将到牛头山,恰正是君臣爬山遇雨的时候,牛皋军士在山下,也撑起帐篷,等雨过了而行。军士回报说:"前面有番兵扎营。"牛皋道:"既有番兵,君王必然在这山上了。请问总兵,从何处上山?"总兵道:"从荷叶岭上去,却是大路。"牛皋领兵,就从荷叶岭上去,一马当先跑上山来。那灵官殿内君臣们走出偷看,见是牛皋,便大叫:"牛将军!快来救驾!"牛皋跑至庙前,下马进殿,见了高宗,叩头道:"元帅闻知万岁之事,几乎自刎,幸得众将救解,令牛皋先来保驾,果然在这里!"就将身边干粮献上与高宗充饥,然后吩咐三军守住上山要路。那些番兵等雨住了,正要上山,忽见有宋兵把守,忙报知粘罕。粘罕就命人去催趱大兵;又着人望临安一路迎报兀术领兵来。且把康王困住,不怕他插翅飞去。

且说牛皋就叫澶州总兵回去保守澶州,速请元帅来救驾。那总兵在路,正迎着元帅大兵,报说:"圣驾正在牛头山,牛将军请元帅速速上山保驾。"元帅闻得,飞奔上牛头山来。牛皋迎接,同至灵官殿,朝见了高宗,奏道:"微臣有失保驾,罪该万死!"高宗大哭道:"奸臣误国,于卿何罪?"又把一路上受苦之事,细细说了一遍。又道:"孤家因衣服湿透,此时身上发热,如之奈何!"众臣正在商议,只见张保过来禀说:"拿得一个奸细,听候发落。"岳爷道:"带他过来!"张保一把拎将过来跪着。元帅看他是个少年道童,便问:"你是何人,敢来窥探?"那人道:"小人是山上玉虚宫道童,闻得有兵马在此,师父特着小人来打听,望乞饶命!"岳爷道:"那玉虚宫可大么?"道童道:"地方甚大,有三十六个房头。"岳爷道:"你去说与住持知道,不必惊慌。有当今天子避难至此,因圣体不安,着你们收拾好房几间,送圣上来将养。"道童得命,飞奔上去报信。

岳爷奏道:"臣探得有玉虚宫可以安住,请陛下上车。"遂将小粮车出空了,载了天子。众大臣俱各拣一匹马骑着。众将一齐送高宗来至宫前,早有住持率领三十六宫道士,跪着迎接。天子进了宫,十分喜悦。岳爷即将干净新衣与高宗换了。众臣请安已毕,只见走过一个老道士奏道："有当年梁山泊上神医安道全,在本山药王殿内安顿静养。今闻圣体违和,乞圣上召他来调治,可保圣躬无恙。"高宗大悦,就命老道士:"去请来调治朕躬,自当封职。"又有李纲奏道:"乞于灵官殿左首搭起一台,效当年汉高祖筑台拜将之事,拜封元帅并众将官属,好使他舍身为国。"高宗准奏,遂命路金监督搭台。次日高宗出宫,众将迎驾上台,传旨:"封岳飞为武昌开国公少保统属文武兵部尚书都督大元帅。"岳飞谢恩毕。正要加封牛皋等一班众将,不道高宗一时头晕,传旨:"候朕病痊,再行封赏。"众将跪送回宫。

到了次日早上,众将到灵官殿前,但见挂着一张榜文,上写着:

武昌开国公少保统属文武都督大元帅岳,为晓谕事:照得本帅恭承王命,统属六军,共尔众将,必期扫金扶宋,尽力王事。所有条约,各宜知悉。

听点不到者斩。擅闯军门者斩。闻鼓不进者斩。闻金不退者斩。私自开兵者斩。抢夺民财者斩。奸人妻女者斩。泄漏军机者斩。临阵反顾者斩。兵弁赌博者斩。妄言祸福者斩。不守法度者斩。笑语喧哗者斩。酗酒入营者斩。

大宋建炎　年　月　日榜,张挂营门

那牛皋听见众人在那里一款一款念到后来两条,便道:"胡说!大哥明明晓得我喜欢吃酒、是这样高声乱嚷的,却将这两件事写在上边!停一会,待我闯一个辕门与他看,看他怎样斩我!"众将齐至营前,只见张保传出令来:"元帅今日不升帐了,诸将明日早上候令罢。"众将得令,各自散去。牛皋道:"明早待我吃个大醉而来,看他怎么!"

再说元帅命张保去请汤怀,直至后营相见。岳爷道:"请贤弟到来,非为别事。今日所挂斩条上,有两件事犯着牛兄弟的毛病,故此愚兄今日不升帐。发令之初,若不将他斩首,何以服众?若准了法,又伤了弟兄之情。贤弟可如此如此,方得无事。"汤怀领令,来到牛皋帐中,见他正在吃酒。牛皋道:"汤二哥来得好,也来吃一杯。"汤怀就坐下,吃了几杯,便道:"我有一事与你相商。"牛皋道:"是甚么事?"汤怀道:"你道大哥今日为何不升帐?打听得他要差个人到相州去催粮,因为山下有番兵阻住,无人敢去,为此愁闷,不能升帐。我想我一人实不敢去,怎么作个计较,干得这件大功劳,特来与你商量。"牛皋道:"谅这些小番兵,怕他怎的?明日看我自去。"汤怀道:"既如此,明日你且休要吃酒,悄悄的来,不要被别人抢去头功。"牛皋道:"多谢你了。"汤怀别了牛皋回营。

到了明日,元帅升帐,众将参谒已毕,站立两旁听令。汤怀见牛皋低头走进营来,暗暗欢喜。元帅道:"三军未发,粮草先行;目今交兵之际,粮草要紧。但山下有金兵阻路,如何出得他的营盘?那一位大胆,敢领本帅之令,前往相州催粮?"话声未绝,牛皋上前道:"末将敢去!"元帅道:"你的本事,怎能出得番营?"牛皋道:"元帅何得长他人志气!谅这些毛贼,怕他怎的?小将若出不得番营,愿纳下这颗首级!"元帅道:"既如此,有令箭一枝,文书一封,限你四日四夜到相州,小心前去。"牛皋得令,将文书揣在怀中,把这令箭插在飞鱼袋内,上马提铜,独自一个跑下山来。正叫做:

壮士一身已许国,此行那计凶和吉?

双锏匹马踹番营,管取粘罕吃一吓。

毕竟不知牛皋此去如何,且听下回分解。

第三十八回

解军粮英雄归宋室　　下战书福将进金营

诗曰：

三尺龙泉吐赤光，英雄万载要流芳。

男儿要遂封侯志，烈烈轰轰做一场。

却说牛皋一马跑到粘罕营前，大叫一声："快些让路！好等老爷去催粮！"就舞动双锏，踹进营来，逢人便打。众番兵见他来得凶，慌忙报知粘罕道："山上有个黑炭团杀进营来了。"粘罕大怒，拿了溜金棍，上马来迎，刚刚碰着牛皋，被牛皋一连七八锏，粘罕招架不住，往斜刺里败走。却被牛皋冲出后营，到相州去了。粘罕回帐，叫小番收拾尸首，整顿营盘；一面再差人去催趱各位王兄王弟，速到牛头山来，围住他君臣再处。

且说岳元帅这日升帐，探军来报："山下有一枝番兵下寨。"不多时，探子又来报，说："又有一枝番兵下寨。"一连报了四次。元帅想："牛皋虽已踹出番营，那粮草怎能上得山来？"心下十分愁闷。

再说牛皋踹破番营，昼夜兼行，到了相州，一直到了节度使辕门下马，大声叫道："快些通报！"就把那锏在鼓上"扑通"的一下，把那鼓竟打破了。传宣进内禀知，刘都爷传令牛皋进见。牛皋来至大堂，跪下道："都爷快看文书！快看文书！"刘光世看了文书道："牛皋差了！限你四日,如今只才三日半,如何这般性急?且到耳房便饭。"牛皋道:"饭是自然要吃的。但粮草是要紧的,明早就要起身的吓!"刘爷道:"这是朝廷大事,岂敢迟延?"传令准备粮草。至二更时分,俱已端正,一面点兵三千护送。刘爷一夜不曾睡。刚刚天亮,牛皋早已上堂来见都爷催促。刘爷道:"军粮俱已整备。有道表章,烦你带去。外有书一封,候你家元帅的。"

牛皋收了表章书信,叩头辞别,上马便行。这日正行之间,忽然大雨下来,要寻个地方躲雨,望见前面有一带红墙,必然是个庙宇,忙忙催动粮车。赶到红墙边一看,不是庙宇,却是一座王殿。牛皋也不管他三七二十一,命众军士把粮车推进殿内躲雨。

却说这殿,乃是汝南王郑恩之后郑怀的赐第。那郑怀生得身长丈二,使一条酒杯口粗的铁棍,力大无穷,善于步战。当时有家将进内报说:"不知何处军马,推着许多粮车,在殿上喧哗糟蹋,特来报知。"郑怀道:"那有这样事!先王御赐的地方,那个敢来糟蹋!"便提了大棍,走到殿前大喝道:"何处野贼,敢来这里讨野火吃?"牛皋见来得凶,只道是抢粮的,不问情由,举铜就打。郑怀抡棍招架。不上四五个回合,被郑怀拦开铜,只一把,把牛皋擒住。走进里边厅上,叫家人绑了,推至面前,喝道:"你是何方草寇,敢来糟蹋王殿?"牛皋大喝道:"该死的狗囚!你眼又不瞎,不见粮车上的旗号么?我叫牛皋,奉岳元帅将令,催粮上牛头山保驾,在此躲雨。你敢拿了我,可不该凌迟剐罪?"郑怀道:"原来是牛将军,你也该早说个明白。"忙忙来解了绑,扶牛皋中间坐了,请罪道:"小弟乃汝南王郑恩后裔,名唤郑怀。久慕将军大名,今日愿拜将军为兄,同上牛头山保驾立功,未知允否?"牛皋道:"我本是不肯的,见你本事也好,还有些情重的,且收你为弟罢。只是肚中饥了,且收拾些酒饭来我吃了,好同你去。"郑怀道:"这个自然。"就同牛皋对天结拜为弟兄。吩咐家人整备酒饭,杀翻两头牛,抬出十来坛酒,到殿上犒赏三军。郑怀一面收拾行李,吃完酒饭,就同牛皋起身。

说话的,那牛皋来时是连夜走的,故此来得快。此时回去有了粮车,须要昼行夜住,那能就到。这日行至一座山边,忽听得一棒锣声,拥出五六百喽罗。为首一员少年,身骑白马,手提银枪;白袍银甲,头戴银盔,口中大叫:"会事的留下粮车,放你过去!"牛皋大怒,方欲出马,郑怀道:"不劳哥哥动手,待小弟去拿这厮来。"提棍上前便打,那英雄抡枪就刺。大战三十多合,不分胜负。牛皋暗想:"我与郑怀战不上四五合,被他拿了。他两个战了三十多合,尚无胜败,好个对手!"就拍马上前,叫道:"你们且住手!我有话说。"郑怀架住了枪道:"住着!俺哥哥有话讲,讲了再战。"那将收了枪道:"你有何话,快快说来。"牛皋道:"俺非别人,乃岳元帅的好友牛皋。我看你年纪虽小,武艺倒好。目今用人之际,何不归顺朝廷,改邪归正,岂不胜如在这里做强盗?"那将听了道:"原来是牛将军,何不早说!"遂弃枪下马道:"将军若不见弃,愿拜为兄,同往岳元帅麾下效用。"牛皋道:"这才是个好汉!但不知你姓甚名谁?"那将道:"小弟乃东正王之后,姓张名奎,因见朝廷奸臣乱国,故尔不愿为官,在此落草。"牛皋道:"既如此,军粮紧急,速即收拾同行。"张奎就请牛、郑二人上山,结为兄弟；一面整备酒席，一面收拾粮草合兵共行。

又一日，来到一个地方，军士报说："前面有四五千人马扎住营盘，不知是何处兵马，特来报知。"牛皋吩咐也扎住了营头，差人探听。不一时，军士来报："有一将在营前，声声要老爷送粮草。"牛皋大怒，同了郑怀、张奎出营，看那后生生得身长八尺，头戴金盔，身穿金甲；坐下青骢马，手提一杆錾金虎头枪，见了牛皋便喝道："你可就是牛皋么？"牛皋道："老爷便是。你是什么人？敢来阻我粮草？"那人道："你休要问我，我只与你战三百合，就放你过去。"郑怀大怒，举棍向前便打。那将架开棍，一连几枪，杀得郑怀浑身是汗，气喘吁吁。张奎把银枪一摆，上来助阵，两个战了二十余合。牛皋见二人招架不住，举双锏也上来助战。三个战一个，还不是那将对手。正在慌忙，那将托地把马一拎，跳出圈子外，叫声："且歇！"三人收住了兵器，只是气喘。那将下马道："小将非别，乃开平王之后，姓高名宠。当年在红桃山保母，有番兵一枝往山西而来，被小弟枪挑了番将，杀败番兵，夺得金盔金甲、金银财帛几车，留下至今。目今听见朝廷被困牛头山，奉母命前来保驾，今日幸得相会，特来献献武艺。"牛皋大喜，叫声："好兄弟！你既有这般本事，就做我哥哥也好，何不早说！"当时就与高宠并了队伍，在营中结为兄弟。用了酒饭，高宠就在前头破路，牛皋同郑怀、张奎押后，催兵前进，望牛头山进发。

且说兀朮大兵已到，粘罕接着，将张邦昌、王铎的事说了一遍。兀朮道："既是康王同岳南蛮在山上，某家只分兵困住此山，绝了他的粮饷，怕不饿死？"遂分拨众狼主，四方八处扎住大营，六七十万大兵，团团围住牛头山，水泄不通。岳爷闻报，好不心焦！

且说牛皋等在路上非止一日，已到牛头山。高宠望见番营连络十余里，便向牛皋道："小弟在前冲开营盘，兄长保住粮草，一齐杀入。"牛皋便叫郑怀、张奎左右辅翼，自己押后。高宠一马当先，大叫："高将军来踹营了！"拍马抡枪，冲入番营，远者枪挑，近者鞭打，如同砍瓜切菜一般，打开一条血路。左有张奎，右有郑怀，两条枪棍犹如双龙搅海；牛皋在后边舞动双锏，犹如猛虎搜山。那些番兵番将那里抵挡得住，大喊一声，四下里各自逃生。兀朮忙差下四个元帅来，一个叫金花骨都，一个是银花骨都，一个铜花骨都，一个铁花骨都，各使兵器，上前迎战，被高宠一枪，一个翻下马去；第二枪，一个跌下地来；第三枪，一个送了命；再一枪，一个胸前添了一个窟窿。后边又来了一个黄脸番将，叫做金古录，使一条狼牙棒打来，被高宠望番将心窝里一枪戳透一挑，把个尸首直抛向半天之内去了，吓得那番营中兵将个个无魂，人人落魄。更兼郑怀、张奎两条枪棍，牛皋一双锏，翻江搅海一般，杀得尸如山积，血流成河，冲开十几座营盘，往牛头山而去。兀朮无奈，只得传令收拾尸首，整顿营寨不提。

且说岳元帅闷坐帐中，探子来报道："金营内旗幡缭乱，喊杀连天，未知何故。"岳元帅道："他见我们按兵不动，或是诱敌之计，可再去打听。"不一会，又有探子来报："牛将军解粮已到荷叶岭下了。"岳元帅举手向天道："真乃朝廷之福也！"不一时，牛皋催趱粮车，上了荷叶岭，在平阳之地把三军扎住，对三位兄弟道："待我先去报知元帅，就来迎见。"高宠道："这个自然。"牛皋进营见过了元帅，将刘都爷本章并文书送上。岳爷道:"粮草亏你解上山来,乃是第一个大功劳!"吩咐上了功劳簿。牛皋道:"那里是牛皋的功劳!亏得新收了三个兄弟,一个叫高宠,一个叫郑怀,一个叫张奎。他三个人本事高强,冲开血路,保护粮草,方能上山。现在看守人马粮车,在岭上候令。"岳爷道:"既如此,快请相见。"牛皋出营来,同了三人进来参见毕,岳爷立起身来道:"三位将军请起。"遂问三人家世,高宠等细细禀明。元帅道:"既是藩王后裔,待本帅奏达圣上,封职便了。"遂命将粮草收贮。自引三人来至玉虚宫内,朝见了高宗,将三人前来保驾之事奏明。高宗问李纲道:"该封何职?"李纲奏道:"暂封他为统制,待太平之日再照袭祖职。"高宗依奏封职。三人一齐谢恩而退,一同元帅回营。牛皋上来禀道:"这三个兄弟,可与小将同住。"岳爷应允,就将他三人带来人马,分隶部下;金银财帛,送入后营,为劳军之用。专等择日开兵,与兀术打仗。当日无话。

到了次日,元帅升帐,众将站立两旁听令。元帅高声问道:"今粮草虽到,金兵困住我兵在此,恐一朝粮尽,不能接济。必须与他大战一场,杀退了番兵,奉天子回京。不知那位将军,敢到金营去下战书?"话声未绝,早有牛皋上前道:"小将愿往。"元帅道:"你前日杀了他许多兵将,是他的仇人,如何去得?"牛皋道:"除了我,再没有别人敢去的。"岳爷就叫张保:"替牛爷换了袍帽。"张保就与牛皋穿起冠带来。遂辞了元帅,竟自出营。岳爷不觉暗暗伤心,恐怕不得生还。又有一班弟兄们俱来相送到半山,对牛皋道:"贤弟此去,须要小心!言语须要留意谨慎。"牛皋道:"众位哥哥,自古道:'教的言语不会说,有钱难买自主张。'大丈夫随机应变,着什么忙?做兄弟的只有一事相托:承诸位兄弟结拜一场,倘或有些差迟,只要看待这三个兄弟,犹如小弟一般,就足见盛情了!"众弟兄听了,含泪答道:"一体之事,何劳嘱咐,但愿吉人天相!恕不远送了。"众将各自回山。正是:

銮舆万里困胡尘,勇士勤王不顾身。

自古疾风知劲草,须知版荡识忠臣。

且说牛皋独自一个下山,揩抹了泪痕,"休要被番人看见,只道是我怕死了。"再把自己身上衣服看看,倒也好笑起来:"我如今这般打扮,好像那城隍庙里的判官。"一马跑至番营前,平章看见道:"咦,这是牛南蛮,为何如此打扮?"牛皋道:"能文能武,方是男子汉。今日我来下战书,乃是宾主交接之事,自然要文绉绉的打扮。烦你通报通报。"平章不觉笑将起来,进帐禀道:"有牛南蛮来下战书。"兀朮道:"叫他进来。"平章出营叫道:"狼主叫你进去。"牛皋道:"这狗头,'请'字也放一个,'叫'我起来,如此无礼!"遂下马一直来至帐前。那些帐下之人见牛皋这副嘴脸、这般打扮,无不掩着口笑。

牛皋见了兀朮道:"请下来见礼。"兀朮大怒道:"某家是金朝太子,又是昌平王,你见了某家也该下个全礼,怎么反叫某家与你见礼?"牛皋道:"什么昌平王!我也曾做过公道大王。我今上奉天子圣旨,下奉元帅将令,来到此处下书。古人云:'上邦卿相,即是下国诸侯;上邦士子,乃是下国大夫。'我乃堂堂天子使臣,礼该宾主相见,怎么肯屈膝于你?我牛皋岂是贪生怕死之徒、畏箭避刀之辈?若怕杀也不敢来了。"兀朮道:"这等说,倒是某家不是了。看你不出,倒是个不怕死的好汉。某家就下来与你见礼。"牛皋道:"好吓!这才算个英雄!下次和你在战场上,要多战几合了。"兀朮道:"牛将军,某家有礼。"牛皋道:"狼主,末将也有礼了。"兀朮道:"将军到此何干?"牛皋道:"奉元帅将令,特来下战书。"兀朮接过看了,遂在后批着"三日后决战",付与牛皋。牛皋道:"我是难得来的,也该请我一请!"兀朮道:"该的该的。"遂叫平章同牛皋到左营吃酒饭。

牛皋吃得大醉出来,谢了兀朮,出营上马,转身回牛头山来。到了山上,众人看见大喜,俱来迎接,说道:"牛兄弟辛苦了!"牛皋道:"也没有甚么辛苦。承他请我吃酒饭,饭都吃不下,只呷了几杯寡酒。"来到大营,军士报知元帅。元帅大喜,吩咐传进。牛皋进帐见了元帅,将原书呈上。元帅叫军政司记了牛皋功劳,回营将息。

次日元帅升帐,众将参见已毕。元帅唤过王贵来道:"本帅有令箭一枝,着你往番营去拿一口猪来,候本帅祭旗用。"王贵得令,上马下山而去。元帅又将令箭一枝,唤过牛皋道:"你也领令到番营去拿一口羊来,本帅祭旗用。"牛皋也领令而去。正叫做:

天子三宣恩似海,将军一令重如山。

毕竟不知王贵、牛皋怎生进得番营,去拿他的猪羊,且听下回分解。

第三十九回

祭帅旗奸臣代畜　挑华车勇士遭殃

诗曰：

报应休争早与迟，天公暗里有支持。

不信但看奸巧誓，一做羊来一变猪。

却说王贵领令下山，暗想："这个差使却难！那番营中有猪也不肯卖与我。若是去抢，他六七十万人马，那里晓得他的猪藏在那里？不要管他，我只捉个番兵上去，权当个猪缴令，看是如何。"想定了主意，一马来至营前，也不言语，两手摇刀，冲进营中。那小番出其不意，被他一手捞翻一个，挟在腰间，拍马出营，上荷叶岭来。恰好遇着牛皋下山，看见王贵捉了一个番兵回来，牛皋暗想："吓！原来番兵当得猪的，难道就当不得羊？且不要被他得了头功，待我割去他的猪头。"遂拔剑在手，迎上来道："王哥，你来得快吓！"王贵道："正是。"两个说话之间，两马恰是交肩而过，牛皋轻轻把剑在小番颈上一割，头已落地，王贵还不得知，来到山上。诸葛英见了便道："王兄，为何拿这没头人来做什么？"

王贵回头一看："呀！这个头被牛皋割去了。"就将尸首一丢，回马复下山来。行至半路，只见牛皋也捉了一个小番来了。牛皋看见了王贵，就勒住马闪在旁边，叫声："王哥请便。"王贵道："世上也没有你这样狠心的人！你先要立功,怎么把我拿的人割了头去?"牛皋道:"原是小弟不是。王哥把这一功让了我罢!"王贵拍马竟去。牛皋来至大营前,叫家将:"把这羊绑了。"牛皋进帐禀道:"奉令拿得一腔羊缴令。"元帅吩咐将羊收了。牛皋道:"这羊是会说话的。"元帅道:"不必多言。"牛皋暗暗好笑,出营去了。

再说王贵复至番营,叫道:"再拿一口猪来!"抡刀冲进营去,小番围将上来厮杀。王贵勾开兵器,又早捞了一个。粘罕闻报,拿了溜金棍,上马领众赶来,王贵已上了荷叶岭去了,那里追得着。王贵到了大营门首,将番兵绑了,进帐来见元帅道:"末将奉命拿得一猪在此缴令。"元帅叫张保收了猪,上了二人的功劳。

次日,元帅请圣驾至营祭旗。众大臣一齐保驾,离了玉虚宫,来到大营。元帅跪接进营。将小番杀了,当做猪羊,祭旗已毕,元帅奏:"请圣驾明日上台,观看臣与兀朮交战。请王元帅报功,李太师上功劳簿。"天子准奏。众大臣保驾回玉虚宫不表。

再说兀朮在营中对军师道:"岳飞叫人下山,拿我营中兵去当作福礼祭旗,可恨可恼！我如今也差人去拿他两个南蛮来祭旗,方泄我恨。"军师道:"不可。若能到他山上去拿得人来,这座山久已抢了。请狼主免降此旨罢。"兀朮想道:"军师此言,亦甚有理。这山如何上得去？我想张邦昌、王铎两人,要他何用？不如将他当作福礼罢。"遂传令将二人拿下。一面准备猪羊祭礼,邀请各位王兄王弟,同了军师参谋、左右丞相、大小元帅、众平章等,一同祭旗。将张、王二人杀了,请众人同吃利市酒。他二人当初在武场对天立誓道:"如若欺君,日后在番邦变作猪羊。"不道今日有此果报。那兀朮祭过了旗,正同众将在牛皮帐中吃酒,小番来报道:"元帅哈铁龙送'铁华车'至营。"兀朮遂传令,叫他带领本部军兵,在西南方上埋伏。哈元帅得令而去。

次日,兀朮自引大队人马,来至山前搦战。岳元帅调拨各将紧守要路,多设擂木炮石。张奎专管战阵儿郎;郑怀单管鸣金士卒;高宠掌着三军司命的大旗;自己坐马提枪,只带马前张保、马后王横两个,下山来与兀朮交兵。只见金阵内旗门开处,兀朮出马,叫声:"岳飞,如今天下山东、山西、湖广、江西皆属某家所管。尔君臣兵不满十余万,今被某家困住此山,量尔粮草不足,如釜中之鱼。何不将康王献出,归顺某家,不失封王之位。你意下如何?"元帅大喝道:"兀朮!尔等不识人伦,囚天子于沙漠,追吾主于湖广。本帅兵虽少而将勇,若不杀尽尔等,誓不回师!"大吼一声,走马上前,举枪便刺。兀朮大怒,提起金雀斧,大战有十数个回合。那四面八方的番兵,呐喊连天,俱来抢牛头山,当有众将各路敌住。岳元帅记念有朝廷在山,恐惊了驾,勾开斧,虚晃一枪,转马回山去了。

那张奎见元帅回山,即便鸣金收军。不道那高宠想道:"元帅与兀朮交战,没有几个回合,为何即便回山?必是这个兀朮武艺高强。待我去试试,看是如何?"便对张奎道:"张哥,代我把这旗掌一掌。"张奎拿旗在手,高宠上马抢枪,往旁边下山来。兀朮正冲上来,劈头撞见高宠,劈面一枪,兀朮抬斧招架,谁知枪重招架不住,把头一低,被高宠把枪一拎,发断冠坠,吓得兀朮魂不附体,回马就走。高宠大喝一声,随后赶来,撞进番营,这一杆碗口粗的枪,带挑带打,那些番兵番将人亡马倒,杀死者不计其数。那高宠杀得高兴,进东营,出西营,如入无人之境,直杀得番人叫苦连天,悲声震地。看看杀到下午,一马冲出番营,正要回山,望见西南角上有座番营,高宠想道:"此处必定是屯粮之所。常言道:'粮乃兵家之根本。'我不如就便去放把火,烧他娘个干净,绝了他的命根,岂不为美!"便拍马抡枪,来到番营,挺着枪冲将进去。小番慌忙报知兀元帅,哈铁龙吩咐:"快把'铁华车'推出去!"众番兵得令,一片声响,把"铁华车"推来。高宠见了,说道:"这是什么东西?"就把枪一挑,将一辆"铁华车"挑过头去。后面接连着推来,高宠一连挑了十一辆。到得第十二辆,高宠又是一枪,谁知坐下那匹马力尽筋疲,口吐鲜血,蹲将下来,把高宠掀翻在地,早被"铁华车"碾得稀扁了。后人有诗吊之曰:

为国捐躯赴战场,丹心可并日争光。

华车未破身先丧,可惜将军年少亡。

却说哈铁龙拿了尸首,来见兀朮道:"这个南蛮,连挑十一辆'铁华车',真是楚霸王重生,好生厉害!"兀朮吩咐哈元帅再去整备"铁华车";叫小番在营门口立一高竿,将高宠尸首吊起。此时岳爷正同众将在山前打听高宠下落,忽见番营门首吊起一个尸首来。牛皋远远望见,叫声:"不好了!"就拍马冲下山去。那岳爷此时也不能禁止,忙令张立、张用、张保、王横四人,飞步下山;再命何元庆、余化龙、董先、张宪速去救应。众将得令,一齐下山。

且说牛皋一马跑至营前,有小番上来挡路,却被他把锏一扫一挥，那些小番好像西瓜般的滚去；直至高竿前，拔出剑来只一剑，将绳割断，那尸首坠下地来。牛皋抱住一看，大叫一声，翻身跌落下马。那些番兵见了，正待上前拿捉，却得张宪等四员马将、张立等四员步将一齐赶来，杀退番兵。张立、张用前后护持，王横扶牛皋上了马；张保将高宠尸首驮在背上，转身便走。又有几个平章晓得了，领着番兵追来，被何元庆、余化龙二人回马大杀一阵，锤打枪挑，伤了许多人马，番兵不敢追赶。众将一齐上了牛头山。

那兀朮得报，领人马飞风赶来，这里已经上山了。兀朮只得回马转去，自忖："这些南蛮，有这等大胆，又果然义气，反伤了某家两员将官，杀了许多兵卒。"只得叫小番收拾杀伤尸首，紧守营门不表。

再说众将将牛皋救得上山，牛皋大哭不止，连晕几次。人人泪落，个个伤心。高宗传下圣旨："高将军为国亡身，将朕衣冠包裹尸首，权埋在此，等太平时送回安葬。"岳元帅又命汤怀住在牛皋帐中，早晚劝他，不要过于苦楚。汤怀领令，自此就在牛皋帐中同住，不提。

却说兀朮一日在帐中呆坐思想，忽然把案一拍，叫声："好厉害！"军师忙问："狼主，有何事厉害？"兀朮道："某家在这里想前日被高宠一枪，险些丧了性命；有本事连挑我十一辆'铁华车'，岂不厉害！"军师道："饶他厉害，也做了个扁人。臣今已想有一计捉拿岳南蛮，不知狼主要活的，还是要死的？"兀朮听了此言，不觉心中不然起来，脸色一变，说道："军师，你在那里说梦话么？前日某家要拿他两个小卒来当福礼，你说若能拿得他的人来，久已抢了牛头山了。两个小卒尚不能拿他，今日怎么说出这等大话来，岂不是做梦？"军师道：

"凡事不可执一而论。要上山去拿小卒,实是烦难;要拿岳南蛮,臣却有一计,饶那岳南蛮有通天本事,生死俱在吾手中。"兀朮忙问:"军师有何奇计,拿得岳南蛮?"

哈迷蚩不慌不忙,叠两个指头,说出这个计来。有分教:少年英俊,初显出狰狞头角;几千番卒,群羊入虎口之中。正是:

茅庐已定三分鼎,助汉先施六出奇。

不知哈军师有何计拿捉岳元帅,且听下回分解。

第四十回

杀番兵岳云保家属　赠赤兔关铃结义兄

诗曰：

> 年少英风射斗牛，凌云壮气傲秋霜。
>
> 天上麒麟原有种，人间豪杰岂无双！

话说兀术对军师道："怎么要拿他两个小卒不能得，要岳南蛮倒容易？"军师道："他山上把守得铁桶一般，我兵如何得上去？故此拿他不得一个小卒。臣今打听得岳飞侍母最孝。他的母亲姚氏并家小，现今住在汤阴。目下我们在此相持，他决不提防。我今出其不意，悄悄的引兵去，将他的家属拿来。那时叫他知道，不怕他不来投降，岂不是活的？若要死的，将他一门尽行送往本国，他必然忧苦而死。岂不是生死出在我手中？"兀术闻言大喜，随差元帅薛礼花豹同牙将张兆奴，领兵五千，扮作勤王样子，暗暗渡过黄河，星夜前往汤阴，不许伤他家口，要一个个活捉回话。薛礼花豹领令，悄悄起身，望汤阴而来。

再说岳爷府中，已收拾得十分齐整，家中有一二百口吃用。大公子岳云，年已长成十二，出落得一表人材，威风凛凛。太太先前也曾请个饱学先生教他读书，无奈这岳云本是个再来人，天资聪敏，先生提了一句，他倒晓得了十句，差不多先生反被学生难倒了，只得见了太夫人说:"小子才疏学浅,做不得他的师父,只好另请高才。"辞了去了。一连请了几个都是如此,所以无人敢就此馆。岳云独自一个在书房中,将岳爷的程课细细翻阅,那些兵书战策件件熟谙。他原是将门之子,膂力过人,终日使枪弄棍。叫家将置了一副齐整盔甲,家中自有弓箭枪马,常常带了家将,到郊外打围取乐。有时同了家将到教场中,看刘都院操兵。太太爱如珍宝,李夫人也禁他不住。

忽一日天气炎热,瞒了两位夫人,带了两个家将,私自骑马出门,向城外河边柳阴深处去顽耍了一会。不道天上忽然云兴雾起,雷电交加,家将叫声:"公子,大雨来了,那里去躲一躲方好?"四下一望,并无人家,那雨又倾盆的下将起来。公子无奈,只得把马加上一鞭,冒雨走了一二里,方见一座古庙。三个人赶到一看,却是个坍颓冷庙,忙忙的到殿上,公子下了马,拴在柱上。幸亏得俱是单衣,浑身湿透,各去脱下来,搭在破栏干上晾着。仰着头看那天上的雨越下得大了。

两个家将呆呆的望着,那岳云就去拜台上坐下,不一会,身子觉道困倦,就倒在拜台上朦朦的睡去。忽听得后边喊杀之声,岳云暗想:"这荒郊野外,那里有此声?"随即起身走到后边一看,原来是一片大空地,上边设着公案,坐着一位将军,生得来青脸红须,十分威武;两边站立着一二十个将吏,看下边二人舞锤。岳云就捱身近前观看,但看那两个将官,果然使得好锤。但见:

  前进后退,齐胁平腰按定;左顾右盼,盘头护顶防身。落地金光滚地打,漫天闪电盖天灵。搜山势,两轮皓月;煎海法,赶月追星。童子抱心分进退,金钱落地看高低。花一团,祥云瑞彩;锦一簇,纹理纵横。转折俯仰,舞动三十六路小结毂;高低上下,使开七十二变大翻身。真个是:凛凛霜飞遮白雪,飕飕急雨洒寒冰。

岳云看到好处,止不住失声喝彩:"果然使得好锤!真个是人间少有,天上无双!"赞声未绝,那位青脸将军喝声:"谁人在此窥探,与我拿来!"岳云听见,便慌忙上前一揖,禀道:"晚生非别,乃岳飞之子,名唤岳云,因避雨至此。因见锤法高妙,不觉失口惊动将军,望乞恕罪!"那将军道:"原来你是岳飞之子。也罢,你既爱武艺,我就将这锤法传你何如?"岳云道:"若蒙教训,感德不忘!"那位将军就叫一声:"雷将军,可将双锤传与岳云,使他日后建功立业。"那位将官应了一声走下来,将一对银锤前三后四、左五右六,教岳云照式也舞一回。岳云一霎时觉道前时会的一般。正使得得意,只听得耳跟前叫道:"天晴了,公子快回城去罢!"

岳云猛然惊醒,开眼看时,身子恰在拜台上睡着,原来是一个大梦。家将道:"雨已止了,趁早回城去罢!"岳云立起身来,将神厨帐幔揭起一看,但见上边坐着一位神道,青脸红须,牌位上写着"敕封东平王睢阳张公之位";旁边塑着两位将官,一边写着"万春雷将军位",一边写着"霁云南将军位",恰与梦中所见的一般。岳云便向神前拜了两拜,暗暗许下愿心:"将来修整庙宇,重塑金身。"拜罢下来,将湿衣交家将一总收拾,赤身下殿,上马出了庙门,飞马回转城中,进了帅府,自到书房中去。次日遂叫家将打造两柄银锤。家将领命,叫匠人打了一对三十斤重的。岳云嫌轻,重教打造,直换到八十二斤,方才称手。天天私自习练。又对李夫人道:"孩儿曾许下东平王庙的心愿。"向母亲要了一二百两银子,叫家将去把庙宇法身收拾得齐齐整整。

光阴易过。不觉又是一年过了,岳云已是十三岁。那日在后堂参见太太请安,太太道:"岳云,你这样长成了,一些世事都不晓得。你父亲像你这样年纪,不知干了多少事了!那刘都爷几次差人来问候,你也不去谢谢。"岳云道:"太太不叫孙儿去,孙儿怎敢专主?待孙儿今日就去便了。"遂辞了太太,到母亲房中来,与母亲说知。带了四个家将,出门上马前行,心下暗想:"我正要去问都爷,我的父亲在那里,我好去帮他。"

主仆五人进了城,到得辕门,与旗牌说知。旗牌进去禀知,刘都爷吩咐请进相见。公子直进后堂参拜,刘光世双手扶起命坐。岳云告过了坐,然后坐下。用茶已毕,公子道:"奉祖母之命,特来请老大人的金安。"刘爷道:"多谢老太太。公子回府,与我多拜上太太,说我另日再来问候。"公子道:"不敢!晚侄请问老大人,家父近日在于何处?"都爷想道:"岳太太曾嘱咐不要对他说知,不知何故?"就随口答道:"自从进京,并无信来,不知差往那里去出征,又不知随驾在京。且待得了实信,再来报知。"公子遂谢了都爷,告辞出来。刘爷说:"恕不送了。"叫家丁送了公子出去。公子道声"不敢",出了后堂,一直来到仪门首,听得家将说:"这面鼓破了,也该换一面。你家老爷怎这样做人家!"那门上人道:"你不晓得,这是你家大老爷在牛头山保驾,差牛将军来催粮,牛将军是个性急的人,恐误了限期,将鞭来击鼓,被他打破。我家大老爷不肯换,要留此故迹,使人晓得你家老爷赤心为国的意思。"

两个正说之间,岳云听得明白,只做不知。出了仪门,家将接着,上马出城,一路回府。到了门首,下马进来,见太太复命。太太便问:"都爷没甚说话么?"岳云道:"不要说起,倒被他埋怨了一场,说爹爹在牛头山保驾,与兀朮交兵,'你为何不去帮助,反在家中快乐?'"夫人道:"胡说,快到书房中去!"太太喝退了岳云,便对李夫人道:"刘都爷不该对孙儿说知便好。他今得知此信,须要防他私自逃去。"夫人道:"媳妇领命,提防他便了。"当日过了。

到了次日,忽见家将慌慌张张来报道:"不好了!有无数番兵来捉我们家属,离此不远了!"吓得太太惊慌无措,李夫人面面相觑,无计可施。众家人正在七张八嘴,没做理会处,只见岳云走将进来,叫声:"太太、母亲,不要惊慌!闻得番兵只得三五千人马,怕他怎的?待孙儿出去杀他个尽绝!"太太道:"孙儿不知世事。你这等小小年纪,如何说出这样大话来?"岳云道:"且看,若是孙儿杀不过他,再与太太逃走未迟。"就连忙披了衣甲,提了双锤,带了一百多名家将,坐上战马,出了帅府门,一路迎来。

不到二三里地,正遇番兵到来。岳云大喝一声:"你们可是到岳家庄去的么?我小将军在此,快叫你那为头的出来受死!"小番转身报与元帅道:"前面有一小南蛮挡路。"薛礼花豹听了,遂提了大刀,走马上来大喝道:"小南蛮是何人?敢挡某家的路?"公子道:"番奴听者,我小将军乃是岳元帅的大公子岳云是也!你为何辛辛苦苦的,赶到这里来送死?"薛礼花豹道:"我奉狼主之令,正要来拿你!"岳云道:"且吃我一锤!"一面话还未说完,举起锤来,照着番将顶门上一锤。那番将明欺岳云是个孩子家,不提防他手快,措手不及,早被岳云打下马来。张兆奴吃了一惊,提起宣花月斧来砍岳云。岳云一锤枭开斧,还一锤打来,张兆奴招架不及,一个天灵盖打得粉碎,死于马下。那些番兵见主帅死了,就掇转身逃走。岳云抡动双锤赶下来,打死无数。适值刘节度闻得金兵来捉岳元帅的家属,连忙点起兵卒,前来救应。恰好遇着番兵败下来,大杀一阵,把那些番兵杀得尽绝,不曾走了一个。

刘都院与公子同到岳府来见老太太问安,那些地方官晓得了,都来请候,公子一一谢了,各官俱各辞去。岳云便问太太说:"孙儿要往牛头山去帮助爹爹,求太太放孙儿前去。"太太道:"且再停几日,待我整备行装,叫家将同你去便了。"岳云辞了太太,回到书房,想道:"'急惊风撞了慢郎中'!既知了牛头山围困甚急,星夜赶去才是,怎说迟几日?恐怕是骗我。我不如单身匹马赶去,岂不好?"主意定了,竟写了一封书,到了黄昏以后,悄悄的叫随身小厮,将书去呈与太太看;却自叫开了大门,提锤上马,一溜烟竟自去了。这里守门的不敢违拗,连忙进去报知太太。太太已见了书,慌忙的差下四五个家丁,分头追赶,已不知那里去了。只得再着人带了盘缠行李,望牛头山一路追去,不表。

且说岳云一路问信,走了四日四夜,到了牛头山。但见一片荒山，四面平阳，都是青草，并不见有半个兵马，心中暗想道："难道番兵都被爹爹杀完了？"正在疑惑，忽听得山上"叮叮当当"樵夫伐木之声。公子跑马上前，叫一声："樵哥，这里可是牛头山么？"樵夫回答道："此间正是牛头山。小将军要往何处去？"公子道："既是牛头山，那些番兵往何处去了？"那樵夫笑道："小将军，你走差了路头了！这里乃是山东牛头山，那有番兵的是湖广牛头山，差得多了！"公子道："我如今要往湖广去，请问打从那一条路去近些？"樵夫道："你转往相州到湖广这条大路去极好走；若要贪近，打从这里小路抄去，近得好几天。只是山径丛杂，难走些。"

公子谢了樵夫，拍马径望小路走去。走不上十来里路，那马打了一个前失，公子把丝缰一提，往后一看道："我的马落了膘了！还要到湖广去，不知有多少路，这便怎么处！"正想之间，听得马嘶声响，回头一看，只见树林中拴着一匹马，浑身火炭一般，鞍辔俱全。岳云失声道："好一匹良马！"又看看四下无人："不如换了他的罢？"正想要上前去换，忽听得山岗上喝道："孽畜还不走！"公子抬头看时，见一个小厮，年纪十二三岁，在那岗上拖一只老虎的尾巴，喝那虎走。公子想道："这个人大起来，定然是个好汉。这匹马想必是他的了，待我来耍他一耍。"便望着岗子上高声叫道："嗏！小孩子，这个虎是我们养熟了顽的，休要伤了他，快些送来还我！"那小孩子听了，心中暗想："怪道今日擒这个虎恁般容易，原来是他养熟的。"便道："既是你们的，就还了你。"遂一手抓着虎颈，一手扑着虎腿，望岗子下掼将下来，不道使得力猛，"扑"的一声响，丢下岗来，那虎早已跌死了。

公子想道："真个好力气！"就下马来道："我的虎被你掼死了，快赔我一只活的来。"就把那死虎提起来，望着岗子上掼将上去。那孩子心中也想道："他的力气比我更大。"遂双手提着死虎，走下岗来，对公子道："你改一日来，等我拿着一个活的赔你罢。"公子道："这虎是我家养的，你就拿着了也是生的，要他何用？"孩子道："如今已掼死了，你待要怎的？"公子道："也罢，你把这匹马赔了我罢。"那孩子听了，微微笑道："呆子！古人说的'关门养虎，虎大伤人'。这个东西，如何养得熟的？你原是想我这匹马来哄我的！"便在青草内去拿出一口青龙偃月刀来，跳上马叫声："你且来与我比比手段看，若胜得我这把刀，我便把这马送你；若胜不得我，条直走你的路，休要妄想！"公子道："既如此，好汉子说话，不要放赖。"孩子说："不赖不赖。"

岳云听了，上马提锤，两人在山坡之下，各显手段，战了四五十合，未分胜负。公子暗想："这样一个孩子，战他不过，怎么到得百万军中去？"两人直战到晚，那小厮道："住着！我对你说，天色晚了，我要回去吃饭了，明日再来与你比武罢。"公子道："不妥。你明日倘然不来，我倒等你不成？你若要去，须把马留下做个当头，方许你去。"小厮道："你只是想我的马。也罢，我把这口刀留在你处，明日来与你定个胜败。"竟将刀递与公子，打马而去。岳公子见天色已晚，无处投宿，只得就在林中过夜。到了更深，身上觉道有些寒冷，公子就把死虎扯过来抱在怀中，竟朦胧的睡去。

再说这前头庄上，有一位员外，带了庄丁，挑着一担东西，掌着灯火,正往前行。一个庄丁道:"不好了! 有个老虎在林子内吃人哩!"员外掌灯近前一看,原来这个人是抱着虎睡的。员外叫声:"小客官醒来!"岳公子被员外叫醒,开了眼,坐起来问道:"老丈何来?"员外道:"这里岂是睡觉的所在?那里来的死虎,你抱着他睡?倘再走出一个活虎来,岂不伤了性命么!"公子道:"不瞒老丈说,晚生要往牛头山去,遇着一位小英雄与我比武,杀了一日,未分胜负,约定明日再来,故此在这里候他。"员外道:"你也呆了!倘他明日不来,岂不误了你的路程?"公子道:"他将刀放在此做当头,一定来的。"员外道:"刀在那里?"公子道:"这不是?"员外一看,原来是自家外甥的,遂问道:"足下尊姓大名?住居何处?"公子道:"汤阴县岳飞就是家父,晚生名唤岳云。"员外听了,道:"原来是位公子,得罪得罪!且请到寒庄过夜,明日再作商量罢。"岳云道:"只是惊动不当!"就提了刀、锤,带了马,跟着员外到了庄上。

中堂见礼毕,员外吩咐备酒款待。公子请问老丈尊姓大名,员外道:"老汉姓陈名葵。日间比武的,就是舍甥。"叫庄丁:"请大爷出来与公子相见。"公子道:"这位小哥果然好刀法,必然是老丈传授的了。"员外道:"此子名唤关铃。他的父亲原是梁山泊上好汉,叫做大刀关胜。这刀法是家姊丈传我,我又传他的。"正说之间,关铃走将出来,见了便道:"舅舅不要睬他,他是拐子,想要拐我马的嗐!"员外道:"胡说!我与你说了,这位小爷就是我日常间和你说的,汤阴县的岳元帅,这位就是大公子岳云。还不快来见礼!"关铃道:"你果然是岳公子,何不早说!我就把这匹马送你了,何苦战这一日?"岳云道:"若不是小弟赖兄这个死虎,怎领教得小哥这等好刀法!"两个不觉大笑起来。

见过了礼,重新入席饮酒。谈讲了一会,岳云对着员外道:"晚生意欲与令甥结为异姓骨肉,不知老丈容否?"员外道:"公子是贵人,怎好高攀?"公子道:"老丈何出此言?"立起身出位来,扯着关铃对天拜了八拜。关铃年只十二,遂认岳云为兄。两个回身又拜了员外,员外回了半礼。再坐饮酒,当夜尽欢而散。员外叫庄丁收拾房间,关铃遂陪岳云同宿。到了次日,员外细细写了牛头山的路程图,又取出金银赠与岳云做盘费,对公子道:"待等舍甥再长两年,就到令尊帐下效力,望乞提携。"公子称谢不尽。关铃将赤兔马牵出来赠与岳云,公子拜辞了员外。关铃不舍,又相送了一程,方才分手回庄。

且说岳云,拍马加鞭,上路而行。到了下午,来到一个地方,团团一带俱是山岗,树木丛杂。正在难走之间,那马踏着陷坑,"烘胧"的一声,连人带马,跌在坑内。两边铜铃一响,树林内伸出几把挠钩来搭公子。正是:

龙遭铁网难施掌,虎落平川被犬欺。

不知岳公子性命如何,且听下回分解。

第四十一回

巩家庄岳云聘妇　牛头山张宪救主

诗曰：

从来成事岂人谋，郎才女貌自相投。

红丝千里今朝合，勇士佳人志愿酬。

却说岳公子跌落陷坑，两边伸出几把挠钩来捉公子。公子大吼了一声，那匹马就猛然一纵，跳出陷坑。公子舞动双锤，将挠钩打开，拍马便走。

列位看官，你道这班响马是谁？原来是刘豫第二个儿子刘猊，因打围逃出，在此落草。当日正坐在岗子上看那两边小喽罗张网，恰遇着岳公子跌入陷坑又被他逃脱，见了那匹赤兔马好不可爱，就上马提刀，带领喽罗赶将上来。

那岳公子离脱了山岗，一路而来，看看天色晚将下来，无处歇宿，又走了一程，望见一座大庄院，公子把马加上一鞭，赶到庄前，已是黄昏时分了。庄丁正出来关门，公子下马向庄丁道："我是过路的，因错过了宿头，欲求借宿一宵，望大哥方便！"庄丁道："我家员外极是好说话的，但是此时已经安寝，不便通报。只好就在这旁边小房里将就暂歇，可好？但是没有铺盖。"公子道："不妨。略坐坐，天明就行。只是这匹马怎么处？"庄丁道："小客人，我家后头也有头口，待我取些料来喂他就是。"公子再三称谢不尽。当时公子就在小房内坐下,细细的请问,庄丁诉说是:"这里叫做巩家庄。主人巩致,十分好客,小客人若早来时,必定相待。如今有屈了!"公子道声:"不敢。多蒙相留,已是极承盛意的了。"

按下岳公子在巩家庄借寓。且说那刘猊看上了岳公子的赤兔马,领着喽罗一路追来,不见了公子。看看天色已晚,便问道:"前面是那里了?"喽罗禀道:"是巩家庄了。"刘猊想道:"我久有此心,要抢他的女儿做个押寨夫人。如今顺便,不如打进庄去。"吩咐喽罗:"与我打进庄去!"当时庄丁忙报知庄主,慌忙聚集庄丁,出庄来与刘猊抵敌,那庄丁那能抵挡得住?正在危急,早惊动了门房中的岳公子,手抡双锤,走将出来大喝道:"强盗往那里走?"起锤就打。刘猊不曾提防,被公子这一锤,早已打死。众喽罗见头目已死,只得四散逃走。公子追上来,打死五六十个喽罗。

那庄主巩致上前接着,同进庄来。到了堂上坐定,巩致道:"这位恩公,救我一门性命,望乞留名,他日好补报。"公子道:"我乃岳元帅的长子岳云便是。"巩致听见,连称"失敬",吩咐家人忙备酒席相待,一面吩咐把那强盗的尸首收拾。那里边安人,偷看公子相貌非凡,着人来请员外进去,说道:"我看这公子年纪尚幼,必定未有亲事。我意欲招他为婿,你道如何?"巩致道:"我出去将言语探他,便知分晓。"员外出来,对岳云道:"老妻说,若不是公子相救,一门性命难保,只是无可报恩。我夫妻只生一女,年方一十四岁,要送与公子成亲,万勿推却!"岳云道:"婚姻大事,必须要告禀父母,方敢应允。"

那员外道："只要公子一件信物为定。待禀过令尊令堂,然后迎娶何如?"公子便在身边取出那十二文金太平钱来,奉上道："此乃祖母与我小时带着压惊之物,即将此钱为定。日后太平时,再来迎娶便了。"员外收了金钱,当晚请进书房安歇了。至次日,公子别了员外,往牛头山而去不提。

再说牛皋在山上,这一日乃是八月十五日,牛皋坐在帐中,回头见汤怀在旁,牛皋道："汤二哥,我从今不哭了。"汤怀道："贤弟不哭了,我就去回复元帅。"牛皋道："二哥请便。"汤怀就辞了出来。牛皋吩咐家将："收拾酒饭,今晚去做碗羹饭。"牛皋叫几声："兄弟啊,兄弟!"叫不答应,又大哭起来,哭个不止,一交竟晕倒在坟前了。

再说岳元帅同张保出来探看番营,直看到兀朮营前。元帅道："这许多番兵,怎保得主公下山?恐一朝粮尽,如何是好!"又看到西南上去,只见一派杀气迷天,元帅想道："前日高宠死在番营,不知何物埋伏在彼。"看了一番,回转营中,身体有些不快,走进后营,命张保："你去各营要路口子上,叫他们今夜用心看守。"张保领命前去,吩咐各处守山将校,俱要用心保守不提。

又说朝廷在玉虚宫内,正值中秋佳节,只有李纲在旁,面前摆着水酒素菜。天子道："老卿家!想朕如此命苦,前被番人带往他国,幸亏崔卿传递血诏,逃过夹江,在金陵即位;又遭番兵追迫,若不亏五显灵官,怎能到得此地!不知几时方享太平也!"说罢,不觉流下泪来。李太师见天子悲伤,便奏道："陛下还算恭喜的。苦了二位老主公,在北国坐井观天,吃的是牛肉,饮的是酪浆,也要挨日子过去哩!"那高宗听见太师说着那二帝,就放声大哭起来。李纲再三劝不住,只得道:"陛下!古人道得好:'人生几见月当头?'值此中秋佳节,且看看月色,以散闷怀如何?"天子道:"如此,老卿家同去更妙。"

李纲只得命内侍备了两匹马,保了高宗,出玉虚宫来。到了灵官殿前,早有统制陶进等上来接驾道:"万岁爷何往?"天子道:"朕要下山看月色解闷。"陶进道:"臣奉将令守在此处,万岁爷若下山看月,元帅定要加臣之罪。"天子道:"不妨。若是元帅知道罪你,孤当与你说情。"陶进等只得送高宗、太师出了口子,往荷叶岭而来。有诸葛英等亦跪下阻挡。高宗道:"诸事孤家自有主意,决不妨事。"诸葛英无奈,只得放开挡木,说道:"太师爷,要保万岁速回,不可久留!"李太师点头应允。君臣二人走马下山,太师道:"陛下正好在这里观看番营。"高宗勒马观看营头。

岂知那番营中兀朮,看见月明如昼,遂同了军师出营来看月色,也到山下偷看此山何处可以上去得。正在指指点点,抬头观看,只听得上边有人说话响。兀朮忙躲在黑影之中细听,原来是康王的声音,便对军师道:"上面乃是康王,待某家悄悄上去捉他。尔可速回营去,发大兵来抢山。"哈迷蚩领令而去。那高宗正在山上骂那兀朮,兀朮已悄悄走马上山来,大叫道:"王儿休要破口伤人,某家来也!"高宗、李纲听见了,吓得魂魄俱消,忙忙转马便跑,兀朮随后追赶。那诸葛英等上边瞧见,连忙上前挡住兀朮;又有小校急往元帅帐前击起鼓来,报说道:"不好了!圣驾私行荷叶岭下,兀朮已赶上山来了!"

元帅大惊,忙唤备马。张保道:"张公子已骑了老爷的马去救驾了!"慌得元帅就步行出帐。不道那张宪因心忙了,不管三七二十一,扯着元帅的马甩上去,"泼喇喇"跑下山来。看见诸葛英等俱被兀朮战败,正在危急,张宪拍马上来,只一枪望兀朮面上刺来。兀朮叫声"不好",把头一侧,那一枪把他一只耳朵挑开。兀朮惊慌,转马败下山来。张宪追赶下来。再说岳元帅出营不多路,正遇着高宗,便道:"陛下受惊了!"又道:"老太师,你是朝廷手足,如何保陛下身入重地? 此乃太师之过!"李纲道:"此我之罪也!"元帅请天子回转玉虚宫不表。

再说那张宪赶着兀朮,紧紧追来。兀朮进了营盘,张宪踹进去,远者枪挑,近者鞭打,番将那里敌得住,直追得兀朮往后营逃去。那张宪追杀了一会,直到二鼓时分,方转牛头山来报功。

却说牛皋睡倒在高宠坟上,忽听见耳边叫一声:"牛大哥,快起身去立功!"牛皋忽然惊醒,朦朦胧胧起来,上马拎锏,冲下山来。那些守山战将只道元帅令他下山的,故不通报。这牛皋杀进番营,小番报与兀朮。兀朮大怒道:"牛皋也来欺我?"遂起身上马,来战牛皋。牛皋一见心慌,又听见耳边叫声:"牛大哥,小弟在此帮你!"牛皋放心,勾开兀朮的斧,一锏打来;兀朮躲避不及,早被打中肩膀,回马败走。那些众番兵围将拢来,牛皋杀得两臂酸疼,汗如雨下。看看有些招架不住了,便高声叫道:"高兄弟! 你再来助我一助!"众番兵听见,笑道:"牛皋在那里说鬼话了,我们一齐上前去拿他!"

不说牛皋被困在番营,存亡未卜。再讲岳云来至牛头山,望见番营连扎十数里。岳云道:"妙啊! 还有这许多番兵在此,待我进去杀他一个干净!"便拍马摇锤,大喝一声:"岳云公子来踹营了!"举锤便打,番兵难以招架。小番急忙报与兀朮。兀朮大怒,提斧回马,来与岳云交战。兀朮喝声:"看斧!"一斧砍来。岳公子左手架开斧,右手举锤,照兀朮面门一锤打来。兀朮见锤打来,向后一退,那锤在他肚皮上一刮,兀朮几乎落马,痛不可当,拍马往旁侧而走。公子也不来赶,只是打进番营来,如入无人之境,打得尸如山积,血流成川。打至前边,但见番兵正围住牛皋在那里厮杀,岳云手起锤落,打散番兵。牛皋看见,也不认得,举锏乱打。倒是公子高叫道:"牛叔父,不要动手!侄儿岳云在此!"牛皋方才定了,却问道:"你为何到此?"就同了岳云杀出番营,回山去了。

却说兀朮这一夜吃了三次亏,本营中又被岳云打杀多少兵将,只得吩咐众将,重整营头,收拾尸首,已是天明。

岳元帅在帐中聚集众将商议,只听得传宣官禀道:"牛将军在外候令。"岳爷道:"令他进来。"牛皋进来,跪下。禀道:"小将缴令。"元帅道:"你缴的是何令?"牛皋一想道:"我在高兄弟坟上睡着,不知怎样下山,杀进番营,得遇公子同归。并非差遣,有何令缴?"忙忙改口道:"小将因知侄儿杀到番营,故此下山,救了侄儿上来,现在营门候令。"岳元帅方才得知是牛皋杀进番营大战,便道:"将军请起。"牛皋站立旁边。元帅传令叫岳云进来。公子领令来见父亲,跪下叩头。元帅忙叫他起来,令与众位叔父见过了礼,元帅便问:"你不在家中读书用功,为何到此?"岳云将番将来捉家属、杀退之事禀知。岳元帅又问他一路上来的事,公子又将错走山东、相会关铃、打死刘猊、聘定巩氏之言，一一禀上。岳爷吩咐岳云在后营安歇。

到了次日，元帅升帐，众将参见已毕，站立两旁。元帅叫张保与公子收拾马匹，端正干粮。张保领令。元帅叫岳云听令："为父的令你往金门镇傅总兵那边下文书，叫他即刻发兵调将，来破番兵，保圣驾回金陵。此乃要紧之事，限你日期，须得要小心前去！"公子领令，接了文书，辞父出营。张保将文书包好，送与公子藏了，坐上赤兔马，手抡双银锤，下荷叶岭而来。心中想道："我有要紧之事，须从粘罕营中杀出，方是正路。"主意已定，便催马到粘罕营前，手摆双锤，大喝道："小将军来踹营了！"举锤便打，杀进番营。正是：

矢石敢当先，生死全不惧。

破虏在反掌，方显英雄气。

未知岳公子冲进番营胜败如何，且听下回分解。

第四十二回

打碎免战牌岳公子犯令　挑死大王子韩彦直冲营

诗曰：

年少英雄胆气豪，腰悬橐鞬臂乌号。

冲锋独斩单于首，腥血淋漓污宝刀。

话说岳云拍马下山，一直冲至粘罕营前，大喝一声："小将军来踹营了！"摆动那双锤，犹如雪花乱舞，打进番营。小番慌忙报知粘罕。粘罕闻报，即提着生铜棍，腰系流星锤，上马来迎敌，正遇着公子，喝声："小南蛮慢来！"捺下生铜棍，举起流星锤，一锤打来。岳云看得亲切，将左手烂银锤"呛"的一架，锤碰锤，真似流星赶月；右手一锤，正中粘罕的左臂。粘罕叫声："嗄唷，不好！"负着痛，回马便走。公子也不去追赶，杀出番营，竟奔金门镇而来。

不一日，到了傅总兵衙门，旗牌通报进去。总兵即请公子到内堂相见，公子送过文书，总兵看了，便道："屈留公子明日起身。待本镇一面各处调兵遣将，即日来保驾便了。"当夜无话。

到了次日早堂，傅总兵先送公子起身，随即往教场整点人马。忽听见营门外喧嚷，遂传令查问为何喧嚷。军士禀道："外面有一花子要进来观看，小的们拦他，他就乱打，故此喧嚷。"傅爷道："拿他进来！"众军士将花子拿进跪下。傅光低头观看，见他生得身材长大，相貌凶恶,便问:"你为何在营外嚷闹?"花子道:"小的怎敢嚷闹,指望进来看看老爷定那个做先锋。军士不许小人进来,故此争论。"傅爷道:"你既然要进来看,必定也有些力气。"花子道:"力气略有些。"傅爷又问:"你既有些力气,可会些武么?"花子道:"武艺也略知一二。"傅爷就吩咐左右:"取我的大刀来与他使。"花子接刀在手,舞动如飞,刀法精通。傅爷看了,想道:"我这口大刀有五十余斤,他使动如风,却也好力气!"那花子把刀舞完道:"小人舞刀已完。"傅爷大喜,问道:"你叫甚名字?"那人道:"小人乃是平西王狄青之后,名叫狄雷。"傅光道:"本镇看你武艺高强,就命你做个先锋。待有功之日,另行升赏。"狄雷谢了傅爷。傅爷挑选人马已毕,择日起行,到牛头山救驾不提。

且说那粘罕几乎被岳云伤了性命,败回帐中坐定,对众将说:"岳南蛮的儿子如此厉害,想必元帅薛礼花豹已被他伤了性命。"忽有小番道:"二殿下完颜金弹子到,在营外候令。"粘罕大喜,就唤进来,同来见兀朮。完颜金弹子进帐,见了各位狼主。你道那殿下是谁?乃是粘罕第二个儿子,使两柄铁锤,有万夫不当之勇。金弹子道:"老王爷时常记念,为何不拿了那岳南蛮,捉了康王,早定中原?"兀朮把岳飞兵将厉害、一时难擒的话,说了一遍。金弹子道:"叔爷爷,今日尚早,待臣儿去拿了岳南蛮,回来再吃酒饭罢。"兀朮心中暗想道:"他也不晓得岳飞兵将的厉害,且叫他去走走也好。"兀朮就令殿下带兵去山前讨战。

山上军士报与元帅。元帅道:"谁敢迎敌?"牛皋应声道:"末将愿往!"元帅道:"须要小心!"牛皋上马提锏,奔下山来,大叫道:"番奴快通名来!功劳簿上好记你的名字!"金弹子道:"某乃金国二殿下完颜金弹子是也!"牛皋道:"那怕你铁弹子,也打你做个肉弹子!"举锏便打。那金弹子把锤架开锏,一连三四锤,打得牛皋两臂酸麻,抵挡不住,叫声:"好家伙,赢不得你。"转身飞奔上山,来到帐前下马,见了元帅道:"这番奴是新来的,力大锤重,末将招架不住,败回缴令,多多有罪!"只见探子禀道:"启上元帅,番将在山下讨战,说必要元帅亲自出马,请令定夺。"岳爷道:"吓!既然如此,待本帅去看看这小番,怎生样的厉害。"就出营上马。一班众将齐齐的保了元帅,来至半山里,观看那金弹子。怎生模样?但见:

镔铁盔,乌云荡漾;驼皮甲,砌就龙鳞。相貌希奇,如同黑狮子摇头;身材雄壮,浑似狠狻猊摆尾。双锤舞动,错认李元霸重生;匹马咆哮,却像黑麒麟出现。真个是番邦产就丧门煞,中国初来白虎神。

那金弹子在山下手抡双锤,大声喊叫。元帅道:"那位将军去会战?"只见余化龙道:"待末将去拿他。"元帅道:"须要小心!"余化龙一马冲下山来。金弹子道:"来的南蛮是谁?"余化龙答道:"吾乃岳元帅麾下大将余化龙是也!"金弹子道:"不要走,照锤罢!"举锤便打。两马相交,战有十数个回合,余化龙战不过,只得败上山去。当时恼了董先,大怒道:"看末将去拿他!"拍马持铲,飞跑下山来,与金弹子相对。两边各通名姓,拍开战马,锤铲相交,斗有七八个回合,董先也招架不住,把铲虚摆一摆,飞马败上山来。旁边恼了何元庆,大怒道："待末将去擒这小番来！"催开战马，提着斗大的双锤，一马冲下山来。金弹子看见，大喝道："来将通名！"何元庆道："我乃岳元帅麾下统制何元庆便是！特来拿你这小番！不要走，照老爷的锤罢！"金弹子想道："这个南蛮也是用锤的，与我一般兵器，试他一试看。"举锤相迎。锤来锤架，锤打锤当。但见：

> 战鼓齐鸣，三军呐喊。两马如游龙戏水，四锤似霹雳交加。金弹子，舍命冲锋图社稷；何元庆，拼生苦战定华夷。宋朝将士，砭支支咬碎口中牙；金国平章，光油油睁圆眉下眼。你看那两员勇将，扬尘播土风云变；这时节一对英雄，搅海翻江华岳倒。真个是：将遇良材无胜败，棋逢敌手怎输赢？

二人大战有二十余个回合，何元庆力怯，抵挡不住，只得往山上败走。

番兵报与兀朮。兀朮大喜，心中想道："这个王儿连败南蛮，不要力怯了，待他明日再战罢。"传令鸣金收兵。那殿下来至营前下马，进了牛皮帐，来见兀朮道："臣儿正要拿岳南蛮，王叔为何收兵？"兀朮道："恐王侄一路远来，鞍马劳顿，故令王侄回营安歇，明日再去拿他未迟。"殿下谢了恩，兀朮就留殿下饮酒。酒席之间，说起小南蛮岳云骁勇非常，殿下道："明日臣儿出阵去，决要拿他。"

再说岳元帅回营，传令各山口子上用心把守，"如今番营内有了这个小番奴，恐他上山来劫寨。"到了次日，兀朮命殿下带兵来至山前讨战。守山军士报与元帅，元帅命张宪出马。张宪领令下山，与金弹子会战。金弹子叫道："来将通名！"张宪道："我乃岳元帅麾下小将军张宪！奉元帅将令，特来拿你，不要走！"把手中枪一起，望心窝里便刺。金殿下举锤相迎,心中想道:"怪不得四王叔说这些南蛮了得,我须要用心与他战。"把锤一举打来。张宪抡枪来迎。一个枪刺去,如大蟒翻江;一个锤打来,如猛虎离山。那张宪的枪十分厉害,这殿下的锤盖世无双。二人在山下大战有四十余合,张宪看看力怯,只得败回山上来见元帅。元帅无奈,令将"免战牌"挑出。这殿下不准免战,只是喊骂,岳爷只得连挂七道"免战牌"。那兀朮闻报,差小番请殿下回营。殿下进帐见了兀朮,把战败张宪之事,说了一遍。兀朮大喜道:"只要拿了这小南蛮,就好抢山了。"次日,兀朮又同殿下去看"铁华车",真个是十分欢喜。且按下慢表。

再说那岳云往金门镇转来,将近番营,推开战马,摆着双锤,打进粘罕营中,撞着锤的就没命,旁若无人。这公子左冲右突,那番兵东躲西逃,直杀透番营。来至半山之中,忽见挂着七道"免战牌",暗想道:"这也奇了!吾进出皆无勇将抵挡,怎么将'免战牌'高挑?想是那怕事的,瞒了爹爹偷挂在此的,岂不辱没了我岳家的体面!"当下大怒,把牌都打得粉碎。元帅正坐帐中纳闷,忽见传宣来报道:"公子候令。"岳爷道:"令进来。"岳云进帐跪下道:"孩儿奉令到金门镇,见过傅总兵,有本章请主公之安,即日起兵来也。"元帅接了本章。岳云禀道:"孩儿上山时,见挂着七面'免战牌',不知是何人瞒着爹爹,坏我岳家体面,孩儿已经打碎。望爹爹查出挂牌之人,以正军法。"元帅大喝道:"好逆子!吾令行天下,谁敢不遵!这牌是我军令所挂,你敢打碎,违吾军令!"叫左右:"绑去砍了!"众将一齐上前道:"公子年轻性急,故犯此令,求元帅恕他初次。"元帅道:"众位将军,我自己的儿子尚不能正法,怎能服百万之众?"众将不语。

牛皋道:"末将有一言告禀。"元帅道:"将军有何言语?"牛皋道:"元帅挂'免战牌',原为那金弹子骁勇,无人敌得他过耳。公子年轻,不知军法,故将牌打碎。若将公子斩首,一则伤了父子之情;二则兀朮未擒,先斩大将,于军不利;三来若使外人晓得是打碎了'免战牌',杀了儿子,岂不被他们笑话!不若令公子开兵,与金弹子交战,若然得胜回来,将功折罪;若杀败了,再正军法未迟。"岳爷道:"你肯保他么?"牛皋道:"末将愿保。"元帅道:"写保状来!"牛皋道:"我是不会写的,烦汤怀哥代写了罢。"汤怀就替他写了保状。牛皋自己画了花押,送与元帅。元帅收了保状,吩咐放了岳云的绑,就令牛皋带领岳云去对敌。

牛皋领令出来,只见探子进营报事。牛皋忙问:"你报何事?"探子说道:"有完颜金弹子讨战,要去报上元帅。"牛皋道:"如此你去报罢。"牛皋道:"侄儿,我教你一个法儿,今日与金弹子交战,若得胜了不必说;倘若输了,你竟打出番营,逃回家去见太太,自然无事了。"岳云点头称谢。叔侄一齐上马,来至山前。岳云一马冲下山来,金弹子大喝道:"来将通名!"公子道:"我乃岳元帅公子岳云是也!"金弹子道:"某家正要擒你,不要走!"举锤便打,岳云抢锤便迎。一个烂银锤摆动,银光遍体;一个浑铁锤舞起,黑气迷空。二人战有四十多个回合,不分胜败。岳云暗想:"怪不得爹爹挂了'免战牌',这小番果然厉害!"又战到八十余合,渐渐招架不住。牛皋看见,心中着了忙,大叫一声:"我的儿,不要放走了他!"那金弹子只道后边兀朮叫他,回头观看,早被公子一锤打中肩膀,翻身落马。岳云拔剑上前取了首级,回山来见元帅缴令。岳爷就赦了岳云,令将首级在山前号令。

那边番将,只抢得一个没头尸首回营。众王子见了,俱各放声大哭。兀朮命雕匠雕个木人头凑上,用棺木成殓,差人送回本国去了。兀朮对军师哈迷蚩道:"倘若宋朝各处兵马齐到,怎生迎敌?"军师道:"臣已计穷力尽,只好整兵与他决一死战。"兀朮默然不语,在营中纳闷。且按下慢表。

如今要说到那韩世忠与夫人梁氏,公子韩尚德、韩彦直,在汝南征服了曹成、曹亮、贺武、解云等,收了降兵十万,由水路开船下来。到了汉阳,将兵船泊住。那汉阳离牛头山只有五六十里地面,韩元帅与夫人商议,欲往牛头山保驾。梁夫人道:"相公何不先差人上山报知岳元帅,奏闻天子?若要我们保驾,便发兵前去;若叫我们屯扎他处,便下营屯扎,何如?"韩爷道:"夫人之言,甚为有理。"就写了本章,并写了一封书,封好停当,便问:"谁敢上牛头山去走一遭?"当有二公子韩彦直,年方一十六岁,使一杆虎头枪,勇不可当,遂上前领差,说:"孩儿愿去。"元帅便将本章、书信交与公子,吩咐:"到岳爷跟前,须要小心相见。"

公子领令,上岸坐马,望牛头山来。行有二十余里,只见一员将官败奔下来,看见了公子,便叫声:"小哥!快些转去,后面有番兵杀来了!"韩公子笑了一笑,尚未开言,那粘罕已到跟前。公子把枪一摇,当心就刺;粘罕举棍一架,觉道沉重,被公子"耍耍耍"一连几枪,粘罕招架不住；正要逃走，被公子大喝一声，只一枪，挑下马来，取了首级。那位将官下马来，走至公子马前，深深打了一躬道："多蒙小将军救了我性命！请问贵姓大名？"公子道："小将还未曾请教得老将军尊姓大名，因何被他赶来？"那位将官道："我乃藕塘关总兵，姓金名节。奉岳元帅将令，来此保驾。到了番营门首，遇着这番将，不肯放我过去。战他不过，逃败下来。幸得遇见将军，不然性命休矣！"公子听了，连忙下马道："原来是总爷，多多有罪了！"金总兵道："将军何出此言？幸乞通名。"公子道："家父乃两狼关元帅，家母都督府梁夫人，末将排行第二，韩彦直的便是。奉令上牛头山去见岳元帅，不想得遇总爷。"金节道："原来是韩公子，失敬了！本镇被金兵杀败，无颜去朝见天子。有请安本章一道，并有家信一封与舍亲牛皋的，拜烦公子带去，本镇且扎营在此候旨。未知允否？"公子道："顺便之事，有何不可？"金节遂将本章、家信交与公子。公子藏在身边，把粘罕的首级挂在腰间，又对金节道："番奴这匹马甚好，总爷何不收为坐骑？"金爷道："正有此意。"遂将坐骑换了。二人一同行至三叉路口，金节道："前面将近牛头山了，俱有番营扎住，请公子小心过去！"二人分别，金节自远远扎住营盘候旨不题。

单说韩二公子，一马冲进番营。有诗曰：

跃马扬鞭立大功，一朝疾扫虏尘空。

封侯万里男儿志，愿取天山早挂弓。

不知韩公子过得番营否，且听下回分解。

第四十三回

送客将军双结义　赠囊和尚泄天机

诗曰：

猛听金营筘角鸣，勤王小将显威名。

试看一身浑是胆，虎窟龙潭掉臂行。

却说那韩公子一马冲进金营，大喝一声："两狼关韩元帅的二公子来踹营了！"摇动手中银杆虎头枪，犹如飞雷掣电一般，谁人挡得住？竟被他杀出番营，上牛头山而去。小番忙去报知四太子道："不好了！又来了一个小南蛮，把大狼主伤了！冲破营盘，上山去了。"兀术听了，又惊又苦，一面差人打探，一面去收拾粘罕尸首不提。

再说韩公子到了荷叶岭边，口子上守山军士问明放进，来至大营前，军士进帐禀知岳元帅。元帅吩咐："请进来！"军士答应一声，出来传令："请公子进见。"公子来到帐中行礼毕，便道："小将奉家父之命，来见元帅，有本章请圣上龙安。适在路上，遇见粘罕追赶藕塘关总兵金节，被小将挑死，将首级呈验。金总兵离此二十里扎营候旨，带有问安本章并牛将军家信呈上。"岳元帅大喜道："令尊平贼有功，公子今又得此大功。请同本帅去见天子候旨。"随即引了公子来到玉虚宫，朝见康王，将两道本章呈上，又将韩公子挑死金国粘罕奏闻。康王便问李纲："应当作何封赐？"李纲奏道："韩世忠虽失了两狼关，今讨曹成有功，可复还原职。韩尚德、韩彦直俱封为平虏将军，命他引本部人马去复取金陵，候圣驾还朝，另加升赏。"高宗依奏，传旨下来。岳元帅同韩公子谢恩，辞驾出宫。回至营前下马，公子即辞别了岳爷要回去。岳爷道："本欲相留几日，奈有君命，不好相强。"随叫："岳云何在？"岳云转将出来，应声："孩儿有！"岳爷道："可送韩公子出番营去。"

岳云领令，遂同韩公子并马下山。将近番营，韩公子道："请公子回山罢。"岳云道："家父命小弟送出番营，岂敢有违！"韩公子再三推让，岳公子决意要送，便道："待小弟在前打开番兵，送兄出去。"就把双锤一摆，大喝一声："快些让路，待小爷送客！"那些番兵见是打死金弹子的小将军，人人胆战，个个心惊，一声呐喊，俱向两旁咋开；略略近些的，一锤一个，不是碎了头，就是折了背，谁敢上前？一直杀出大营。韩彦直心中暗想道："果然厉害，名不虚传！我何不也送他转去，也显显我的威名？"遂向岳云道："蒙兄送出番营，小弟再无不送转去之理。"岳公子再三不肯，韩公子立意要送。岳云道："既承美意，只得从命。"韩公子复身向前，拍马冲进，逢人便挑，如入无人之境。番兵已是被他杀怕的了，口中呐喊，却已四散分开，近前的就没了命。二位公子冲透营盘，来至山下。韩公子道："请兄回山罢。"岳云道："既承兄送转来，自然再送兄出去。"韩公子再四推辞，岳云那里肯，复回马向前，韩公子在后，两个又杀入番营。那些番兵被他二人送出送进，不知杀伤了多少，一个个胆战心惊，让开大路。二人冲出了番营，韩公子再要送回，岳云道："何必如此送出送进，送到何时是了?难得我二人意气相投,欲与兄结为兄弟,不知尊意若何?"韩公子道:"小弟亦有此心,但是高攀不起。"岳云道:"何出此言!"二人遂向树林中去,下马来,撮土为香,对天八拜。韩公子年长为兄,岳公子为弟。二人遂上马分手。有诗曰:

  金兰臭味有奇逢,豪杰相逢知识通。

  今朝相送难分舍,他日功成勋业同。

  岳云独自一个再杀进番营,回荷叶岭来。那番兵被二人杀得害怕,况因粘罕被韩公子挑死,众王子俱在兀朮帐中悲苦,命匠人雕刻木头,配合成殓端正,差人送回本国,忙忙碌碌,所以无人阻挡,由他二人进出。那岳云上山,将送韩公子结义之事禀知元帅。元帅亦甚欢喜。且按下慢表。

  再说韩公子回至汉阳,上船来见父亲,禀道:"圣上复了爹爹、母亲之职,令我们领兵复取金陵,不必往牛头山去。"又把与岳云结拜之事禀知。元帅夫妻遂命兵船望金陵进发。一日有探子来报:"留守宗方杀败杜吉、曹荣两个,威镇金陵,特来报知。"元帅问梁夫人道:"如今待怎么处?"夫人道:"我们且将大小战船在郎复山扎住,以扼兀朮之路。闻得金山上有个德行高僧,法名道悦,能知过去未来。我们何不去问他一声,以卜休咎?"元帅道:"夫人之言,甚是有理。"遂备了香烛礼物,上金山来。进了寺门,到大殿行过了香,然后来到方丈,参见道悦禅师。禅师接进见礼毕,各各坐下。元帅将前后事情细细说明,"不知后事如何,幸乞禅师指示!"道悦道:"贫僧有一锦囊,内有一偈,元帅带去观看,自有效验。"元帅领了锦囊,辞别长老,

下船来,将锦囊拆开,与夫人一同观看,只见上边写道:

　　老龙潭内起波涛,鹳教一品立当朝。

　　河虑金人拿不住,走马当先问路遥。

韩元帅笑道:"这和尚空有虚名,谁知全无学问。怎么一首偈语,都写了别字?"梁夫人也好生不然。韩元帅就传令各战船,齐往郎复山下扎成水寨。差人往金陵打听虚实,一面差人探听牛头山消息。

　　且说牛头山上岳元帅,专等各路勤王兵到,准备与兀术交兵。这兀术也在与众王子、众平章商议开兵之事。有探事小番进帐来报道:"启上狼主,小的探得有南幹元帅张浚,领兵六万;顺昌元帅刘琦,领兵五万;四川副使吴玠同兄弟吴璘,统兵三万;定海总兵胡章、象山总兵龚相、藕塘关总兵金节、九江总兵杨沂中、湖口总兵谢昆,各处人马共有三十余万,俱离此不远,四面安营,特来报知。"兀术闻报,遂传令点四位元帅,向东西南北四路探听,那一方可以行走。那四个元帅领令前去,不多时,一齐回来,进帐来禀道:"四面俱有重兵,只有正北一条大路可以行走。"兀术就传令晓谕前后左右中五营兵将知悉:"若与南蛮交战,胜则前进;倘不能取胜,只望正北退兵。"谁知探路的,只探得四十余里就转来了,不曾探到五十里外。故此一句话,断送了六七十万人马的性命。这也是天数使然也。

　　却说岳元帅请天子离了玉虚宫,到灵宫殿前,与众位大臣都坐在马上。传命施放大炮,连声不绝。那些各处总兵、节度听得炮响,各各准备领兵杀来夹攻。兀术传齐各位王子、众平章、众元帅、一众番将,俱各领兵上马,传下令来:"今日拼了命,与岳南蛮决一死战,擒了康王,以图中原。"这里岳元帅传下令来,命何元庆、余化龙、张显、岳云、董先、张宪、汤怀、牛皋等为首,带领众将,一齐放炮,呐喊踹入番营。那些各路总兵、节度,听得炮声,四面八方杀将拢来。但见:

> 轰天炮响,震地锣鸣。轰天炮响,汪洋大海起春雷;震地锣鸣,万仞山前飞霹雳。人如猛虎离山,马似游龙出水。刀枪齐举,剑戟纵横。迎着刀,连肩搭背;逢着斧,头断身开。挡着剑,劈开甲胄;中着枪,腹破流红。人撞人,自相践踏;马碰马,遍地尸横。带箭儿郎,呼兄唤弟;伤残军士,觅子寻爹。直杀得:天昏地暗无光彩,鬼哭神号黑雾迷!

这场大战真个是天摇地动,日色无光。杀得那些番兵人尸堆满地,马死遍尘埃。岳元帅带领这一班猛将,逢人便砍,遇将就擒;摆动这杆沥泉枪,浑如蛟龙搅海,巨蟒翻身。那些众番将番兵见了岳爷,就是追魂使者、了命阎君,一个个抱头鼠窜,口中只叫:"走走走!岳爷爷来了!"

岳爷望见南斡元帅张浚、顺昌元帅刘琦的旗号,遂令军士请来相见。张、刘二位元帅在马上见了岳元帅,岳元帅叫道:"二位元帅!今日本帅将圣上并众大臣交与二位元帅,速速保驾回京,本帅好去追赶金兵。"遂辞了天子,带了张保、王横,催兵掩杀,从辰时直杀到半夜,杀得番兵抛旗弃甲,四散败走。众将各各在后追赶。

单讲岳爷追着兀朮,连日连夜,直赶到金门镇相近,有傅光的先锋狄雷在此截杀番兵。众番兵无处逃命,被狄雷杀伤大半。岳爷刚到跟前,狄雷不分皂白,举起锤望岳爷打来,一连几锤。岳元帅连忙招架,觉道沉重,便大喝道:"你是何人,敢挡本帅去路?"狄雷听了,细细一认,晓得是岳元帅,心下惊慌,惧罪而逃。岳爷只是紧紧追赶兀朮。兀朮只顾望北逃去,看看来到江口,只听得众番兵一片声叫苦。原来一派大江,并无船只可渡,后面追兵又近,吓得兀朮浑身发抖,仰天大叫:"天亡我也!某家自进中原以来,未有如此之败!今前有大江,后有追兵,如之奈何!"正在危急,那军师哈迷蚩用手一指道:"主公且慢惊慌!兀这江中不是有船来了?"兀朮定睛一看,却是金兵旗号。原来是杜吉、曹荣的战船,因被宗方杀败,故此驾船逃走。军师大叫:"快来救主!"那船上见是番兵,如飞拢岸。兀朮与军师、众平章等一齐争下船来。船少人多,那里装得尽?看见岳元帅追兵已近,慌忙开去。落后番兵无船可渡,岳元帅追至江口,犹如砍瓜切菜一般。可怜这些番兵,啼啼哭哭,望江中乱跳,淹死无数。兀朮望见,掩面流泪,好不苦楚!后人有史至此,有诗吊之曰:

百万金兵将枭雄,牛头山上困高宗。

满望一朝倾宋室,奈何天意一场空。

且说那岳爷兵马到了汉阳江口,安下营寨,差人找寻船只,欲渡江去追拿兀朮,忽听得营门口齐声喊冤。岳爷便问:"何人喊冤?"早有传宣来到外边查问明白,进来禀道:"是七八个船户。因临安通判万俟卨、同知罗禹缉解送粮草至此,私将粮草运回家中,反要船户赔补,为此众船户在营前喊冤。"元帅吩咐:"将万俟卨、罗禹缉二人抓进来。"两旁军士答应一声,即将二人一把一个,抓进帐来跪下。岳爷喝道:"尔等既然解粮至此,何不缴令?"二人道:"因番兵围困牛头山,只得在此伺候。船户人多,将粮草吃尽,故此要他赔补。望元帅开恩,公侯万代,感恩不浅!"元帅大喝一声:"绑去砍了!"两边一声吆喝,登时绳穿索绑。二人齐叫:"开恩!"旁边闪过张宪、岳云,跪下禀道:"他二人因见番兵扎营山下,不敢上山缴令,虽系偷盗军粮,理当处斩,但实系日久,情有可原。望爹爹饶他性命!"元帅道:"你且放起来。"二人谢了元帅,站立一边。元帅向万俟卨、罗禹缉喝道:"本当斩你二人驴头!他二人讨饶,饶了你死罪,拿下去打!"军士答应一声,将二人按倒在地,每人打了四十大棍,发转临安。二人受责,谢了元帅不斩之恩,出营自回临安而去。

忽有探子进营来报道:"探得韩元帅扎营在郎复山下,拦住兀术去路,特来报知。"岳元帅想道:"这一功让了韩元帅罢。"遂唤过岳云来,吩咐道:"你可引兵三千,往天长关守住。倘兀术来时,用心擒住,不可有违!"岳云得令,带领人马,竟往天长关而去。元帅大队人马,自回澶州不表。

且说兀术败在长江之中,有那金陵杀败的兵将、战船陆续到来,南岸上还有那些杀不尽的番兵逃来。兀术吩咐把船拢岸,尽数装载。看见北岸有韩元帅扎营,不能过去,兀术就吩咐把船只拢齐,查点数目,共有五六百号;计点番兵,不上四五万。兀术叹道:"某家初进中原,带有雄兵数十万,战将数百员。今日被岳南蛮杀得只剩四五万人马,又伤了大王兄与二殿下,有何面目回见父王!"说罢,痛哭起来。众平章劝道:"狼主不必悲伤,保重身体,好渡长江。"兀术望见江北一带战船摆列,有十里远近,旗幡飘动;船上楼橹密布,如城墙一般。

又有百十号小游船，都是六桨，行动如飞，弓箭火器乱发。那中军水营，都是海鳅船缆定，桅樯高有二十来丈，密麻相似。两边金鼓旗号，中间插着"大元帅韩"的宝纛大旗。兀朮自想："不过五六百号战船，如何冲得动他，怎敢过去？"好生忧闷，便与军师商议。哈迷蚩道："江北战船密布，亦不知有多少号数。须要差人去探听虚实，方好过江。"兀朮道："今晚待某家亲自去探个虚实。"哈迷蚩道："狼主岂可深入重地！"兀朮道："不妨。某家昨日拿住个土人，问得明白，这里金山寺上，有座龙王庙最高，待某家上金山去细看南北形势，便知虚实矣。"哈迷蚩道："既如此，必须如此如此，方保万全。"兀朮依计，即时叫过小元帅何黑闼、黄柄奴二人近前，悄悄吩咐："你二人到晚间照计而行。"二人领令，整备来探南兵。

且说那韩元帅见金兵屯扎住在黄天荡，便集众将商议道："兀朮乃金邦名将，今晚必然上金山来偷看我的营寨。"即令副将苏德引兵一百，埋伏于龙王庙里，"你可躲在金山塔上，若望见有番兵到来，就在塔上擂起鼓来，引兵冲出，我自有接应。"苏德领令去了。又命二公子彦直道："你也只消带领健卒一百，埋伏在龙王庙左侧。听见塔上鼓响，便引兵杀出来擒拿番将，不可有误！"二公子领令去了。又命大公子尚德带领兵三百，架船埋伏南岸，"但听江中炮响，可绕出北岸，截他归路。"大公子亦引兵去了。

这里端正停当。果然那兀朮到了晚间，同了军师哈迷蚩、小元帅黄柄奴，三人一齐上岸，坐马悄悄到金山脚边。早有番将何黑闼已带领番兵，整备小船伺候。兀朮与哈迷蚩、黄柄奴上了金山，勒马徐行。

到了龙王庙前一箭之地,立定一望,但见江光浩渺,山势茏苁。正待观看宋军营垒,那苏德在塔顶上望见三骑马将近龙王庙来,后面几百番兵远远随着,便喝采道:"元帅真个料敌如神!"遂擂起鼓来。庙里这一百兵呐声喊,杀将出来;左首韩二公子听得鼓响,亦引兵杀出。兀朮三人听得战鼓齐鸣,心惊胆战,正待勒马回去,忽然韩彦直飞马大叫:"兀朮往那里走?快快下马受缚!"这一声喊,早惊得三人飞马便走。不道山路高低,一将坐马失足,连人掀下;彦直举枪直刺。那兀朮举起金雀斧劈面砍来,救了那将,就与二公子大战。众番兵连忙下山逃走,何黑闼接应上船,飞风开去。大江中一声炮响,韩尚德放出小船来赶,已去远了。那二公子在山上与兀朮战不上七八合,被二公子逼开斧,一手擒过马来,下船回营。

　　天已大明,元帅升帐,诸将俱来报功。韩元帅大喜,命将兀朮推来。左右一声"得令",将兀朮推进来。正是:

　　　　阱中饿虎何难缚,釜底穷鱼命怎逃?

　　毕竟不知兀朮性命如何,且看下回分解。

第四十四回

梁夫人击鼓战金山　金兀朮败走黄天荡

诗曰：

腰间宝剑七星纹，臂上弯弓百战勋。

计定金山擒兀朮，始知江上有将军。

那韩元帅一声吩咐，两边军士答应，将兀朮推进帐前。元帅把眼望下一看，原来不是兀朮。元帅大喝道："你是何人？敢假冒兀朮来诳我！"那将道："我乃金国元帅黄柄奴是也。军师防你诡计，故命我假装太子模样，果不出所料。今既被擒，要砍就砍，不必多言！"元帅道："原来番奴这般刁滑！无名小卒，杀了徒然污我宝刀。"吩咐："将他囚禁后营，待我擒了真兀朮，一齐碎剐便了。"又对二公子道："你中了他'金蝉脱壳'之计，今后须要小心！"公子连声领命。

元帅因走了兀朮，退回后营，闷闷不乐。梁夫人道："兀朮虽败，粮草无多，必然急速要回，乘我小胜，无意提防，今夜必来厮杀。金人多诈，恐怕他一面来与我攻战，一面过江，使我两下遮挡不住。如今我二人分开军政，将军可同孩儿等专领游兵，分调各营，四面截杀；妾身管领中军水营，安排守御，以防冲突。任他来攻，只用火炮弩箭守住，不与他交战。他见我不动，必然渡江。可命中营大桅上立起楼橹，妾身亲自在上击鼓；中间竖一大白旗，将军只看白旗为号，鼓起则进,鼓住则守。金兵往南,白旗指南;金兵往北,白旗指北。元帅与两个孩儿协同副将,领兵八千,分为八队,俱听桅顶上鼓声,再看号旗截杀。务叫他片甲不回,再不敢窥想中原矣。"韩元帅听了,大喜道:"夫人真乃是神机妙算,赛过古之孙吴也!"梁夫人道:"既各分任,就叫军政司立了军令状,倘中军有失,妾身之罪;游兵有失,将军不得辞其责也!"

夫妇二人商议停当,各自准备。夫人即便软扎披挂,布置守中军的兵将。把号旗用了游索,将大铁环系住。四面游船八队,再分为八八六十四队,队有队长。但看中军旗号,看金兵那里渡江,就将号旗往那里扯起。那些游兵,摇橹的,荡桨的,飞也似去了。布置停当,然后在中军大桅顶上,扯起一小小鼓楼,遮了箭眼。到得定更时分,梁夫人令一名家将管着扯号旗,自己踏着云梯,把纤腰一扭,莲步轻匀,早已到桅杆绝顶,离江面有二十多丈。看着金营人马,如蝼蚁相似;那营里动静,一目了然。江南数十里地面,被梁夫人看做掌中地理图一般。那韩元帅同二位公子,自去安排截杀不表。后人有诗,单赞那梁夫人道:

旧是平康女,新从定远侯。

戎装如月孛,佩剑更娇柔。

眉锁江山恨,心分国士忧。

江中奏敌凯,赢得姓名流。

再说那日兀术在金山上,险些遭擒,走回营中,喘息不定。坐了半日,对军师道:"南军虚实不曾探得,反折了黄柄奴,如今怎生得渡江回去?"军师道:"我军粮少,难以久持。今晚可出其不意,连夜过江。若待我军粮尽,如何抵敌?"兀朮听了,就令大元帅粘没喝领兵三万,战船五百号,先挡住他焦山大营;却调小船由南岸一带过去,争这龙潭、仪征的旱路。约定三更造饭,四更砍营,五更过江,使他首尾不能相顾。众番兵番将那个不想过江,得了此令,一个个磨刀拈箭,勇气十倍。那兀朮到了三更,吃了烧羊烧酒,众军饱餐了,也不鸣金吹角,只以胡哨为号。三万番兵驾着五百号战船,望焦山大营进发。正值南风,开帆如箭。这里金山下宋兵哨船探知,报入中军。梁夫人早已准备炮架弓弩,远者炮打,近的箭射,俱要哑战,不许呐喊。那粘没喝战船将近焦山,遂一齐呐喊,宋营中全无动静。兀朮在后边船上正在惊疑,忽听得一声炮响,箭如雨发,又有轰天价大炮打来,把兀朮的兵船打得七零八落,慌忙下令转船,从斜刺里往北而来。怎禁得梁夫人在高桅之上看得分明,即将战鼓敲起,如雷鸣一般;号旗上挂起灯球,兀朮向北也向北,兀朮转南也转南。韩元帅与二位公子率领游兵,照着号旗截杀,两军相拒。看看天色已明,韩尚德从东杀来,韩彦直从西杀来,三面夹攻,兀朮那里招架得住。可怜那些番兵,溺死的、杀伤的,不计其数。这一阵杀得兀朮上天无路,入地无门,只得败回黄天荡去了。那梁夫人在桅顶上看见兀朮败进黄天荡去,把那战鼓敲得不绝声响,险不使坏了细腰玉软风流臂,喜透了香汗春融窈窕心。至今《宋史》上一笔写着:"韩世忠大败兀朮于金山,妻梁氏自击桴鼓。"有诗曰:

　　一声鼙鼓震高樯,甲兵千万下长江。

木兰忠义今还见,三挝空自说渔阳。

又诗曰:

百战功名纵敌寻,十年潇洒老湖浔。

金蕉风动江波涌,犹作夫人击鼓音。

原来这黄天荡是江里的一条水港。兀朮不知水路,一时杀败了,遂将船收入港中,实指望可以拢岸,好上旱路逃生,那里晓得是一条死水,无路可通。韩元帅见兀朮败进黄天荡去,不胜之喜,举手对天道:"真乃圣上洪福齐天!兀朮合该数尽!只消把江口阻住,此贼焉能得出?不消数日,粮尽饿死,从此高枕无忧矣!"即忙传令,命二公子同众将守住黄天荡口。

韩元帅回寨,梁夫人接着,诸将俱来献功。苏德生擒得兀朮女婿龙虎大王,霍武斩得番将何黑闼首级。其余有夺得船只军器者,获得番兵番卒者,不计其数。元帅命军政司一一纪录功劳。命后营取出黄柄奴,将龙虎大王一同斩首,并何黑闼首级,一齐号令在桅杆上。是时正值八月中旬,月明如昼。元帅见那些大小战船,排作长蛇阵形,有十里远近;灯球火光,照耀如同白日。军中欢声如雷。

韩元帅因得了大胜,心内好不欢喜;又感梁夫人登桅击鼓一段义气,忽然要与梁夫人夜游金山看月,登塔顶上去望金营气色。即时传令,安排两席上色酒肴,与夫人夜上金山赏月。又将羊酒颁赐二位公子与各营将官,轮番巡守江口。自却坐了一只大船,随了数只兵船。梁夫人换了一身艳服,陪着韩元帅,锦衣玉带,趁着水光月色,来到金山。二人徐徐步上山来,早有山僧迎接进了方丈。韩元帅便问:"道悦禅师何在?"和尚禀说:"三日前已往五台山游脚去了。"待茶已毕,韩元帅吩咐将酒席移在妙高台上,同夫人上台赏月。二人对坐饮酒,韩元帅在月下一望,金营灯火全无,宋营船上灯球密布,甚是欢喜,不觉有曹公赤壁横槊赋诗的光景。那梁夫人反不甚开怀,颦眉长叹道:"将军不可因一时小胜,忘了大敌!我想兀术智勇兼全,今若不能擒获,他日必为后患。万一再被他逃去,必来复仇,那时南北相争,将军不为有功,反是纵敌以遗君忧。岂可游玩快乐,灰了军心,悔之晚矣!"韩元帅闻言,愈加敬服道:"夫人所见,可为万全。但兀术已入死地,再无生理。数日粮尽,我自当活捉,以报二帝之仇也。"言毕,举起大杯,连饮数杯。拔剑起舞,口吟《满江红》词一阕。词曰:

　　万里长江,淘不尽、壮怀秋色。漫说道、秦宫汉帐,瑶台银阙。长剑倚天氛雾外,宝弓挂日烟尘侧。向星辰、拍袖整乾坤,难消歇。　　龙虎啸,风云泣。千古恨,凭谁说?对山河耿耿,泪沾襟血。汴水夜吹羌笛管,鸾舆步老辽阳月。把唾壶、敲碎问蟾蜍,圆何缺?

吟毕,又舞一回,与梁夫人再整一番酒席,尽欢而罢,早已是五更时分。元帅传令,同夫人下山回营不表。

再说兀术大败之后,剩不上二万人马,四百来号战船,败入黄天荡,不知路径,差人探听路途。拿得两只渔船到来,兀术好言对渔户道:"我乃金邦四太子便是。因兵败至此,不知出路,烦你指引,重重谢你!"那渔翁道:"我们世居在这里,叫做黄天荡。河面虽大,却是一条死港。只有一条进路,并无第二条出路。"兀术闻言,方知错走了死路,心中惊慌;赏了渔人,与军师、众王子、元帅、平章等商议道:"如今韩南蛮守住江面,又无别路出去,如何是好!"哈迷蚩道:"如今事在危急,狼主且写书一封,许他礼物,与他讲和,看那韩南蛮肯与不肯,再作商议。"兀朮依言,即忙写书一封,差小番送往韩元帅寨中。有旗牌官报知元帅,元帅传令唤进来。小番进帐,跪下叩头,呈上书札。左右接来,送到元帅案前。元帅拆书观看,上边写道:

情愿求和,永不侵犯。进贡名马三百匹,买条路回去。

元帅看罢,哈哈大笑道:"兀朮把本帅当作何等人也!"写了回书,命将小番割去耳鼻放回。小番负痛回船,报知兀朮。兀朮与军师商议,无计可施,只得下令拼死杀出,以图侥幸。次日,众番兵呐喊摇旗,驾船杀奔江口而来。

那韩元帅将小番割去耳鼻放回,料得兀朮必来夺路,早已下令命诸将用心把守,"倘番兵出来,不许交战,只用大炮硬弩打去;他不能近,自然退去。"众将领令。那兀朮带领众将杀奔出来,只见守得铁桶一般,火炮弩箭齐来,料不能冲出,遂传令住了船,遣一番官上前说道:"四太子请韩元帅打话。"军士报进寨中。韩元帅传令,把战船分作左右两营,将中军大营船放开,船头上弩弓炮箭,排列数层,以防暗算。韩元帅坐在中间,左边立着大公子韩尚德,右边立着二公子韩彦直,两边列着长枪利斧的甲士,十分雄壮。兀朮也分开战船,独坐一只大楼船,左右也是番兵番将,离韩元帅的船约有二百步。两下俱各抛住船脚。兀朮在船头上脱帽跪下,使人传话,告道:"中原与金国本是一家,皇上金主犹如兄弟。江南贼寇生发,我故起兵南来,欲讨不恭,不意有犯虎威!今对天盟誓,从今和好,永无侵犯,乞放回国!"韩元帅也使传事官回道:"你家久已败盟,掳我二帝,占我疆土。除非送还我二帝,退回我汴京,方可讲和。否则,请决一战!"说罢,就传令转船。

兀朮见韩元帅不从讲和,又不能冲出江口,只得退回黄天荡,心中忧闷,对军师道:"我军屡败,人人恐惧。今内无粮草,外无救兵,岂不死于此地!"军师道:"事已急矣,不如张挂榜文,若有能解得此危者,赏以千金。或有能人,亦未可定。"兀朮依言,命写榜文召募。不一日,有小番来报:"有一秀才求见,说道有计出得此围。"兀朮忙叫请进来相见。那秀才进帐来,兀朮出座迎接,逊他上坐,便道:"某家因被南蛮困住在此,无路可出,又无粮草。望先生教我!"那秀才道:"行兵打仗,小生不能;若要出此黄天荡,有何难处!"兀朮大喜道:"某家若能脱身归国,不独千金之赠,富贵当与先生共之!"

那秀才叠两个指头,言无数句,话不一席,有分教:

揌碎玉笼飞彩凤,顿开金锁走蛟龙。

毕竟不知这秀才有何计出得这黄天荡去,且听下回分解。